Né au lende[...] [...] perd son père à l'âge de dix ans. Con[...] [...] chagrin dans sa pension du lycée de Compiègne, Paul-Loup acquiert la rage de vaincre. Il écourte ses études et se lance rapidement dans la vie active. A dix-sept ans, en créant un club de porte-clefs, il suscite un véritable phénomène de mode. Plus jeune P.-D.G. de France à vingt et un ans, il entre dans le livre Guiness des records. Comme son père, qui avait réussi en partant de rien, Paul-Loup Sulitzer se lance dans le monde des affaires. Il devient importateur d'objets fabriqués en Extrême-Orient et est à l'origine de la « gadgetomania ». Très vite, il élargit sa palette d'activités et touche avec bonheur à l'immobilier. C'est à ce moment qu'il assimile les lois de la finance, se préparant à devenir l'expert que l'on connaît aujourd'hui.

En 1980, il invente le western économique, un nouveau genre littéraire, et écrit *Money*, dont le héros lui ressemble comme deux gouttes d'eau. *Cash* et *Fortune* paraissent dans la foulée. Le succès est énorme : ses romans deviennent des manuels de vie pour des millions de jeunes en quête de valeurs positives et permettent à un très large public de comprendre l'économie de marché sans s'ennuyer.

Suivront de nombreux romans, qui sont autant de best-sellers : *Le Roi vert, Popov, Cimballi, Duel à Dallas, Hannah, L'Impératrice, La Femme pressée, Kate, Les Routes de Pékin, Cartel, Tantzor, Les Riches, Berlin, L'Enfant des Sept Mers, Soleils rouges, Laissez-nous réussir, Tête de diable, Les Maîtres de la vie, Le Complot des Anges, Succès de femmes, Le Mercenaire du diable, Crédit Lyonnais : cette banque vous doit des comptes.*

Il est également l'auteur du *Régime Sulitzer* et des *Dîners légers et gourmands de Paul-Loup Sulitzer.*

Paul-Loup Sulitzer a vendu à ce jour 35 millions de livres dans 43 pays du monde. Souvent visionnaire, toujours en phase avec son époque, il sait ouvrir les fenêtres du rêve et du jeu des passions humaines.

Paru dans Le Livre de Poche :

PAUL-LOUP SULITZER

Les Maîtres de la Vie

ROMAN

STOCK

Pour Delphine.

Je dédie ce livre
pour l'enfant innocent et désarmé,
pour l'enfant traqué,
exploité, humilié, bafoué.
Pour l'enfant volé, vendu, dépecé,
pour l'enfant de notre monde aveugle.
Pour que l'enfant ne soit jamais,
jamais plus
une livre de chair,
œil, cornée, rein, peau, cerveau,
sur le marché barbare
des égoïsmes, des sectes et des médecins fous.
De ceux qui font de l'enfant
une marchandise, une matière première vivante,
pour prolonger avec cupidité leurs âmes
et leurs existences, déjà mortes.

« Car le sang, c'est l'âme. »

Lévitique, XII, 20.

« Qu'est-ce que sauver l'homme ?
Mais je vous le crie de tout moi-même,
c'est de ne pas le mutiler et c'est donner
ses chances à la justice
qu'il est le seul à concevoir. »

Albert CAMUS.

1

Au loin, au bout de la ligne droite, Julius Kopp aperçut la lueur. Il freina aussitôt et éteignit ses phares tout en continuant de rouler lentement. Il se pencha en avant pour mieux voir. A quelques centaines de mètres devant lui, la voûte des arbres était éclairée, comme si une voiture avait été plantée dans la terre, les phares dirigés vers le ciel. Kopp freina encore. Il essaya de distinguer la voiture, mais à la distance où il se trouvait et parce que la pénombre était déjà dense, il ne distingua que les deux trouées jaunes qui faisaient surgir les branches de la nuit. Il regarda dans le rétroviseur. La route était déserte. Il eut la tentation de faire demi-tour. Il se méfiait de l'imprévu. Il ne croyait pas au hasard. Et pourtant il continua de rouler. A moins de cent mètres, il vit la voiture. Elle était comme il l'avait imaginée, dressée sur le coffre, les roues avant décollées du sol. Elle avait glissé de la chaussée sur le talus, puis en contrebas. Peut-être avait-elle effectué plusieurs tonneaux avant de se retrouver ainsi en équilibre. Il était maintenant à une vingtaine de mètres, prêt à accélérer, aux aguets. Tout à coup, une femme sortit de l'ombre, se plaça au milieu de la chaussée, agitant les bras. Kopp freina brutalement, se mit en veilleuse. La lueur des phares de la voiture accidentée éclairait la femme mais ce n'est qu'après quelques secondes que Kopp vit l'enfant. La femme le tenait contre elle, caché sous l'imperméable long qu'elle portait. Kopp entrouvrit la portière et se pencha, prêt à redémarrer. La femme s'avança. Elle était grande. A chaque pas, l'imperméable dévoilait ses longues jambes serrées dans un pantalon fuseau. Elle avait les cheveux défaits, tombant sur ses épaules. De la main gauche, elle maintenait l'enfant serré contre sa hanche, et sa main droite levée à hauteur du visage décrivait des mouvements rapides. Kopp, maintenant qu'elle était près de lui, essayait de comprendre ce qu'elle disait. Elle parlait d'une voix saccadée. Elle se passait la main sur le front. Elle se penchait vers l'enfant qui levait son visage vers elle.

— Vous avez dérapé ? dit Kopp.

Elle secoua la tête. Elle avait été suivie, répondit-elle, par une voiture, noire, avec des bandeaux jaunes, des roues énormes, une sorte de véhicule tout-terrain.

— Un quatre-quatre, marmonna Kopp.

Tout en écoutant la jeune femme, il regardait autour de lui. Il avait toujours pensé que si un jour on l'attaquait, ce serait là, sur cette portion de route qu'il empruntait presque chaque soir. Elle était déserte. On pouvait le contraindre à ralentir, à s'arrêter. Et, des bas-côtés, on le prendrait pour cible. Ce serait facile de le tuer.

Il dévisagea la jeune femme. Elle avait le front entaillé par une plaie superficielle. Elle tremblait et bégayait.

— Je les ai vus, continuait-elle. Ils m'ont d'abord poussée, puis ils m'ont heurtée plusieurs fois. A la fin ils m'ont doublée, et ils m'ont forcée à me rabattre sur le côté, c'est comme ça que j'ai perdu le contrôle de la voiture.

Elle se pencha vers l'enfant, s'agenouilla presque.

— Heureusement il n'a rien, murmura-t-elle. Tu as eu peur, mon amour, si peur.

Elle lui caressait le visage.

— Pourquoi ? demanda Kopp.

Il continuait de fouiller les fourrés du regard, d'observer la route. La nuit était maintenant tombée, masquant la chaussée et les arbres, à l'exception de ce tronçon de lumière jaune que les phares de la voiture accidentée découpaient dans la masse noire. Kopp hésita. Il fit un geste pour allumer ses propres phares et le signal de détresse afin d'être aperçu par les voitures qui pourraient être surprises par sa présence, mais au dernier moment il renonça. Une intuition, cette prudence qu'on ne soupçonnait pas chez lui, et que son ami Paul Sarde qualifiait de tendance paranoïaque. « Ton rêve, disait-il à Kopp, c'est d'être seul dans le désert ou sur une banquise — alors, peut-être, tu pourrais dormir. » Kopp répondait en montrant le ciel et la terre. Il y avait Dieu et le Diable, disait-il, derrière les nuages, sous le sable ou la glace. On ne pouvait jamais dormir que d'un œil.

Il demanda à la jeune femme de s'écarter et il roula lentement, se garant sur le talus.

— Pourquoi ? interrogea-t-il à nouveau quand la jeune femme l'eut rejoint.

Kopp fut surpris par le cri qu'elle poussa. Mais qu'est-ce qu'elle en savait ? Des fous, des sadiques, des tordus. Ils étaient deux. Elle ne les connaissait pas. Elle ne dérangeait personne. Elle vivait avec son fils à Barbizon, elle peignait, vendait ses toiles, possédait une petite boutique d'antiquités.

— Votre mari, dit Kopp, puis, d'une voix plus basse, le père de l'enfant ?

Elle baissa la tête, haussa les épaules, se contentant de répéter : « Qu'est-ce que je vais faire ? »

Kopp ne la questionna plus. Elle ne désirait pas, peut-être ne pouvait-elle pas parler du mari, du père. Ça pouvait donc venir de ce côté-là. Kopp la fixa quelques secondes. Elle avait un visage aux traits réguliers, les yeux et la bouche bien dessinés, grands. La peau était mate. Les cheveux noirs avec, au milieu du front, un début de mèche blanche. Elle devait avoir la trentaine et l'enfant, qui lui ressemblait, une dizaine d'années. Elle portait sous l'imperméable un chemisier brodé décolleté. Elancée, elle était habillée avec recherche mais elle avait aussi l'allure d'une femme sportive et désinvolte, avec ce pantalon noir serré aux chevilles, enfoncé dans des bottillons.

Elle s'était appuyée au toit de la voiture et son visage était proche de celui de Kopp. Elle grimaça comme si elle allait se mettre à pleurer. Kopp vit le filet de sang qui avait coulé de l'entaille du front et avait séché sur la tempe et au-dessus du sourcil.

— Je vous en prie, dit-elle.

Elle montra son fils d'un mouvement de tête.

Kopp, à cet instant, vit les deux points blancs à peut-être trois kilomètres au début de la ligne droite. Ils étaient haut sur la route, comme ceux d'un véhicule tout-terrain. « Ils reviennent », pensa-t-il.

— Montez, dit-il d'un ton brusque. Vite.

Elle regarda la route et aperçut les phares. Elle se mit à trembler tout en poussant l'enfant dans la voiture de Kopp, puis en s'engouffrant derrière lui.

Kopp démarra tous feux éteints. Il savait qu'à intervalles réguliers, des pistes cavalières débouchaient sur la route. Il s'enfonça dans la première et arrêta la voiture sous les arbres, derrière les buissons, à une trentaine de mètres de la chaussée. Il coupa le moteur. Les phares blancs étaient à deux ou trois cents mètres, aveuglants.

Il chuchota : « Restez là. » Il vit que la jeune femme le regardait avec effroi prendre dans la boîte à gants son revolver Beretta, une arme lourde, celle qu'il préférait. Elle lestait le bras et donnait confiance. Il sortit et avança courbé. Puis il se coucha derrière les fourrés. Il respira cette odeur un peu sucrée d'herbe humide, de mousse, de champignons. Il pensa : « On n'entre jamais dans une histoire par hasard. » Et à nouveau, il imagina qu'on lui avait tendu un piège. On le connaissait. On savait qu'il était toujours sur le qui-vive mais en même temps on estimait sans doute qu'il baisserait un peu sa garde devant une femme et un enfant accidentés. C'est ce qu'il avait fait. Ils auraient déjà eu le temps de l'abattre, puisqu'il s'était arrêté. A moins qu'ils ne veuillent d'abord le faire parler, l'avoir vivant, donc. Kopp passa en revue les dernières affaires qu'il avait traitées avec Paul Sarde. Mais peut-être le recherchait-on pour un vieux dossier, parce que rien ne s'oublie et que depuis que lui et Paul avaient fondé cette Agence mondiale de protection, d'information et de renseignement, ils avaient accumulé sur leurs têtes tant de haines, de jalousies ; leurs ennemis étaient si nombreux et si puissants, qu'il était impossible de déterminer d'où viendrait le coup. A moins qu'avant de tuer, le tueur ne dise, comme une dernière cigarette qu'on offre, qui le payait et pourquoi.

Le quatre-quatre était maintenant arrêté de l'autre côté de la route, en face de la voiture renversée. Kopp conclut que ce n'était pas à lui qu'ils en voulaient. Ses ennemis devaient savoir qu'à cette distance, même la nuit, Kopp ne ratait jamais sa cible.

Et ces cons n'avaient même pas éteint leurs phares. Kopp apercevait leurs profils. Ils étaient deux en effet, plutôt jeunes, semblait-il, mais ils étaient trop éloignés pour que Kopp distingue leurs traits ou qu'il puisse relever le numéro d'immatriculation de la voiture. Lorsqu'ils redémarrèrent, il garda constamment le conducteur dans sa ligne de mire. Ils firent demi-tour sur la route, s'arrêtèrent devant la voiture renversée.

Kopp devina le geste du passager. Il lançait sans doute une grenade en direction de la voiture au moment où le quatre-quatre accélérait, le conducteur faisant hurler le moteur, les roues sifflant sur la chaussée. Après quelques secondes, l'explosion se produisit et la voiture s'embrasa, les flammes montant jusqu'aux plus hautes branches, et une épaisse fumée noire envahissant la chaussée.

Ils n'avaient même pas vérifié que les passagers

étaient à l'intérieur. « Travail de commande bâclé », pensa Kopp en se redressant et en se dirigeant vers sa voiture. La jeune femme regardait l'incendie les yeux fixes, serrant son visage entre ses mains. L'enfant était couché sur la banquette, la tête couverte par l'imperméable.

Kopp posa le revolver sur le siège avant, à côté de lui.

— Allongez-vous, dit-il.

Sarde l'accusait souvent de prendre trop de précautions. « Tu voudrais même plier ton parachute », disait-il à Kopp lorsqu'ils préparaient une mission au temps de leur carrière militaire. « Il n'y a que moi qui s'intéresse à moi », répondait Kopp. Et il vérifiait en effet chaque détail. Ainsi il avait survécu, et lorsqu'il avait quitté l'armée, Sarde l'avait suivi. « Je mets mes pas dans les tiens, avait dit Sarde. Tu flaires les mines mieux qu'un chien. » Ils s'étaient associés pour fonder l'agence, qu'ils appelaient l'Ampir, parce que Julius Kopp, toujours selon Sarde, était un paranoïaque mégalomane.

— Ils vont revenir, murmura la jeune femme.

Kopp secoua la tête. Mais il allait cependant faire un détour. « Et, répétait-il, cachez-vous au fond. »

— Ils vous en veulent vraiment, ajouta-t-il en s'engageant sur la chaussée.

Dans le rétroviseur, il regarda longtemps les flammes rousses du brasier.

2

— Racontez-moi, demanda Julius Kopp.

Il se tenait debout, les bras croisés, dans le grand salon de l'aile droite du bâtiment où Kopp et Sarde avaient installé leur agence. La jeune femme était assise au bout du canapé sur lequel dormait l'enfant enveloppé dans l'imperméable de sa mère.

— On ne tue jamais pour rien, continua Kopp. Les tueurs ont toujours un but, même ceux qui expliquent qu'ils ont tué par hasard, sans savoir, sous le coup d'une impulsion, comme par malchance.

Il s'avança vers la jeune femme, qui le regarda avec une sorte d'effroi.

— Deux hommes ont voulu vous tuer, vous et votre fils. Ils ne jouaient pas aux autos tamponneuses. Et c'étaient vos corps qu'ils cherchaient à brûler, pas votre voiture. Ils ont pris des risques. Ils avaient leurs raisons. Lesquelles ?

Kopp écarta les bras d'un geste qui voulait marquer de l'indifférence.

— S'ils savent qu'ils vous ont manqués, ils vont recommencer, reprit-il. Alors, il vaut mieux raconter.

La jeune femme se cacha le visage dans les mains en secouant la tête.

— Je comprends, dit Kopp en lui tournant le dos.

Il marcha jusqu'à la fenêtre. De là, il apercevait toute la construction. C'était une ancienne ferme fortifiée, presque un château avec ses pigeonniers en forme de donjons qui s'élevaient aux quatre angles du carré que formaient les bâtiments. La cour était pavée et, au centre, Julius Kopp avait fait creuser un grand bassin qui pouvait servir de piscine. Paul Sarde avait été plongeur de combat et il continuait de nager deux ou trois kilomètres par jour, par tous les temps. Kopp détestait l'eau, mais il aimait la terre, l'odeur de la forêt. L'aile droite de la ferme avait été aménagée en écurie. La nuit, parfois, Julius Kopp sellait l'un des trois chevaux et partait pour une longue promenade entre les arbres. « Ils t'auront comme ça, s'ils te veulent », disait Sarde. Mais Kopp savait qu'en changeant chaque fois d'itinéraire, d'heure, il rendait difficile l'organisation d'un guet-apens. Sa seule faiblesse, c'était d'emprunter toujours, avec la même voiture, la ligne droite au milieu de la forêt. « C'est l'habitude qui tue », pensait-il.

Il se retourna.

La jeune femme avait toujours les mains sur les yeux. Elle était émouvante avec ses cheveux noirs dont les longues mèches lui cachaient les joues.

— Je comprends, répéta Kopp.

Elle refusait de savoir, d'imaginer. Elle avait peur de découvrir la haine qu'on lui vouait. Elle aurait été obligée de se demander pourquoi on la rejetait au point de vouloir la supprimer. Elle aurait su ce qu'il y avait d'insupportable en elle.

— Merci, dit-elle tout à coup.

Elle découvrit son visage, posa les mains sur ses cuisses. On aurait dit qu'elle avait à peine vingt ans. Elle devait se sentir nue, débarrassée de ses habitudes. Elle n'était plus qu'elle-même, menacée dans son corps et dans celui de son fils. La peur, Julius l'avait plusieurs fois constaté, démasque. Les uns apparaissent monstrueux, avec des gueules tordues, les autres ressemblent à des anges, le visage lisse, comme lavé. Celle-là...

— Vous êtes qui ? demanda tout à coup Kopp d'un ton bourru.

Elle commença à parler en caressant le corps de l'enfant de la main gauche. Elle possédait donc une boutique d'antiquités à Barbizon. Elle peignait, exposait ses toiles, elle vivait seule avec son fils. Elle s'appelait Geneviève Thibaud, son fils, Cédric.

— Le père ? fit Julius Kopp en l'interrompant.

Aussitôt elle baissa la tête. Il eut envie de la secouer en la prenant aux épaules. Qu'est-ce qu'elle croyait ? Qu'il était dupe ? Mais il resta immobile en face d'elle et se calma. Il avait tant rencontré d'hommes qui refusaient de regarder la vérité. Des chefs d'Etat, des stars, de petits ministres ou de gros patrons demandaient à l'agence d'organiser leur protection, de déjouer des complots, de surveiller les proches, les services de renseignement, les alliés, les épouses ou les maris, d'intimider des opposants, de neutraliser des fanatiques, des terroristes, de préparer des transferts de fonds, de favoriser une évasion, de prévoir leur fuite. Ils exigeaient. « Kopp, je paie l'Ampir, très cher, je veux que ça réussisse, n'est-ce pas, à tous les coups », disaient-ils. Mais ils ne dévoilaient jamais la totalité de leurs intentions, de leurs mobiles. Ils se dérobaient quand Kopp les interrogeait. C'était à Julius Kopp et à Paul Sarde de reconstituer le puzzle. Et il en serait de même avec Geneviève Thibaud et son fils. Si Julius Kopp voulait comprendre pourquoi on avait cherché à les tuer, il ne pourrait compter que sur lui et sur les moyens qu'il avait rassemblés dans l'agence.

L'Ampir, c'étaient des fonds placés à l'étranger puisqu'on payait Kopp le plus souvent de la main à la main ; quelques hommes qui travaillaient au coup par coup, Morgan, Alexander, Roberto, des noms d'emprunt comme l'était celui de Julius Kopp, choisi pour effacer le commandant Julien Copeau, couper ses racines, devenir, sous ce nouveau nom, « mercenaire mondial », selon les termes mêmes de Kopp. Mais Sarde ricanait. Lorsqu'il avait fallu trouver un lieu pour installer l'agence, Kopp avait choisi d'acheter cette ferme fortifiée, à moins de cent kilomètres de Paris, et à une dizaine de kilomètres de Fontainebleau, là où Julien Copeau était né. « Tu parles d'un déraciné », se moquait Sarde. Kopp avait justifié son choix par des arguments logiques. La ferme était isolée sur un tertre, au milieu d'un parc de vingt-cinq hectares de forêt. On pouvait l'entourer d'une enceinte électronique et organiser ainsi une surveillance efficace. Dans les vastes caves voûtées, Kopp avait aménagé un stand de tir. Le bâtiment central, au-dessus du porche, était réservé aux appartements. Sarde et Kopp habitaient là, et Morgan, Alexander ou Roberto y séjournaient fréquemment. On pouvait aussi héberger les deux femmes qui étaient associées à l'équipe, Laureen et Viva. Dans le bâtiment qui faisait face, se trouvaient les fichiers informatiques, les archives, les ordinateurs. L'aile gauche comportait l'écurie et la salle de sport, l'aile droite, le grand salon, là où Kopp recevait les « clients ». La discrétion du lieu les rassurait. Ils avaient l'impression d'entrer dans une citadelle imprenable. Ils se détendaient en regardant la forêt. L'un ou l'autre murmurait, chaque fois, devant le moutonnement de la futaie : « On dirait l'océan », et Kopp répondait : « Je suis un homme de la terre. Restons les pieds dans les sillons, voulez-vous ? Qu'est-ce que vous attendez de nous, précisément ? »

Il avait envie de poser la même question à Geneviève Thibaud, mais à l'instant où il s'apprêtait à la formuler, la jeune femme se leva et s'approcha de lui.

— Je ne peux pas rentrer chez moi, n'est-ce pas ? murmura-t-elle.

Kopp pencha la tête. Il fallait tout envisager, puisqu'il avait appris qu'on doit donner, si l'on veut survivre, un sens au hasard, apprendre à déchiffrer l'inattendu. Peut-être voulait-on introduire au cœur de l'agence cette jeune femme. Peut-être cherchait-on non pas à le tuer, mais à l'impliquer dans une affaire. Peut-être la manipulation avait-elle commencé, avec la mise en scène des tueurs désinvoltes, lançant une grenade sur une voiture dont ils n'avaient même pas cherché à savoir si elle contenait toujours les corps de ses passagers. Peut-être cette jeune femme-là, avec ce nom si respectable, Geneviève Thibaud, son fils si émouvant — il dormait en suçant son pouce —, avec cette activité si tranquille, antiquaire, peintre, le prenait-elle pour un con.

— Il y a la gendarmerie, dit Kopp, vous déposerez plainte. Ils vous conseilleront.

Il l'observa cependant qu'elle baissait la tête. Elle

18

avait des attitudes d'adolescente. C'était irritant et attirant. Elle avançait la lèvre inférieure comme si elle boudait, elle croisait ses mains sur son ventre, les épaules affaissées, comme si elle avait été prise en faute. Il pensa que Charles et Hélène, qui gardaient la ferme, pansaient les chevaux, entretenaient le parc et la maison, préparaient les repas, auraient été heureux de s'occuper d'un enfant et de sa mère. « Ça nous change, aurait peut-être dit Hélène, enfin des gens honnêtes, qui ressemblent à tout le monde. » Geneviève Thibaud avait un visage candide. Mais Kopp savait qu'à se fier aux apparences, on meurt jeune.

— Je vous en prie, dit-elle.

Elle avait déjà prononcé ces mots, sur la route, avec le même ton qui surprenait à nouveau Julius Kopp. Elle ne suppliait pas. Elle demandait avec autorité, presque sèchement.

— Qu'est-ce que vous voulez ? dit Kopp.

Elle le fixa. Les yeux étaient grands, noirs. Elle ne les baissa pas.

— C'est comme ça, murmura-t-elle. Vous nous avez sauvés, lui et moi. Il n'y a pas de lien plus fort, vous ne croyez pas ? Vous ne pouvez pas nous rejeter maintenant. C'est un peu votre métier, non ? J'ai vu votre revolver... Je me trompe ? Flic, espion ? Tueur ? Qu'est-ce que vous êtes ? Je peux vous payer.

— Je suis cher, dit Kopp en détournant la tête.

— Je peux, répéta-t-elle.

Kopp la regarda. Elle serrait les mâchoires, les lèvres pincées. Son visage avait pris une expression résolue.

— L'argent, dit Julius Kopp, c'est comme la mort, le crime, ça a toujours des origines, des causes. Ça ne vient jamais comme ça, par hasard.

Elle ne bougea pas.

Kopp s'approcha du canapé où l'enfant dormait.

— Il ne se réveillera pas, dit Geneviève Thibaud.

19

Kopp se baissa, prit l'enfant dans ses bras. Sa tête vint se coller, chaude, contre le cou de Julius Kopp.

— Il y a une chambre, murmura Kopp en sortant du salon, suivi par Geneviève Thibaud.

— Je vous raconterai demain, dit-elle.

3

Kopp les avait installés dans l'une des chambres du corps principal des bâtiments. Au moment où il fermait la porte, Geneviève Thibaud le rejoignit et lui prit la main, la serrant dans les siennes. Elle avait retroussé les manches de son chemisier et il remarqua ses attaches fines, ses avant-bras graciles. Il se dégagea d'un geste brusque.

— Demain, donc, dit-il.

Il ne se laisserait pas désarmer par quelques mimiques, ou la candeur qu'affichait cette femme, ou bien par la perfection de ses traits ou de sa silhouette. Elle avait les hanches larges, comme Kopp les aimait, de longues jambes, et une taille étroite. Peut-être avait-on choisi cette femme-là parce qu'elle pouvait le séduire.

Il vit Hélène et Charles qui le guettaient.

— On a des pensionnaires, dit Hélène en souriant.

C'était une femme d'une soixantaine d'années, vigoureuse, le visage rond.

Kopp haussa les épaules.

— Je ne vous avais encore jamais vu porter un enfant, continua Hélène. Vous faites ça très bien. Elle a beaucoup d'allure. C'est la mère ? Faites-lui vite un autre enfant, il vous en faut un.

— Au diable, bougonna Kopp.

— On les surveille ? demanda Charles.

Kopp se contenta de marmonner qu'il ne fallait

pas les laisser se promener dans la cour ni quitter la ferme.

— Vous sortez ? interrogea encore Charles.

D'abord, Kopp ne répondit pas. Mais, du bout du couloir, il lança qu'on pouvait le joindre sur son téléphone portable.

Oui, il sortait.

En quelques minutes, il trouva l'adresse de Geneviève Thibaud, antiquaire, artiste peintre, La Palette des objets, 17, Grand-Rue à Barbizon. Il glissa son arme sous son aisselle puis il quitta la ferme.

Il roula lentement et s'engagea sur la route de la forêt. Il vit, au milieu de la ligne droite, les lueurs intermittentes des gyrophares bleus et orange des véhicules de la gendarmerie et des pompiers. Il constata, quand il passa à leur hauteur, que la voiture était entièrement calcinée. Il s'arrêta. Les gendarmes le connaissaient. « On ne comprend pas, expliquèrent-ils, on a été prévenus par un coup de fil anonyme, il y a un quart d'heure, mais tout a brûlé, aucune trace de corps. » Kopp prit un air dubitatif et s'éloigna à vive allure. Il fallait devancer les gendarmes, qui n'auraient aucun mal à identifier le véhicule.

Kopp n'avait jamais remarqué la boutique de Geneviève Thibaud. Il est vrai qu'il se rendait rarement à Barbizon. La devanture blanche était décorée d'objets stylisés peints en couleurs vives. Kopp fit le tour du petit immeuble, sauta par-dessus une grille, se trouva dans un jardin. On devait accéder à l'appartement de Geneviève Thibaud et à la boutique par cette porte blanche, que Kopp n'eut aucune peine à ouvrir. Elle était seulement tirée et la serrure joua à la première tentative. Kopp, dès qu'il éclaira les pièces décorées avec raffinement, eut le sentiment qu'il n'était pas le premier visiteur. Les tiroirs n'étaient pas complètement poussés. La porte d'une armoire était entrouverte. On n'avait

rien forcé, rien saccagé, mais les objets, les vêtements, les papiers, les cadres donnaient une
impression de désordre qui contrastait avec la
perfection du décor. On avait fouillé vite, avec le
souci de ne pas laisser trop d'indices mais sans
excessive précaution. Julius Kopp, à de petits
détails, reconstitua la scène. Ils étaient venus à
deux, peut-être les hommes du quatre-quatre. Ils
avaient dû se répartir les pièces de l'appartement.
L'un d'eux était plus attentif que l'autre. Il avait
remis les objets à leur place avec soin, oubliant
pourtant de replacer quelques livres qu'il avait dû
ouvrir dans l'espoir d'y découvrir, peut-être, un
document ou une photo.

Kopp ne s'attarda pas. Les gendarmes pouvaient
arriver à tout instant. Il constata seulement qu'un
cadre avait été emporté. Une surface claire au centre
d'un mur plus gris indiquait son emplacement. Dans
la boutique, on avait fouillé les tiroirs du bureau, les
repoussant à demi, et feuilleté les papiers de
quelques dossiers rangés sur une étagère. Que
cherchaient-ils ? Une photo ? Celle de cet homme,
de ce père dont Geneviève refusait de parler ?

Kopp ressortit et resta un long moment assis dans
sa voiture. Il connaissait l'image finale du puzzle,
cette voiture qui flambait sur une route droite, mais
il fallait qu'il la décompose pour retrouver chaque
morceau et comprendre.

La voiture de la gendarmerie arriva, éclairant la
grand-rue de lueurs bleues. Kopp se tassa dans sa
voiture. Il n'aimait pas que le hasard commande
ainsi l'ouverture d'une partie. Mais après tout,
pensa-t-il, même aux échecs, qu'il pratiquait avec
Sarde, on s'en remettait au hasard pour décider qui
commencerait à jouer avec les blancs. Après seulement, la rigueur imposait sa loi. Et le hasard n'était
jamais qu'une logique opaque. C'était un défi que de
l'éclaircir. Il démarra.

— C'était la seule photo que j'avais de lui, dit Geneviève Thibaud. J'avais longtemps hésité à l'encadrer.

Elle écarta les mains.

— Je ne sais rien, rien de lui, rien, continua-t-elle, mais — sa voix se fit plus aiguë — je sais tout aussi. Je sais qu'il est malheureux, sauf quand il est avec moi. Il n'a pas voulu reconnaître Cédric, mais moi je m'en moquais. J'avais vingt ans quand il est né, j'étais folle de joie d'avoir un fils de lui.

Kopp se pencha vers elle. Il avait la tentation de la saisir par les poignets. Elle le prenait vraiment pour un con. Elle avait donc aimé un homme pendant huit ans. Elle avait eu un enfant de lui. Mais elle ignorait tout de la vie de ce type. Ils se voyaient trois ou quatre fois par mois, dans des hôtels différents, à Paris. Il se contentait d'apercevoir son fils de loin. « Ça me suffit, disait-il, c'est mieux pour lui et pour toi. » Il était canadien, prétendait-il, Silvère Marjolin, voilà le nom qu'il donnait et qui était inscrit sur son passeport et sur sa carte de crédit. Elle avait imaginé qu'il était marié, qu'il avait déjà des enfants, une autre vie au Canada, mais elle n'était pas jalouse. Elle avait son fils, et Silvère l'aimait, elle en était sûre.

— L'argent ? demanda Kopp.

— L'argent, oui, répondit-elle. Tout ce que je voulais.

Il alimentait un compte qu'il lui avait ouvert dans une banque de Zurich. Elle pouvait retirer les sommes qu'elle désirait. Il versait, disait-il, cent mille francs par mois sur ce compte. Elle avait pu acheter la boutique et l'appartement de Barbizon. Elle ne dépensait qu'une faible partie de ce qu'il donnait. Elle pouvait vivre longtemps. La boutique rapportait un peu, assez pour elle et pour Cédric.

Elle s'interrompit, son visage prit une expression dure, hostile. Elle fronça les sourcils.

Elle était encore plus attirante ainsi, et pour la première fois Julius Kopp ne douta pas de sa sincérité.

Kopp pouvait penser ce qu'il voulait, reprit-elle, qu'elle avait accepté cette vie-là, tronquée, pour l'argent. Elle se moquait de ce que Kopp croyait. Elle n'avait jamais interrogé Silvère sur l'origine de ses ressources. La manière dont il gagnait son argent ne la concernait pas. Elle avait confiance en lui. Entre eux, ç'avait été une illumination. Ils avaient échangé quelques mots dans une salle d'attente à l'aéroport de Montréal, puis ils avaient voyagé assis côte à côte jusqu'à Roissy. Ils étaient restés ensemble pour la nuit. Il n'avait rien promis d'autre que de la revoir quand il le pourrait, et ce ne serait jamais que quelques nuits par mois, peut-être un week-end. Elle avait accepté. Et le deuxième mois, il lui avait dit qu'il avait ouvert pour elle un compte à Zurich, pour elle seule. Après, elle avait été enceinte, et elle ne le lui avait révélé qu'au troisième mois de grossesse, parce qu'elle voulait garder l'enfant. Elle n'exigeait rien de lui. Il avait seulement dit : « Je ne peux pas. » Et elle avait répondu : « Je sais. » Mais est-ce que Kopp pouvait comprendre un amour comme le leur, qui n'avait pas besoin de contrat, d'assurance, de garantie ni même d'avenir ?

Elle baissa la tête, respira longuement.

— Je n'ai plus de nouvelles de lui depuis trois mois, il m'avait dit...

Elle se tut. Kopp ne bougea pas, attendit. C'était étrange, cette mèche blanche qui se perdait dans la masse des cheveux noirs de Geneviève Thibaud.

Elle respira à nouveau aussi longuement, pour reprendre son élan.

Silvère, reprenait-elle, lui avait dit de ne pas chercher à prendre contact avec lui. Comment l'aurait-elle pu ? Elle ignorait son adresse. Elle n'avait jamais cherché à la connaître. Elle avait eu plusieurs fois l'occasion de fouiller dans son portefeuille mais elle avait toujours résisté à cette tentation. Il était libre. Elle ne voulait pas le retenir. Il lui avait expliqué un jour, dans un hôtel de la place de la République, à Paris, qu'il pourrait disparaître, ne plus lui donner signe de vie, et que cela voudrait dire qu'il serait mort. Elle devrait alors changer de ville, se marier, oublier. Il avait dit : « Après trois ou quatre mois. » Trois mois étaient passés.

Elle releva la tête avec la même expression déterminée. Elle avait décidé d'attendre encore.

— Ils se sont décidés plus vite que vous, dit Kopp.

Ils restèrent l'un et l'autre silencieux. Il pensa qu'elle avait dû, tout au long de ces années, s'interroger, imaginer que Silvère Marjolin se livrait au trafic de la drogue ou des armes. Elle ne pouvait pas, comme elle le prétendait, ne pas l'avoir questionné, harcelé même. Il avait dû, puisqu'il l'aimait, lui fournir des explications, peut-être incomplètes, mais suffisantes pour la rassurer ou, simplement, il avait dû parler pour se justifier et parce qu'un homme a toujours besoin de se confier. Ou alors, comme Kopp, il fallait s'interdire d'aimer une femme, et se contenter de passer une ou deux nuits avec elle, puis rompre et recommencer avec une autre. Ainsi on ne se donnait pas le temps de l'intimité. On n'échangeait que le désir ou le besoin. Corps contre corps, corps contre argent. Mais peut-être était-ce cela, entre Geneviève Thibaud et Silvère Marjolin. Peut-être s'illusionnait-elle sur cet amour. A moins qu'elle n'ait inventé cette histoire que pour cacher qu'elle avait tué et dépouillé son amant, et que les deux hommes de la nuit n'avaient cherché qu'à venger leur complice, à récupérer l'argent qu'elle lui avait volé.

— Ils vous trouveront, murmura Julius Kopp, où que vous alliez.

Elle enfonça la tête dans ses épaules comme pour éviter un coup. Elle ferma les yeux et Kopp eut envie de la rassurer en lui caressant les cheveux, les joues. Il n'avait pas éprouvé un désir semblable depuis des années, peut-être depuis son adolescence, lorsque la passion qu'il avait éprouvée pour une jeune femme qui avait dix ans de plus que lui, l'âge de Geneviève Thibaud, vingt-sept ans s'il avait bien calculé, avait failli lui faire renoncer à préparer Saint-Cyr. Elle avait quitté Fontainebleau avec son mari et il avait été reçu premier au concours, mais parfois il se souvenait de la silhouette de cette femme, de ses jambes musclées, de cette robe à fleurs, de ses bras nus, de l'ivresse qu'il avait éprouvée quand pour la première fois il avait fait l'amour, et c'était avec elle, et c'était dans la forêt.

— Mais pourquoi, qu'est-ce qu'ils veulent ? dit Geneviève en serrant ses tempes entre ses paumes.

— L'argent, commença Kopp. C'est ce qu'on veut toujours, quand on tue. Il y a beaucoup de prétextes, mais si on renverse les paravents, il reste ça, l'argent. Il vous en a donné, qui peut-être ne lui appartenait pas, ou peut-être en avez-vous pris...

Il guetta sa réaction mais, les yeux mi-clos, elle parut ne pas avoir entendu.

— Ou alors..., reprit Kopp.

Geneviève le regarda.

— Vous savez des choses, ils imaginent qu'il a dévoilé des secrets. Ils veulent le silence.

Il hésita.

— Ils l'ont tué. Et ils ne veulent pas que quelqu'un se souvienne de lui.

Kopp se leva, marcha jusqu'à la fenêtre. Il y a quelques années, il aurait imaginé une affaire d'espionnage. Les Russes avaient l'habitude de nettoyer le terrain autour de leurs agents, quand ils cessaient de leur faire confiance. Mais aujourd'hui, il n'était plus question de grand jeu entre services de renseignement, mais de sordides guerres d'intérêts individuels entre fripouilles, entre mafieux.

Il sursauta. Geneviève s'était appuyée à lui. Il la

26

sentait dans son dos. Elle avait posé les mains sur ses épaules. Elle était grande. Sa bouche touchait la nuque de Kopp. Elle ne l'embrassait pas, elle murmurait qu'il fallait les aider, elle et son fils, qu'elle avait peur, Silvère était mort, elle en avait l'intuition. La dernière fois qu'elle l'avait vu, il y avait trois mois, elle l'avait trouvé anxieux. Elle avait eu le sentiment qu'il craignait d'être suivi. Ils avaient changé plusieurs fois de taxi, d'itinéraire. Ils étaient entrés dans un hôtel puis avaient passé la nuit dans un autre. Lorsqu'elle avait interrogé Silvère, il avait plaisanté. Puis tout à coup, il avait avoué que, en effet, il se sentait traqué, suivi, qu'il allait peut-être tenter d'échapper à ces gens qui le tenaient.

Kopp attendit qu'elle se tût pour se tourner et la prendre d'abord aux épaules puis lui caresser le visage, écarter ses cheveux, lui tenir le visage à deux mains. Le contact de cette peau le fit frissonner. Il avait l'impression que Geneviève était une petite fille perdue, et en même temps le double de la femme qu'il avait aimée dans son adolescence.

— Je vais vous aider, dit-il. Vous allez rester ici avec votre fils, le temps qu'il faudra. On va chercher à savoir. On va trouver, croyez-moi.

Il sourit.

— Nous trouvons toujours.

Elle se laissa aller contre lui. Il fallait qu'elle fouille tous les dédales de sa mémoire, murmura-t-il.

Il la tint ainsi, puis la guida vers un coin du salon, la fit asseoir derrière une petite table à échecs, et s'installa en face d'elle. Elle était du côté des pièces blanches, et lui des noires. Dans un tournoi, on aurait dit que le sort avait été favorable à Geneviève Thibaud. Mais Julius Kopp n'accorda pas d'importance à ce signe et commença à l'interroger.

5

— C'est lui, vraiment, répéta Geneviève Thibaud d'une voix altérée.

Elle s'approcha de l'écran de l'ordinateur et ses cheveux vinrent frôler la joue gauche de Julius Kopp. Il venait de corriger, en tapotant sur les touches du clavier, l'écartement des yeux dans le visage de Silvère Marjolin qu'il avait dessiné à partir des indications fournies par la jeune femme.

— C'est Silvère, dit-elle à nouveau.

Kopp la regarda. Elle fixait l'écran, fascinée, les yeux agrandis comme si elle avait voulu s'emparer de ce visage. Elle porta les doigts à sa lèvre comme pour s'interdire de parler, puis, la main toujours sur la bouche, elle murmura que c'était bien le visage de Silvère, mais trop dur. Il manquait la tristesse du regard, ce voile qu'il avait toujours sur les yeux, cette émotion qu'elle éprouvait à découvrir qu'il exprimait, par cette manière de la regarder, son désespoir, le malheur. Peut-être était-ce pour cela qu'elle était attachée à lui, qu'elle l'aimait.

— Un type énergique, dit Paul Sarde.

Il était, avec Alexander, le responsable des moyens techniques dont disposait l'Ampir. C'était un petit homme chauve d'une quarantaine d'années, vigoureux, les sourcils broussailleux. On eût pu le croire lourd et maladroit s'il n'y avait eu la vivacité du regard, la dextérité avec laquelle il pianotait sur les claviers ou réglait un appareil d'écoute à distance. Alexander était à peine plus grand que lui, mais fluet, élégant et flegmatique. Ils se tenaient à droite de Kopp, observant Geneviève Thibaud avec curiosité.

— Le regard d'un homme, c'est encore ce qui nous échappe, dit Alexander. Mais est-ce que ça existe vraiment ? Chacun lit un regard à sa façon. Mais ça...

Du doigt, il suivit sur l'écran les arcades sourcilières proéminentes de Silvère Marjolin, les pommettes saillantes, le menton prognathe.

— Ça, reprit-il, cette architecture, c'est objectif.
Un homme énergique, dur, oui. Le visage de
quelqu'un de précis et de méthodique. Un ciseleur.
Un bijoutier.

— Un graveur, ajouta Paul Sarde, ou bien un
chimiste de laboratoire, fausse monnaie ou drogue,
non ? Enigme absolue.

Geneviève Thibaud se tourna vers Sarde mais,
avant qu'elle ait parlé, Kopp demanda qu'on mette
en route l'imprimante laser. La machine démarra
après un court sifflement aigu, et les copies couleurs
du portrait-robot de Silvère Marjolin se déposèrent
l'une sur l'autre, feuilles légèrement gondolées qui
restaient collées ensemble.

Geneviève en prit une, la regarda longuement.

— Peu de sourcils, dit Kopp, en saisissant une à
son tour. Il les rasait ?

Geneviève Thibaud ne répondit pas.

— Cheveux courts, très courts, ajouta Paul Sarde.
Militaire, flic ?

— Peur d'une contamination, dit Alexander.

— Ingénieur, fit Kopp. Nucléaire ?

— Cette maigreur du visage, reprit Sarde. Excep-
tionnelle, peut-être pathologique. Irradié ? Qui sait ?
Ingénieur irradié, ou bien trafiquant de matières fis-
sibles, uranium, etc. Un type qui joue avec la mort,
la sienne, celle des autres.

Tout à coup, Geneviève cria : « Assez ! » et en
même temps elle se boucha les oreilles. Kopp, d'un
geste, demanda à Sarde et à Alexander de quitter la
pièce.

Il s'approcha de Geneviève, la prit contre lui pour
la rassurer, la calmer, mais aussi parce qu'il en
éprouvait le besoin. Ce corps, lorsqu'il l'avait tenu
dans les bras, semblait avoir laissé en lui une
empreinte qu'il avait envie de combler, qu'il ne pou-

vait remplir qu'en le touchant de nouveau, en le pressant contre sa poitrine, en sentant les cuisses de cette jeune femme contre les siennes.

Il s'excusa de sa brutalité, et de celle de Sarde et d'Alexander.

— Nous voulons trouver, dit-il. Il faut évoquer toutes les hypothèses.

Geneviève s'écarta de Kopp et se laissa tomber sur le fauteuil tournant, en face de l'écran.

— Sans regard, dit-elle, ce n'est pas un visage. C'est celui de Silvère, et il me fait peur, comme s'il s'agissait du visage d'un tueur. Je n'aime pas ces traits. Ce sont les siens, c'est lui, et en même temps il n'est qu'une apparence, il est vide, il manque les sentiments, l'émotion, tout ce que ses yeux exprimaient.

— Peut-être seulement pour vous, dit Kopp. Pour les autres, tous les autres, il n'était peut-être que cet homme sans regard, celui-là, dit-il en montrant l'écran, celui-là qui vous effraie.

Geneviève Thibaud se leva et se mit à marcher dans la pièce, la tête penchée, les bras croisés, passant devant les ordinateurs, puis la table sur laquelle se trouvaient les appareils enregistreurs, les micros directionnels, les caméras, toutes ces machines que Sarde et Alexander renouvelaient régulièrement pour que l'agence dispose du matériel le plus perfectionné. Alexander affirmait qu'il était capable de pénétrer les mémoires d'ordinateurs les mieux protégées, de casser les codes, de surprendre des conversations à plusieurs centaines de mètres de distance. « Rien ne résiste », disait-il. Et cependant, pensa Kopp, cette jeune femme sensible était une énigme. Elle était là, à quelques pas, et Julius Kopp se demanda comment elle avait pu aimer cet homme au visage osseux et cruel.

— Vous n'avez jamais eu peur de lui, avant ? demanda-t-il en s'approchant de Geneviève.

— Ses mains, dit-elle d'une voix basse.

Il avait des doigts fins et longs, expliqua-t-elle. Sa peau était lisse, si blanche, froide, comme si le sang ne circulait pas. Souvent elle avait pensé, lorsqu'il fermait les yeux ou bien qu'ils s'aimaient dans l'obscurité, qu'il était une sorte de mécanique inhumaine. Et elle avait eu peur. Elle s'était étonnée aussi parce qu'il devait se raser les mains et les bras. Il était d'une propreté méticuleuse. Il ne transpirait jamais. Elle pouvait l'avouer maintenant, elle avait imaginé qu'une nuit, il la tuerait. Après l'amour, il ne dormait pas. Il restait assis au bord du lit. Il faisait craquer ses phalanges. Il réussissait à plier ses doigts comme elle n'avait jamais vu quelqu'un réussir à le faire, les redressant si bien que les ongles touchaient presque le dos de la main. L'une des premières nuits qu'ils avaient passées ensemble, il lui avait dit qu'il s'étonnait des sentiments qu'il éprouvait pour elle. Il n'avait pas imaginé qu'il pouvait aimer un être comme elle, qui ne savait pas. Elle avait voulu comprendre ce qu'il entendait par là, mais il n'avait pas répondu à ses questions, disant seulement qu'il y avait autant de différences entre les humains qu'il en existait entre les pierres et les oiseaux, entre la matière et la vie. Lui, savait. Il avait répété qu'il avait le droit et le devoir d'utiliser la matière pour défendre la vie.

Cette nuit-là, elle avait décidé de ne plus le revoir.

Elle s'était interrompue, était venue s'asseoir en face de Julius Kopp.

Elle le reconnaissait, reprit-elle, la relation qu'elle avait eue avec Silvère était plus compliquée qu'elle ne l'avait d'abord dit. Mais elle pensait maintenant qu'elle pouvait se confier à Kopp. Elle avait vu comment il s'était comporté avec Cédric et avec elle.

— Je vous fais confiance, dit-elle.

Mais peu à peu, reprit-elle, Silvère avait changé, et c'est pour cela qu'elle avait continué à le rencontrer, à attendre les rendez-vous qu'il lui fixait, de mois en mois.

— Il téléphonait ? demanda Kopp.

Geneviève Thibaud fit oui d'un mouvement de tête. Il appelait un jour avant. Il disait qu'il était de passage à Paris. Il donnait l'adresse d'un café ou d'un hôtel. Elle avait aimé ce mystère, ces surprises, et elle s'était attachée à lui.

— Quelqu'un d'autre dans votre vie ? interrogea Kopp.

Elle secoua la tête. Elle avait compris que Silvère ne l'aurait pas accepté.

— Jaloux ? demanda Kopp.

Geneviève haussa les épaules. Silvère disait : « Tu es à moi. » Il ne concevait même pas qu'elle pût le quitter ou le tromper. Il ne la questionnait jamais à ce sujet.

— Surveillée peut-être, dit Kopp.

— Les derniers mois, répondit Geneviève, il avait changé. Triste, malheureux, je vous l'ai dit. Il m'avait avertie que s'il ne me téléphonait pas...

Elle s'interrompit, reprit :

— Mort, avait-il ajouté. Et il voulait que je quitte la France. J'espérais encore. Partir avec Cédric ? Où ?

— On vous a suivie ? demanda Kopp.

— Il m'a semblé qu'on nous avait suivis quand j'étais avec lui, la dernière fois. Peut-être que j'ai imaginé que c'était moi maintenant, qu'on espionnait. Je me suis répété, mais sans y croire, qu'il doutait de moi. J'en étais venue à soupçonner les clients, à craindre qu'on enlève Cédric. Silvère m'avait dit de me méfier. Il voulait changer de vie. Il craignait qu'on ne l'accepte pas.

— On ? demanda Kopp. Qui ?

Geneviève ferma les yeux. Elle l'ignorait. Elle voulait retrouver son fils. Elle ne pouvait plus supporter tout cela, cette peur, ces menaces, ces questions.

— On va trouver, dit Kopp. Ça va finir.

Il la prit par l'épaule. Elle s'appuya contre lui. Il la guida vers la chambre où Cédric jouait.

6

Kopp vit d'abord Laureen et Viva. Elles travaillaient avec lui depuis cinq ans et elles avaient été l'une après l'autre, puis en même temps, ses maîtresses. Elles l'avaient su, elles l'avaient accepté. Elles étaient sans préjugés. Elles se ressemblaient d'ailleurs, toutes deux blondes et minces, le visage énergique. Elles avaient davantage de personnalité que de beauté. Elles avaient été journalistes et, au cours de leurs déplacements à l'étranger, elles avaient travaillé au coup par coup pour les services de renseignement, la DGSE. Elles étaient courageuses. Elles continuaient d'écrire, de réaliser quelques reportages pour les chaînes de télévision, mais elles étaient salariées de l'Ampir et dévouées à Julius Kopp. Il réussissait toujours à terminer ses liaisons avec élégance. Les femmes l'estimaient davantage après qu'avant. Elles avaient pour lui des gestes de tendresse qui étonnaient Paul Sarde. Lui passait d'un drame à l'autre, et ses anciennes maîtresses le poursuivaient de leur haine ou de leur mépris.

— Voilà, dit Kopp, en tendant à Laureen et à Viva le portrait-robot de Silvère Marjolin.

Il était appuyé à son bureau, attendant leur réaction.

— Un sadique, dit Laureen, un sale type.

Du bout de l'ongle, elle suivit comme l'avait fait Alexander le dessin des arcades sourcilières renflées. C'était, reprit-elle, le signe distinctif des primates.

— Pas de lèvres, dit Viva. Un visage de SS.

Une femme l'aimait, murmura Kopp. Elles se regardèrent et, face à leurs sourires ironiques, Kopp, pour éviter qu'elles ne répondent, leur expliqua ce qu'il attendait d'elles. Laureen enquêterait dans les hôtels où Silvère Marjolin descendait à Paris. La femme en avait fourni une liste incomplète, ainsi que les dates de ses séjours. Viva s'installerait dans la boutique de Barbizon, La Palette des objets. Elle attendrait, quelqu'un prendrait peut-être une initiative.

— Dangereux, dit Kopp, ce sont des tueurs.

Il ne put répondre aux questions qu'elles posèrent. On tenait un bout du fil, dit-il seulement, on allait tirer, essayer d'aller au bout. On ne savait pas ce qu'on trouverait.

— La femme, c'est le fil ? demanda Laureen en sortant.

— Le vieil homme et la mère, ajouta Viva en clignant de l'œil à Kopp.

Plus tard, Kopp reçut ensemble Sarde, Alexander, Morgan et Roberto. Ils avaient tous participé à la fondation de l'agence ou à son développement. Ils s'étonnaient eux-mêmes de leur succès. Le chiffre d'affaires avait été multiplié par trente en une dizaine d'années. La peur s'était répandue dans le monde comme un virus réactivé. Aucun continent, aucune ville, aucune profession n'échappait à l'angoisse. On voulait être protégé. La police n'y suffisait plus. La loi, les règlements apparaissaient aux responsables politiques, aux chefs d'Etat, comme autant d'obstacles à l'efficacité. Kopp disait que l'Ampir était adaptée à l'époque des privatisations et de la mondialisation. Il exposait cette thèse aux clients avec nonchalance et détachement. Les frontières, les nations s'effaçaient. Il fallait une agence mondiale en harmonie avec les nouvelles conditions de la protection, de l'information et du renseignement. C'était l'Ampir. Il réclamait pour ses services des sommes considérables, que les clients payaient avec soulagement, comme si cette exigence démesurée les rassurait. Les fonds étaient versés à des sociétés-écrans qu'Alexander montait ou liquidait à chaque opération, et qu'il localisait dans un paradis fiscal, jonglant avec les capitaux. L'argent ne manquait jamais à l'agence. Kopp pouvait se payer le luxe de suivre une affaire pour rien, par curiosité, pour le plaisir, par instinct.

— Ce n'est peut-être qu'un fait divers bête, con, dit Kopp, ou un règlement de comptes, une vengeance, ou alors...

— Sale gueule, interrompit Morgan après avoir vu le portrait-robot de Marjolin.

— Ou alors ? répéta Roberto.

— Il y a l'argent, dit Kopp, cent mille francs versés avec régularité pour une femme qu'on ne voit que deux ou trois fois par mois.

— Pas de gros besoins, ce monsieur, murmura Sarde. Drogue, mafia ?

Kopp secoua la tête. Le mode de virement était trop simple, celui qu'aurait adopté un homme politique corrompu virant ses commissions dans une banque suisse. Trop banal, médiocre. Rien à voir avec les montages complexes des grandes organisations.

— Qu'est-ce que tu sens ? demanda Sarde.

— Un type étrange, une histoire compliquée, pas dans nos habitudes. Ni terrorisme politique, ni grande criminalité, ce bonhomme...

Kopp prit le portrait-robot, l'examina.

— Ce bonhomme qui se rase les sourcils, les poils sur les avant-bras, les mains, ce père qui se contente de voir son fils de loin, une ou deux fois par an, ce type qu'on suit, qui donne l'impression de se savoir menacé, qu'est-ce que c'est, un fou ? Un mythomane ?

— Double vie, dit Alexander, deux univers, qui peut-être se sont heurtés.

— Et Julius passait par hasard, fit Sarde, et nous voilà.

— Vos rôles..., commença Kopp.

Alexander explorait les fichiers informatiques, Sarde prenait contact avec les amis restés dans les Services, Roberto ratissait la région, essayant de trouver la trace du quatre-quatre de la nuit, Morgan s'occupait du Canada, puisque Marjolin affirmait habiter Montréal. Et Kopp essayait de remonter jusqu'à l'origine des fonds versés en Suisse.

— La jeune femme, Geneviève Thibaud, c'est aussi toi, n'est-ce pas ? demanda Sarde.

Personne ne sourit. Kopp, la tête dans les mains, les coudes sur la table, fixait le portrait-robot de Silvère Marjolin.

7

Il y eut une semaine calme, puis Morgan téléphona de Montréal et Kopp décida de le rejoindre.

— On me suit, dit Morgan d'une voix posée.

Ils venaient de quitter le parking de l'aéroport de Montréal et Morgan roulait lentement sur la file de droite, laissant la plupart des voitures le dépasser. Kopp ne se retourna pas. Il regarda le ciel et, comme chaque fois qu'il arrivait en Amérique, il se sentit à la fois exalté et perdu. Les limites de l'horizon reculaient. Il n'avait éprouvé une telle impression qu'au cœur de la Sibérie ou de la Chine, mais atténuée. Le ciel n'avait pas la même intensité bleue qu'en Amérique du Nord. Les chaînes de nuages paraissaient défiler comme une suite sans fin, donnant la mesure de l'immensité, et en même temps du vide et de la répétition, du recommencement ininterrompu des choses contre lequel on ne pouvait rien.

— On vous suit ? répéta Kopp.

Il avait parlé d'un ton tranquille, vouvoyant Morgan comme il avait l'habitude de le faire avec les autres membres de l'équipe, y compris Paul Sarde qui le tutoyait avec une sorte de rage pour marquer qu'il connaissait Julius Kopp depuis plus longtemps que tous, qu'ils avaient partagé trop d'aventures pour garder des distances. Mais il n'avait osé qu'une seule fois appeler Julius Kopp de son véritable nom de Julien Copeau. Le regard de Kopp avait été si dur que Sarde avait balbutié des excuses et quitté la ferme pour plusieurs heures.

— On ne me lâche pas depuis trois jours, répondit Morgan.

C'était le plus athlétique des hommes de l'Ampir. Il ne parlait pas de son passé, et seul Julius Kopp connaissait son identité, mais l'Ampir était aussi une sorte de légion étrangère privée, selon l'expression de Paul Sarde. On ne se souciait pas non plus de ce qu'avaient été les activités de Roberto ou d'Alexander avant d'entrer au service de Kopp, mais dans les enquêtes, Kopp chargeait par exemple Roberto de ce qui concernait le banditisme, la mafia, les cercles de jeux et la prostitution. On l'imaginait sicilien et il s'en donnait l'allure, avec ses cheveux noirs lissés, sa fine moustache, son corps maigre. Alexander, au contraire, ressemblait à un mathématicien ou à un joueur d'échecs britannique, sûr de lui et ironique.

— La Volkswagen noire, un peu décalée à gauche, continua Morgan.

En se penchant à peine, Julius Kopp aperçut la voiture dans le rétroviseur. Le pare-brise était bleuté et on ne pouvait apercevoir, dans l'ombre et à cette distance, les visages du conducteur et du passager, dont on devinait les silhouettes.

— Deux Asiatiques, dit Morgan, peut-être des Japonais, mais peut-être des Chinois ou des Coréens.

Kopp aperçut les gratte-ciel de Montréal, comme autant de mégalithes, mais qui se découpaient sur l'horizon limpide.

— Vous avez touché un point sensible ? demanda Kopp.

Il devina que Morgan souriait.

— En tout cas ils sont là. Ça fait donc mal.

— Menaçants ?

— Ils se tiennent à distance.

Morgan conduisait en gardant les mains sur le haut du volant. Kopp regarda ces doigts larges, ces paumes épaisses, ce duvet blond qui couvrait la peau. C'étaient des mains saines et puissantes. Il eut une sensation de dégoût en imaginant les mains de Silvère Marjolin telles que Geneviève Thibaud les avait décrites. Et il grimaça en pensant qu'elle s'était laissé caresser par ces mains-là.

— Où allons-nous ? demanda Kopp, comme Morgan, au lieu de s'engager sur la branche de l'autoroute qui se dirigeait vers le centre de la ville, continuait en direction de Trois-Rivières.

Au téléphone, il n'avait rien expliqué à Kopp, lui disant seulement qu'il aurait préféré que Kopp voie les choses par lui-même. Kopp avait aussitôt décidé de partir. Morgan n'était pas homme à solliciter inutilement sa présence.

— Tiens, dit Morgan, ils nous ont quittés. Ils savent où nous allons. J'ai fait les repérages hier. Ils étaient là.

Il se mit à siffloter.

Kopp fut envahi brusquement par un sentiment d'accablement mêlé de colère.

— Il n'y a peut-être plus rien à voir, dit-il. On efface beaucoup de choses et même des gens, en un jour.

Morgan se tourna vivement vers lui, les yeux écarquillés. Il jura et accéléra brutalement.

— Ça ne sert à rien, dit Kopp.

Sur la neige, le soleil s'émiettait en des millions d'éclats aveuglants. Julius Kopp ferma les yeux. Morgan commença une phrase, s'interrompit, reprit après quelques secondes, se tut à nouveau, pensant sans doute que Julius Kopp dormait. Au contraire, Kopp avait tous ses sens en éveil. Il écarta les bras, les laissa tomber le long de son corps, il ouvrit ses mains, desserra ses lèvres. Il sentit le soleil, puis l'ombre quand un nuage passa. Il sut que Morgan se tournait vers lui pour l'observer. Il devina que Morgan s'était engagé sur une petite route creusée d'ornières et, tout en gardant les paupières baissées, il vit les bas-côtés couverts de neige. Il comprit, en reconnaissant l'air chargé de senteurs forestières, que la route traversait une futaie. Les branches ployaient sous la neige.

Il se sentit aussi comblé par ces senteurs que certaines nuits, quand il laissait une femme s'emparer de son corps, jouer avec lui, tirer de lui du plaisir pour elle et l'inonder de vibrations si aiguës qu'elles étaient proches de la souffrance et qu'il se cambrait pour mieux s'offrir.

Il pensa à Geneviève Thibaud.

Il l'avait vue longuement, chaque jour, à la ferme. Elle se tenait dans un angle de la cour. Elle lisait. Elle surveillait son fils. Elle avait, au début de l'après-midi d'un jour ensoleillé, enlevé son chemisier, croyant être seule, alors que Kopp la voyait de son bureau. Elle était restée ainsi près d'une heure, en soutien-gorge, la tête renversée en arrière, et parfois elle levait les bras pour s'étirer. Ses seins gonflaient. Elle avait deux touffes de poils noirs sous les aisselles, et Kopp avait été fasciné par ces deux taches qu'il imaginait humides comme des lèvres. Peut-être l'avait-elle aperçu. Elle avait remis rapidement son chemisier et était rentrée. Elle n'avait plus reparu de la journée. Au dîner, qu'Hélène servait dans la grande salle commune contiguë à la cuisine, au rez-de-chaussée, Kopp n'avait pas cessé de la regarder. Elle avait soutenu son regard. Kopp avait décidé de lui demander de le rejoindre dans sa chambre, puisqu'il ne pouvait se rendre dans la sienne où dormait son fils. Mais elle l'avait surpris. Elle s'était levée au milieu du repas, avant que Kopp ait pu lui parler, en prétextant que Cédric était épuisé. L'enfant avait protesté mais elle l'avait entraîné. Kopp avait eu une poussée de colère et de dépit. Il l'avait insultée, les dents serrées, et cet accès de rage contre une femme, ce désir aussi, l'avait tellement étonné qu'il s'était aussitôt calmé. Depuis, il était apaisé comme s'il avait eu la certitude qu'un jour elle pousserait sa porte et qu'alors il serait comblé. C'était à cela qu'il rêvait, alors que la voiture cahotait, roulant de plus en plus lentement.

Il s'étira, les yeux toujours fermés.

— Ce n'est plus très loin, dit Morgan à mi-voix.

Julius Kopp ne répondit pas. L'inquiétude de Morgan était perceptible dans la manière dont il conduisait, dont il toussotait.

— N'importe comment, on arrivera, murmura Kopp.

Il pensa : « Ce n'est qu'un épisode, un atout perdu, mais la partie ne fait que commencer, une grande partie, un défi à relever. » Il reconnut en lui cette brûlure dans le bas-ventre — de la joie, du désir, de l'enthousiasme et aussi de l'appréhension, comme avant de jouir, quand il craignait parfois de ne pouvoir atteindre le plaisir ou de ne pas le donner. Cela le prenait chaque fois qu'il s'engageait dans une entreprise difficile. C'était un signal. Le souvenir, aussi, de la sensation qu'il avait éprouvée quand il s'était présenté à la porte de l'avion pour le premier saut, et que le vent le repoussait, que la terre était ce damier vert et jaune. Il s'était élancé. Il avait ressenti la même combinaison d'exaltation et de peur quand il avait dû franchir un espace découvert sous le feu de l'ennemi, ou bien affronter à mains nues un homme qui voulait le tuer. C'était un duel entre soi et l'autre, et aussi entre soi et soi. Quel était l'adversaire qu'il fallait terrasser, cette fois-ci ? Silvère Marjolin ou bien, derrière lui, quelqu'un de plus fort, qui se tenait tapi au bout du labyrinthe, au sommet d'une montagne qu'il fallait gravir.

Le hasard avait lancé les dés. Kopp avait jeté sa mise. Ça roulait. C'était comme un tournoi sans règles, un duel sans témoin, un combat de gladiateurs, à mort. Kopp sentit qu'il attendait cela depuis longtemps. Il n'était plus question ici d'agir pour d'autres, mais de s'engager soi, au risque de sa vie. Une guerre. Contre quoi, contre qui ? Kopp l'ignorait encore. Mais ce ne pouvait pas être seulement contre Silvère Marjolin, qui n'était qu'un comparse, sans doute mort déjà.

— Vous aviez raison, dit Morgan, accablé.

Il grimpa sur le talus avec les roues de droite et coupa le moteur. La voiture resta penchée. Julius Kopp ouvrit les yeux.

Une petite foule était rassemblée devant une maison qui achevait de se consumer. Le toit était effondré. La construction en bois avait été calcinée. Les policiers avaient entouré les débris noircis d'un long cordon rouge auquel étaient accrochés des sortes de petites oriflammes jaunes que le vent secouait. C'était presque gai, comme pour délimiter l'espace d'un jeu dans une kermesse.

Kopp tapota le genou de Morgan.

— C'est toujours une course de vitesse, dit-il. On perd souvent. La mort gagne, bien sûr. Mais tout le monde perd, un jour ou l'autre. Ça console.

Morgan, le menton sur le volant, s'excusa. Il n'avait pas pris la dimension de l'affaire, dit-il.

— C'était qui ? demanda Kopp.

— Une infirmière. Elle disait qu'elle avait connu Marjolin.

— Malade ? fit Kopp.

Puis il pensa aux avant-bras et aux mains rasés de Silvère Marjolin, à sa peau lisse dont avait parlé Geneviève Thibaud, à la propreté méticuleuse de cet homme.

— Chirurgien, n'est-ce pas ? dit-il à Morgan en ouvrant la portière.

Morgan, d'un geste de la tête et avec une mimique étonnée, confirma.

— Allons voir, dit Kopp avec un entrain affecté. Ils ont peut-être bâclé le travail.

Il avança à grands pas vers la maison en s'enfonçant dans la neige jusqu'aux mollets.

8

Julius Kopp, suivi par Morgan, écarta avec autorité les badauds. Il les poussait des deux mains ouvertes comme s'il nageait la brasse. Il franchit le cordon rouge et pénétra dans le jardin de la maison. La neige était boueuse, noircie par plaques, recouverte de cendres et de débris. Dans l'allée, un groupe de trois hommes bavardaient. Kopp se dirigea vers eux sans hésiter. L'un d'eux, de petite taille, avec des cheveux roux coiffés en brosse, les mains enfoncées dans un blouson de peau retournée, secoua la tête, faisant comprendre à Kopp qu'il était interdit d'avancer. Comme à regret, il sortit sa main, indiqua qu'il fallait retourner au-delà du cordon rouge, puis, comme Kopp et Morgan continuaient de marcher dans sa direction, il alla vers eux.

— Hello, fit Kopp. Ils l'ont eue ? C'était notre témoin. Ils ne lui ont pas laissé le temps de parler.

C'était si inattendu, si provocant comme présentation, que l'homme écarquilla les yeux, balbutia, se tourna vers les deux autres, qui se rapprochèrent.

— Mon assistant, Morgan, va vous expliquer, reprit Kopp, et il entra dans la maison.

Morgan commença à parler à voix basse, forçant les trois hommes à se rapprocher de lui. Il était remonté jusqu'à Julie Lachenois à partir d'une enquête sur la disparition, en France, d'un Canadien, Silvère Marjolin, mêlé à une tentative de meurtre. Morgan avait retrouvé la trace d'un Silvère Marjolin à Montréal, mais le type était décédé, il y avait vingt-cinq ans, à l'âge de dix-huit ans, dans un accident de voiture. Ses parents avaient péri peu après dans l'incendie de leur maison.

— Un peu comme ça, ajouta Morgan en montrant la maison d'un mouvement de tête.

Il aperçut la silhouette de Julius Kopp qui fouillait parmi les décombres en s'aidant d'un morceau de bois.

Le petit homme roux essaya d'intervenir, mais Morgan reprit. L'étonnant, disait-il, c'est qu'en dépouillant les différents fichiers, il avait découvert que l'année même de son décès, un autre Silvère Marjolin, né le même jour, ayant la même adresse, les mêmes parents, s'était inscrit en faculté de médecine et avait obtenu son diplôme après un cursus sans histoire. Il s'était spécialisé en chirurgie et avait quitté le Canada pendant une dizaine d'années. Lorsqu'il y était revenu, il avait ouvert une clinique dans la banlieue de Montréal. D'après les documents fiscaux, il avait exercé la chirurgie successivement à Rio de Janeiro et à Hong-Kong. La clinique était spécialisée en chirurgie traumatologique. Beau succès. Une dizaine d'infirmières, et quelques assistants. Aucun n'avait laissé de trace, impossible de les identifier, sauf Julie Lachenois. Elle n'avait été employée que trois mois dans la clinique. Cependant elle avait, à cette époque, téléphoné à la police. Morgan avait retrouvé trace de cet appel. Mais elle n'avait jamais donné suite, ne se présentant pas à la convocation qu'elle avait elle-même sollicitée. Puis, elle avait disparu. Et Marjolin aussi. Morgan avait réussi à localiser Julie Lachenois. Il avait téléphoné hier matin, mais elle avait refusé de le recevoir. Il s'était présenté hier soir. Elle était absente. Il avait été suivi. Et il voulait la rencontrer ce matin avec son patron.

Morgan montra d'un mouvement de tête Julius Kopp qui sortait de la maison en se frottant les mains noircies par la suie.

— Mais trop tard, conclut Morgan, ils sont passés avant nous.

— Qu'est-ce que c'est que cette histoire ? bredouilla le petit homme roux.

Il se dandinait, les deux mains dans les poches de son blouson.

Julie Lachenois, continua-t-il, était une personne qui se tenait tranquille, qu'on aidait comme on pouvait, et qui rendait elle aussi tous les services qu'elle pouvait. Elle avait encore la main, parfois elle faisait des piqûres, quand on avait besoin d'une infirmière dans le quartier. Donc, Julie Lachenois, selon les premières constatations du médecin qui avait examiné son corps, était morte d'une crise cardiaque dans sa cuisine, et elle avait dû, en tombant, mettre le feu. Mais elle était morte avant, le médecin en était sûr.

— Vous, vous êtes de Paris, non ? dit d'un ton agressif celui des trois hommes qui portait un long ciré en caoutchouc noir, des bottes et une casquette de cuir fourré.

Julius Kopp approuva et, tout en s'éloignant, remercia, cependant que l'homme au blouson l'interpellait. Est-ce qu'ils avaient un titre officiel pour poursuivre une enquête sur le territoire canadien ? Qu'est-ce qu'ils imaginaient que le Québec était encore une colonie ?

Au moment où Kopp et Morgan avaient presque atteint leur voiture, il lança, sans chercher à les rejoindre, qu'il voulait voir leurs papiers. Kopp agita son portefeuille puis, tout en secouant la neige qui s'était collée à ses chaussures et à son pantalon, il demanda à Morgan de démarrer.

Le soleil n'éclairait plus brutalement mais semblait au contraire absorbé par la neige, comme si les rayons n'avaient plus assez d'énergie pour ricocher, faire éclater les cristaux glacés en parcelles brillantes.

— Maintenant, New York, dit Kopp en sortant de

sa poche une feuille de carnet à spirale à demi calcinée. Puis, en regardant la forêt qui, immense et paisible, bordait la route, il ajouta : « On tue partout, décidément, même ici. »

9

Kopp allongea les jambes et, posant les coudes sur la table, il fit tourner devant sa bouche, entre le pouce et l'index, le cigare qu'il venait de choisir dans la boîte humidifiée que lui avait présentée le garçon. « Moelleux », pensa-t-il. Il saliva comme s'il avait déjà dans la gorge la saveur âcre et sucrée du tabac de La Havane. C'était une sorte de privilège que de fumer un havane à New York alors que les cigares cubains restaient, officiellement, prohibés. Kopp coupa avec soin le bout du cigare, puis l'alluma lentement, aspirant vite les trois ou quatre premières bouffées. Une enquête, c'était cela, de la précision et de la détermination. La lenteur dans la préparation, puis la rapidité d'exécution, et aussi une sorte d'ivresse qui excitait l'imagination, estompait les arguments raisonnables, laissait jaillir les hypothèses. Tout au long de sa carrière, Kopp avait constaté que les agents des services de renseignement qui étaient trop rationnels et se pliaient à une logique mathématique obtenaient peu de résultats. Il fallait à un moment donné ouvrir la porte à la rêverie, au fantastique, à la folie même, parce que la vie, c'était bien plus cela que la somme arithmétique de déterminations simples. L'improbable régnait en maître, et c'était encore le cas dans cette affaire Marjolin.

Il fit un signe au garçon et commanda une nouvelle bouteille de vin rouge de l'Etat de New York, un gamay, une sorte de beaujolais un peu plus âcre. C'était un moment agréable. Il était installé dans la salle à manger de l'hôtel Sheraton-Russel, au 45 de Park Avenue, à l'angle de la 47e Rue. Kopp aimait cet hôtel confortable où les chambres étaient spacieuses, le coin fumeur de la salle à manger le plus souvent désert. Lors de ses premiers séjours à New York, il y avait des années, quand Kopp avait été un peu grisé par l'aisance que lui donnaient tout à coup les revenus de l'agence, il descendait dans les palaces new-yorkais, et il avait ainsi fréquenté, sur Park Avenue, le Waldorf Astoria. Mais il s'était lassé de ces grands paquebots illuminés, au luxe baroque, où il était impossible de passer inaperçu. Il fallait s'afficher, au contraire. Et Kopp aimait la discrétion. Il savourait d'autant plus les petits plaisirs de la vie quotidienne qu'il en jouissait seul. Le soir, au Sheraton, il s'était composé un dîner américain du Middle West, un *stuffed cabbage*, dont les piments réputés doux avaient pourtant enflammé son palais, mais le gamay frais avait apaisé l'irritation agréable et excitante, puis il avait dégusté une *peach cobbler*, et la douceur des pêches et de la crème fraîche avait velouté sa bouche d'une douceur fondante. Maintenant il buvait et il fumait.

Il se redressa, sortit de la poche de sa chemise le feuillet noirci qu'il avait trouvé à demi consumé dans la maison de Julie Lachenois. Il le lissa de sa paume une nouvelle fois, avec la même délicatesse et la même lenteur qu'il avait mises à tâter son cigare. Il était sûr que les mots qu'il parvenait à lire avaient été écrits par Julie Lachenois. L'encre du stylo-bille avait été en partie effacée, sous l'effet sans doute de la chaleur de l'incendie puis de l'eau, mais Julius Kopp avait lu un prénom et un nom, Carmen Revelsalta, puis, avec trois moignons de lettres capitales, il avait reconstitué ONU, et après, en utilisant des fragments de mots, il avait laissé aller son imagination et conclu qu'il fallait lire Secrétariat des

Nations unies, New York. Peut-être était-il seul à pouvoir imaginer cela, à partir d'un S, d'un N et de trois lettres qui étaient peut-être O, N, U. Morgan l'avait regardé avec une admiration incrédule et effrayée. « Vous allez partir pour New York à partir de ça ? »

C'était comme les premières bouffées de cigare. Il fallait que la forge, au bout de la feuille de tabac, s'enflamme presque. Il ne fallait pas perdre de temps. Kopp avait donc pris le dernier vol pour New York. Et, à l'arrivée, il avait ressenti aussitôt ce mélange d'irritation et d'admiration qui le saisissait chaque fois qu'il débarquait à Kennedy International Airport. Comment faisaient-ils pour avoir cette organisation à la fois nonchalante et efficace ? Lorsqu'il avait présenté son passeport, on lui avait demandé de bien vouloir attendre quelques minutes. Le fonctionnaire de l'immigration ne le regardait même pas, se contentant de lire sur l'écran de l'ordinateur où défilaient sans doute toutes les étapes de la carrière de Julien Copeau, dit Julius Kopp, commandant de réserve, affecté à la DGSE. Il était sûrement indiqué que son entrée sur le territoire des Etats-Unis devait être signalée à la CIA, que Kopp devait fournir une adresse complète durant son séjour. Il semblait à Kopp qu'il entendait le ronronnement des gros ordinateurs et des imprimantes qui avaient fait sortir les fiches le concernant. Et peut-être en ce moment même un agent était-il installé dans la salle à manger du Sheraton-Russel afin de le surveiller. On ne croyait jamais, dans les services, qu'un agent avait rompu avec la maison mère. Les patrons, pensait-on, ne le toléraient pas. Ils pouvaient à la rigueur allonger la laisse, laisser à leur agent un semblant de liberté. Et donc personne, dans aucun pays, ne pouvait considérer l'Agence mondiale de protection, d'information et de renseignement comme une entreprise privée, et Julius Kopp comme un homme d'affaires exploitant un secteur particulier d'activité. Kopp ferma les yeux. Lui-même le croyait-il ? Peut-être avait-il tout simplement quitté le service pour agir comme il l'entendait, parce que la bureaucratie d'une administration, même celle du renseignement, ne lui paraissait plus adaptée à l'époque nouvelle dans laquelle on était entrés. Finie, la bonne guerre froide, les périls n'étaient plus rouges. Ils surgissaient en n'importe quel point du monde. Ils avaient autant de têtes qu'une hydre, c'était une guerre brouillonne et sordide, drogue, chantage, terrorisme, enlèvements. Le profit ou la folie fanatique pour ressorts. Kopp n'avait pas voulu devenir un puissant. Il s'était dégagé des entraves de l'Etat pour choisir ses clients, ses causes — et ses ennemis.

Kopp pensa que, au fond, il n'avait en effet pas changé de camp ni de métier.

Il but, tira sur son cigare, les yeux clos, le visage lisse, le corps alangui. Et puis, fonctionnaire, espion d'Etat, il n'aurait jamais pu obtenir le remboursement des dépenses qu'il avait maintenant pris l'habitude d'engager sans compter. Et c'était aussi une liberté enivrante et un délicieux plaisir.

10

— Qu'est-ce que vous cherchez ici, Julius ? fit une voix grave et lasse.

Kopp n'ouvrit pas les yeux et sourit. Il jubila durant quelques secondes, oubliant qu'il allait être gêné dans son enquête puisqu'on le surveillait. Mais c'était si satisfaisant de voir confirmée l'une de ses intuitions. Il ne s'était pas trompé à Kennedy International Airport. On l'avait fait attendre trop longtemps pour un contrôle de routine. Il avait noté que le fonctionnaire de l'immigration, en lui rendant son passeport, l'avait dévisagé avec une attention respectueuse et un peu effrayée. Peut-être était-ce ainsi qu'on regardait les condamnés à mort ou les monstres. Kopp en avait éprouvé une satisfaction joyeuse dans le taxi. Et quand il était redescendu de sa chambre du Sheraton-Russel dans la salle de restaurant, il s'était demandé si la CIA n'avait pas déjà délégué l'un de ses jeunes gens aux cheveux coupés trop courts, le corps serré dans des costumes qui ressemblaient à des uniformes. Il avait dévisagé les dîneurs sans succès. En dehors des touristes, surtout japonais, il n'avait repéré que quelques Américains trop gras de l'Amérique des grandes plaines qui venaient se donner des frissons à New York. Il avait été déçu.

— Et vous cherchez pour qui, Julius ? avait repris la voix.

Kopp la reconnut. Menker faisait donc toujours partie de la Maison, chargé comme il y avait des années des affaires françaises. Kopp ouvrit les yeux.

— Salut, Fred, dit-il en se redressant.

Il appela le garçon, demanda un verre, le remplit de vin. Menker prit le verre à deux mains, le plaça dans la lumière et bougonna. Pourquoi donc Monsieur Copeau buvait-il du vin d'ici ? Pas de quoi se payer un vrai bourgogne, Monsieur Kopp ? Les Français étaient toujours déconcertants.

— Couleur locale, fit Kopp.

— Sale couleur, trop foncée, comme s'il y avait de la terre ou du sable, répondit Menker.

Mais il but. Il avait peu vieilli. Le visage s'était simplement affaissé, donnant une expression de tristesse, de mélancolie et d'ennui. Les poches sous les yeux étaient bistre. Menker, Kopp s'en souvenait, donnait toujours l'impression d'être mal rasé. « Un Levantin », avait dit autrefois Paul Sarde, une tête de Libanais ou de Juif syrien avec un nom allemand.

Et pour couronner le tout, la nationalité américaine, et le service de la CIA.

— Alors Julius, on fait du tourisme ? dit Menker après avoir posé son verre.

Kopp haussa les épaules, écarta les mains.

Menker baissa la tête, laissant ses bras glisser entre ses cuisses. Quand il regarda Kopp, il paraissait désespéré. Et Kopp ressentit une violente inquiétude. Quelque chose n'allait pas. Il s'appuya au dossier du fauteuil, se cambra.

— Morgan, dit Menker, en se grattant la nuque, puis en replaçant la longue mèche qui donnait l'illusion qu'il avait encore quelques cheveux plantés en avant du crâne.

Il avança les lèvres, hocha la tête.

— Je ne sais pas qui vous chassez, Kopp, mais il se défend.

Kopp avait appris à ne pas poser de questions, à laisser venir sans se découvrir. Mais il sut que Morgan était mort. Ils s'étaient quittés à l'aéroport de Montréal. Morgan avait dit qu'il retournerait enquêter à Trois-Rivières, qu'il espérait attirer les deux Asiatiques et les avoir. Au moins identifier leur véhicule ; après, on pourrait remonter jusqu'à eux. La poursuite retournée, le gibier devenant chasseur, était un art difficile, tout de leurre et d'intelligence, un jeu risqué où il fallait se laisser approcher, presque saisir pour voir le poursuivant, le démasquer, et garder cependant le temps de se dérober alors qu'on était à portée de ses griffes. Julius Kopp s'était contenté de grommeler une approbation pleine de réserves. Mais Morgan avait un défi personnel à relever. « Ils ne me doubleront pas une deuxième fois », avait-il dit. Kopp avait appris depuis ses premières missions que la traque, la guerre étaient à tout instant une partie de poker. Et qu'il ne servait à rien de conseiller la prudence. Les joueurs aimaient avoir peur. Il avait été comme eux. Peut-être avait-il changé et il répétait qu'il ne fallait s'engager dans une partie que lorsqu'on détenait tous les atouts et qu'on était le seul à posséder une arme. Mais cela, c'était la théorie.

— Ils l'ont eu comment ? demanda Kopp.

Menker pencha la tête, fit la moue.

— Est-ce qu'on est sûr du meurtre ? Peut-être un accident. Il a quitté la route, il roulait vite. La voiture a heurté les arbres et a pris feu. Des conducteurs assurent avoir assisté à une véritable course poursuite entre lui et une Volkswagen, mais les gens imaginent, vous les connaissez, Kopp.

— Une Volkswagen noire, murmura Kopp.

— Il y a beaucoup de voitures noires, même des Volkswagen.

— Bien sûr, dit Kopp.

Il fit un signe au sommelier, qui accourut, montra la carte des vins, et Kopp, du bout de l'ongle, désigna une ligne. Le sommelier s'inclina.

— Bourgogne, dit Menker.

— 91, fit Kopp.

Ils burent. Leurs jambes allongées se touchaient parfois et ils se déplaçaient un peu. Fred Menker avait un corps massif, Kopp était maigre, osseux presque, mais il remuait ses membres avec lenteur, comme s'ils avaient été lourds, endoloris.

— Je vais vous raconter une histoire curieuse, commença Menker. Il y a trois mois, une femme s'est présentée à notre ambassade à Ottawa. C'est un poste tranquille. On s'occupe un peu des Québécois, mais la grande époque du Québec libre et de votre Grand Fou, c'est fini. Tout ça n'est plus qu'un jeu, on répète. Donc, c'était une Québécoise, et elle voulait voir quelqu'un de la CIA. Vous vous rendez compte, Kopp, dans une ambassade des Etats-Unis au Canada ! Je crois qu'on lui a répondu que la CIA était une invention soviétique, qu'elle n'existait pas. Comme la femme insistait, quelqu'un lui a répondu que peut-être la CIA existait, mais sûrement pas au Canada, un grand pays allié, etc., etc. Vous imaginez la chanson...

Menker s'interrompit, se servit un nouveau verre, le savoura, observant Kopp, hochant la tête.

— On a quand même reçu cette femme, reprit-il. Une folle. Dans son rapport, le petit jeune homme qui l'écoutait écrit qu'elle parlait d'une voix exaltée. Elle se cachait, disait-elle, parce qu'elle savait des choses terribles. Elle avait côtoyé un monstre, une sorte de Frankenstein, mais tout ça, vous entendez, Kopp, elle ne voulait le dévoiler qu'au président des Etats-Unis en personne, ou à un général en uniforme. Parce qu'elle voulait être sûre qu'on la prenait au sérieux. Donc, la Maison-Blanche ou le Pentagone. Quand elle aurait fait ses révélations, il faudrait la protéger pour le restant de ses jours. On l'a reconduite, bien sûr avec des égards, en la remerciant et en l'assurant qu'on allait transmettre sa proposition. Elle a beaucoup hésité à donner son nom et son adresse.

Menker se mit tout à coup à parler du bourgogne. Il fallait, expliquait-il, regarder la couleur, pour saisir la différence avec ces vins américains.

— Regardez, Kopp, c'est limpide, du sang frais, léger.

Il posa son verre.

— On peut tout croiser avec les ordinateurs, c'est extraordinaire, Kopp, reprit-il, la voix changée. Diabolique, on met en rapport les choses, les gens les plus inattendus. On enfourne ce qu'on sait dans la machine. Les impulsions glissent, se superposent, se connectent, se heurtent. Et on est ébloui. Une illumination, Julius.

Menker se pencha vers Kopp.

— Quand on a appris la mort de Morgan, on a évidemment recherché tout ce qu'on possédait sur lui. Votre nom est ressorti aussitôt du monstre. Il a vomi toute votre vie, Julius, Julien Copeau, dit Kopp, fondateur de l'Agence mondiale de protection, d'information et de renseignements l'Ampir. Vous êtes vous aussi un Grand Fou, Kopp, comme l'autre général, comme tous les Français. Puis, on a obtenu tous les renseignements qu'on voulait sur le séjour de Morgan et le vôtre au Canada. Il faudra que vous lisiez le rapport du constable de Trois-Rivières, Kopp. Il vous décrit, Morgan et vous, parfaitement. Une photographie. Et il donne bien sûr le numéro de la voiture de Morgan. On a donc su que vous étiez entré dans la maison de cette pauvre Mme Julie Lachenois. Et ce nom-là, on l'a rentré dans la machine, pour voir. Et c'était aussi celui de la folle, celle qui voulait ne révéler ses secrets qu'au président des Etats-Unis ou à un général du Pentagone. Etonnant ces machines, non ?

Menker ferma à demi les yeux. Ainsi, avec ses bajoues, ses grosses paupières, ses poches sous les yeux, ce teint mat, cette peau dont les pores étaient si apparents qu'elle paraissait grêlée, il ressemblait à un batracien qui respirait avec difficulté.

— Qu'est-ce que vous savez de Julie Lachenois, Kopp ? Qu'est-ce que vous cherchez ?

Kopp se leva. Il pensa à cette jeune femme qu'il avait vue deux ou trois fois en compagnie de Morgan. Elle avait des cheveux blond cendré, un visage rond et un regard naïf. Il souhaita qu'elle ait oublié Morgan, qu'elle ne l'ait jamais aimé.

Il tapa sur l'épaule de Fred Menker.

— Je respecte la constitution américaine et les lois de ce pays, dit-il. Bonne nuit, Menker.

11

Kopp jura et fut tenté de redescendre dans la salle à manger afin de saisir Menker par les épaules et de lui écraser le nez d'un coup de tête. Mais Menker avait déjà dû filer. Prudent, Menker.

Toutes les lumières de la chambre brillaient. Kopp claqua la porte. Ils avaient fouillé sans précaution, comme des porcs qui cherchent avec leur groin. Kopp regarda dans la salle de bains. Ils avaient vidé le tube de dentifrice dans le lavabo, renversé le contenu de la trousse de toilette dans la baignoire. Sur le lit, ils avaient répandu les vêtements, après en avoir retourné les poches. Le sac de voyage était jeté dans un coin. Ils avaient agi en toute impunité, pendant que Menker faisait la conversation et posait poliment ses questions dans la salle à manger. Eux, ils espéraient trouver ici les réponses. Mais c'était autant une fouille qu'un avertissement, une façon d'intimider et de dissuader. On est là, Julius, on utilise tous les moyens. On est chez nous. On est fort. Tu vas filer droit, nous dire ce que tu sais.

Kopp donna un coup de pied dans son sac. Puis il respira longuement et s'allongea sur le lit, s'efforçant de sourire, une jambe repliée, le pied droit appuyé à plat contre le genou gauche dans une position qui rappelait celle du yoga. Il se calma. C'était de bonne guerre. Il lui sembla entendre la voix grasseyante de Menker. « Je vous ai prévenu, Julius. On ne peut pas vous lâcher sur ce coup. Vous piétinez notre territoire. Après tout, cette Mme Lachenois, c'est nous qu'elle a rencontrés d'abord. Donc, l'affaire est à nous. »

« C'est ça, mon bon connard », murmura Kopp.

Il ne bougeait pas, mais c'était comme si chaque seconde d'immobilité accroissait en lui l'énergie et la détermination. La colère, la rivalité, le défi, le calme qu'il s'imposait le rechargeaient comme une batterie qu'on a rebranchée.

Qu'est-ce qui appartenait à quelqu'un ici-bas ? Même pas sa propre vie. Les types qui voulaient mourir, les suicidaires, les grands malades, on les maintenait de force en vie. Les autres qui ne demandaient qu'à durer, alors on leur mettait un fusil entre les mains et on en faisait des tueurs et des cibles. Si on disposait ainsi de la vie, que dire du reste ? Plus un poisson pêché était gros, et plus tout le monde cherchait à s'en emparer. Il fallait le défendre à coups de gaffe, avec ses dents et ses ongles. Hemingway avait raconté cette histoire-là. Et Kopp ne voulait pas la revivre.

« Bon », dit-il. Il se dressa. Ils avaient dû mettre le téléphone sur écoute. Il descendit dans le hall. Il aperçut tout de suite l'homme qui somnolait, assis dans l'un des fauteuils de cuir tournés vers les portes des ascenseurs. En voyant Kopp, il enfonça un peu la tête dans ses épaules, comme s'il voulait passer inaperçu. Il ne ressemblait pas aux jeunes gens du service de Menker. Kopp, accoudé au bar, le regardait dans le miroir qui lui faisait face. C'était lui aussi, comme les deux passagers de la Volkswagen noire qui avait poursuivi Morgan, un Asiatique, la tête un peu trop ronde pour un Japonais, pensa Kopp. Peut-être en effet, comme Morgan l'avait suggéré, un Coréen ou un Chinois. Ce n'étaient peut-être pas les agents de la CIA qui avaient fouillé la chambre. Ou bien, et c'était sans doute le plus probable, on s'intéressait à Kopp de deux côtés à la fois. Il avait bien accroché à sa barque un très gros poisson. Et il voulait le ramener au port. Sinon, à quoi aurait servi la vie de Morgan ?

Kopp sortit, courut vers un taxi, et vit, sur le perron de l'hôtel, le bonhomme qui faisait un signe. Une voiture démarra dans laquelle le type s'engouffra. Et maintenant, ils roulaient derrière le taxi.

Kopp glissa au chauffeur un billet de vingt dollars, expliquant qu'il allait descendre dès qu'il y aurait un ralentissement. Le chauffeur prit l'argent sans même tourner la tête.

Ils étaient toujours là, à une vingtaine de mètres. Il releva le numéro d'immatriculation de la voiture, une Ford grise, sans doute un véhicule de location, mais à partir du contrat, on pourrait remonter quelque part.

— OK, dit Kopp, et il sauta, se faufilant courbé entre les voitures. Il entra après une brève course dans le hall de Central Terminal, se dissimula. Personne ne le suivait. Il regarda alors autour de lui. C'était, contre les hautes cloisons, l'entassement des corps des *homeless*, cachés sous des boîtes de carton. Kopp n'était pas revenu à New York depuis quelques mois, et il eut le sentiment que le mal avait empiré. Les gens s'abandonnaient. Les visages disparaissaient sous des chiffons. Ça grouillait, ça ressemblait à la moisissure d'un organisme. Et Kopp s'effraya de cette image et des solutions qu'elle entraînait. Il fallait nettoyer ça. Et ça, c'étaient des hommes et des femmes. Mais il était si facile, si commode d'imaginer qu'il ne s'agissait que de parasites, de corps sans âme et sans regard, moins que des animaux productifs ou de compagnie. Rien — des corps gênants. Qu'est-ce qu'on peut faire avec ce qui dérange ? Le supprimer. Se débarrasser de ces corps. Les recycler, comme de la matière première de récupération.

Kopp secoua les épaules comme s'il avait froid.

Il enjamba quelques corps pour accéder à une cabine téléphonique, appela la ferme, attendit qu'on le rappelle.

Au ton de Paul Sarde, Julius Kopp comprit qu'ils savaient déjà, là-bas, pour Morgan.

— On peut parler ? demanda Paul Sarde.

— Tu sais qu'on ne peut plus parler nulle part et de n'importe où, dit Kopp. On écoute tout. Mais il n'y a rien de spécial. Situation banale. Ils mettront du temps à nous retrouver.

— C'est gros, dit Sarde. Plus gros que tu croyais, hein ? Tu as une idée ?

— De la taille, oui. Des moyens sans limite, comme ceux d'un gouvernement, ou d'une puissante organisation, bien structurée. Des hommes décidés, disciplinés. Prêts à tout pour protéger l'affaire. Mais quelle affaire ? De très gros enjeux, sûrement. Mais lesquels ? Ça, je ne sais toujours pas.

— Notre Sicilien, dit Sarde, a appris que les deux types de la première nuit dans la forêt étaient des Asiatiques. Ils ont fait le plein. Le pompiste les a remarqués. Trop polis pour être honnêtes. Gros pourboire. Un peu d'américanisme.

Roberto avait donc identifié les passagers du quatre-quatre.

— Et la mère, toujours avec son enfant ? demanda Kopp.

Malgré lui, sa voix s'était altérée.

— Quand il fait beau, dit Sarde, elle prend le soleil dans la cour. Le gosse joue. On lui a inventé des jeux électroniques. Il adore ça.

— Rien d'autre ?

— Dans la boutique, rien, dit Sarde.

Il toussota, pour attirer l'attention de Julius Kopp.

— Dans les hôtels, le type à la tête bossuée, on l'a vu parfois avec des enfants d'une dizaine d'années. Il montrait leurs papiers sans qu'on les lui demande. Les gosses avaient l'air très heureux. Des métis, des Asiatiques. Le type et les gosses dînaient au restaurant. Les garçons se souviennent, à cause des desserts. Ils en prenaient plusieurs. Je te signale, pour que tu ne fantasmes pas trop vite, chambres séparées. La pédophilie serait trop facile. Le type, de l'avis du personnel, était insoupçonnable. Un oncle gâteau.

Kopp laissa passer quelques secondes.

— Elle va bien ? demanda-t-il.

— Qui ? demanda Sarde d'un ton agressif. La femme du type qu'on va rapatrier du Canada dans une boîte ?

— Tu l'as vue ? demanda Kopp.

— Elle a même un enfant, dit Sarde.

Kopp raccrocha.

Dans le hall de la gare, de nouveaux corps s'étaient couchés, serrés les uns contre les autres, formant un amoncellement de chiffons qui puaient.

12

Kopp marcha un long moment au hasard. Il faillit buter à plusieurs reprises contre des corps allongés à même le sol dans la vapeur tiède et nauséabonde qui s'échappait des bouches d'aération. Dans Lexington Avenue, quatre ou cinq jeunes gens qui se dandinaient s'avancèrent vers lui et Kopp, instinctivement, ouvrit dans sa poche le petit canif qu'il ne quittait jamais. Apparemment, c'était un modèle inoffensif. La lame était courte, sans cran d'arrêt. Mais Kopp, avec deux doigts, glissa dans la fente du manche une pièce de monnaie qui bloqua la lame. Sa pointe, entre l'index et le majeur, dépassait à peine du poing fermé. Elle suffisait à déchirer une joue, à faire jaillir le sang d'une épaule ou à crever un œil. Et quand le sang jaillissait, les rôdeurs s'affolaient. La peur et la douleur les aveuglaient. Kopp le savait. Il ne dévia pas de sa route et les jeunes gens s'écartèrent. Il ne se retourna pas. Mais tout en s'éloignant, il se tint prêt à recevoir un coup, à être pris par la gorge. Il aurait alors basculé vers l'avant ou le côté, entraînant le type dans sa chute. Rien ne vint. Kopp ne se détendit pas. Il sentait un violent climat de guerre. L'air de la nuit était âcre. Comme souvent à New York, le vent balayait la chaussée, glacé, irritant.

A l'angle de la 47ᵉ Rue et de Lexington Avenue, Kopp entra dans le hall de l'hôtel Roger-Smith. Il prit une chambre. On devait l'attendre au Sheraton Hotel. L'Asiatique avait peut-être repris sa place dans le fauteuil de cuir en face des ascenseurs, et Fred Menker avait dû placer un homme parmi le personnel de l'hôtel. Bonne nuit, messieurs.

La chambre était petite. La fenêtre donnait sur une façade sombre striée de tuyaux recouverts de suie. Il s'allongea sur le lit. Essaya de dormir, mais il avait envie d'une femme. Il l'imagina, elle, bras nus, dans la cour de la ferme. Il eut la tentation de téléphoner, de lui dire qu'il avait envie de coucher avec elle. Elle n'aurait pas été choquée. C'était la vie, non ? Il avait vécu comme ça, de guerre en guerre, de femme en femme. Soldat, et maintenant mercenaire. Le monde se divisait pour lui entre guerriers et vaincus. Même battu, un soldat qui avait fait front n'était pas vaincu. Il ferma les yeux. Ces types vautrés sur le sol, à Central Terminal, qu'est-ce qu'ils étaient ? Des vaincus. Ils avaient refusé de se battre jusqu'au bout, parce qu'au bout, il y avait toujours la mort. Et ils la craignaient. Alors ils agonisaient, couchés, la main tendue.

A la fin, il appela Geneviève Thibaud.

— Vous avancez ? demanda-t-elle.

Elle avait une voix hésitante, s'interrompant après chaque phrase comme si elle se dévêtait peu à peu, et il l'imagina, bras nus d'abord, puis elle ôtait aussi son soutien-gorge.

— J'ai envie de coucher avec vous, dit-il.

Est-ce qu'elle avait entendu ?

Elle changea de ton, parla plus vite.

— La première fois que je l'ai vu, reprit-elle, sur le vol Montréal-Paris, il n'était pas seul.

Elle avait oublié de raconter cela, mais elle essayait, depuis qu'elle s'était réfugiée à la ferme, de reconstituer chaque détail.

— Comment vous êtes ? demanda-t-il.

Elle rit.

— Je m'habille, dit-elle.

— Attendez un peu, ça me plaît que vous restiez comme ça. Je rêve que je vous vois, que je vous touche.

Elle rit encore.

— Il était avec deux enfants, dit-elle après un silence. Je me suis étonnée. Mais j'étais jeune. C'était il y a huit ans. Il rendait service à un ami, m'a-t-il dit. Ça m'a émue. Les gosses étaient beaux, les cheveux très noirs. On aurait dit des Indiens, ou des métis, des Brésiliens. Quelqu'un l'attendait à Roissy, un Chinois ou un Japonais. Ils ont discuté longtemps. Il lui a confié les enfants, pour rester avec moi. Il a dit, je me souviens : « Je viole une règle, pour vous. » Ce mot, « violer », je m'en souviens. Ça m'a fait peur et ça m'a attirée. On a passé la nuit ensemble. Après, je vous ai raconté.

— Vous, il ne vous a pas violée, murmura-t-il.

Mais elle avait entendu.

— Presque, dit-elle.

La voix, sur la longue distance transatlantique, se brisait, les sons se chevauchaient.

— Il m'a dit, ajouta-t-elle, qu'il était un de ceux qui voulaient rétablir l'ordre du monde, et que les femmes comme moi étaient des forces de désordre. Ça m'a humiliée, révoltée. Ça commençait mal.

— Ça n'a rien empêché, dit Kopp. Au contraire, non ?

— Pensez ce que vous voulez, dit-elle.

Kopp serra de toutes ses forces le combiné. Il avait chaud. Il se retint pour ne pas rugir.

— Je vous violerai, dit-il à mi-voix.

Il raccrocha.

13

Kopp quitta l'hôtel Roger-Smith au petit matin. Humeur de chien. Evidemment, il n'avait pas dormi. Ça avait tourné dans sa tête comme au manège. Morgan, Menker, Geneviève Thibaud. Il avait plusieurs fois relu le feuillet calciné qu'il avait trouvé dans la maison de Julie Lachenois. Mais le mouvement de ses pensées avait été si rapide qu'il n'avait pu les relier, construire un raisonnement. C'était comme autrefois, dans l'enfance, quand il fallait saisir un ballon que le forain suspendait au-dessus des chevaux du manège. Kopp tendait le bras. Le ballon se dérobait, comme la solution, l'idée qui eût permis de commencer à comprendre le pourquoi des faits qui se succédaient, et pour le compte de qui agissaient ces hommes qui n'hésitaient pas à tuer.

Comment dormir ?

Il y a quelques années, Kopp serait ressorti au milieu de la nuit pour trouver une femme, n'importe laquelle. Le corps à corps était meilleur que les somnifères. Après, on tombait sans rêve dans le grand puits du sommeil. Au réveil, on avait oublié la femme. On avait faim. La journée commençait bien.

Mais Kopp n'avait pas quitté la chambre. Paresse. Prudence. Peut-être aussi parce qu'il n'avait plus envie que d'une seule femme. Il se souvenait des aisselles touffues, noires, humides de Geneviève Thibaud. De sa voix cassée par la distance. Mais elle était de l'autre côté de l'océan. Kopp avait donc, assis sur le rebord du lit, fait défiler les images sur l'écran du téléviseur. Meurtres. Corps. Jeux. Eclats de rire. Prières et prophéties. Objets. Bouillie de couleurs criardes.

Du perron de l'hôtel, Kopp regarda la rue avec hargne. Le vent coulait vers l'East River, rabattait sur la chaussée les volutes de vapeur grise. Seul le sommet des immeubles était éclairé par la lumière blanche du soleil de l'aube. En bas, c'était le fond d'une vallée. Les *homeless* sortaient en rampant de leurs coquilles de carton et se dispersaient, certains s'asseyant sur leurs talons à l'entrée des *coffee shops*.

Kopp entendit des cris. Il se tourna vers le haut de la rue. Les arroseuses approchaient, balayant les trottoirs de leurs jets, et Kopp vit des silhouettes chancelantes qui essayaient d'échapper à l'eau sous pression. La rue était un champ de bataille qu'on nettoyait avant la parade du jour. Pas de pitié. Soleil en haut. Ombre en bas.

Kopp commença à descendre cette 47e Rue. Au

bout, entre le fleuve et First Avenue, se dressaient les bâtiments de l'Assemblée générale et du secrétariat de l'ONU. C'était là que Kopp allait.

Il avait le temps. Si Carmen Revelsalta, dont Julie Lachenois avait tracé le nom, existait vraiment, et c'était le pari de Kopp, elle devait commencer sa journée vers dix heures, arriver avec le flot des gens qui avaient le temps de se maquiller ou d'hésiter sur le choix de leur cravate.

Mais c'était encore l'heure des types mal rasés.

Kopp entra dans un coffee shop qui se trouvait au milieu du bloc d'immeubles entre la 4e et la 3e Avenue. Aussitôt, il le regretta. Un homme debout devant le comptoir pérorait, interpellant le serveur noir. Il n'y avait personne d'autre dans la salle constituée par un long couloir où s'alignaient les tabourets disposés autour de petites tables rondes.

Kopp essaya de ne pas regarder l'homme. Il s'assit sur un tabouret et, par gestes, il commanda des œufs au bacon, deux saucisses, une crêpe et du café, deux tasses, pour commencer. Il se recroquevilla, les avant-bras posés contre le bord du comptoir pour que toute son attitude exprime le refus de parler. Mais l'homme était là déjà, brandissant le *New York Times*, glissant le journal sous le bras de Kopp, insistant pour qu'il lise un article en première page, se penchant afin de le lui montrer.

— C'est la fin, monsieur, la fin, mon frère.

Kopp prit le poignet du bonhomme, le serra et calmement le repoussa. L'homme ne se rebiffa pas. Il avait les yeux exorbités, peut-être était-il drogué, mais peut-être aussi les mots qu'il prononçait suffisaient-ils à l'enivrer. Il parlait sur un ton prophétique, s'adressant tour à tour au serveur puis à Kopp, se tournant vers les tabourets vides. C'était l'Apocalypse qui approchait, disait-il. Chaque jour, un signe l'annonçait. Les hommes étaient aveugles. Mais Babel pourrissait. Le désordre était devenu la seule loi du monde.

— Regardez-les, fit-il en montrant les clochards qui, devant l'entrée du coffee shop, sautillaient pour que le jet d'eau ne les atteigne pas. Les hommes sont usés. Ils ne croient plus. Ils sont pires que des bêtes. Ce sont les fils du Diable. Ils tuent dans le ventre des mères. Ils dépècent les enfants. C'est le Diable qui règne.

Kopp leva soudain les yeux. C'était comme si le manège dans sa tête venait de ralentir. Il lui sembla qu'au prochain passage, il pourrait saisir le gage, la clé. Il tendit la main vers le journal. L'homme le lui offrit avec enthousiasme.

— Lisez, voyez, c'est l'Apocalypse que cela annonce. Les hommes sont devenus fous. Les médecins sont dans la main du Diable. Ils tuent. Ils ne soignent plus. Ce sont des bouchers, mon frère, des bourreaux.

Il se signa et commença à prier à haute voix.

Kopp se mit à lire.

L'Association médicale américaine, « la puissante AMA », précisait le journaliste, venait de décider qu'on pouvait prélever des organes sur des nouveau-nés vivants qui avaient vu le jour sans la partie du système nerveux central contenu dans la boîte crânienne. Ils ne disposaient pas de cerveau, de cervelet, de tronc cérébral. Ils n'avaient, au dire des médecins, ni conscience ni mémoire. Ils n'étaient que des corps. Il en naissait entre mille et deux mille par an. On pouvait, en les tuant, disposer de leurs organes, de leurs membres, les écorcher pour leur peau. On manquait de tout cela. Ces vivants n'étaient que des monstres sans âme. Ils pouvaient être utilisés pour greffer sur des nouveau-nés malades ces parties de chair qu'on leur arrachait à vif. Mais quelle importance, puisqu'ils ne souffraient pas ? C'est à peine s'ils existaient. L'un deux, pourtant, avait vécu deux ans et demi. Etaient-ils donc autre chose qu'un assemblage de viscères ? On refusait de se poser la question. La pénurie chronique et croissante d'organes transplantables, l'allongement des listes des enfants en attente de greffons conduisaient l'AMA à prendre cette décision. Il fallait utiliser les anencéphales comme des stocks d'organes vivants.

On allait donc trancher dans ces corps, les vendre par morceaux pour compléter d'autres corps.

Le manège dans la tête de Kopp avait encore ralenti. Il n'avait qu'à lever la main pour se saisir de la clé.

Kopp plia le journal, le glissa dans sa poche. Le type se mit à trembler, à crier.

— Vous voulez cacher ce qui arrive ! lança-t-il. Vous êtes avec le Diable, vous voulez tuer les enfants.

Kopp s'avança vers lui. Le bonhomme, comme un gosse fautif, leva son bras pour se protéger le visage.

— Merci, dit Kopp en glissant dans la poche de sa veste un billet d'un dollar.

14

« C'est trop simple », pensa Kopp. Et la joie qu'il éprouvait depuis qu'il était sorti du coffee shop disparut.

Il sourit cependant à l'hôtesse en tailleur bleu qui venait de l'introduire dans le salon du service de presse des Nations unies. Elle lui répéta que Mme Carmen Revelsalta le recevrait dès qu'elle le pourrait. L'attente ne serait pas longue, ajouta-t-elle en s'éloignant. Au moment de quitter le salon, elle se retourna vivement, et Kopp se raidit comme si elle l'avait mis en joue. La jeune femme eut l'intuition que Kopp avait eu une réaction anormale. « Ça va ? demanda-t-elle. Vous avez de la chance, Mme Revelsalta ne reçoit pas tous les journalistes. »

Elle montra un fauteuil, mais Kopp refusa. L'hôtesse haussa imperceptiblement les épaules.

Kopp commença à arpenter la pièce.

« Trop simple, trop clair », pensa-t-il encore. Il chercha d'instinct une issue par laquelle il pourrait s'enfuir. Il repéra, à droite de la grande tapisserie qui recouvrait toute une cloison, une petite porte. Cela le rassura, et aussitôt il se jugea ridicule. Ce n'était que dans un film d'Hitchcock qu'on assassinait un témoin gênant dans les locaux des Nations unies. Il s'assit. Mais il ne retrouva pas cet enthousiasme et cette certitude qu'il avait eus en descendant la 47e Rue.

Il avait marché vite, poussé par les rafales de vent qui tourbillonnaient au pied des gratte-ciel. Il était dans l'état d'esprit d'un alpiniste qui se croit au bout de l'escalade et imagine qu'il n'a plus que quelques pitons à planter dans la roche pour atteindre le sommet. Il a, se persuade-t-il, franchi les difficultés majeures. Kopp, lorsqu'il était parvenu à la First Avenue et qu'il avait aperçu l'immense bâtiment vitré des Nations unies qui brillait comme une pierre sacrée dans le soleil, avait eu cette même certitude. Silvère Marjolin, imaginait-il, avait mis au service d'une organisation ses talents de chirurgien. Le but était de vendre des organes, de mutiler des enfants pour en obtenir. Julie Lachenois, son infirmière, avait découvert ce trafic. Elle avait tenté d'alerter les autorités qu'elle estimait les plus puissantes, le président des Etats-Unis, et sans doute cette Carmen Revelsalta parce qu'elle représentait les Nations unies. On l'avait éconduite. L'aurait-on crue si elle avait confié ce qu'elle savait au fonctionnaire de l'ambassade des Etats-Unis qui l'avait reçue à Ottawa ? Elle avait payé de sa vie cette prudence. L'organisation était donc ramifiée, hiérarchisée sans doute comme une véritable structure criminelle internationale, peut-être liée à la mafia. Kopp s'était reproché d'avoir mis plusieurs jours à comprendre qu'à l'heure où les découvertes biologiques permettaient aux médecins de remplacer les organes déficients, de traiter le corps humain comme un Meccano complexe, le marché le plus extraordinaire qui s'offrait aux trafiquants était celui des pièces humaines de remplacement. Les stocks existaient. Il suffisait de puiser dans la masse innombrable, en expansion constante, qui surpeuplait les pays pauvres. Voilà pourquoi les tueurs étaient des Asiatiques. L'organisation avait peut-être son centre au-delà du Pacifique, au Japon ou en Corée. Voilà pourquoi les enfants qu'avait vus Geneviève Thibaud lors de son premier voyage en compagnie de Silvère Marjolin étaient des métis, des Brésiliens, avait-elle dit — parce que dans ce continent sud-américain aussi, dans ces favelas qui cernaient les quartiers des grandes villes, la vie se déployait comme une profusion parasitaire qui ne valait rien. Les policiers tiraient les enfants des rues comme des rats. Les clients existaient. Ils étaient encore plus dépendants que les drogués. Ils étaient accrochés à leurs vies, à celles de leurs enfants malades. Ils étaient prêts à payer n'importe quel prix l'espoir d'une guérison, d'une prolongation de vie. La médecine officielle manquait d'organes. Les listes de demandeurs s'allongeaient.

Alors, parce que ce marché se développait sans cesse, les corps et d'abord ceux des enfants devenaient une matière première à exploiter. Aux Etats-Unis même, on comptait plus de 400 000 enfants et adolescents qui disparaissaient chaque année. Que devenaient-ils ? Les parents désespérés se déplaçaient d'un Etat à l'autre, à leur recherche. Certains faisaient publier régulièrement les photos de leurs enfants dans la presse ou même sur des emballages de produits de grande consommation, ainsi les boîtes de lait.

Kopp en se souvenant de cela eut un sentiment de dégoût et de révolte. Il avait lu des rapports de police où l'on évoquait de véritables élevages d'enfants. Les malheureux étaient enlevés, utilisés pour des séances de poses photographiques ou pour réaliser des cassettes vidéo que les maniaques sexuels et les pédophiles recherchaient à prix d'or. Quelques-uns de ces films représentaient même des scènes de meurtre. Et des fous, chez eux, s'excitaient en regardant agoniser des enfants. Et lorsqu'on en avait fini avec la vie de ces enfants, les organes de ces malheureux étaient sans doute vendus. Fallait-il s'étonner qu'on ne retrouvât jamais, ou presque jamais, ces enfants disparus ? Des réseaux assuraient l'enlèvement, le gardiennage, l'exploitation des enfants et la distribution de leurs images et (enfin) des parties de leurs corps morts.

Kopp avait glissé la main dans sa poche comme s'il avait voulu, du bout des doigts, toucher cet article qu'il avait lu dans le coffee shop et qui lui avait ouvert le chemin.

C'est dans cet état d'esprit qu'il avait traversé United Nations Piazza, courbé pour affronter les rafales de vent. Il était sûr d'avoir réussi encore une fois à escalader l'obstacle qu'il avait eu à affronter. Maintenant, il ne restait plus qu'à découvrir le paysage, à désigner les objectifs, à neutraliser cette organisation dont Kopp savait enfin quels étaient les buts. Il n'avait pas douté un seul instant, en se présentant au bureau de réception des journalistes, de l'existence de Carmen Revelsalta. Il était nécessaire qu'elle soit là, comme il en avait formé l'hypothèse. Il avait présenté une carte de presse, un vrai-faux document que lui avait fourni son ancien service, et qu'on lui renouvelait chaque année en échange de renseignements. C'était une couverture classique, presque démodée, mais qui était toujours efficace. « Journaliste français ? avait demandé l'hôtesse. Vous n'êtes pas accrédité ? » Il avait souri et séduit. Il arrivait à New York. Il voulait rencontrer Mme Revelsalta... Il s'était interrompu. Les dés roulaient. Mais l'hôtesse avait seulement répondu que Mme Revelsalta ne recevait jamais immédiatement les journalistes. Il fallait prendre rendez-vous. Les délais étaient longs.

Kopp avait ressenti ce sentiment d'invulnérabilité qui chauffait le ventre comme un alcool. Ainsi elle existait, Carmen Revelsalta. Après quelques phrases, il avait appris qu'elle était l'une des responsables du service de presse du secrétariat des Nations unies. Kopp avait insisté. Il savait qu'il allait obtenir de la rencontrer dans les minutes qui suivaient. Il était à ce moment où l'on court, invincible, vers la victoire. « Téléphonez-lui, je vous en prie, avait-il répété. Julius Kopp. Dites-lui que je veux la rencontrer pour lui parler de Julie Lachenois, qu'elle connaît bien. C'est urgent. Précisez bien que Mme Lachenois m'envoie. Elle me recevra, vous verrez. »

L'hôtesse s'était éloignée, avait téléphoné d'un bureau fermé. Puis elle était revenue. Sa démarche même avait changé. Kopp avait remarqué ses hanches, ses jambes musclées. Il avait même envisagé, un instant, le temps qu'avait duré les quelques pas qu'elle devait faire pour s'approcher de lui, qu'il allait l'inviter à dîner ce soir, pour se récompenser de la résolution de l'énigme, fêter son intuition. Elle devait avoir l'un de ces corps vigoureux qui ne sont beaux et désirables que pour quelques années. La trentaine les raidit et les durcit. Ils perdent cette faiblesse qui rend leur force juvénile si attirante. Ils n'ont plus de sève. Ils sont comme des pousses flexibles devenues branches épaisses.

L'hôtesse souriait. Il avait de la chance, disait-elle, ou bien il était un journaliste important. Mme Revelsalta lui demandait d'attendre quelques minutes. Elle terminait de relire un texte urgent. Elle le recevrait aussitôt après.

La jeune femme avait marché devant Kopp, le guidant jusqu'au salon, et sous sa jupe serrée il avait deviné le mouvement de ses cuisses frottant l'une contre l'autre. Au moment où la jeune femme s'effaçait pour le laisser pénétrer dans le salon, Kopp s'était appuyé contre elle et elle ne s'était pas dérobée.

Ç'avait été le dernier éclat de joie de Kopp.

— Trop simple, trop clair, avait-il pensé tout à coup.

Il se leva, s'approcha de la baie vitrée qui donnait sur l'East River. Le rectangle argenté du bâtiment de l'ONU se reflétait dans les eaux noires comme un drapeau agité par la brise, les vaguelettes faisant ondoyer la surface de l'eau. Un remorqueur tirant quatre péniches bâchées, liées deux à deux, s'enfonça dans le reflet, le déchirant par le milieu.

Trop facile. Peut-être l'intuition qu'il avait eue à partir de cet article, ce raisonnement qu'il avait construit autour du trafic des organes, cette certitude qu'il existait un marché clandestin puisqu'il y avait d'une part surproduction de matière humaine à un bout du monde, d'autre part besoins irrépressibles et rareté à l'autre extrémité étaient-ils exacts. Mais ce ne pouvait être aussi limpide. Brusquement, tout ce qui avait paru évident à Kopp lui semblait incertain. La décision de Carmen Revelsalta de le recevoir l'inquiéta. Même après avoir entendu le nom de Julie Lachenois, cette professionnelle des rapports avec la presse aurait dû feindre, prendre son temps, remettre au lendemain le rendez-vous pour se donner le temps de se renseigner sur ce journaliste français d'un quotidien de province qui débarquait sans accréditation. Kopp se souvint ces parties d'échecs qu'il avait livrées contre des adversaires plus forts que lui. Ils manifestaient, tout au long du jeu, une habileté perverse, une attention sans faille. Et tout à coup, sans la défendre, comme des débutants, ils offraient une de leurs pièces maîtresses, tour ou reine. Ce pouvait être par distraction. Et il fallait alors s'en saisir. Mais le plus souvent il s'agissait d'un traquenard. Si l'on cédait à la tentation sans en examiner les conséquences, un engrenage se déclenchait dont on ne réussissait plus à se dégager.

On avait cru vaincre et l'on était vaincu.

Kopp essaya en vain d'imaginer le piège qu'on lui tendait peut-être. Mais il pensa ne pas avoir commis de faute, sinon en se laissant, le temps de parcourir la 47e Rue puis First Avenue pour arriver jusqu'à ce salon, un peu griser par la solution qu'il croyait avoir trouvée. Il était à nouveau lucide et prudent.

Il regarda la tapisserie. Elle représentait un enfant agenouillé, les mains liées derrière le dos, la tête posée sur un bloc noir. Il avait le visage désespéré d'un gosse désarmé. Un homme debout près de lui brandissait un coutelas. Ses traits exprimaient la résolution fanatique qui aveugle et emporte au-delà de tout sentiment. Mais d'innombrables mains surgies d'une foule indistincte s'apprêtaient à saisir le poignet de l'homme.

Kopp était à ce point fasciné par cette interprétation du sacrifice d'Abraham qu'il ne vit pas la petite porte s'ouvrir, à droite de la tapisserie pourtant. Et il sursauta quand il s'entendit nommer. La voix était enjouée. La jeune femme, Carmen Revelsalta, grande et élancée, brune, s'avançait, séduisante, dans un tailleur rouge vif.

15

Carmen Revelsalta fit asseoir Kopp et elle resta debout, les paumes appuyées au rebord de son bureau, les bras tendus, ses jambes brunes un peu obliques, ce qui tendait à hauteur des cuisses la jupe courte, laissant voir les genoux. Elle semblait vouloir que Kopp la détaille, soit frappé par son altière beauté. Elle sourit, les lèvres très rouges, ses yeux cernés de bleu, le col de son chemisier, bleu lui aussi, ouvert jusqu'à la naissance des seins. Ses cheveux noirs, courts, bouclaient, accusant ainsi par leur coupe à la diable l'originalité de son visage énergique. Le menton était volontaire, le nez droit, le front vaste et bombé, les yeux allongés. Kopp essaya, en le regardant, de retrouver le visage de Geneviève Thibaud, comme pour se défendre de l'attirance qu'exerçait sur lui ce physique singulier, cette personnalité forte. Dure aussi. Deux petites rides, comme des cicatrices, dessinaient de part et d'autre de la bouche un arc qui exprimait autant la volonté que la sécheresse, une insensibilité qui venait démentir la pulpe rouge des lèvres.

Après quelques minutes durant lesquelles elle ne dit rien, Carmen Revelsalta se mit à marcher de long en large devant la baie vitrée. Elle montra ainsi son profil régulier et, dans un mouvement, la forme de ses seins qui gonflaient le chemisier. Tout en interrogeant Julius Kopp, elle se tourna comme si elle voulait suivre le sillage qu'avait laissé le chalutier et le train de péniches sur l'East River, et Kopp vit que sa jupe était fendue haut.

Que pouvait-elle pour Julius Kopp, demandait-elle. Il arrivait donc de Paris ?

Elle s'assit enfin, faisant mine de lire la petite fiche qu'avait remplie l'hôtesse.

Cette désinvolture, la volonté de séduire qu'elle manifestait de manière appuyée et efficace, ce trouble qu'il sentait monter en lui mirent Julius Kopp mal à l'aise. Et si c'était elle, le piège qu'on lui avait tendu ? Tout en répondant qu'il était l'envoyé spécial d'une chaîne de journaux de province, ce qui rendait les vérifications éventuelles longues et difficiles, Kopp rejeta cette hypothèse. Qui d'autre que Morgan savait qu'il se rendrait à l'ONU ? Personne ne l'avait suivi. Kopp se reprocha une prudence excessive. Il pensa à Sarde, qui l'accusait souvent d'être un paranoïaque imaginant des traquenards là où il n'y avait que des maladresses ou des coïncidences.

— Que puis-je pour vous ? dit Carmen Revelsalta.

Kopp voulait-il assister à une séance du Conseil de sécurité ? demanda-t-elle. Elle pouvait lui en obtenir l'autorisation. Voulait-il consulter les documents du secrétariat de l'ONU, interviewer l'un de ses membres ?

Elle était détendue, parfaite dans son rôle de chargée des relations avec la presse.

— Je voulais vous rencontrer, vous, dit Kopp. Je suis venu à New York pour vous, seulement pour vous.

Elle sourit, montra un visage étonné, se laissa aller contre le dossier de son fauteuil.

— Mon Dieu, dit-elle en secouant la tête.

— Je voulais que vous me parliez de Julie Lachenois, reprit Kopp.

Elle avança son visage avec une expression de surprise et d'incrédulité, demandant à Julius Kopp de répéter ce nom.

Il le fit, sortit de sa poche le feuillet à demi calciné, expliqua où et comment il l'avait découvert. Carmen Revelsalta avait-elle reçu Julie Lachenois ? Cette femme têtue avait essayé d'obtenir une audience du président des Etats-Unis, elle aurait pu vouloir joindre par l'intermédiaire du service de presse de l'ONU le secrétaire général des Nations unies.

Carmen Revelsalta avança les lèvres comme si elle boudait, marquant qu'elle ne comprenait rien à cette histoire. Elle le répéta, elle n'avait jamais entendu prononcer ce nom de Julie Lachenois, si ce n'est il y a quelques instants, par sa secrétaire. Et elle avait reçu Kopp parce que, fortuitement, elle avait un court moment de libre, ce qui risquait de ne pas se reproduire avant longtemps.

— Et le docteur Silvère Marjolin, dit Kopp, un

chirurgien impliqué dans un trafic d'organes, le connaissez-vous ?

Elle souleva les épaules, secoua la tête, accentuant ainsi les signes de son ignorance, mais Julius Kopp remarqua que ses rides au coin des lèvres s'étaient creusées, et que son visage avait pris ainsi pour quelques secondes une expression tendue, rageuse et hostile. Puis elle se rasséréna, se mit à rire. Kopp parlait par énigmes, dit-elle, une femme inconnue, un chirurgien mystérieux, un trafic horrible, qu'est-ce que tout cela signifiait, quel était le sens de ces propos ? Qu'il lui explique ! Peut-être pourrait-elle le diriger vers les fonctionnaires et les services des Nations unies compétents.

Kopp tira le *New York Times* de sa poche, montra l'article sur l'utilisation des organes des anencéphales. Il lut le passage où l'on décrivait le manque chronique d'organes, les listes d'attente des enfants malades qui s'allongeaient, la demande de plus en plus forte de greffons.

— Un marché existe, énorme, dit-il, des clients prêts à payer n'importe quel prix, et de l'autre côté il y a des millions de gosses, d'hommes et de femmes jeunes dont la vie ne vaut rien. Tous les éléments d'un trafic sont là. Il suffit d'une organisation.

— Mais c'est inhumain, dit Carmen Revelsalta. On ne peut pas traiter les gens comme des produits, des marchandises.

Elle parut sincèrement indignée.

— Vous croyez ? fit Kopp. Et ceux qui vendent de la drogue, est-ce qu'ils se soucient des corps, des âmes ?

Carmen Revelsalta ferma les yeux, comme si elle était incapable de regarder plus longtemps la réalité. Mais le visage n'exprimait qu'en surface le dégoût ou le désespoir, en dessous, il y avait de la colère et de la détermination. Et Kopp ressentit à nouveau l'impression qu'elle se jouait de lui.

— C'est horrible, répéta-t-elle en ouvrant les yeux.

73

— Il y a toujours des gens prêts à gagner de l'argent sans trop se soucier des moyens.

Elle se leva. Elle se sentait démunie, dit-elle. Kopp voulait-il rencontrer les fonctionnaires qui étaient chargés de la protection de la personne humaine, de l'enfance ou des droits de l'homme ?

Kopp agita le feuillet du carnet de Julie Lachenois.

— C'était vous qui m'intéressiez, dit-il, seulement vous.

Elle se dirigea vers la porte de son bureau mais Kopp resta assis, et elle fut ainsi contrainte de revenir vers lui. Elle marchait avec une souplesse élégante. Sa jupe serrée faisait ressortir, à cause du mouvement de son corps, ses hanches et le renflement de son pubis.

— Je regrette vraiment, dit-elle.

Elle était debout près du fauteuil. Pour ne pas être troublé davantage par sa présence, Kopp baissa la tête.

Voulait-elle le prévenir, demanda-t-il, si elle découvrait un élément nouveau au sujet de Julie Lachenois ou de ce docteur Silvère Marjolin ? Car Julie Lachenois avait bien écrit « Carmen Revelsalta ». D'autres que Kopp pouvaient l'avoir appris. Et ces gens-là tuaient.

Kopp leva les yeux. Il surprit une moue de mépris sur le visage de la jeune femme mais elle s'effaça aussitôt.

— Ici, nous sommes protégés, dit-elle.

Elle était à nouveau détendue, presque joyeuse.

— Ils semblent très obstinés, répondit Kopp en se levant.

— Je n'ai rien à voir avec cette histoire, dit-elle en le raccompagnant.

Kopp estima qu'elle devait mesurer près d'un mètre quatre-vingts, et il se reprocha d'avoir une pensée aussi futile.

— J'ai peut-être, reprit-il, sans le vouloir, attiré

l'attention sur vous. Je vous ai peut-être, à leurs yeux, contaminée, désignée. C'est un risque.

Il l'observait. Elle ne parut pas affectée. Elle sourit, au contraire. Aurait-elle dû ne pas le recevoir ? demanda-t-elle.

Kopp était sur le seuil de son bureau. Il s'arrêta, la fixa durement.

— Pourquoi m'avez-vous reçu aussitôt ? dit-il d'un ton brusque. Curieux, non ? Ce n'est pas dans vos habitudes, avec les journalistes.

Pour la première fois, il lut dans ses yeux, il sentit aussi, parce qu'il était proche d'elle, qu'elle hésitait, au bord de l'inquiétude, le corps crispé.

— Je reçois chaque journaliste quand je le peux. Vous avez insisté. Je fais mon métier, monsieur Kopp.

Le ton était tranchant. Elle s'était reprise.

— Merci, fit Kopp en lui tendant la main.

Elle avait une peau sèche et les doigts osseux.

16

« Belle femme », pensa Kopp. Et il se sentit aussi déçu, aussi humilié que s'il l'avait eue dans son lit une nuit entière et qu'il n'eût pas réussi à lui faire l'amour. Il resta un long moment immobile au milieu de la United Nations Piazza. Il eut froid. Les rafales de vent étaient rageuses, fouettaient le visage, s'infiltraient sous les vêtements. L'East River, parcourue de vagues courtes, frissonnait. Le vent, après avoir heurté le parallélépipède vitré du siège des Nations unies, s'enroulait sur la piazza en des tourbillons glacés. Kopp, pourtant, resta sur place, regardant autour de lui comme s'il cherchait un indice. Il pensa : « Elle m'a eu. » Mais il ne pouvait pas le démontrer ni avancer le moindre argument logique. Même le fait qu'elle l'ait immédiatement reçu ne prouvait rien. Normal de se débarrasser au plus vite d'une corvée. Il se sentit bloqué dans une impasse. Il avait eu à New York la confirmation que Julie Lachenois était effectivement un maillon décisif de l'enquête. Mais on avait supprimé ce témoin. Kopp avait cru pouvoir le relier à Carmen Revelsalta, et cette piste s'arrêtait. Il pensa demander à Menker d'enquêter sur cette jeune femme. La CIA et le FBI devaient disposer d'un dossier à jour, exhaustif, sur chaque fonctionnaire des Nations unies. Mais Menker aurait exigé des explications et n'aurait rien donné en échange. Il fallait donc procéder autrement. Alexander et Paul Sarde pêchaient leurs propres informations. Alexander pourrait sans doute accéder au fichier du personnel de l'ONU. En somme, Julius Kopp n'avait qu'à rentrer en France. Bizarrement, cette conclusion l'irrita. Courbé, les mains dans les poches de son imperméable, il allait et venait sur la piazza, se rapprochant de First Avenue. Les voitures avançaient lentement, la plupart s'enfonçant dans le tunnel qu'on avait creusé sous First Avenue pour éviter l'engorgement provoqué par les visiteurs et les employés qui se rendaient à l'ONU. Certaines voitures roulaient cependant à toit ouvert, ralentissant à la hauteur de la piazza, beaucoup, dont de nombreux taxis, s'y arrêtant afin de débarquer leurs passagers.

Tout à coup, Kopp aperçut la Ford grise, celle-là même qui avait commencé de le suivre quand il avait quitté le Sheraton-Russel la veille. Il distinguait les premiers chiffres de la plaque d'immatriculation. Elle était garée à l'entrée d'une allée circulaire qui entourait le terre-plein central. Seules l'hôtesse et Carmen Revelsalta avaient pu prévenir de sa présence au siège de l'ONU, et indiquer le moment où il quittait le bâtiment. Il excluait la culpabilité de l'hôtesse. Restait celle de Carmen Revelsalta. Il se tourna vers le bâtiment et leva les yeux, comme pour regarder dans la direction de la jeune femme, lui signifier qu'il l'avait démasquée. Kopp, ainsi, ne vit pas s'approcher le jeune homme qui avançait vite sur des rollers, fléchissant la jambe droite, puis la gauche, lançant les bras d'avant en arrière, prenant chaque fois un nouvel élan, s'appuyant sur l'un des patins puis l'autre. Il portait une casquette dont il avait placé la visière sur la nuque, mais tout le haut de son visage était dissi- mulé par de grosses lunettes de motocycliste tein- tées, et il portait noué autour du cou un foulard qui lui cachait la bouche et le menton. Ce n'est qu'au moment où il fut à moins de deux mètres de lui que Julius Kopp devina sa présence. Il fit face, d'instinct, mais le jeune homme vêtu d'un blue-jean noir et d'un blouson de cuir fourré était déjà sur lui, et Kopp aperçut la longue lame effilée, une sorte de tournevis affûté et brillant, que le roller brandissait au bout de son poing droit. Sans doute, en se pen- chant, l'avait-il tiré de sa botte qui montait à mi-mollet. Julius Kopp sut qu'il ne pourrait éviter le coup mais seulement le dévier. Il leva le bras à hau- teur de sa gorge, car c'était elle que le garçon visait. Kopp hurla. La lame s'était enfoncée dans son bras, entre le poignet et le coude, profondément. Il cria aussi de rage et parce qu'un cri, Kopp le savait, était une forme élémentaire de contre-attaque. Et il ne pouvait faire mieux. Mais peut-être ainsi évita-t-il un second coup plus ajusté. Le jeune homme, courbé, écartant les jambes, presque assis sur ses cuisses, s'élança, sautant par-dessus les murets, traversa, au milieu des voitures, First Avenue, et disparut dans la 44e Rue, qu'il prit à contresens, interdisant ainsi aux voitures de police de le poursuivre.

Julius Kopp était tombé à terre. Il sentit le sang glisser le long de son bras, et bientôt il le vit impré- gner la manche de son imperméable. Il chercha des yeux, cependant qu'on le secourait, la Ford grise. Elle n'était plus là.

On le transporta jusqu'à la salle de soins du bâtiment de l'ONU. La blessure était profonde mais sans gravité. La main gauche resterait un temps paralysée car des nerfs avaient été déchirés. Comme on le portait sur une civière vers l'ambulance, Kopp aperçut Carmen Revelsalta, tout en rouge, au milieu d'un groupe d'hôtesses. Elle parlait avec animation et Kopp, avant de fermer les yeux parce que les calmants commençaient à faire leur effet, eut l'impression qu'elle riait.

« Salope », pensa-t-il.

17

Julius Kopp, au moment où il franchissait les contrôles de douane et de police de Kennedy International Airport, aperçut Fred Menker au milieu du couloir qui conduisait aux salles d'embarquement. Il se tenait les mains derrière le dos, le col de son manteau noir relevé, le nœud de cravate à demi dénoué, immobile, donnant l'image de l'obstination et aussi, avec son gros visage gris et boudeur, de l'ennui. Kopp posa son sac et attendit. Menker vint vers lui, lentement, et d'un mouvement de tête lui indiqua une petite pièce meublée d'un bureau et de deux fauteuils qui se trouvait à gauche des portes de contrôle.

— On parle, dit Menker, en y entrant le premier et en se laissant tomber dans le fauteuil placé derrière le bureau.

Julius Kopp resta debout sur le seuil.

— L'avion attendra, fit Menker.

D'un mouvement de tête, il montra le bras gauche de Kopp, soutenu par une écharpe.

— New York est une ville dangereuse, continua

Menker. Toutes sortes de choses s'y produisent, c'est effrayant, et fatigant à la longue.

Menker soupira, se frotta les yeux avec les paumes. Heureusement, poursuivit-il, ce genre d'incident ne relevait pas de ses attributions.

— Mais — et il tendit la main vers Julius Kopp — vous, oui. Racontez-moi, Kopp.

Il secoua la tête. Kopp n'avait pas été raisonnable, lors de leur dernier entretien au Sheraton-Russel. Il s'était cru habile en échappant à ceux qui devaient le protéger.

— Qui ? fit Kopp.

Menker haussa les épaules. Kopp jouait les naïfs. Il savait bien que Menker avait placé quelqu'un à ses basques. C'était la règle du jeu.

— Il a vu mes Chinois, ou mes Japonais, ou bien il s'est contenté de fouiller ma chambre comme un porc ? demanda Kopp.

— Ford grise, dit Menker en sortant un carnet de la poche de son manteau et en le feuilletant.

Il avait des doigts épais, des gestes patauds.

— Numéro d'immatriculation maquillé, peut-être une voiture volée.

Menker posa le carnet sur le bureau, le couvrit de ses mains. L'agent qu'il avait chargé de suivre Kopp était un débutant, dit-il. Il avait bien remarqué l'Asiatique qui surveillait Kopp dans le hall de l'hôtel, puis la Ford grise. Il avait relevé le numéro d'immatriculation, mais il n'avait pas pensé à suivre ces suiveurs lorsque Kopp avait disparu dans Central Terminal.

— Cette gare, on dirait la gare de Calcutta, dit d'une voix basse Menker. C'est ça, New York, maintenant. Mais Paris, c'est la même chose, non ?

Kopp se massa l'épaule gauche. La douleur était comme un souvenir lancinant, une obsession qui avait pénétré dans la chair et dont on ne pouvait plus se débarrasser. Il resterait, même la plaie refermée, une cicatrice. Les médecins de New York

Hospital avaient confirmé que la motricité de la main gauche et le mouvement des doigts, à l'exception du pouce, se trouveraient légèrement limités. Cette marque, ce handicap, ce serait toujours, pour Julius Kopp, cette femme en rouge, Carmen Revelsalta, cette enquête qu'il devait mener jusqu'au bout, question d'honneur. On l'avait blessé et c'était pour Kopp une humiliation, la preuve d'une défaillance, d'un échec, qu'il devait effacer.

— Vous avez mal ? demanda Menker en fronçant les sourcils.

Kopp continua de se taire, la tête baissée, cessant pourtant de se masser l'épaule, comme s'il ne voulait pas avouer qu'il souffrait.

— New York est dangereux pour tout le monde, reprit Menker. Votre agresseur...

Kopp leva la tête.

— Un homme jeune, à peine vingt-deux ans.

Menker feuilleta son carnet.

— Bill Cleaver. Ni drogué, ni noir, ni portoricain, ni haïtien, même pas mexicain. Un bon jeune homme, imaginez-vous, un étudiant de New York University.

— En médecine, murmura Kopp.

Menker ferma son carnet d'un geste violent, inattendu. Il frappa du poing sur le bureau.

— Oui, en médecine ! cria-t-il. Où est-ce que vous avez appris ça ? Vous le connaissiez ? Vous me faites chier, Kopp. Vous savez des choses. Vous les gardez pour qui ? Pour vous ? Mais qu'est-ce que vous en ferez ? Vous n'avez pas les moyens de les exploiter. Qu'est-ce que c'est que votre Ampir ? De la merde, Kopp. Et même si vous vous appuyez sur les services français, qu'est-ce qu'ils valent ? Rien, ou presque.

Il maugréa, s'essuyant les lèvres du revers de la main.

— Allons, Julius, calmons-nous, n'est-ce pas ? fit-il après quelques minutes de silence.

Kopp recommença à se masser l'épaule en grimaçant.

— Bill Cleaver, donc, étudiant en médecine, reprit Menker. Un type irréprochable. Ses parents sont morts dans l'incendie de leur ferme, au Kentucky. On ne sait pas pourquoi il s'est installé à New York. En tout cas, il ne s'est jamais fait remarquer. Un sportif. Ça aussi, vous devez l'avoir noté. Un fou de roller, sa seule passion. Une fréquentation assidue des cours. De bons résultats à ses premiers examens.

Menker continuait de feuilleter son carnet, machinalement.

— Il paye ses droits d'inscription sans problème. D'où vient l'argent ? On ne sait pas. Une chambre bien tenue, même pas un gramme de hasch, dans un foyer pour étudiants, austère, presque religieux, dans la 154ᵉ Rue, pas loin de Bayside Avenue. Le quartier des quakers et des sectes.

Menker fit une moue.

— C'est dire. Et ce type-là, Bill Cleaver, on le retrouve masqué, un poinçon aiguisé à la main, écrasé, au bout de la 44ᵉ Rue, après avoir essayé d'égorger un espion français, M. le commandant Julien Copeau, devenu un espion privé, M. Julius Kopp. Drôle d'histoire, comme celle de Julie Lachenois.

Menker se souleva de son fauteuil en s'appuyant sur les paumes.

— Qu'est-ce que vous faites là-dedans, Julius ? demanda-t-il. Qu'est-ce que vous savez de Bill Cleaver ? Etudiant en médecine ! Ça ne s'invente pas, nom de Dieu ! Je ne vous laisse pas partir, Kopp.

— Mais si, mais si, dit Kopp calmement.

Menker glissa son carnet dans sa poche et boutonna son manteau comme s'il avait tout à coup froid.

— Je n'ai vu Cleaver qu'une fois, sur la piazza, quelques secondes, et je n'ai aperçu de lui que son poing et ce tournevis qui brillait. C'est tout.

— Et vous dites médecine comme ça, dit Menker, par hasard ?

— Comme ça, fit Kopp. L'intuition.

Il baissa la tête pour ne pas céder à un mouvement de sympathie, au désir de raconter à Fred Menker ce qu'il savait de l'histoire de Silvère Marjolin, des études en médecine du jeune Canadien, de cette identité usurpée. C'était cela qui tout à coup s'était connecté avec Bill Cleaver, et avait jailli cette certitude : Cleaver était aussi, comme Marjolin l'avait été, étudiant en médecine.

— Une intuition, répéta Julius Kopp. C'est venu comme ça. Les coïncidences, peut-être la transmission de pensée entre nous, ça existe, Menker.

Menker se leva. Son visage exprimait la mauvaise humeur, presque du dégoût.

— C'est plein de coïncidences, votre séjour sur le sol américain, Kopp, dit-il.

Il se mit à énumérer, en comptant sur les doigts de sa main gauche, qu'il frappait violemment avec sa main droite. Morgan, Julie Lachenois, les études de médecine de Bill Cleaver.

— Vous laissez une trace, Kopp, et vous êtes doué, conclut-il.

Il accompagna Julius Kopp jusqu'à la salle d'embarquement, marchant pesamment à ses côtés, les mains derrière le dos, le corps penché en avant.

On appelait la classe touriste. Julius Kopp avait un billet de première classe.

— Au fait, dit Menker, qu'est-ce que vous lui vouliez, à cette femme, Carmen Revelsalta ?

Kopp fit mine de ne pas avoir entendu et regarda obstinément le tableau d'affichage.

— Elle a déposé spontanément comme témoin, continua Menker. Rien ne l'y contraignait, c'est un fonctionnaire international. Vous lui avez parlé de Julie Lachenois, a-t-elle dit. Quel rapport avec elle ? Elle n'a pas compris.

— Une intuition, comme pour Cleaver, dit Kopp.

Carmen Revelsalta n'avait donc pas parlé du feuillet à demi calciné trouvé dans la maison de Trois-Rivières. Kopp s'éloigna. C'était au tour des première classe d'embarquer.

18

Kopp s'allongea sur le lit, la main droite sous la nuque. L'épaule et le bras gauches battaient comme si le rythme des pulsations était plus rapide dans ce membre blessé. Et la douleur, à chaque poussée de sang, était vive.

En le voyant traverser la cour de la ferme, Geneviève Thibaud s'était avancée vers lui. Elle avait esquissé un geste, comme pour lui caresser la joue ou lui toucher l'épaule. « Vous êtes pâle, avait-elle dit. Il faut aller à l'hôpital. »

Il lui avait tourné le dos. Il n'avait pas besoin qu'on s'apitoie. Il n'aimait pas les garde-malades. C'était tout ce qu'elle avait à lui dire ? Au diable ! « On n'a pas besoin du bras gauche pour baiser », avait-il eu envie de lui lancer en montant dans sa chambre.

Il n'allait pas dormir. Il tenta de rester immobile, mais il était irrité, nerveux, endolori. Bien sûr, elle avait raison. Il fallait qu'il montre sa blessure à un médecin. Il essaya de déplier ses doigts sans y parvenir. A la fin, il se leva. Il lui faudrait deux ou trois jours pour effacer le décalage horaire. Il s'approcha de la fenêtre et éprouva une impression d'apaisement en apercevant les trois chevaux qui paissaient à la lisière des arbres. La forêt s'étendait à perte de vue, houleuse, d'un vert profond.

— Ils sont là, j'en suis sûr, avait dit Paul Sarde lorsque la voiture avait franchi la barrière qui fermait le chemin conduisant à la ferme.

Kopp n'avait pas répondu. Depuis son arrivée à l'aéroport Roissy-Charles-de-Gaulle, les propos de Paul Sarde l'avaient exaspéré. Sarde n'avait cessé de protester, de récriminer, d'avertir Julius Kopp. « Cette affaire, avait-il dit, la tienne, Julius, celle que tu nous as collée dans les jambes, est la plus dure que nous ayons eu à traiter depuis la fondation de l'agence. C'est pas ton avis, Roberto ? Des types sont là à nous guetter. »

Roberto s'était installé à l'arrière de la voiture. Il surveillait la route. Il n'avait pas répondu, dit seulement que personne ne semblait les suivre.

« Pourquoi le feraient-ils ? » murmurait Paul Sarde. Ils avaient repéré la ferme. Ils devaient en connaître tous les occupants. Julius Kopp avait été identifié. Ils savaient qu'il arrivait de New York. Pourquoi organiser une filature à partir de l'aéroport ? Il suffisait de l'attendre à la ferme. Ils devaient être installés dans une auberge de Barbizon ou de Fontainebleau.

Kopp n'avait pas répondu et Sarde avait continué. Ces gens-là ne plaisantaient pas, avait-il dit. « Ils ont tué Morgan. Ils t'ont manqué de peu. »

D'un mouvement de tête, il avait montré le bras en écharpe de Julius Kopp.

« C'est la guerre, Julius, avait-il continué. Et ils ont l'avantage sur nous. On ne sait pas qui ils sont. Ils ont les moyens d'un Etat et on se bat contre des ombres. On n'est qu'une petite entreprise artisanale, quelques associés et deux salariés. » Mais pour qui se prenait Julius ? Pour le KGB ou pour la CIA ? « Tu es mégalomane, une fois de plus. Mais cette fois-ci, c'est sanglant. »

Il avait conduit une dizaine de minutes en silence, puis, lorsque les premiers embouteillages l'avaient forcé à ralentir, il avait répété à mi-voix : « Qu'est-ce qu'on cherche, Julius ? Qu'est-ce qu'on veut ? Du fric ou des médailles ? Je croyais que le temps des décorations et des morts au champ d'honneur était passé, et qu'on travaillait pour augmenter notre chiffre d'affaires. Explique-nous ce qu'on fait, avec ces tueurs. Qui nous paie ? Geneviève Thibaud — il s'était tourné vers Kopp —, elle n'est même pas disposée à nous rémunérer en nature. Ou exceptionnellement. »

Il avait dû sentir la rage de Kopp, car il s'était tu durant tout le trajet sur le boulevard périphérique, entre la porte de la Chapelle et la porte d'Orléans, où ils s'étaient engagés sur l'autoroute du Sud.

— Personne ? avait-il demandé à Roberto.

— Rien que les moutons du week-end, avait répondu Roberto.

Sarde avait grogné, lancé un coup d'œil à Julius Kopp qui, avec sa main droite, tenait son poignet gauche enveloppé d'un bandage.

— Tu comprends, Julius, avait repris Sarde, j'ai envie de paix, de calme, de plaisir.

Il avait vu, expliquait-il, une annonce extraordinaire dans un hebdomadaire, un château du XVIe siècle restauré, 500 mètres carrés habitables, un salon de 60 mètres carrés, des murs en pierre ocre, une vue sur toute la Provence, un nid d'aigle d'où l'on apercevait Avignon, Uzès, le Mont-Ventoux, sûrement un château qui avait été construit et habité par des hérétiques, une forteresse de parpaillots, une demeure de guerrier, noble et revêche.

— Cinq millions de francs, Julius. Voilà ce que je voudrais, me retirer là-bas, produire de l'huile d'olive et du vin. Et inviter chaque soir deux ou trois Justine. Le château du marquis de Sade n'est pas très éloigné. Tu comprends mon état d'esprit ? La gloire, on y a renoncé. On est devenus des mercenaires. Soit. Mais il faut au moins qu'on passe à la caisse. Qui nous paie, Julius ? Je te pose une nouvelle fois la question. Toi, tu es un artiste, tu agis pour le plaisir.

— Je t'abandonne ma part de bénéfices, avait dit Julius Kopp.

Il n'avait plus desserré les dents, laissant Paul Sarde soliloquer, dire que depuis trois jours, depuis, sans doute, qu'ils avaient au Canada ou à New York identifié Julius Kopp, deux voitures suspectes tournaient autour de la propriété.

— Ils sont là, avait répété Sarde.

Kopp ne l'avait plus écouté, regardant Geneviève Thibaud s'approcher. Puis il était monté dans sa chambre, et maintenant il regardait la forêt qui s'élevait sur la rive escarpée de la Seine, vers Fontaine-le-Port. Il lui sembla entendre frapper à la porte, mais il ne se retourna qu'au moment où Geneviève Thibaud s'approchait de lui.

Elle ne bougea pas et il se trouva ainsi contre ses seins, maladroit, avec le bras gauche en écharpe et la douleur qui le serrait, faisant obstacle entre Geneviève et lui.

Elle se haussa sur la pointe des pieds, lui prit la nuque, l'attira vers elle. Il se baissa difficilement, comme si la douleur le raidissait.

— Me violer, dit-elle d'une voix rauque, cela vous sera difficile, en ce moment.

Elle le dirigea vers le lit, le força à s'allonger. Il se laissa guider. Elle avait des gestes lents et doux. Il ferma les yeux. Elle se coucha contre lui d'abord, commençant à déboutonner sa chemise. Sa main était chaude, souple comme un tissu de velours.

Il pensa un instant à celle de Carmen Revelsalta, si rêche.

Geneviève commença à l'embrasser, veillant à ne pas écraser son épaule gauche. Kopp s'abandonna, laissant son bras droit pendre du lit. Peu à peu toutes ses pensées se dissipèrent, se réduisant à son sexe. Il lui sembla que son corps tout entier s'effilait, jaillissait, était prisonnier des mains et de la bouche de Geneviève Thibaud.

— Moi, je peux vous violer, murmura-t-elle.

Quelques instants plus tard, il ne put s'empêcher de crier en se cambrant.

19

— Voilà, voilà, dit Alexander.

Sa voix était altérée, voilée, comme s'il avait tout à coup perdu son souffle. Kopp pensa : « Il a trouvé. »

Cela faisait plus de cinq heures que Kopp attendait, le plus souvent assis devant la fenêtre, regardant la cour de la ferme où se tenait Geneviève Thibaud surveillant son fils. Elle l'avait quitté sans un mot, le laissant rompu, les jambes à demi dénudées, la chemise ouverte, comme un blessé. Et il avait le sentiment de l'avoir été. Il ne sentait plus sa douleur de l'épaule et du bras gauche, mais tout son corps était pantelant. Elle l'avait fait jouir, et il ne se souvenait plus d'avoir atteint un tel aigu dans le plaisir. Son sexe s'était fendu, comme un volcan dont le cratère s'ouvre sous la poussée de la lave rouge. Il avait hurlé. On avait dû l'entendre dans toute la ferme. Geneviève s'était redressée, en posant ses deux mains à plat sur les cuisses de Julius Kopp, et ce contact avait été presque insoutenable. La sensation qu'il venait d'éprouver pendant l'amour avait été trop forte. Et le seul fait de sentir la peau de Geneviève, de supporter la pression de ses mains et le poids de son corps, était trop pour lui.

Elle avait souri, semblant deviner ce qu'il ressentait. Et elle avait quitté la chambre.

Il avait presque aussitôt rejoint Alexander, dans la salle technique, parce qu'il voulait affronter les regards de ceux qui avaient sans doute entendu son cri. Paul Sarde, dans la salle commune, avait hoché la tête, n'osant pas interpeller Julius qui la traversait. Hélène seule avait ri : « Ça va, vous, monsieur Kopp, les voyages, les blessures ne vous fatiguent pas trop ! Vous gardez tous vos moyens. On en a besoin. Vous savez qu'ils ont essayé de franchir la barrière. Charles est allé sur place avec son fusil, mais ils étaient partis. Il a vu des traces de roues. Ils ont même coupé deux fils. C'est pas le moment de rester couché dans sa chambre, hein ? »

— C'est toujours le moment, pour Julius, avait dit Sarde.

Julius Kopp avait enfin retrouvé Alexander. L'homme était trop réservé pour se permettre la moindre allusion. La recherche dont Kopp le chargeait était difficile. Il fallait atteindre les fichiers du personnel de l'ONU, tenter d'accéder aux rapports qu'avaient dû établir les Nations unies avant de recruter Carmen Revelsalta, ou bien essayer d'interroger les ordinateurs des services américains.

Alexander s'était croisé les mains comme pour une prière, puis il s'était installé devant son clavier. Il allait se conduire en *hacker*, en pirate des réseaux, se brancher sur Internet, jouer des logiciels, décharger les fichiers sur son serveur, opérer ce qu'il appelait un FTP, un *File Transfert Protocol*, et bourrer ses *Warez* (*Software Registered*) du produit de ses piratages.

— Il faut me laisser le temps, avait-il dit à Julius Kopp, ça peut durer plusieurs heures, peut-être toute la nuit. Il faut sauter d'un réseau à l'autre. Je vais faire un détour par le réseau suédois, qui permet les échanges de courrier électronique anonyme sur Internet.

Il s'était tourné vers Julius Kopp.

— Nous resterons dans l'ombre. Pas utile de se faire connaître. Encore moins de se faire prendre.

Il avait ainsi, de temps à autre, sans se retourner, prononcé quelques mots, annoncé qu'il s'était connecté à un réseau et qu'il allait maintenant utiliser son modem.

Kopp n'avait pas répondu. Attendre ainsi avait été pour lui une manière de remettre son corps en place, comme si après ces quelques jours passés au Canada et aux Etats-Unis, après sa blessure, le décalage horaire et ce déchirement de plaisir, il avait eu besoin de retrouver ses repères. Il lui sembla, durant cette attente, que ses membres, ses pensées rentraient dans leurs gonds, après être sortis de leur cadre et avoir été faussés.

Il fuma coup sur coup trois cigares. Geneviève Thibaud avait quitté la cour de la ferme. Le soleil couchant avait recouvert la forêt d'une longue traînée pourpre, puis la nuit s'était répandue. Elle avait débordé de la futaie, inondant peu à peu, à partir des arbres, tout le ciel.

— Voilà, voilà, répéta Alexander d'une voix un peu plus claire.

Il fit pivoter son fauteuil et tendit la main vers l'écran. Kopp se leva et s'approcha. En haut à gauche, il lut : *Maria Carmen Revelsalta, Chief Assistant to the Director of the United Nations Secretary'Press Office, Secret Files*.

— J'ai pris le cœur, le meilleur, dit Alexander.

Julius Kopp ressentit une violente douleur dans le bras. Son impatience tout à coup se déchargeait dans cette poussée de sang brûlante.

— On le sort ? demanda Alexander.

Julius Kopp se redressa. Il n'avait pas pu lire au-delà du titre. Il fit oui de la tête, et Alexander déclencha l'imprimante laser, qui se mit à balayer les feuillets avec un léger sifflement.

— Tout y est, dit Alexander au bout d'une dizaine de minutes. On efface nos traces, n'est-ce pas ?

Il n'attendit même pas la réponse de Kopp et commença à taper sur le clavier, brouillant les pistes.

Kopp se mit à lire, parcourant d'abord rapidement les quatre feuillets, puis les reprenant, s'accrochant à chaque mot.

Maria Carmen Revelsalta était née en mai 1960, à Rio de Janeiro. Elle avait fait des études de droit et de journalisme. Dès les années quatre-vingt, on notait qu'elle était liée à des hommes politiques qui jugeaient intolérable la situation du pays. Ils exigeaient l'intensification de la lutte contre le banditisme dans les grandes villes, les favelas de Rio, qu'ils appelaient « le chancre purulent de la cité », en particulier. Carmen Revelsalta avait commencé à publier des articles dans un hebdomadaire, *L'Ordre*, qui défendait les Escadrons de la Mort, ces unités de la police qui liquidaient sans procès, sur les lieux mêmes de leur arrestation, les délinquants dont ils se saisissaient, notamment les enfants voleurs des rues de Rio ou de São Paulo. Puis elle avait dirigé un magazine, *Medical World*, qui était financé par la fondation World Health, du milliardaire américain John Woughman. Sa fondation se donnait pour tâche de contribuer à la diffusion dans tous les pays d'idées nouvelles. Il fallait combattre les ferments de désordres sociaux, les épidémies, les nouvelles maladies, tout ce qui menaçait l'avenir de l'humanité, les valeurs de la civilisation.

Carmen avait ensuite été chargée de la communication de cette fondation, à Londres d'abord, puis à New York. Et le rapport indiquait qu'elle avait été probablement nommée au service de presse du secrétariat de l'ONU sur les instances de John Woughman. On supposait qu'elle avait été la maîtresse du milliardaire. Mais Woughman avait disparu alors qu'il pilotait son avion personnel au-dessus de l'Atlantique. La fondation World Health avait reçu la totalité de son héritage. Depuis, la fondation consacrait des sommes considérables à la recherche médicale, notamment dans le domaine des greffes. Elle publiait un trimestriel diffusé dans la plupart des pays, destiné aux milieux médicaux et distribué gratuitement aux étudiants en médecine. Il s'intitulait : *Another Man*.

La disparition de John Woughman ne semblait pas avoir affecté Carmen Revelsalta. Elle paraissait ne plus avoir de relations avec la fondation et ses publications. Elle était devenue une fonctionnaire modèle des Nations unies. Elle voyageait souvent pour le compte de l'ONU, se rendait à Rio, à Londres et à Genève. On ne lui connaissait pas d'amant.

Julius Kopp se souvint des lèvres charnues de la jeune femme en tailleur rouge. A soi seul, ce détail prouvait qu'en somme, on ne savait rien d'elle.

Il secoua les quatre feuillets, les montrant à Alexander.

— Vous avez raison, dit-il. Tout est là. Tout.

Et Kopp fut surpris par la certitude qui l'habitait à cet instant.

20

Le froid réveilla Julius Kopp. Il grelottait, nu. Tout en cherchant à se souvenir, il tâtonna, essayant de ramener vers ses épaules le drap et les couvertures, mais en se redressant sur le coude droit, il les aperçut, rejetés au fond du lit. Son regard fit le tour de la chambre. La lampe de bureau était renversée, et le globe d'opaline verte, tourné vers le plafond, y découpait un cercle blanc. Les rideaux n'étaient pas tirés. Le ciel était voilé et des nuages au poitrail noir passaient, bas, au milieu de la croisée. Kopp resta un moment immobile, toujours appuyé sur le coude. Sa mémoire se dérobait. Il vit ses vêtements froissés, posés en désordre sur le fauteuil. Et parmi eux, cette tache claire était le chemisier de Geneviève Thibaud.

Il se laissa tomber sur le lit. Il se souvint.

Il avait quitté Alexander, exalté. Kopp avait eu le sentiment d'être enfin parvenu au sommet de cette falaise qui se dressait devant lui depuis qu'il avait commencé cette enquête. Cent fois déjà, au Canada, à New York, il avait vu ce mur blanc, lisse, qu'il devait escalader. Il avait commencé à le faire, cru n'être qu'à quelques tractions du rebord. Le roller l'avait blessé au bras, et il était retombé. Maintenant il voyait le panorama, le relief se découpait sur l'horizon. Au centre, ce grand massif, la World Health Foundation, qui disposait des fonds légués par John Woughman. C'était cela qu'il fallait explorer d'abord. Alexander avait, en quelques minutes, avant que Julius Kopp quitte la salle technique, trouvé l'adresse du siège à Londres : Regent Street, 188. Il existait à la même adresse un John Woughman Institute et le Research Center for the Humankind Future. Alexander connaissait les travaux de John Woughman. C'était le disciple de Von Newman, ce précurseur qui, dans les années cinquante, avait annoncé, décrit, étudié *The Logical Design of an Electronic Computing Instrument*. Alexander avait caressé le flanc de l'ordinateur. Von Newman avait prévu cela. Et John Woughman avait été le créateur de milliers de logiciels. Il avait été capable, disait Alexander, de définir vingt mille instructions testées et documentées par an, alors que les chercheurs normaux réussissent à peine à atteindre le chiffre de cinq mille. Il avait inondé et contrôlé le marché de l'industrie électronique, puis, fortune faite — en millions de dollars — avant les effondrements inéluctables et les nouvelles révolutions informatiques, Woughman s'était retiré, avait bâti la World Health Foundation. Il avait disparu en vol quelques années plus tard, à quarante ans à peine. « Mythique », avait dit Alexander.

Woughman et sa fondation représentaient donc le cœur de la chaîne, le glacier dont les eaux alimentaient tous les fleuves qui irriguaient tous les continents, *Medical World*, *Another Man*. Et sans doute n'était-ce que la partie connue et visible. Il devait exister comme toujours un réseau souterrain qui s'enfonçait profond puis resurgissait en sources jaillissantes dont on ne connaissait pas l'origine. C'était tout cela qu'il fallait décrire, explorer.

Kopp se souvint.
Il s'était rendu dans la salle commune. Il avait eu

du mal, avec sa seule main droite, à ouvrir la bouteille de champagne qu'il voulait vider. Il l'avait coincée entre ses cuisses. Lorsqu'il avait enfin réussi à retirer le bouchon, le vin avait fusé, se répandant sur le pantalon, si bien que Julius Kopp était resté interdit, penché pour décoller le tissu mouillé de ses cuisses, buvant de temps à autre au goulot.

— Boire, avait-il entendu, c'est comme faire l'amour. Il n'y a que les idiots ou les gens malheureux qui font ça tout seul.

Kopp n'avait pas eu besoin de se retourner pour reconnaître la voix de Geneviève Thibaud. Elle avait ajouté qu'elle ne le trouvait pas idiot, et qu'il ne lui semblait pas malheureux.

— Je veux boire aussi, avait-elle murmuré.

Elle l'avait retenu quand il avait fait le geste de prendre un verre. Et, la tête rejetée en arrière, elle avait elle aussi bu, tenant le goulot à deux mains. Ses seins, ainsi, gonflaient son chemisier.

Kopp avait montré à Geneviève les deux autres bouteilles qui se trouvaient dans le grand réfrigérateur. Elle les avait prises et elle l'avait suivi jusqu'à sa chambre.

Après, il ne savait plus.

Il n'imaginait même pas comment il avait pu se mettre nu. Elle s'était déshabillée aussi. Son chemisier était mêlé aux vêtements de Kopp. Et il vit les deux bouteilles qui étaient posées, droites et vides, sur le sol, sous la fenêtre.

Il ne se souvenait plus du moment où Geneviève avait quitté la chambre. Il avait dû tout à coup basculer dans le sommeil.

Kopp se leva. Il allait demander à Alexander d'explorer les publications de la World Health Foundation et du John Woughman Institute qui, compte tenu de la personnalité de leur fondateur, devaient avoir été saisies sur ordinateur et sans doute archivées sur le réseau Internet. Ce pouvait être une mine d'informations, le début de pistes.

Kopp, depuis qu'il travaillait dans le renseignement, avait acquis la conviction que tout acte et peut-être toute pensée et toute intention, même ceux que l'on voulait garder secrets et qu'à cet effet on dissimulait, laissait une trace matérielle. Chaque homme, chaque institution avait besoin de justifier par une preuve, un rapport, un compte rendu, une confidence ou une facture, ce qu'il avait fait, voulu, rêvé. Dans l'absolu, il n'existait donc pas de secret qui pût résister à une investigation minutieuse. Mais le plus souvent, on s'en tenait à la surface, on négligeait des pans entiers de la réalité. Et les secrets n'étaient percés que bien plus tard, par hasard, quand on découvrait une lettre, une photo, un aveu, qu'on eût pu aussi bien repérer des années auparavant, parce qu'ils étaient parfois tout simplement dans les journaux qu'on lisait trop vite.

Kopp, tout en essayant maladroitement de se raser, sa main gauche toujours paralysée, le bras en écharpe, se persuada que les publications auxquelles Carmen Revelsalta avait collaboré, *L'Ordre* et *Medical World* puis *Another Man*, devaient être épluchées de la première à la dernière ligne.

Il se coupa.

Il venait de penser à Paul Sarde, à cette annonce que Sarde avait lue dans un hebdomadaire, ce château d'hérétique qui l'avait fait rêver, nid d'aigle surplombant la Provence. « Annonce ». Kopp répéta le mot. Peut-être dans *Another Man* ou dans un autre de ces périodiques de la fondation ou du John Woughman Institute, serait-il possible de publier une annonce, de lancer cette ligne, d'appâter. Kopp en conçut même le texte, les cuisses appuyées au lavabo, ne quittant pas du regard ses lèvres qui articulaient dans le miroir, cette phrase qui l'effrayait et dont il était persuadé qu'elle pouvait faire avancer l'enquête : « Mère enfant malade cherche toute solution pour sauver son fils atteint de déficience organique grave nécessitant transplantation chirurgicale. Les voies officielles ayant été explorées, accepterait toute proposition. Prête à lourds sacrifices. »

Il essaya de se calmer. Il fallait d'abord progresser méthodiquement, essayer d'identifier l'origine des fonds que Silvère Marjolin versait à Geneviève Thibaud chaque mois, sur ce compte suisse. Se rendre à Zurich auprès de la banque, puis à Londres pour visiter ce siège de la fondation et de l'institut de John Woughman. Pendant ce temps-là, Alexander secouerait les publications comme des pruniers.

Kopp s'habilla lentement. Chaque geste maladroit qu'il faisait, chaque vêtement qu'il mettait faisait surgir de l'obscurité de sa mémoire une scène de la nuit. Geneviève Thibaud, collée contre lui et déboutonnant sa chemise, puis glissant le long de son corps pour lui ouvrir sa ceinture. Lui donnant des ordres chuchotés qu'il exécutait, se tenant en équilibre, appuyant sa main droite sur la tête de Geneviève.

Ces souvenirs l'étouffèrent. Il ouvrit la fenêtre. Les nuages défilaient, cavalcade noire et grise piétinant la cime des arbres. Le vent était froid et humide.

Les trois chevaux qui se tenaient au milieu du parc levèrent la tête. Kopp entendit le roulement du train, dont la voie suivait la rive gauche de la Seine. Puis ce fut à nouveau le silence, le froissement des frondaisons par le vent. Les chevaux se raidirent à nouveau. Kopp distingua le ronronnement proche d'une voiture à l'arrêt dont le moteur tourne. D'instinct, il se rabattit sur le côté, hors de la croisée. De là, il apercevait le parc. Tout à coup, il vit le premier cheval s'abattre sur le flanc et, au même instant, le second hennir en se dressant sur ses pattes arrière, puis fléchir, paraissant s'agenouiller. Le troisième se mit à galoper, se dirigeant vers la ferme, mais il tomba lourdement sur son train, continuant à remuer les pattes avant.

Il y eut le grincement du moteur qu'on lançait.

« *Sniper*, fusil à lunette, silencieux, calibre 12 », pensa Julius Kopp. Il resta un long moment à regarder les trois corps des chevaux, et la douleur de son bras gauche et sa main fut si forte qu'il hurla sans qu'aucun cri ne sorte de sa gorge.

21

Charles et Roberto creusèrent une fosse au cœur d'un petit bois de noisetiers qui se trouvait en bordure de la forêt. Ce fut difficile. La terre était sableuse. Il fallait ouvrir le sol sur une dizaine de mètres de long, cinq de large, et quatre de profondeur. Quand ce fut fait, Charles accrocha les corps des chevaux au tracteur et commença à les tirer vers la fosse. Ils paraissaient immenses, laissant dans l'herbe une traînée noirâtre.

— Attendez, dit Kopp au moment où Charles et Roberto s'apprêtaient à faire basculer les chevaux.

Il était assis sur le monticule constitué par la terre extraite. Il mâchonnait un cigare éteint. Il ne portait pas de cravate, ce qui était un signe exceptionnel. Il se leva avec difficulté, descendit la pente, longea la fosse, puis vint toucher chacun des chevaux, les flattant. Des mouches tournoyaient au-dessus des plaies. La chair avait été déchirée sur une surface qui avait la dimension d'une main. Le sang avait déjà séché.

— Balles explosives, murmura Roberto. Un bon tireur. Un seul coup chaque fois. Il a dû viser très vite, pour toucher les trois. Du sang froid. Un vrai professionnel.

— Tout cela, dit Sarde qui s'était approché, confirme que c'est la guerre, inégale. On a mis le doigt dans une machine trop grosse pour nous, Julius. Ça ne nous concerne pas. Donnons nos informations à qui tu veux, à nos services ou bien à Fred Menker, et faisons savoir que nous nous dégageons. Assez de casse comme cela, Julius. Tu peux garder Geneviève Thibaud sans mettre l'agence dans le coup. Une femme, ça n'a jamais valu une guerre. Même celle de Troie !

Kopp resta accroupi près du dernier cheval, un gris pommelé qu'il avait justement nommé Ulysse, parce que c'était un animal vagabond qui, si on lui laissait la bride sur le cou — et Julius Kopp l'avait fait souvent —, parcourait la forêt en tous sens comme s'il avait été à la recherche d'un chemin. Mais après ce long périple, il retrouvait toujours la direction de la ferme, comme Ulysse avait regagné Ithaque.

— Ils ont tué Ulysse maintenant, dit Paul Sarde. Retirons le doigt, Julius. On a déjà beaucoup laissé là-dedans.

Kopp continua de caresser le poil soyeux du cheval. Qui donc avait parlé de Fred Menker à Sarde ? Pourquoi citait-il ce nom, alors que depuis des années il n'avait plus affaire à lui ? Kopp se demanda s'il avait raconté à Sarde comment Menker l'avait interrogé à New York puis fait surveiller. Il chercha à se souvenir. Peut-être avait-il mentionné Menker durant le trajet entre l'aéroport Charles-de-Gaulle et la ferme ? Et pourtant il lui sembla que Sarde avait soliloqué, évoqué cette annonce de vente d'un château. Mais qui sait si Kopp n'avait pas cité Menker au téléphone depuis New York ? Il ne se souvenait pas.

Kopp se redressa. Il y avait bien sûr une autre explication. Il n'avait jamais mentionné le nom de Fred Menker, mais Paul Sarde l'avait prononcé par simple déduction logique. Si Menker était toujours chargé des affaires françaises à la CIA, il pouvait s'intéresser à cette affaire. A moins que Paul Sarde ne travaille pour Menker. Les Américains payaient bien. Ils avaient envie de connaître les activités de l'Ampir et ils étaient sûrement prêts à acheter des informations à Sarde.

— Ce château provençal protestant, tu l'achètes ? demanda Kopp.

— Avec quoi ? Cinq millions, dit Sarde. Tu te rends compte ? Où est-ce que je trouve ça ?

Kopp le prit par le bras, l'entraîna.

— Les cadavres, ça pue, dit-il.

Paul Sarde approuva.

— C'est la guerre, je l'avais compris dès le début, avant toi, Julius, dit-il. Ne t'obstine pas.

Kopp le regarda longuement. Sarde aimait l'eau. Il nageait chaque jour, enveloppé dans sa combinaison. Drôle d'homme. Le corps gras, le visage lisse, comme nettoyé par l'eau. Un homme-poisson, un peu gluant, un peu froid.

— Je suis d'accord, dit Kopp, c'est la guerre ouverte. J'irai jusqu'au bout.

— Tu es fou, Kopp.

— Tu restes ou tu pars.

Sarde s'arrêta, s'indigna. Kopp pouvait-il poser même la question ? Cela faisait plus de quinze ans qu'ils travaillaient côte à côte. Ça ne s'arrêterait pas comme ça !

— Tant mieux, fit Kopp.

Il revint vers les chevaux, donnant l'ordre à Charles de les pousser dans la fosse.

— A la guerre, dit-il sans regarder Paul Sarde, on enterre aussi les traîtres dans un bois. Exécution sommaire. Pas nécessaire d'employer des balles explosives. C'est inutilement cruel.

22

Le bruit de la terre tombant sur les corps des trois chevaux morts, cette succession de crissements et de chocs plus sourds, puis ce froissement continu de la terre glissant sur elle-même, Julius Kopp ne les oublia pas. Durant les quelques jours qu'il passa à la ferme, ne sortant même pas de la cour pour marcher dans le parc ou les sous-bois, il ne cessa de les entendre, jusqu'à l'obsession. Des bruits naissaient de la vision de ces corps entassés, massifs et inertes. Une rage que Kopp avait du mal à contrôler l'envahissait. Ces chevaux représentaient la vie, l'innocence, l'élégance, l'énergie de la nature, la force dans la beauté. Ceux qui les avaient tués, pour rien, pour donner un avertissement et signifier qu'ils détenaient le pouvoir du mal et l'exerçaient comme bon leur semblait, sans que rien ne pût les arrêter, ces tueurs-là étaient capables de la pire barbarie. Leurs mains ne tremblaient pas quand ils tiraient. Ceux-là devaient en effet considérer le corps de l'homme, les organes d'un enfant comme de la chair qu'on peut dépecer et vendre.

Quel que soit le prix qu'il aurait à payer, calmement, en arpentant de long en large la cour de la ferme, Julius Kopp décida, sans lever la tête, sans même voir Geneviève Thibaud ou son fils Cédric, sans entendre Hélène qui annonçait que le déjeuner était servi, qu'il les combattrait jusqu'au bout, en son nom personnel. Et il écarterait de sa route tous ceux qui s'opposeraient à ce dessein. « Tant pis pour Paul Sarde, pensa-t-il, et malheur à lui s'il est contre moi. »

Kopp décida de préparer avec minutie sa prochaine action, le voyage à Zurich. Mais il ne partirait qu'après avoir recouvré l'usage de son bras et de sa main gauches.

Un médecin de Fontainebleau, le docteur

Laroche, l'examina et l'assura qu'au bout de trois mois, son membre et ses doigts auraient retrouvé leur mobilité.

« Je n'ai que sept jours, docteur », dit Kopp en le raccompagnant à sa voiture.

Le docteur Laroche avait écarté les bras. Il ne croyait pas aux miracles. Et, avait-il ajouté, la volonté n'avait guère d'effet sur le rétablissement des fonctions musculaires et nerveuses.

Kopp ne lui répondit pas mais, dès que le portail se fut refermé, il enleva l'écharpe qui soutenait son bras et le laissa tomber le long de son corps. Il eut l'impression qu'on lui arrachait l'épaule, et chancela. Geneviève le soutint, l'obligea à s'asseoir près d'elle, dans ce coin de la cour où le soleil s'attardait.

Kopp regarda sa main gauche, essaya en vain de replier les doigts. La peau était blanche, la chair vidée de sang. Il fit un effort pour bouger ce bras et le laissa retomber sur la cuisse de Geneviève Thibaud.

— On s'affiche, dit-elle en riant, puis plus bas, j'aime bien cette impuissance-là. C'est une paralysie qui ne me dérange pas.

Il recommença dix, vingt, cent fois. Il put bientôt courber les doigts. Il décida de parcourir chaque jour plusieurs longueurs de piscine. Il plongea comme pour un départ de cent mètres, sans combinaison, dans cette eau qui était à peine à treize degrés et que la pluie fréquente refroidissait encore. Les doigts tendus, écartés, levant haut le bras gauche, il tira sur les muscles jusqu'à ce que la fatigue et la douleur se mêlent au froid pour le contraindre à se hisser hors du bassin. Et il s'accrocha à l'échelle par sa main gauche pour obliger ses doigts à s'agripper, à le retenir. Et souvent il glissa, retombant dans cette eau aussi noire que le ciel nuageux. Il courut pour se réchauffer.

Aucun de ceux qui le connaissaient depuis longtemps, Sarde, Alexander, Roberto, Charles, ou bien les femmes, Viva, Laureen, n'osa l'interpeller, s'approcher. Il était dans l'une de ses périodes de repliement et de mise sous tension. Il se préparait, disait Sarde sur un ton ironique, à combattre le monde entier.

Hélène, alors que Kopp courait, longeant les bâtiments de la ferme, la respiration bruyante, vint s'asseoir près de Geneviève. Elle hocha la tête. Elle aimait Julius Kopp comme un fils, dit-elle. Elle pouvait l'avouer à Geneviève, qui comprenait, n'est-ce pas ?

« Il est dur avec lui-même, reprit-elle. C'est de l'acier, dedans, mais il est souple aussi, doux comme du bon cuir. Vous voyez ce que je veux dire ? »

Geneviève ne la regardait pas, suivant la course régulière de Kopp. Il ne changeait jamais de rythme, paraissait infatigable, et pourtant, chaque fois qu'il déplaçait son bras, il grimaçait.

— Ils lui ont tué ses chevaux, ils l'ont blessé, ça, c'est un affront intolérable. Il est fier. Il ne le leur pardonnera pas. C'est une machine terrible, Kopp.

Hélène se pencha vers Geneviève :

— Mais vous le savez, non ? Il vous regarde comme il n'a jamais regardé personne. Et je les ai toutes connues, et il en a eu, de tous les genres, de toutes les couleurs.

Elle baissa la voix.

— Et Laureen et Viva aussi, mais il ne s'est pas attaché. Avec vous, je ne sais pas, peut-être qu'il est pris. Mais il ne sera jamais prisonnier. Ce n'est pas quelqu'un qu'on enferme. Il est comme un cheval, comme était Ulysse, il va partout où il veut, mais s'il sent qu'on l'aime vraiment, il revient. Ulysse, on l'a cru souvent perdu, il s'enfuyait dans la forêt, mais il est toujours rentré. Il a fallu qu'on le tue pour qu'il reste dehors.

Hélène se leva en s'essuyant les yeux du revers de la main.

23

Julius Kopp, lorsqu'il entra aux côtés de
Geneviève Thibaud dans le hall de la *European
Kreditien Bank*, au 43, Bahnhofstrasse à Zurich, était
devenu Me David George, avocat à la cour d'appel de
Paris, collaborateur du cabinet d'affaires Jeambard.
Me Claude Jeambard était un avocat international
inscrit aux barreaux de Paris, Genève et New York. Il
faisait appel aux services de Kopp pour lui-même ou
certains de ses clients. Bien des différends qu'il avait
à traiter ne pouvaient être soumis aux procédures
régulières requérant l'intervention de la police ou
des tribunaux. Il s'agissait souvent de transferts de
fonds d'un compte étranger à un autre, de commissions occultes, de versements en liquide, de mise en
cause de contrats conclus verbalement. L'Ampir
était le bras justicier de ce monde souterrain. Un
rendez-vous courtois entre les récalcitrants et Julius
Kopp suffisait le plus souvent à débloquer la situation. C'était la formule utilisée. Sinon, Roberto ou
Paul Sarde intervenait. On se dirigeait alors vers une
transaction. Kopp, chaque fois, prenait cette identité
de Me David George.
   Il avait averti Jeambard, dès son arrivée à Zurich.
Quelques mots avaient suffi. « Ici maître David
George, je suis à l'hôtel Bellerive, à Zurich. Un litige
entre la European Kreditien Bank et une cliente. »
Me Jeambard n'avait demandé aucune explication.
Si la direction de la banque l'appelait, il confirmerait
l'identité de David George. « L'un de mes collaborateurs, en effet », dirait-il. Julius Kopp n'avait
d'ailleurs jamais cherché à savoir si l'avocat du nom
de David George n'était pas réellement l'un des associés du cabinet Jeambard.

   Kopp était arrivé la veille à Zurich, en provenance
de Bâle. Geneviève Thibaud avait rejoint la ville

quelques heures après Kopp. Elle avait voyagé en compagnie de Roberto, sur le vol Swissair Paris-Genève. Roberto avait loué une voiture à l'aéroport et ils avaient traversé la Suisse, en quittant de temps à autre les autoroutes pour s'assurer qu'ils n'étaient pas suivis. Kopp les attendait à l'hôtel Bellerive, au 47 de Mythen-Quai. Il avait retenu trois chambres, deux côte à côte, communicantes, et celle de Roberto leur faisant face, de l'autre côté du couloir.

Il faisait beau. Ils avaient dîné sur la terrasse fleurie donnant sur le Zürcher See. Le lac était recouvert d'une légère brume qui, avec le crépuscule, s'élevait, enveloppant peu à peu les collines. Roberto était assis à une table voisine, seul, le dos tourné au lac, surveillant l'entrée du restaurant. Julius Kopp avait commandé du vin jaune du Jura et, sans regarder Geneviève Thibaud, comme pour lui-même, il avait commencé à parler. Il ne pourrait jamais, disait-il, fonder une famille, avoir des enfants. Pour oser se lancer dans cette aventure, qui lui semblait la plus folle, il fallait croire que le monde était stable, ordonné. Lui, savait depuis son adolescence que l'humanité n'était que chaos. Ce calme — il avait montré le lac, la terrasse — n'était qu'apparent. Geneviève, d'ailleurs, ne pouvait ignorer cela. Elle avait été attirée par Silvère Marjolin sans doute parce qu'elle devinait qu'il cheminait avec d'autres dans des cavernes où grouillait une vie clandestine, parallèle. Kopp, lui, se mouvait dans tous ces mondes. Celui du chantage, de l'argent noir, de la mort aussi.

« On vous a raconté, pour Morgan ? avait-il demandé. Pour le roller ? Pour Julie Lachenois ? Et vous avez vu les chevaux. »

Personne n'avait parlé de ces événements-là. On tuait. Une organisation existait, disposant sans doute de moyens immenses. Elle était cachée au cœur du monde. Elle s'en nourrissait. Elle payait des centaines, peut-être des milliers d'hommes qui lui étaient dévoués. Elle avait un chef. Il condamnait à mort.

« Il avait décidé de vous tuer, Geneviève, de m'abattre aussi. Que cherche-t-il ? Que veut-il ? »

Les temps avaient changé. Il n'était plus nécessaire de prononcer des discours, de rassembler des foules en extase, de brandir des drapeaux, de revêtir des uniformes.

« Les gens ne peuvent rien imaginer parce que rien ne se voit. C'est l'invisible qui gouverne, aujourd'hui. Toutes les images qui nous submergent sont truquées. »

Kopp s'était levé. Il avait pris la main de Geneviève et d'un geste de la tête il avait indiqué à Roberto qu'il n'était pas nécessaire qu'il les accompagne, mais Roberto les avait cependant suivis.

Julius Kopp connaissait Zurich, parce que souvent les transactions qu'il concluait pour le cabinet Jeambard se concluaient dans cette ville. Il longea les quais de la Limmat, la petite rivière qui partageait la ville en deux et se jetait dans le lac de Zurich.

« Vous verrez, demain, la Bahnhofstrasse, dit-il en serrant le bras de Geneviève. Banques, bijoutiers, antiquaires, ordre et luxe, marbre. Ce soir, c'est autre chose. »

Il s'engagea dans la Niederdorfstrasse, une rue étroite, violemment éclairée par les emblèmes des boîtes de nuit et des tavernes. La rue était remplie d'une foule bigarrée. Les jeunes prostitués des deux sexes étaient appuyés aux façades, entre les portes des boîtes. Des drogués étaient couchés à même les pavés.

« C'est l'autre face », dit Kopp.

Il désigna un groupe de jeunes gens qui se tenaient par l'épaule, formant un cercle, cachant ainsi deux d'entre eux qui étaient accroupis sur le sol et dont on apercevait les bras nus, serrés par des garrots pour faire saillir les veines.

— Pour ceux qui ont abattu mes chevaux, dit

Kopp, ces vies-là n'existent même pas, je le sens. Je ne veux pas avoir d'enfant, ajouta-t-il d'une voix sourde.

Geneviève l'enlaça.

Le lendemain matin, Julius Kopp et Geneviève Thibaud restèrent longuement sur la terrasse, sans se regarder, silencieux, mais ils avaient placé leurs fauteuils de telle sorte que leurs cuisses, leurs épaules se touchent, et ils paraissaient si proches, si accordés, que la jeune femme qui leur servit le petit déjeuner ne cessa de les regarder en souriant, hochant la tête comme si elle approuvait, admirative et connivente, cette union que la nuit avait scellée.

Puis ils remontèrent la Bahnhofstrasse, sans jeter un coup d'œil aux devantures des joailleries et des boutiques de mode qui se succédaient. A dix heures précises, ils entrèrent dans le hall de la European Kreditien Bank. Un huissier portant au cou une chaîne dorée les guida cérémonieusement entre les colonnes de marbre noir, vers l'un des petits bureaux qui ouvraient sur les bas-côtés de l'allée centrale. Kopp expliqua à l'employé qu'il désirait rencontrer l'un des fondés de pouvoir. Sa cliente, qui disposait d'un compte, voulait obtenir quelques informations à son sujet. Il était son avocat, Me David George, de Paris. Il montra sa carte. Bien entendu, sa cliente souhaitait conserver l'anonymat. Elle ne donnerait le numéro de son compte personnel qu'au fondé de pouvoir.

On les fit patienter quelques minutes, puis un homme jeune vêtu d'un costume noir qui faisait ressortir son teint pâle les invita à les suivre jusqu'à son bureau. C'était une pièce sans fenêtre, éclairée par une lumière bleutée. Le mur derrière le fondé de pouvoir était recouvert d'un rideau plissé blanc, comme si l'on avait voulu faire croire qu'il cachait une baie vitrée. On entendait le sifflement de l'air conditionné. Kopp parla après que le banquier se fut présenté comme Kurt Bayer, chargé des comptes personnels.

— Je suis le gestionnaire des biens de ma cliente, dit Kopp en montrant Geneviève Thibaud.

— Maître David George, fit Kurt Bayer en regardant la fiche transmise par l'huissier.

Kopp approuva. Sa cliente s'étonnait, reprit-il, de l'interruption des versements réguliers auquel, par un accord privé, elle avait droit pour une durée illimitée.

Kurt Bayer leva les deux mains, montrant ses paumes jaunes.

— La banque, dit-il, si la situation est celle que vous décrivez, n'est en rien responsable de la rupture d'un contrat qui ne la concerne pas. Elle n'est qu'un exécuteur, un comptable. Son service se limite à cela. On ne peut lui demander autre chose.

Il avait parlé lentement, en détachant chaque mot, avec un accent allemand qui, curieusement, lui faisait rouler les r.

— Nous ne demandons rien à la banque, dit Kopp. Mais ma cliente est en droit de connaître l'état de son compte. Les sommes dont elle dispose.

— Je ne connais pas ce compte, dit Kurt Bayer en souriant.

Kopp, lorsqu'il avait réfléchi à cette entrevue, avait estimé qu'il fallait livrer le numéro du compte le plus tard possible. Il ne voulait pas qu'une identification trop rapide permette qu'on monte contre eux un guet-apens, du type de celui dans lequel il était tombé sur la United Nations Piazza, à New York. Il est vrai que Roberto les attendait dans le hall de la banque et les protégerait au besoin.

— Les sommes dont ma cliente disposait lui étaient virées par M. Silvère Marjolin, qui doit donc avoir ouvert le compte à son nom.

Kopp ne s'attendait pas à ce que le banquier lui réponde. Mais parfois l'inattendu se produisait, même s'il était peu probable qu'un fondé de pouvoir d'une banque suisse se comporte en naïf et tombe dans le piège que Kopp lui tendait.

— Vous devez pouvoir le vérifier, reprit Kopp en montrant l'ordinateur qui se trouvait à droite du bureau.

Kurt Bayer ne bougea pas. Il paraissait ne pas avoir entendu. Après quelques minutes, il toussota puis dit d'une voix égale :

— Madame connaît sûrement le numéro du compte qu'elle utilisait pour ses retraits.

Geneviève Thibaud se tourna vers Kopp. D'un signe, il l'invita à le donner. Le banquier commença à taper sur le clavier de l'ordinateur. Des lignes de chiffres et des phrases s'inscrivirent sur l'écran, qu'il effaça aussitôt.

— Le compte de madame a été clôturé, dit-il. Il est donc vide. Elle ne peut donc plus effectuer de retraits. Elle a essayé, d'ailleurs. Et naturellement, nous n'avons pas donné suite.

Il avait parlé pour la première fois plus vite, avec presque de l'allégresse.

— Mais qui a donné cet ordre ? s'indigna Kopp. C'est une rupture unilatérale de contrat entre ma cliente et M. Silvère Marjolin.

Kurt Bayer resta figé, la tête baissée.

— Celui ou ceux qui ont ouvert le compte, dit-il sans regarder Kopp, avaient évidemment, du point de vue de la banque, toute autorité pour le clore et le vider à leur guise, dès lors que leur compte ne présentait aucun découvert. Madame avait sans doute un droit de prélèvement régulier, qu'elle a exercé, si j'en crois les éléments dont je dispose — il inclina la tête vers l'ordinateur. Mais le titulaire du compte a changé d'avis. Cela ne nous concerne pas.

Le fondé de pouvoir sourit et recula son fauteuil comme s'il voulait mettre fin à l'entretien.

— Nous porterons plainte contre M. Silvère Marjolin, et si besoin est, contre la European Kreditien Bank, dit Kopp.

— Mais nous ne connaissons pas M. Marjolin, s'exclama le fondé de pouvoir, puis, se rendant compte qu'il avait dit quelques mots de trop, il se leva rapidement.

Kopp et Geneviève Thibaud l'imitèrent.

— M. Marjolin avait ouvert le compte, dit Kopp.

— C'est ce que vous pensez, répondit Kurt Bayer en poussant la porte.

Kopp sortit le premier, et quand il se trouva en face de Kurt Bayer, il dit d'une voix forte :

— Alors, nous porterons plainte contre la World Health Foundation et nous demanderons à la European Kreditien Bank de témoigner.

— Maître, voyons, nous n'avons fait qu'exécuter des instructions...

— Nous verrons bien, coupa Kopp.

Dans le hall de la banque, il aperçut Roberto qui, les bras croisés, se tenait appuyé à une colonne. Roberto, d'un mouvement de tête, indiqua qu'il n'avait rien remarqué de suspect. Kopp toucha de la pointe de son index, comme s'il s'agissait du canon d'un revolver, la poitrine du fondé de pouvoir.

— La World Health Foundation et le Woughman Institute sont pour vous de très importants clients, n'est-ce pas ? Je le sais. Mais je ne vous conseille pas de trahir à leur profit le secret bancaire. Notre entretien était confidentiel.

Il appuya son doigt. Kurt Bayer recula, balbutiant : « Maître, voyons, voyons... »

— C'est tout, dit Kopp. Confidentiel.

Il s'éloigna avec Geneviève Thibaud, se retournant plusieurs fois, fixant Kurt Bayer qui était resté immobile au milieu du hall, pétrifié.

24

Geneviève Thibaud, en sortant de la European Kreditien Bank, marcha d'abord loin de Julius Kopp, comme elle imaginait qu'une cliente doit le faire lorsqu'elle est en compagnie de son avocat. Après quelques pas, elle se rapprocha de lui et, quand ils furent au bout de la Bahnhofstrasse, sur la Burkell-Platz, face aux deux jetées qui s'enfonçaient dans le lac, elle prit le bras de Kopp. Ils traversèrent lentement le pont sur la Limmat. Roberto les suivait à quelques pas.

— Il faut partir, maintenant, dit Julius Kopp en entrant dans l'hôtel Bellerive.

C'était une journée printanière. De la terrasse de l'hôtel, on pouvait apercevoir les sillages des voiliers qui se croisaient, poussés par un vent frais, presque froid, qui glissait depuis les sommets de l'Engadine. Le lac était creusé de petites vagues couronnées d'écume venant battre les quais, faisant osciller les embarcations amarrées sur la rive opposée du lac, le long du Mythen-Quai et du Hafen.

— Déjeunons d'abord, dit Geneviève en s'asseyant sur la terrasse protégée du vent par des haies de thuyas.

Elle prit la main de Julius Kopp, le força à s'installer près d'elle. Roberto, debout, appuyé au cadre de la porte, les observait. Il était prévu qu'il quitterait Zurich avec Geneviève Thibaud immédiatement après la visite à la banque.

Kopp regarda Roberto, retira sa main, se leva, traversa la terrasse. Le soleil s'émiettait dans les vitres des immeubles des quais en centaines de petits foyers étincelants qui se reflétaient à leur tour dans le lac, si bien que la luminosité était intense, multipliée, donnant à la ville un air de fête.

— On reste une heure ou deux, dit Kopp à Roberto, puis il retourna s'asseoir et Geneviève lui prit à nouveau la main, penchant la tête vers lui. Il se dégagea, et d'un geste nerveux appela la serveuse.

C'est peu après qu'on déposa sur sa table les fax qu'Alexander avait expédiés dans la matinée à l'hôtel Bellerive. Il s'agissait de plusieurs photocopies d'extraits d'articles qu'Alexander avait sélectionnés en parcourant, sur les différents fichiers électroniques, les publications liées à la World Health Foundation, au John Woughman Institute et au Research Center for the Humankind Future. Il y avait ajouté une liste de quatre personnalités qui composaient le conseil de direction du John Woughman Institute. Il l'avait découverte en recherchant les statuts de la fondation, de l'institut et du centre, dont la loi imposait la publication. Les noms étaient classés par ordre alphabétique : Pr Alberto Grandi, Rome ; Dr Silvère Marjolin, Montréal ; Hans Reinich, Zurich ; Carmen Revelsalta, Rio de Janeiro, New York.

Julius Kopp souligna les noms de Silvère Marjolin et de Carmen Revelsalta, glissa le feuillet à Geneviève Thibaud, puis commença à lire les extraits d'articles. Ils étaient anonymes. Ils avaient paru, le premier dans *Medical World*, les autres dans *Another Man*. Alexander n'avait pu retrouver *L'Ordre*, cet hebdomadaire brésilien auquel Carmen Revelsalta avait collaboré il y avait maintenant près de quinze ans.

Ces textes fascinèrent aussitôt Julius Kopp. Ils étaient écrits dans une langue simple. Mais il se dégageait d'eux une force de conviction qui rappela à Julius Kopp l'envoûtement qu'avait exercé sur lui, au tout début de sa carrière militaire, un capitaine qui était obsédé par l'idée de complot. Il traquait des espions imaginaires. Il reconstruisait avec sa logique les événements dont il était le témoin. Il était fou, mais sa démence n'apparaissait que comme un glissement de la raison.

Les premiers jours, Kopp — le sous-lieutenant

Julien Copeau — l'avait écouté sans même pouvoir quitter son visage des yeux. La folie était comme un abîme. On aimait se pencher au-dessus d'elle. Elle attirait. Kopp avait commencé à tomber, suivant le capitaine dans ses rondes nocturnes, montant des embuscades pour prendre sur le fait les saboteurs qui s'étaient, à l'en croire, infiltrés dans la base. Ce n'était qu'après qu'un accident eut provoqué la mort d'un soldat, que Julius Kopp avait réussi à sortir de ce cercle où il s'était peu à peu laissé enfermer, et dont il avait accepté les règles. Peut-être aurait-il suffi de quelques jours supplémentaires pour qu'il basculât définitivement dans cet autre monde. Le capitaine avait été interné. C'était un homme seul, qui ne disposait que de moyens dérisoires pour imposer sa folie aux autres. La World Health Foundation paraissait avoir des possibilités financières qui la rendaient autrement menaçante. Car la folie était là, surgissant de ces textes.

« L'humanité, expliquait le premier que lut Kopp, est un organisme vivant qui est semblable au corps humain, menacé par des dégénérescences qu'on peut appeler, concernant les civilisations, décadence. Chaque individu est une cellule de cet organisme-humanité, qui en compte donc plusieurs milliards. Si l'on veut que *l'ordre* règne dans l'organisme, autrement dit que le monde soit en bonne santé, il importe de diagnostiquer les cellules dangereuses, la prolifération des cellules malades, qui sont l'équivalent, pour l'humanité, de ce que le cancer est à l'homme. Il faut, si l'on veut sauver l'organisme, isoler, éradiquer ces cellules dangereuses. Et agir de même avec celles qui sont porteuses d'un virus. »

Julius Kopp se souvint de ce qu'il avait pensé, il y avait seulement quelques jours, en entrant dans Central Terminal à New York, en découvrant dans Lexington Avenue ces *homeless*. Et hier soir encore il avait eu le sentiment, en parcourant avec Geneviève la Niederdorfstrasse, que les vies dévoyées ou malades de ces jeunes drogués ne représentaient rien pour les tueurs qui avaient abattu ses chevaux et avaient assassiné Morgan, Julie Lachenois, le jeune Bill Cleaver, peut-être Silvère Marjolin, et essayaient aussi de supprimer Geneviève et son fils.

Kopp, quand il eut terminé de lire le premier extrait, le posa devant Geneviève et, sans même songer à regarder le menu comme l'y invitait la serveuse, il prit le second texte.

Celui-ci provenait d'un article publié par *Another Man*. Il rappelait les succès accomplis dans la recherche génétique, célébrait la naissance, dans la nuit du 25 au 26 juillet 1978, de Louise Brown, issue de la fécondation *in vitro* d'un ovule. Il rappelait surtout, comme l'article précédent, que le chaos dans lequel le monde se trouvait provenait de l'épuisement des cellules les plus saines — des hommes les plus énergiques, les plus créatifs —, contraints de supporter le poids de cellules malades — les individus passifs, les assistés, les dépendants. La sélection naturelle ne pouvait plus s'opérer, parce que l'on s'évertuait à considérer que les cellules étaient équivalentes, qu'un homme en valait un autre. C'était là une mystification. Quel médecin affirmerait qu'une cellule cancéreuse devait être protégée ? Qui oserait dire qu'il ne fallait pas lutter contre elle ? En fait, l'humanité, comme un corps malade atteint par le virus, avait vu baisser sa capacité de défense immunologique. Il fallait accomplir un véritable renversement pour parvenir à un monde sain, et cela supposait la naissance d'un Autre Homme, qui permettrait l'établissement de l'ORDRE DU MONDE. Ces mots étaient écrits en capitales.

Kopp commença à lire le troisième article, paru lui aussi dans *Another Man*, dans un tel état de tension qu'il repoussa d'un mouvement brusque Geneviève Thibaud lorsqu'elle se pencha vers lui. Elle dit :

— Ce sont des fous, qu'est-ce qu'ils veulent ?

Kopp ne répondit pas.

Il avait parcouru l'article, et il commençait à le lire avec le sentiment qu'il avait là entre les mains une sorte de plan de bataille de l'ennemi. Kopp s'interrompit, regarda droit devant lui, aveuglé par les soleils que les reflets de l'eau et des vitres multipliaient.

D'autres que lui avaient dû lire ces textes, et cependant personne n'en avait jamais fait état, comme si cela n'avait eu aucune importance. Jadis, son professeur à l'Ecole de guerre aimait à répéter qu'on ne croyait jamais à ce qui paraissait évident. Quand, en 1940, racontait-il, on avait saisi sur un officier allemand abattu à l'intérieur des lignes françaises, les plans d'offensive que la Wehrmacht s'apprêtait à lancer au mois de mai, tous les états-majors les avaient lus, sans y prêter le moindre crédit. Et qui avait été inquiété par les affirmations de Hitler dans *Mein Kampf* ? « Nous sommes aveugles, parce que nous nous bouchons les yeux », avait conclu le professeur.

Kopp, quand il baissa la tête, eut du mal à recommencer à lire. La lumière l'avait ébloui. Il ferma les yeux, les rouvrit. Geneviève tenta à nouveau de lui prendre la main. Il s'écarta d'elle, repoussant l'assiette et les couverts, mettant les deux coudes sur la table, le menton dans ses paumes.

« Il faut faire naître UN AUTRE HOMME, pour un nouvel ORDRE DU MONDE, lut Kopp. Les techniques d'intervention sur les gènes humains se développent vite, et lorsqu'il sera possible de les maîtriser complètement, on pourra sélectionner l'homme capable de vouloir l'ORDRE DU MONDE. Mais cela suppose une révolution dans les esprits. La fin d'une époque larmoyante et son remplacement par une époque d'énergie. Il faut que ceux qui détiennent les pouvoirs se convainquent de la nécessité de cette révolution. De ce qu'ils décideront et feront dépendra pour une part l'avenir de cet autre homme, et l'établissement de l'ORDRE DU MONDE. Accepteront-ils de comprendre qu'il n'y a pas d'équivalence entre les individus ? Qu'il faut à chaque instant choisir, et que c'est cela, la règle même de la vie ? L'un doit être sauvé, l'autre doit être sacrifié. Il n'y a pas d'autre loi dans l'espèce humaine. Ceux qui ne l'acceptent pas, qui refusent la cruauté nécessaire du choix, ceux-là sont des êtres passifs qui ont perdu leurs capacités de défense et de réaction. Leur instinct humain a été détruit par le virus de la décadence. Mais les attitudes changent. Des hommes de plus en plus nombreux sentent la nécessité d'un ORDRE DU MONDE. Ils sont présents dans toutes les races. Ce sont les *Bergers de l'Espèce*. Ils sont noirs, jaunes ou blancs. Ce n'est pas la couleur de leur peau ni leurs origines qui les rassemblent, mais leur vision. Ils savent choisir. Ils ne s'étonnent pas que dans le plus vieil empire du monde, l'Empire du Milieu, celui où le combat de l'ordre contre le chaos a été permanent, les organes des corps des condamnés à mort soient utilisés pour sauver des vies. Certains commentent avec effroi ce comportement. Il doit être examiné avec calme, comme une leçon. Il faut savoir si l'on accepte de payer le prix de l'ORDRE DU MONDE. Nous, qui nous préoccupons du futur de l'humanité, nous y sommes prêts. Il y a des enfants, des hommes et des femmes qui méritent d'être sauvés parce qu'ils sont porteurs de l'énergie nécessaire à la naissance d'un autre homme, et d'un ORDRE DU MONDE. D'autres, qui ressemblent à des enfants, à des hommes et à des femmes, appartiennent à une espèce différente. Ils peuvent et doivent servir à sauver les humains dignes de ce nom. »

Kopp ferma les yeux. Il se souvint de l'émotion et de la peur qu'il avait ressenties quand, à peine adolescent, il avait vu le film de Fritz Lang, *Metropolis*. Il avait été effrayé par cette ville où quelques hommes dominaient la foule des « esclaves » enfouis dans les profondeurs de la cité, voués au travail servile pour le plus grand profit d'une élite heureuse.

Ces textes allaient plus loin encore. Ils suggéraient que ces humains considérés comme inférieurs puissent n'être que de la matière vivante servant à d'autres humains, déclarés supérieurs.

« Fou », pensa-t-il.

Mais il ne s'agissait pas des divagations d'un philosophe solitaire, d'un Nietzsche monstrueux qui rêvait d'un immense Moloch engloutissant comme la divinité antique. Ce Moloch-là les sacrifiait non plus pour satisfaire une croyance, mais pour le plus grand profit et la santé de quelques-uns. Et ce fou avait créé une organisation, il diffusait ses idées. Il tuait.

— Quel charabia ! Quelle bouillie ! dit Geneviève Thibaud en reposant les feuillets sur la table.

Elle fit un geste vers Julius Kopp, se retint, croisa les bras comme pour s'interdire toute tentation.

— Est-ce qu'ils ont tué Silvère Marjolin, est-ce qu'on peut penser ça ? demanda-t-elle.

— On peut, dit Julius Kopp.

Peut-être Marjolin avait-il tenté de se dégager de ce groupe, de quitter la World Health Foundation. Mais Marjolin connaissait trop de secrets. Il avait appartenu au conseil de direction du John Woughman Institute. On ne tolère pas les défections de ceux qui ont occupé de telles responsabilités au sein d'une organisation qui devait avoir, Kopp l'avait déjà pensé, une face cachée.

Ce fut Kopp qui, après un silence, prit la main de Geneviève.

— C'est simple et complexe, dit-il.

Il s'interrompit, réfléchit.

— Comme une religion, reprit-il.

Leur but était de reconstruire un ordre du monde. Certains hommes, des « élus » pour utiliser le mot religieux, œuvraient à l'avènement de cet ordre-là. Ils séparaient, entre les hommes, ceux qui pouvaient y accéder et ceux qui n'étaient que de la matière vivante. Les organes, cette chair, pouvaient être utilisés pour que d'autres survivent. La World Health Foundation, le John Woughman Institute, le Research Center for the Humankind Future servaient de cadre et de paravent à cette volonté dont le fondateur était donc ce John Woughman. Qui l'avait remplacé après sa mort ? Quel chef ou quel pape ?

— Ce n'est pas une religion, murmura Geneviève Thibaud, mais une secte.

— La religion devenue folle, dit Kopp en rassemblant les différents feuillets.

Il enveloppa les épaules de Geneviève Thibaud de son bras.

25

Roberto, d'un signe de tête, demanda à Julius Kopp de le rejoindre. Il se tenait debout derrière les thuyas, au bord de la terrasse.

Kopp serra le poignet de Geneviève Thibaud. Depuis le début du déjeuner, il était tendu. Il n'avait cessé de regarder autour de lui, comme s'il craignait une menace. Geneviève Thibaud avait d'abord essayé de le distraire. Elle avait parlé de son fils Cédric, du besoin qu'elle avait de peindre, des questions qu'elle se posait quant à son avenir, et elle n'avait pu s'empêcher alors d'exprimer son inquiétude. Devraient-ils, elle et Cédric, se cacher encore longtemps à la ferme ? Les autres, ne pourraient-ils les oublier ? Après tout, peut-être valait-il mieux renoncer à les identifier, à les poursuivre ? Peut-être la disparition de Silvère Marjolin signifiait-elle simplement qu'il avait décidé de ne plus la voir, et, si elle l'acceptait — elle l'avait accepté, elle ne se souciait plus de Silvère —, peut-être les autres les laisse-raient-ils tranquilles, elle et son fils. Et peut-être ces autres cesseraient-ils aussi de faire la guerre à Julius Kopp. Elle avait des remords, avait-elle ajouté, de l'avoir entraîné dans cette histoire, mais elle lui était reconnaissante, au-delà de ce qu'il pouvait imaginer, de l'avoir sauvée, elle et son fils. Julius Kopp lui avait permis de commencer une nouvelle période de sa vie. Elle ne pensait plus à Silvère Marjolin. Quelles que soient les relations qu'elle aurait dans l'avenir avec Julius, elle était déjà maintenant, elle en était sûre, une autre femme. Alors pourquoi s'obstiner ? S'ils sont fous, autant les oublier, et qu'ils nous oublient.

— Trop tard, avait murmuré Kopp.

Il avait longuement dévisagé Geneviève Thibaud, comme s'il découvrait ses traits.

— Ils imaginent que nous connaissons déjà tout d'eux, avait-il repris. Bien plus que nous ne savons en réalité. Ils ne croiront jamais que nous renon-çons. Ils ne peuvent prendre le risque de se tromper. Il faut qu'ils nous tuent.

Il n'avait pas élevé la voix. Il avait parlé calme-ment, sans émotion, dévidant un raisonnement qui n'admettait aucune contradiction.

— C'est eux ou nous, avait-il conclu. Vous, votre fils, mes amis, moi.

Il avait tapoté la main de Geneviève.

— On ne peut plus renoncer.

Puis il avait regardé droit devant lui.

— On ne peut pas, et on ne le doit pas, avait-il dit plus fort. Ils sont fous, fanatiques.

A ce moment-là, il avait aperçu le signe de Roberto et il avait serré le poignet de Geneviève, puis il s'était levé et s'était faufilé entre les tables.

Aucune n'était occupée, et pourtant le vent était tombé. Mais les clients de l'hôtel avaient préféré déjeuner à l'intérieur, peut-être à cause du soleil aveuglant. Il faisait frais aussi, malgré la lumière étincelante.

— Ils sont peut-être là, fit Roberto en écartant les branches des thuyas.

Kopp se pencha. La terrasse de l'hôtel formait un promontoire qui dominait les quais et les rues parallèles. On pouvait ainsi voir aussi bien toute la perspective du Mythen-Quai jusqu'à Bellerivestrasse que la Dufourstrasse et la Seefeldstrasse. Devant l'hôtel, au pied de la terrasse, la Belleriveplatz formait comme une rade ouverte d'un côté sur la large Ramistrasse et, de l'autre, sur la rivière Limmat. Kopp, chaque fois qu'il avait séjourné à Zurich, était descendu à l'hôtel Bellerive parce qu'on pouvait, de sa chambre ou de la terrasse du restaurant, en surveiller tous les abords.

— A droite de la place, ajouta Roberto.

Kopp reconnut aussitôt la voiture. Elle paraissait encore plus haute sur ses roues énormes que lorsqu'il l'avait vue, la première nuit, dans la forêt. Il distingua sur ses flancs les bandeaux jaunes qui tranchaient sur le noir de la carrosserie.

Ils étaient donc si sûrs d'eux qu'ils n'avaient même pas cherché à changer l'aspect de leur véhicule, sûrs que Geneviève Thibaud ne porterait pas plainte et ne fournirait aucun détail à la police. Et ils étaient persuadés que Julius Kopp agissait à titre privé et n'avertirait pas les autorités. Ils avaient donc jugé inutile de se dissimuler.

Kopp resta plusieurs minutes immobile. La voiture, rangée le long du trottoir au bout de la Theaterstrasse, dominait toutes les autres. Elle était plus large. Devant sa calandre, le pare-chocs était constitué par des barres d'acier qui couvraient tout l'avant du véhicule, protégeant aussi les phares. Elle ressemblait à un véritable engin de guerre. Les vitres étaient teintées, si bien qu'il était impossible d'apercevoir les passagers. Peut-être était-ce la seule différence avec la première nuit, puisque Julius Kopp se

118

souvenait d'avoir deviné des profils d'hommes jeunes. Mais ils avaient sans doute alors, assurés de ne pas être inquiétés, baissé les vitres de la voiture.

— Ils sont dedans, dit Roberto.

Il avait vu le quatre-quatre arriver. Il avait fait plusieurs fois le tour de la place. Il s'était même arrêté quelques instants devant l'hôtel. Peut-être l'un des portiers avait-il confirmé d'un geste que Kopp et Geneviève Thibaud se trouvaient encore sur les lieux. Puis la voiture s'était garée, et personne n'était descendu.

— Ils ne se cachent pas, ajouta Roberto.

Ils voulaient aussi faire savoir qu'ils étaient là, montrer qu'ils étaient convaincus de remporter la partie. Ils dominaient le jeu. Ils pouvaient sans risque étaler leurs cartes. Kopp, tout en continuant d'observer la voiture, se reprocha d'avoir cédé à Geneviève, d'être resté cette heure de trop à l'hôtel. Ce temps avait annulé les précautions qu'il avait prises pour se rendre à la European Kreditien Bank. Kurt Bayer, le fondé de pouvoir, avait dû faire état de leur visite. Lui-même, ou celui auquel il avait remis son rapport, avait alerté la secte.

Ce mot lui vint spontanément en regardant la voiture des tueurs, en pensant aux complicités dont ils avaient disposé pour pouvoir se trouver là, à quelques dizaines de mètres de l'hôtel. Une secte, en effet, aussi efficace qu'un service de renseignement ou de police, aussi déterminée qu'une mafia.

Roberto se tourna vers Kopp puis vers Geneviève Thibaud. Elle les observait. Kopp, à la manière dont elle avait enfoncé la tête dans ses épaules, devina son inquiétude.

— C'est elle qu'ils veulent, non ? demanda Roberto.

— On est dans le même sac, murmura Kopp.

Mais c'était elle qu'il fallait protéger. Il allait les attirer puis les retenir, expliqua-t-il. Roberto et Geneviève Thibaud quitteraient l'hôtel à pied, par le parking. Le plus sûr était de se rendre à la Hauptbahnhof, de prendre le premier train au départ pour Neuchâtel, Genève ou Bâle, et, de là, regagner la ferme.

Roberto hocha la tête.

— Vous n'avez rien, dit-il.

L'un et l'autre avaient passé la frontière sans arme. Kopp eut un geste d'indifférence. Il ne tenait ni à se faire tuer, ni à tuer, pas encore. Il se tiendrait à distance. Et, si nécessaire, il pouvait trouver, même en Suisse, le matériel utile. Il disposait de quelques amitiés à Zurich. Les négociations auxquelles il avait participé dans la ville pour le cabinet Jeambard avaient souvent exigé qu'il se montre déterminé, et convaincant. Rien ne valait mieux, avec certains interlocuteurs, qu'un Beretta muni d'un silencieux. Un coup de téléphone à un « correspondant » lui avait toujours suffi pour se procurer l'arme.

— Ce coup de fil, donnez-le, dit Roberto en serrant l'épaule de Julius Kopp dans un geste de familiarité et d'amitié inattendu.

Kopp revit tout à coup le corps des chevaux à demi ensevelis sous la terre grise. Il fit oui en clignant des yeux.

26

Moins d'une heure après que Julius Kopp eut appelé son « correspondant », le portier le prévint qu'on venait de lui livrer les cigares qu'il avait commandés. Kopp quitta aussitôt la terrasse où il était demeuré depuis le départ de Roberto et de Geneviève Thibaud. La voiture aux bandes jaunes était encore à la même place, et personne n'en était sorti.

Dans le hall de l'hôtel, le portier lui remit un gros sac en plastique marqué *Cigares Davidoff* et soigneusement fermé par une large bande adhésive. Il contenait effectivement une boîte de vingt-cinq cigares, des Churchill, de la taille et du goût préférés de Kopp, et deux autres boîtes, marquées elles aussi *Cigares*. L'une renfermait le revolver Beretta et son silencieux. L'autre était pleine de cartouches.

Kopp remonta dans sa chambre et s'installa devant la fenêtre. Etait-ce le portier, qui avait prévenu les hommes de la voiture lorsqu'elle était passée, au dire de Roberto, devant l'hôtel pour s'assurer qu'ils ne l'avaient pas quitté ? Ou bien peut-être l'un des grooms. Kopp avait été frappé par la curiosité et l'attention du plus petit des trois, un métis aux pommettes saillantes, aux yeux très noirs, peut-être un fils d'Indienne des Andes.

Kopp alluma un cigare. Il voulait laisser à Roberto et à Geneviève le temps de gagner la gare et de s'éloigner de Zurich. Il ne cherchait pas à fixer avec précision les lignes d'un plan d'action. Il fumait, les yeux mi-clos. Il aimait le tabac corsé. A chaque bouffée, il avait le sentiment que son esprit se dégageait un peu plus de l'emprise immédiate des choses. Il voyait la voiture toujours immobile mais il ne sentait ni impatience ni inquiétude. Le tabac l'apaisait, donnait même un sentiment presque euphorique d'invulnérabilité. Il allait vaincre.

Il téléphona au portier, lui expliquant qu'ils allaient quitter l'hôtel et qu'on devait sortir sa voiture du parking, la conduire devant l'entrée. Il demandait à ce qu'on lui prépare sa note, il descendrait dans une quinzaine de minutes. Cela lui donnait le temps de terminer son cigare. Le complice, groom ou tout autre, aurait le temps de prévenir les hommes de la voiture. Kopp l'imagina leur téléphonant.

A la réception, il expliqua comme un client bavard qu'il devait prendre Mme Thibaud, sa cliente, et son ami, au parking du Mythen-Quai. Il le connaissait. Il s'y engagerait, et ses suiveurs pourraient croire qu'en effet, il avait fixé là un rendez-vous à Geneviève et à Roberto. On allait les prévenir de cela aussi. Ils ne s'étonneraient pas de le voir quitter seul l'hôtel. Après, quand ils se rendraient compte que Kopp était encore seul, il serait trop tard pour eux. Geneviève et Roberto seraient sûrement dans un train, peut-être déjà parvenus à destination. Roberto louerait sans doute une voiture et ils regagneraient la ferme sans être menacés.

Cette certitude d'avoir éloigné Geneviève Thibaud du danger conforta le calme de Julius Kopp. Il remarqua que le groom ne se tenait jamais éloigné de lui et qu'il pouvait entendre ses propos. Kopp ne le quitta pas des yeux. Son bras et sa main gauches étaient encore douloureux. Il ne tenait pas à être surpris et blessé une deuxième fois.

Dès qu'il démarra, traversant le pont sur la Limmat, Kopp vit la voiture derrière lui. Elle ne chercha pas à se rapprocher, laissant s'intercaler entre elle et Julius Kopp deux ou trois autres voitures. Le conducteur ne pouvait perdre Kopp de vue. Le quatre-quatre était beaucoup plus haut que les autres véhicules, et dans son rétroviseur, Kopp, qui roulait lentement, eut l'impression qu'on le visait d'une tourelle. Il longea le quai Général-Guisan, s'engouffra comme il l'avait annoncé dans le parking du Mythen-Quai. Il s'y arrêta quelques minutes. Les autres devaient l'attendre à la sortie.

Ils étaient là en effet, dans la Alfred-Escher Strasse, un peu en retrait. A partir de cet instant, pensa Kopp, ils comprendraient qu'ils avaient été bernés, qu'ils avaient perdu Geneviève Thibaud — le but principal de leur poursuite. Mais ils ne pouvaient pas renoncer, puisque Julius Kopp était le seul lien dont ils disposaient. Lorsque Kopp constata que la voiture aux bandes jaunes continuait à le suivre, il se mit à chantonner, posa son revolver sur ses cuisses, de façon à pouvoir à tout instant le saisir ou le dissimuler, puis il baissa la vitre et conduisit ainsi, sans se presser, le coude posé sur le bord de la fenêtre. Il n'accéléra qu'à la sortie de Zurich, lorsqu'il fut sur l'autoroute qui surplombe le lac et où les tunnels, assez courts, se succèdent, permettant de franchir les collines qui rident le relief.

A plusieurs reprises, il pensa qu'ils allaient le rejoindre dans l'un de ces tunnels et le mitrailler. Chaque fois, en effet, dès l'entrée, ils se rapprochaient, allumaient leurs phares, et Kopp était contraint de ne pas regarder dans le rétroviseur pour ne pas être aveuglé. Il accélérait donc dès qu'un tunnel était annoncé, gagnant sur ses poursuivants quelques dizaines de mètres, une avance insuffisante pour ne pas être rejoint.

Kopp roula ainsi jusqu'à Chur. Le paysage changea. Les massifs de l'Engadine se détachaient sur l'horizon bleu sombre. Le vent devint glacial. Kopp augmenta encore la vitesse, doublant même dans les situations les plus périlleuses. Il creusa l'écart dès que les tournants se succédèrent.

Il prit des risques de plus en plus grands, dépassant les longs camions qui abordaient les courbes lentement. La route n'était qu'à deux voies, et lorsqu'il avait doublé, Kopp entendait ses poursuivants klaxonner.

Il voyait leurs phares haut sur la route, à plusieurs centaines de mètres derrière lui.

Lorsqu'il aperçut un panneau annonçant des lacets sur huit kilomètres, il accéléra à nouveau, malgré les tournants en épingle à cheveux. La pente était raide et chaque dépassement était un pari, car la circulation en direction de la vallée était dense. Mais Julius Kopp passa, et il estima qu'il avait pris une avance de cinq ou six kilomètres. Il ne ralentit pas et fut bientôt seul sur la route avec, sans doute, un nouveau train d'automobiles et de camions à quelques kilomètres devant lui. La nuit était tombée, la forêt ressemblait à une muraille sombre. De temps à autre s'ouvraient sur le bas-côté de la route des aires de stationnement. Kopp coupa la route et s'arrêta sur l'une de ces voies de garage, se plaçant sous les arbres, manœuvrant pour être prêt à démarrer dans le sens de la descente. Il éteignit ses phares et descendit. Pour un conducteur roulant vite, dans la direction opposée, attentif à doubler, sa voiture dissimulée ne devait guère être visible. Ses poursuivants n'imagineraient pas qu'il avait ainsi fait demi-tour et qu'il s'était arrêté.

Kopp s'allongea près du bord de la route, dissimulé par un talus. Il vissa le silencieux sur le canon de son arme, puis il cala ses coudes sur le sol et tint son arme à deux mains.

Ce serait une question de chance. Il fallait que le quatre-quatre se soit dégagé des autres voitures qui montaient. Il fallait tirer vite, atteindre le pneu avant et le pneu arrière de façon à provoquer un dérapage incontrôlable, et l'accident. Il fallait que le conducteur et son éventuel passager soient blessés, et qu'on ne leur porte secours qu'après quelques minutes.

Kopp crut à sa chance.

Il entendit le moteur et presque en même temps il aperçut les phares. Il n'y avait pas d'autre bruit. Ils avaient donc laissé loin derrière eux les voitures ou les camions qu'ils avaient doublés. Le quatre-quatre parut. Kopp tira deux fois, pressant sur la détente à quelques fractions de seconde d'intervalle. Il y eut le bruit d'éclatement des deux pneus, puis le fracas du choc. Kopp courut le long de la route, le bras pendant le long du corps pour qu'on ne repérât pas son arme. Mais le silence était retombé. La voiture était écrasée contre le rocher, à demi renversée. Le conducteur avait glissé sur le passager, et tous deux étaient assommés. Ils geignaient, donc ils vivaient.

Kopp réussit à ouvrir la porte et fouilla dans les poches du conducteur. Il trouva son portefeuille et redescendit, courant dans l'autre sens, il sauta dans sa voiture, démarra aussitôt.

Après cinq tournants, Kopp croisa un long semi-remorque qui montait lentement, suivi par une dizaine de voitures.

27

Kopp roula sans hâte sur des routes secondaires qui serpentaient dans les collines ou traversaient les petites villes nichées au bord du lac. Il avait décidé de rentrer à Zurich. Les deux balles avaient dû se ficher dans les jantes du quatre-quatre, après avoir fait exploser les pneus. On ne les retrouverait que beaucoup plus tard, et sans doute jamais. Les deux blessés, quels que soient leurs soupçons, ne porteraient pas plainte. L'accident serait attribué à une faute de conduite, à un excès de vitesse. Les conducteurs du camion et des voitures qui avaient été dépassées et qui devaient avoir porté secours aux deux hommes témoigneraient de leur imprudence. Ils avaient doublé, ne tenant aucun compte des interdictions. Ils conduisaient comme des fous.

Kopp glissa la main dans sa poche. Le portefeuille du fou était là, sous sa paume. Il en était convaincu, il venait de remporter sa première victoire contre eux. Eux ? *Les fous*. Il pouvait les appeler ainsi. Il lui fallait un nom pour désigner cet adversaire auquel, enfin, il venait d'imposer sa stratégie. Il pensa à nouveau les fous, ou la secte.

Il s'arrêta à Wadenswill, au centre de la petite ville, dans la rue Friedberg, bordée de maisons médiévales, dont les briques rouges, les motifs en pierre grise étaient soulignés par des frises aux couleurs vives souvent rehaussées d'or. Au loin, dans la brume et la nuit, Kopp aperçut les lumières tremblantes de Zurich.

Kopp marcha vers le lac. L'air était par bouffées successives chargé des senteurs douces de l'eau et de la terre grasse, ou bien il était imprégné d'odeurs âcres. En bordure de la petite ville, Kopp aperçut les tubulures illuminées d'une usine chimique.

Il trouva une cabine téléphonique, retint une chambre dans un hôtel de Zurich, puis appela Laureen à Paris. Elle ne venait à la ferme que rarement, servant de relais extérieur afin de déjouer la surveillance qui pouvait s'exercer sur les lignes qui aboutissaient au siège de l'agence. Ils n'échangèrent que quelques mots, prirent des rendez-vous téléphoniques, puis Laureen, avec un peu d'appréhension dans la voix, dit : « Soyez prudent, Julius, bonne chance. »

Il raccrocha, marcha joyeusement jusqu'à sa voiture. Il avait eu de la chance.

A Zurich, Kopp n'était jamais descendu à l'hôtel Sole. Mais il l'avait repéré dès ses premiers séjours dans la ville pour le compte du cabinet Jeambard. L'hôtel était situé loin du centre, dans le quartier tranquille de Enge, sur une colline verdoyante. La construction de trois étages était érigée au milieu d'un vaste jardin. Elle donnait sur le Rieter Park, qui entourait le Rieter Museum. L'hôtel était fréquenté par des universitaires, professeurs et étudiants, quelques touristes et ne comptait qu'une quarantaine de lits. Julius Kopp se présenta sous l'identité de Jean Corvin, laissant entendre qu'il était un professeur parisien spécialiste d'histoire de l'art, et qu'il devait poursuivre ses recherches au Kunsthaus. Il dîna dans la petite salle à manger décorée de fresques naïves représentant des scènes pastorales. La cuisine était italienne. Il prit son temps, but une bouteille d'Orvieto Classico, limpide, frais et savoureux, pour accompagner ses spaghetti au saumon. Il s'accorda même un dessert, un onctueux tiramisu. A l'exception d'un couple de touristes allemands d'une soixantaine d'années installé dans le coin opposé de la salle à manger, il était seul. Il dégusta comme un client qui ne sait quoi faire de sa soirée et s'attarde au dîner, alors qu'en fait il s'imposait une épreuve. Il voulait, comme il l'avait fait si souvent lorsqu'il montait Ulysse, s'obliger à ne pas cavalcader, à marcher au pas, à se dominer. Il eut, au cours du repas, dix fois la tentation de se lever pour monter dans la chambre aussitôt, ouvrir le portefeuille du conducteur du quatre-quatre. Mais il s'y refusa. La maîtrise de soi était un apprentissage qu'il fallait toujours recommencer. Il échangea même quelques mots aimables avec le serveur. Enfin, il se leva et gagna d'un pas lent sa chambre.

Il étala sur la petite table située contre la fenêtre les papiers que contenait ce portefeuille de cuir noir. Pas de passeport, pas de pièce d'identité, mais une carte de crédit Visa et un permis de conduire au nom de Van Yang, 27, Weinbergstrasse à Zurich. L'homme était né en 1962, à Hong-Kong. Il portait sur lui une liasse de douze billets de cent francs suisses. Mais Kopp n'eut le sentiment de tenir un fil qu'il allait enfin pouvoir tirer qu'au moment où il déplia une feuille pliée en quatre. C'était une attestation de Hans Reinich, membre du conseil de direction du John Woughman Institute. Hans Reinich certifiait que M. Van Yang était employé par l'institut au titre d'ingénieur-formateur, chargé d'enseignement au département techniques et idées du futur, responsable de l'encadrement des étudiants au centre d'initiation que le John Woughman Institute avait créé à Zurich et dont Hans Reinich était le président. Le CITIF était installé au 27, Weinberstrasse. Hans Reinich précisait que Van Yang était appelé, dans le cadre de ses fonctions, à accomplir de fréquents déplacements à l'étranger et qu'il devait être accueilli et aidé par tous les centres d'initiation et de recherche dépendant du John Woughman Institute, du Research Center for the Humankind Future et de la World Health Foundation.

« Un réseau méthodiquement maillé, pensa Julius Kopp. Une secte comme une toile d'araignée. »

28

Kopp se leva tôt et, alors que la ville était encore assoupie sous les brumes, il roula jusqu'à la Weinbergstrasse. C'était une rue large, située sur la rive droite de la Limmat, non loin de l'Universität-strasse. Si le Centre d'initiation aux techniques et aux idées du futur cherchait à recruter parmi les étudiants, le choix de cette rue était judicieux. L'immeuble du 27 était austère, mais tout le rez-de-chaussée était occupé par une large devanture vitrée derrière laquelle Kopp aperçut des ordinateurs ran-gés les uns près des autres comme dans une salle de cours. Il s'arrêta et détailla la façade du bâtiment. Au-dessus de la porte d'entrée, sur un large panneau au milieu duquel était représenté un globe terrestre, il lut l'intitulé du centre et le nom de John Woughman. Tout l'immeuble paraissait consacré à l'institut, puisque les fenêtres du dernier étage étaient surplombées par une inscription en gros caractères reprenant le titre World Health Foundation et, une fois de plus, le nom de John Woughman.

Kopp inspecta la rue, découvrit au troisième étage d'un immeuble situé presque en face du numéro 27, de l'autre côté de la rue, une affiche d'appartement à louer. Il releva le numéro de téléphone de l'agence puis démarra.

Il se sentait dispos. En revenant vers le lac, il passa devant l'hôtel Bellerive, puis non loin de la

European Kreditien Bank, et il eut envie de parler à Geneviève. Ce fut, en lui, une souffrance de penser qu'il ne pourrait la voir, la toucher, l'entendre avant plusieurs jours. Mais il suffit que Kopp pense à la nuit qu'ils avaient passée à l'hôtel Bellerive pour que malgré lui il sente son corps lui échapper, rire dans chaque muscle. C'était une sensation étrange qu'il n'avait jamais éprouvée avec une telle intensité. Il découvrit qu'il y avait une mémoire charnelle, instinctive. L'amour, pourtant, entre Geneviève et lui, avait été brutal, cette nuit-là. Ils s'étaient retrouvés au même instant, sans s'être concertés, sur le seuil de la porte communicante. Ils n'avaient pas parlé. Ils s'étaient aussitôt enlacés et ils avaient marché vers le lit de Geneviève en trébuchant, sans pouvoir se séparer. Kopp avait eu l'impression que le corps de Geneviève était une plante grimpante qui le serrait, s'agrippait à lui par tous ses membres. Son visage s'encastrait sous son cou, ses lèvres collaient à sa poitrine.

Ils s'étaient aimés ainsi, dans un mouvement qui naissait d'eux ensemble et non de l'un ou de l'autre. Ç'avait été encore plus intense qu'à la ferme, quand Julius Kopp avait crié et qu'il avait pensé que tous l'avaient entendu. Là, à l'hôtel Bellerive, il avait ri aux éclats sans pouvoir se contenir, d'un rire qui naissait au plus profond de son corps, comme si chaque parcelle de son être avait voulu clamer la joie que lui procurait cette violente libération d'énergie, cette rencontre avec un autre corps.

Après, ils étaient restés engourdis. Ils avaient dû dormir. Puis Julius Kopp s'était levé, avait ramassé en tâtonnant ses vêtements qui jonchaient le sol de la chambre, et il avait refermé derrière lui.

Ce souvenir l'occupa tout au long de son trajet, jusqu'à l'hôtel Sole. C'était à peine l'heure du petit déjeuner. Il s'installa, malgré la fraîcheur, dans le jardin. La table était recouverte de gouttelettes. Le soleil n'avait pas encore réussi à faire une trouée dans la masse brumeuse qui s'accrochait aux collines.

Il fallait profiter de ce moment.

Kopp déjeuna rapidement puis descendit jusqu'au bord du lac. Les jetées du Hafen étaient encore désertes. Les voiliers bâchés, amarrés bord contre bord, se balançaient mollement. Kopp s'assit au bord de la jetée, comme un pêcheur, le torse penché, les jambes écartées, et commença à déchirer avec soin le permis de conduire et la carte de crédit de Van Yang, puis, tout en marchant, il dispersa les morceaux l'un après l'autre dans le lac. Ces minuscules parcelles se dispersèrent peu à peu. Alors, Kopp lacéra le portefeuille en trois parties et, regardant autour de lui, les jeta le plus loin qu'il put, comme s'il lançait, par jeu, des cailloux dans l'eau. Il n'avait conservé que l'attestation de Hans Reinich. Elle était une preuve, la seule qu'il possédât, du lien qui unissait les institutions créées par John Woughman, l'un de ceux qui les dirigeait, Hans Reinich, et les exécuteurs, qu'ils fussent ou non ceux qui avaient tenté de tuer Geneviève Thibaud et son fils dans la forêt.

Il se promena le long du lac. Il ne devait pas forcer l'allure. Il avait l'avantage. Il avait dessiné la carte des positions de l'ennemi, celles au moins que celui-ci avait décidé de ne pas cacher. Il commençait à distinguer les liens qui les unissaient. Il fallait maintenant les explorer, les infiltrer. Kopp pensa qu'Alexander était le mieux fait pour cette tâche. Il avait l'allure d'un étudiant auquel on ne pouvait donner d'âge précis. Il savait garder son sang-froid. Il était flegmatique et cependant pénétrant, obstiné. Il avait la passion et le génie des nouvelles techniques. Et le centre du 27 de la Weinbergstrasse ne prétendait-il pas initier aux techniques et aux idées du futur ? Alexander pourrait rapidement découvrir les intentions de ces ingénieurs-formateurs, étranges, s'ils ressemblaient tous à Van Yang.

Alexander se prendrait au jeu. Il aimait relever les défis, casser les codes, percer les secrets.

Kopp, d'un café du Mythen-Quai, téléphona à Laureen à l'heure prévue. Roberto et Geneviève, fit-elle comprendre à Kopp, étaient bien rentrés à la ferme.

« Il me faut ici, dès ce soir, notre savant », dit Kopp.

Laureen n'aurait aucune peine à identifier Alexander. Puis, Kopp lui confia le soin de réserver par téléphone, au nom d'Alexander, l'appartement de la Weinbergstrasse.

— Voilà, dit-il.

— Tout va bien ? demanda Laureen de cette voix émue et anxieuse que Kopp aimait.

— Le soleil brille sur le lac, répondit Kopp, puis il raccrocha.

29

Quelques heures plus tard, Julius Kopp, assis sur un banc du Rieter Park, en face du Museum, attendait.

Il regarda une nouvelle fois autour de lui, se demandant par où surgirait celui qu'il appelait son « correspondant ». L'homme, dont Kopp ne connaissait que le surnom, Reno, et le numéro de téléphone, avait promis d'être ponctuel.

Leur conversation s'était limitée à quelques mots.

« J'ai besoin de vous voir », avait dit Kopp.

« Le matériel ? Insuffisant ? » avait interrogé Reno, faisant allusion au revolver Beretta qu'il avait fourni la veille.

« Parfait, parfait », avait répété Julius Kopp.

« Bon », avait commenté Reno. Puis, un autre petit mot : « Où ? »

« Rieter Park, Museum », avait dit Kopp.

Reno avait attendu et Kopp avait ajouté : « Quinze heures. »

« Quinze heures précises », avait dit Reno avant de raccrocher.

Kopp était arrivé une demi-heure plus tôt. Il ne voulait pas être surpris et avait fait le tour du parc.

Ce début d'après-midi était ensoleillé. Des enfants couraient et fugitivement, comme une image qu'il tentait de ne pas voir, de chasser vite de son esprit, Julius Kopp pensa à Cédric, le fils de Geneviève Thibaud, jouant dans la cour de la ferme. Geneviève était peut-être les bras et les épaules nus, parlant avec Paul Sarde, le visage levé vers lui. Kopp éprouva un sentiment de colère qu'il réprima. Il s'approcha des limites du parc, du lac qu'avaient recommencé à parcourir des dizaines de voiliers. Les hommes, comme les enfants, passaient leur vie à jouer. Certains de leurs divertissements étaient cruels, d'autres n'étaient que des joutes joyeuses, comme ces régates que disputaient ces cinq voiliers qui viraient bord à bord autour d'une bouée rouge. D'autres jeux impliquaient des milliers d'hommes qui se disputaient des bouts de terre comme des garnements dans un bac de sable. Kopp s'assit sur un banc. Il avait participé à tous ces jeux. Il avait été jaloux. Il l'était encore. Il avait fait la guerre. Il continuait à courir. Sous sa veste, il toucha la crosse du Beretta.

Il s'était installé au croisement de deux allées, si bien qu'il pouvait surveiller tout le parc, ainsi que l'entrée du Museum. Il avait confiance en Reno, mais il ne l'avait plus rencontré depuis plusieurs années, et les hommes changent. Lors de la dernière affaire qu'ils avaient traitée pour le compte du cabinet Jeambard, Reno avait montré qu'il connaissait parfaitement la société zurichoise. En quelques jours, il avait repéré l'intermédiaire qui refusait de verser la commission promise à un ministre français en échange d'un contrat de fourniture d'armes et de matériel électronique. L'intermédiaire avait cru que la Suisse serait un refuge. Reno l'avait débusqué, séquestré, et Kopp avait obtenu après une courte discussion le versement des sommes dues, un million de dollars. Reno n'avait libéré l'industriel qu'après que le virement fut parvenu sur un compte bancaire panaméen. Reno, comme lors des affaires précédentes, avait été efficace et discret. Il devait connaître Hans Reinich et le centre du 27 de la Weinbergstrasse. Il pourrait aussi, le cas échéant, apporter son aide à Alexander. Mais Kopp savait qu'il fallait avancer pas à pas. Il existait parfois des alliances inattendues. Reno donnait toutes les apparences, depuis des années, d'un acteur indépendant, agissant en fonction de ses seuls intérêts. Mais Kopp ne pouvait exclure qu'il ait passé un accord avec ceux qui contrôlaient le 27, Weinbergstrasse.

— Quinze heures, dit Reno.

Kopp sursauta. Reno avait traversé les pelouses sans que Kopp l'ait vu s'approcher. Il se trouvait derrière le banc, qu'il contourna lentement. Il avait un peu maigri. Le visage était plus mince, plus allongé. La peau toujours aussi sombre accentuait le caractère espagnol de ses traits. Mais Kopp ignorait tout des origines de Reno. Des cheveux blancs assez longs lui donnaient la distinction d'un ancien joueur de tennis, grand, élancé, toujours souple. Une gabardine bleue, ample et longue, flottait autour d'un costume gris croisé. Les mains étaient fines, les doigts longs. A l'annulaire droit, Reno portait un diamant serti dans une large bague.

— Marchons, dit Kopp en se levant.

Ils arpentèrent les allées en silence, comme s'ils voulaient l'un et l'autre se flairer en félins intuitifs.

— Des renseignements, d'abord, dit enfin Kopp. Peut-être une assistance, un appui pour un de mes amis qui va séjourner à Zurich quelque temps. Vous connaissez la ville, la Suisse.

Reno ne répondit pas.

— Naturellement, dit Kopp, rien n'est gratuit.
Même les informations.

— Aujourd'hui, fit Reno en souriant, le plus précieux, donc le plus cher, ce sont les informations.
Tout est là.

Il avait des cernes bistre sous les yeux, et Kopp
l'imagina vêtu de noir, une barbe cernant son visage,
la dague au côté. Les jeux auxquels se livraient les
hommes avaient des règles immuables. On achetait
une alliance. On trahissait. On tuait.

— Le matériel d'hier, murmura Reno, vos cigares,
reprit-il en souriant, satisfait ?

Kopp se contenta d'un signe de tête.

Ils entrèrent dans le musée et commencèrent à
parcourir les salles. Des groupes de visiteurs s'agglu-
tinaient devant les reliefs mayas ou les poteries
chinoises exposés au rez-de-chaussée.

— Hans Reinich, murmura Julius Kopp, vous le
connaissez ?

Il décrivit rapidement l'immeuble du 27,
Weinbergstrasse, ce Centre d'initiation aux techniques et aux idées du futur qui l'intriguait.

Il ajouta que Hans Reinich semblait avoir à son
service des hommes décidés.

— Montons au deuxième étage, dit Reno. Les visiteurs sont toujours pressés. Ils restent au rez-de-
chaussée. Mais pour connaître, il faut être patient,
n'est-ce pas, faites un effort.

Ils traversèrent le premier étage, et Kopp fut
frappé par les masques et les sculptures africains.
Les traits des visages présentés avaient autant de
force que les œuvres venues de Chine ou du Tibet. Ils
arrivèrent au second étage.

— La peur est partout, reprit Reno. Ici, ce sont
des masques des vallées suisses. On croirait qu'ils
viennent d'un autre continent. Mais l'homme est
l'homme. Dès qu'il naît, il crie d'angoisse.

Il s'assit sur un canapé de cuir qui faisait face à

une série de masques bariolés, des figures gro-
tesques de carnaval.

— Vous connaissiez ? dit Kopp en s'asseyant près
de Reno.

— J'ai un fils, murmura Reno. Nous venons ici,
parfois. Et j'ai vu aussi des masques durant toute
mon enfance.

Il parlait sans regarder Kopp, mais la tête droite,
les yeux fixés sur ces portraits tourmentés aux yeux
rouges et aux dents noires.

— Près de Syracuse, chez moi, en Sicile, j'ai assisté
à des fouilles, lorsque j'étais enfant. Je me souviens
d'un masque que j'ai vu sortir de terre comme s'il
s'agissait d'un mort qui se réveillait, des yeux
immenses, un visage qui n'avait qu'un front étroit et
un menton lourd. Des lèvres et une bouche énormes.

Reno se tourna vers Julius Kopp.

— Si vous rencontrez Hans Reinich, pensez à ce
masque, Kopp. Regardez les lèvres et la bouche, et
vous aurez compris l'homme.

Il se tut.

— Vous ne me dites rien, fit Kopp.

Il se leva.

— Vous savez et vous ne voulez pas, ou vous ne
savez pas ? reprit-il.

Reno ne bougea pas.

— Pensez aux masques, Kopp, dit-il. Derrière les
masques, il y a les visages. Derrière Hans Reinich, il
y a quelqu'un d'autre, derrière le 27, Weinbergstrasse et tout ce décor de carnaval, vous imaginez
bien qu'il existe autre chose aussi.

— Quoi ? fit Kopp.

Reno se leva et commença à descendre les escaliers.

— Je ne veux pas le savoir, Kopp. Chacun son
morceau de trottoir, c'est une vieille règle que je ne
viole jamais.

Il s'arrêta sur le palier du premier étage, laissa
passer un groupe de touristes japonais.

— Ils viennent de loin, reprit-il. Ils ne m'intéressent pas. Et je ne m'intéresse pas à Hans Reinich.
Je veux qu'il soit aussi loin que le Japon pour moi.

— Il vit ici, à Zurich, dit Kopp. Weinbergstrasse,
c'est votre trottoir.

Reno secoua la tête.

— Je ne passe jamais dans la Weinbergstrasse.

Ils se retrouvèrent dans le parc. C'était l'heure de
la sortie des classes. Les allées étaient envahies par
des enfants qui piaillaient, s'élançant en tous sens.

— Vous n'avez pas de fils, Kopp ? demanda Reno.

Kopp secoua la tête.

Reno lui prit le bras.

— Seuls quelques hommes, peut-être les plus
sages ou les plus fous, acceptent de vivre comme si
les enfants n'existaient pas. Chez moi, dans mon île,
on les méprise et on les craint plus que n'importe
qui. Ils sont différents des autres, comme s'ils
n'avaient qu'un œil au milieu du front. Vous n'êtes
pas de ceux-là, Kopp.

Kopp dégagea son bras. Il se sentait blessé, humilié. Il s'arrêta face au lac. La régate continuait. Les
voiliers, autour de la bouée rouge, semblaient flotter
au-dessus d'une plaque sombre, le lac, que le soleil
n'éclairait plus. Reno, qui avait continué à marcher,
revint sur ses pas.

— La plupart des hommes ont besoin des enfants,
dit-il. Avec eux, ils se protègent de leur propre mort.
Ils les adorent, ou bien ils les persécutent. Ils veulent
des enfants comme les arbres le soleil. J'ai un fils,
Kopp. Il y a des gens qui le savent. Ils ont compris
qu'avec les enfants on tient les pères, on fait des
hommes ce que l'on veut.

Il haussa les épaules, serra à nouveau le bras de
Kopp.

— Il y a même des hommes qui traversent deux
océans, pour pouvoir mettre des enfants dans leur
lit. Vous savez ça, Kopp ?

Reno cracha avec dégoût, s'éloigna, puis revint, les

mains dans les poches de sa gabardine, un peu voûté. Ses cheveux, soulevés par le vent, faisaient une auréole claire autour de son visage, qui semblait ainsi moins dur, sensible.

— Je n'aime pas me mêler de ce genre d'affaires, dit-il, traiter avec des gens comme ça ou bien leur disputer un bout de trottoir.

— Hans Reinich ? interrogea une nouvelle fois Kopp.

— Le masque grec, dit Reno en baissant la voix. Des lèvres et une bouche énormes. Reinich aime beaucoup les enfants, ajouta-t-il.

Il fit la moue.

— Si votre ami à des ennuis, je peux lui fournir du matériel, cigares, voiture, une adresse pour quelques jours. Mais pas plus, Kopp.

Il se dandina d'un pied sur l'autre.

— Cet accident, cette nuit, sur la route après Chur...

Kopp ne bougea pas.

— Deux employés de Reinich, reprit Reno.

— Des enfants ? fit Kopp.

Reno ricana.

— Allons, Kopp, vous imaginez bien, murmura Reno. Reinich n'aime pas que les enfants.

Il s'éloigna, lança :

— Ne m'appelez plus !

Un enfant, en courant, le heurta. Reno se pencha et lui caressa les cheveux.

30

Tout à coup, le brouillard s'épaissit et la jetée du Hafen sur laquelle Julius Kopp et Alexander marchaient à pas lents disparut. Kopp et Alexander s'arrêtèrent en même temps, surpris. Le lac, les voiliers amarrés, la colline du quartier de Enge, d'où Kopp et Alexander étaient descendus il y avait seulement quelques dizaines de minutes, étaient engloutis. Le sol semblait s'être dérobé et le seul bruit perceptible était le battement léger du ressac contre la jetée. Les corps de Kopp et d'Alexander étaient eux-mêmes pris dans cette étoupe impalpable qui paraissait capable de dissoudre, puisqu'elle avait rendu tout le paysage invisible. Kopp sentit sur ses mains et son visage l'humidité glacée du brouillard qui se condensait en fines gouttelettes. Il se remit à marcher, la tête baissée, attentif à chaque pas.

— On ne sait pas où on va, dit-il, sans réfléchir au double sens de sa phrase.

Il se tourna vers Alexander, devina son sourire ironique.

— Brouillard, fit Alexander en levant le bras droit.

L'opacité était devenue si dense que la main fut avalée, et il ne resta que l'avant-bras, amputé pour quelques instants.

— Prenez mon arme, dit Kopp.

Il tendit à Alexander le sac de plastique contenant le revolver Beretta dans sa boîte à cigares et les cartouches.

— Et vous ? demanda Alexander.

Kopp partait le lendemain même pour Rome. Il continuerait de bénéficier, il en était sûr, de l'avantage de la surprise.

— Vous voulez rencontrer Alberto Grandi, n'est-ce pas ? interrogea Alexander.

Il fouilla dans sa poche, montra une fiche que Julius Kopp prit sans pouvoir la lire. Il avait été facile, expliqua Alexander, d'identifier ce membre du conseil de direction du John Woughman Institute. C'était une personnalité officielle, professeur de médecine à la faculté de Rome, membre de plusieurs académies, pédiatre, spécialiste des greffes.

— Pédiatre ? répéta Julius Kopp en s'immobilisant.

Ils étaient parvenus au bout de la jetée, mais on ne distinguait pas la surface du lac. Le phare, une balise plutôt, éclairait à peine les blocs, sans que la lumière réussisse à atteindre l'eau, dont on entendait pourtant la respiration proche.

— Les enfants sont peut-être le lien, continua Kopp.

Il y avait ceux que Geneviève Thibaud avait vus en compagnie de Silvère Marjolin. Et les témoignages recueillis par Laureen dans les hôtels qu'avait fréquentés le Canadien à Paris confirmaient la présence fréquente d'enfants en sa compagnie.

— Hans Reinich, lui aussi, dit Kopp.

Il rapporta à Alexander les propos que Reno lui avait tenus. Reinich aimait les enfants, comme ces touristes sexuels qui se rendent à Manille ou à Bangkok. C'est ainsi que l'on pouvait interpréter les propos de Reno.

— Un Sicilien, dit Kopp. Il a un fils. Il semblait dégoûté, méprisant, révolté par ce comportement. C'est pour cela qu'il m'a parlé de Reinich. Mais il ne vous aidera qu'en cas d'urgence. A part cela, il ne faut pas compter sur lui.

— Je ne compte jamais sur personne, dit Alexander d'une voix calme, sans ostentation.

— Ils tuent, dit Kopp. Ils ont eu Morgan. Ils m'ont manqué de peu.

Il s'éloigna du bord de la jetée, et quelques pas suffirent pour qu'Alexander s'efface. Kopp l'attendit, le vit sortir peu à peu du brouillard.

— Nous avons quelques morceaux du puzzle, reprit Kopp. Nous connaissons le thème, grâce aux textes que vous avez découverts, l'inégalité des hommes est leur principe, leur seule idée, en fait. Mais nous n'avons pas encore le détail de la fresque. Que font les ordinateurs dans tout ça ? Ce Centre d'initiation aux techniques et aux idées du futur, à

139

quoi correspond-il ? Que représente-t-il pour eux ? Comment lier ensemble les enfants et cette réalité informatique ? Qu'est-ce qui est le masque ? Les enfants, ou les ordinateurs ? Brouillard, Alexander, brouillard.

— John Woughman était un génie des logiciels, dit Alexander. Un anticipateur, un précurseur, donc presque un prophète.

— Plus tard, Woughman, fit Kopp avec un mouvement d'irritation. D'abord les vivants, d'abord Alberto Grandi.

— Pédiatre, donc, reprit Alexander. Chirurgien exceptionnel. Homme public.

Il y avait quelques années, expliqua Alexander, il avait pris la tête d'un mouvement de protestation qui avait mobilisé toute l'Italie officielle.

Alexander s'interrompit.

— De fait, encore les enfants, reprit-il après un silence.

Ils avaient atteint le Mythen-Quai et commençaient à remonter vers l'hôtel Sole, où Alexander avait retrouvé Julius Kopp dès son arrivée à Zurich par la route.

— Quels enfants ? demanda Kopp.

Le brouillard lui donnait une sensation d'étouffement. Il respirait avec peine cet air à la fois âcre et glacé. Kopp sentit même une odeur de soufre, de gaz douceâtre, et eut envie d'un grand souffle de vent balayant le ciel, rendant aux choses et aux gens leur netteté, dessinant des contours précis.

— Dites-moi ! interrogea-t-il avec impatience.

Le calme et le détachement d'Alexander l'irritaient. Alexander racontait comme s'il n'était pas concerné par ce qu'il rapportait, se contentant de rendre compte, indifférent. Et Kopp eut envie de le secouer, de lui rappeler qu'il allait avoir à affronter ces gens-là, à être seul parmi eux.

— Huit mille enfants, étrangers, des Brésiliens pour la plupart, dit Alexander, qui auraient disparu en Italie. Ils sont arrivés pour être adoptés. Peut-être les a-t-on adoptés, mais qui ? On ne trouve plus leur trace.

C'était un député du Parlement européen, un illustre cancérologue, qui avait attiré l'attention sur ces faits. Il était intervenu lors d'une séance plénière à Strasbourg, avait fait adopter une motion par une majorité de ses collègues, appartenant à tous les groupes politiques. L'accusation était vague, mais le texte sous-entendait que les enfants avaient peut-être été vendus, sans doute à des couples stériles, pour des adoptions clandestines, ou bien, pire, utilisés pour des prélèvements d'organes.

— Huit mille, répéta Kopp.

Il s'appuya à la grille qui entourait le parc de l'hôtel Sole.

— Tout cela a été démenti, bien sûr, continua Alexander.

Le gouvernement italien avait protesté, fait procéder à une enquête qui n'avait permis de découvrir aucun indice, aucune preuve. Le professeur Alberto Grandi s'était indigné, avait organisé une campagne de pétitions dénonçant les calomniateurs de l'Italie. Puis, brusquement, la polémique avait cessé. Aucun journaliste italien n'avait eu l'idée d'aller enquêter au Brésil ni de s'intéresser aux interventions d'Alberto Grandi dans sa clinique privée du quartier du Pincio.

— Jamais mis en cause ? interrogea Kopp.

— Trop influent.

Alexander s'adossa à la grille, près de Kopp. Les arbres du parc et l'hôtel étaient cachés par le brouillard.

— Une seule fois, reprit Alexander, vous trouverez ça sur la fiche, une famille a protesté. Un journal l'a interviewée, c'est comme cela que j'ai retrouvé l'incident. On leur avait proposé une fortune pour qu'ils acceptent que leur fille soit opérée. Grandi avait besoin d'urgence d'un organe. Ils ont dit le cœur.

C'était une sorte d'assassinat dissimulé. Une mort qui rapporte. Grandi a nié. Les parents ont été condamnés pour diffamation. On n'a plus jamais entendu parler d'eux.

— Rien d'autre ? dit Kopp.

Alexander fit non de la tête.

— Prudence, n'est-ce pas ? dit Kopp. Pénétrez dans ce centre, incrustez-vous. N'envoyez de rapport que lorsque vous en aurez fait le tour. Et n'y laissez pas votre peau.

— Rome, pour vous ? demanda Alexander, comme s'il avait voulu ignorer les recommandations de Julius Kopp.

— Rome, murmura Kopp en s'éloignant.

— Ils ont déjà tout vécu, là-bas, dit Alexander.

Mais le brouillard était si épais qu'il étouffait aussi la voix, et Kopp n'entendit pas.

31

Julius Kopp arriva à Rome alors que l'ocre rouge des façades et des tuiles se fondait peu à peu dans le crépuscule doré.

Le taxi, depuis l'aéroport de Fiumicino, avait d'abord traversé les terrains vagues où se dressaient les immeubles d'habitation des quartiers de la banlieue romaine. De l'autoroute, de hautes tours apparaissaient, si proches les unes des autres qu'il sembla à Kopp que les vis-à-vis pouvaient se toucher la main d'une fenêtre à l'autre.

Des travaux sur plusieurs sections de la chaussée obligèrent le taxi à s'engager sur des voies de déviation poussiéreuses qui souvent longeaient ces immeubles. Le chauffeur jura, s'en prit au gouvernement, à Dieu. Des bandes d'adolescents jouaient sur les bas-côtés, parmi les carcasses de voitures et les amoncellements d'emballages. Puis apparurent les prostituées. Kopp les vit se dandiner, montrer leurs cuisses et leurs seins, tirer la langue ou grimacer, lever le bras ou le doigt avec violence quand les voitures passaient sans s'arrêter. Il s'agissait de très jeunes femmes, des gamines. Il reconnut dans l'obscurité qui tombait les longues silhouettes de Somaliennes, minces, oscillant sur leurs talons hauts. Qui contrôlait la santé de ces gosses à peine grandies ? Le virus se répandait, sans doute, dans ce grand désordre du monde où tout était à vendre. Le plaisir comme les corps. Il ne lui parut plus impossible que des centaines, voire des milliers d'enfants aient disparu ici, en Europe, en Italie même.

Et pourtant, au fur et à mesure que le taxi approchait du centre de Rome, Kopp retrouva comme chaque fois qu'il entrait dans cette ville une impression de douceur qu'il n'avait jamais éprouvée ailleurs.

Il se fit arrêter piazza Navona. La nuit s'était étendue. Il faisait trop froid pour que les terrasses aient envahi les trottoirs. La place n'en ressemblait que davantage à la carène déserte d'un grand navire dont l'obélisque central se dressait, mât de pierre dont on avait cargué les voiles.

Kopp, à dessein, n'avait pas retenu de chambre d'hôtel. Il voulait choisir au hasard dans ce quartier dont il aimait les ruelles. Les épiceries n'étaient pas encore fermées, jetant sur les pavés leurs lumières bleutées. On était loin des prostituées africaines de la banlieue, et pourtant c'était la même ville. Le monde était double. D'un côté il présentait le décor paisible de l'ordre, du respect de l'autre, des conventions et des lois. Mais ce n'était là qu'un îlot, presque un mirage. Kopp l'avait à nouveau constaté. Une autre réalité entourait ces ruelles, ces places qui semblaient ne pas avoir changé depuis des siècles. C'était la réserve grouillante, là où l'on puisait le plaisir sans limites, où le désir pouvait exprimer tous ses fantasmes. Là, racolaient les jeunes putains africaines. Là, jouaient les enfants des favelas et des périphéries urbaines. Là, dormaient les *homeless* de New York ou de Calcutta, ceux qu'on voyait maintenant à Paris. De là, comme on sort d'un vivier les corps dont on a besoin, on pouvait retirer des enfants, des femmes, pour les livrer à ceux qui payaient. Là, on pouvait déverser, en attendant de les pêcher quand le besoin s'en ferait sentir, des milliers d'enfants — huit mille, avait rapporté Alexander. Qui connaissait vraiment ce monde-là ?

Kopp eut froid. La force de toutes les grandes organisations criminelles venait de ce qu'elles exploitaient à leur profit l'énergie de ce monde. Elles puisaient dans ce vivier des corps. Elles l'exploitaient. Elles fournissaient en plaisirs et en vices le monde respectueux des apparences et de la loi. Elles étaient à la jointure des deux univers, s'étendant dans l'un grâce à leur influence dans l'autre. La secte, ou ce qui se cachait derrière les institutions Woughman, appartenait-elle à ce type de crime organisé, mafia ou autre ? Ou bien s'agissait-il d'une nouvelle structure, plus perverse, plus efficace encore ?

Kopp eut le sentiment, qui l'exalta, d'être l'homme qui devait combattre cette organisation-là.

Il s'installa via Pietra, non loin du Panthéon, dans un hôtel d'apparence modeste dont le crépi rouge sombre de la façade s'écaillait. Dans la chambre, tout en longueur, le lit était recouvert d'un édredon un peu élimé. Mais Kopp apprécia la modestie du lieu. Il ouvrit la fenêtre. Elle donnait sur une cour pavée au milieu de laquelle se dressait un palmier. Kopp estima la hauteur qu'il aurait à sauter s'il voulait fuir. Cinq ou six mètres à peine. Mais qui viendrait le chercher ici, dans ce quartier et ces hôtels où se retrouvaient les touristes amoureux de la vieille Rome, qui parcouraient les ruelles et les piazze avec

un récit de promenades de Stendhal sous le bras ?
Et cependant, Kopp vérifia les appuis qu'il pourrait
prendre s'il devait sauter. Il décida de s'assurer que
la porte qu'il apercevait au fond de la cour ouvrait
bien dans une rue. Il savait qu'il est toujours utile de
prévoir le pire. Car il se produit.

32

Julius Kopp fit arrêter le taxi au début du viale
Gabriele d'Annunzio, qui bordait les jardins du
Pincio. La clinique du professeur Alberto Grandi
devait être l'une de ces constructions blanches et
carrées qui bordaient le viale, faisaient face aux jardins et surplombaient la ville.

Kopp n'avait pas pu attendre le lendemain matin.
Il n'était resté que quelques minutes dans sa
chambre, avait gagné la cour de l'hôtel, emprunté la
porte qui se trouvait au fond et qui donnait bien
dans une ruelle. Il avait parcouru le quartier, peu
animé en ce début de nuit. On se serait cru dans un
village des bords de la Méditerranée. Il avait dîné
dans une trattoria de la via Torre Argentina, à
quelques pas du Panthéon. Le vin, un rouge de Tos-
cane, était velouté. Il avait savouré des capelleti au
bouillon de poule, puis du jambon de Parme. Il
s'était trouvé bien seul, bêtement seul. Il avait rôdé
piazza Navona, et, sous l'effet du désœuvrement et
de l'impatience, pour se défendre aussi contre lui-
même, contre la tentation de coucher avec n'importe
quelle femme, il avait hélé un taxi et s'était fait
conduire jusqu'au Pincio.

Le viale Gabriele d'Annunzio était désert. Du côté
des jardins, sur le trottoir opposé à celui sur lequel
Julius Kopp marchait, des femmes, en le voyant,

avaient quitté leurs cachettes derrière les massifs de fleurs et de lauriers. Elles le sifflèrent. Il les ignora, et après quelques centaines de mètres, il découvrit l'entrée de la clinique, surmontée d'une inscription en lettres bleues éclairées : « CLINICA PROFESSORE GRANDI ». L'allée qui conduisait au bâtiment de trois étages était fermée par une barrière blanche striée de bandes rouges. Un gardien, assis dans une petite guérite noire, lisait. De la place, il devait commander la barrière chaque fois qu'une voiture se présentait.

Kopp dépassa l'entrée sans s'arrêter, continua quelques mètres et, comme il l'avait prévu, découvrit une deuxième entrée, marquée *Servizio*. Il poussa le portail, qui résista tout en s'entrebâillant. Il suffit à Kopp de glisser la main entre les vantaux, de soulever la barre qui les bloquait, pour ouvrir les battants, qu'il referma derrière lui. Il était dans le parc. Il avança avec précaution, se tenant dans la zone d'ombre, et tout à coup il entendit, devina la course des chiens. Ils devaient être deux, arrivant du fond du parc par l'allée. Ils n'aboyaient pas, mais dévalaient vite, et Julius Kopp les aperçut, gueules ouvertes, noirs. Il courut jusqu'au portail, l'ouvrit et s'élança, traversa le viale Gabriele d'Annunzio, se jeta dans l'un des massifs du Pincio. Il vit les chiens qui avaient stoppé devant le portail. Ils étaient énormes, toujours silencieux, et le gardien, peu après, apparut. Il sembla à Kopp — mais l'homme se trouvait en partie dans la pénombre — qu'il tenait une arme. Il fit rentrer les chiens, ferma le portail.

— Tu as eu peur, dit une voix derrière Kopp.

Il se retourna. La femme était assise sur un journal à même le sol, les jambes écartées, les bras tenant ses genoux. Elle fumait. Kopp, au bout de quelques secondes, le temps de s'accoutumer à l'obscurité, distingua ses traits. Elle avait un visage poupin, de grosses lèvres qu'elle avait encore soulignées en les élargissant par un maquillage rouge qui

146

les débordait. Les yeux étaient rapprochés, plutôt petits. Mais le visage n'était pas laid. Il exprimait une sorte de spontanéité, de maladresse et de naïveté. Kopp, en baissant les yeux, aperçut les cuisses nues de la jeune femme, et son sexe, que la culotte étroite ne cachait pas. Elle suivit le regard de Kopp, n'eut aucun mouvement de pudeur, ricana, au contraire.

— Il n'y a rien à voler là-dedans, dit-elle, seulement des pauvres gosses, des malheureux qui souffrent.

Kopp eut du mal, bien qu'il parlât italien, à comprendre ce qu'elle disait. Il lui demanda de répéter, en s'asseyant près d'elle. Il sentit qu'elle l'observait et, quand elle le vit sortir un cigare, elle secoua la tête.

— Tu es quoi ? Américain ? Tu n'es pas un délinquant, alors ? interrogea-t-elle.

Elle avait dit « *delinquente* » avec une sorte de mépris. Kopp lui demanda de parler lentement. Elle haussa les épaules nerveusement. Elle n'avait pas de temps à perdre avec un type comme lui, commença-t-elle. Elle ne passait pas sa nuit à *ciacciare*, à bavarder.

Kopp lui mit la main sur le genou. Elle le regarda d'un air méfiant. « Il faut payer », dit-elle. Elle répéta ces mots, les prononçant lentement pour qu'il comprenne.

Kopp sortit deux billets de cent mille lires, les lui tendit.

« Pour ça, commença-t-elle en rejetant la tête en arrière, pour ça, qu'est-ce que tu crois, qu'est-ce que tu veux ? »

Kopp n'avait pas retiré sa main. Il avait au contraire laissé ses doigts glisser le long de la cuisse, caressant cette peau lisse, froide.

— Rien, dit-il en secouant la tête.

Il enleva sa main de la cuisse et alluma son cigare.

La jeune femme tenait toujours les deux billets à la main. Elle les plia d'un geste lent.

— Tu as payé. Tu as droit. Tu es pas un vicieux, au moins, sinon...

Elle s'interrompit, et Kopp se demanda si elle voulait dire qu'il lui faudrait donner d'autres billets, ou si au contraire elle allait les lui rendre.

— Tu disais quoi ? dit-il.

D'un geste de la tête, il montra la clinique Grandi.

— Ça t'intéresse ? C'est pour ça...

Elle frotta ses doigts sur les billets, les froissa avant de les glisser dans une poche de la large ceinture en cuir qu'elle portait et qui, serrée, faisait ressortir de part et d'autre de la taille des plis de chair. Mais Kopp, qui aimait pourtant les femmes élancées, minces, athlétiques, eut envie de toucher ce corps replet, un peu malsain mais encore juvénile.

— Tu veux que je te raconte ? demanda-t-elle.

Elle parlait désormais lentement, mais plus bas, comme si elle craignait qu'on ne la surprenne.

Elle avait allumé une nouvelle cigarette et elle avait attendu quelques secondes avant d'éteindre la flamme du briquet.

— Journaliste, dit Kopp.

Il montra son cigare.

— Journaliste américain, ajouta-t-il.

Elle eut un rire de satisfaction, et Kopp éprouva un sentiment de gêne et de pitié.

— Tu es riche, alors, dit-elle.

Il fouilla dans sa poche et lui tendit, pliés, deux nouveaux billets de cent mille lires.

Elle siffla, mais prit un air grave, et tout à coup il émana d'elle une impression de tristesse et même de désespoir.

— C'est plein de gosses, seulement des enfants, murmura-t-elle. On les voit, dans le parc. Il y en a de toutes les races. Tu sais...

Elle avait la tête baissée. Elle la secoua, comme si elle refusait de croire ce qu'elle disait.

— Tu sais, parfois je me dis, c'est comme dans un élevage. Il y a les chiens, tu les as vus ? Ils sont dressés, ils n'aboient pas. Mais si tu essaies d'approcher, ils te sautent dessus. Une fille d'ici, une fois, est entrée, pour voir, par curiosité. Elle s'est retrouvée par terre, le chien avait mis les deux pattes sur ses épaules, il bavait. Il avait des dents énormes. Elle a crié qu'il allait lui déchirer le visage, l'égorger. Et puis le gardien est venu. Elle court encore. On l'a plus jamais revue au Pincio. Ces chiens...

Elle écrasa sa cigarette dans la terre, en alluma une nouvelle.

— Ces chiens, reprit-elle, ils sont aussi là pour garder les enfants, ça, j'en suis sûre. Quand les enfants sont dehors, dans le parc, ils tournent autour d'eux, tu les vois, c'est comme dans les Abruzzes, les chiens autour des moutons. Ils mordent les pattes de tous ceux qui s'écartent du troupeau. C'est comme un élevage, je te dis, mais nous, on nous écoute pas. J'ai raconté ce que j'avais vu à un inspecteur. « Ta gueule, *putana*, tu n'as que le droit de montrer ton cul. Te mêle de rien d'autre. » Voilà ce qu'il m'a dit, le salaud. Et pourtant...

Elle leva la tête, regarda Julius Kopp, puis elle reprit la même attitude, les avant-bras sur les genoux, voûtée.

— Une fois, un gosse, une fin d'après-midi, l'été, l'année dernière, je commençais ici, au Pincio, je savais rien — ce gosse, très brun, je revois sa tête, les cheveux brillants, noirs, noirs, il a essayé de s'enfuir. Il a sauté la barrière et il s'est mis à courir en hurlant. Il n'avait pas dix ans. Moi, j'ai voulu traverser le viale pour l'aider, le protéger. Les autres filles m'ont retenue. « Laisse tomber. Il vaut mieux. » Je me suis débattue mais elles m'ont pas lâchée. Le gardien, il a rattrapé le gosse et il l'a soulevé, il l'a mis sur ses épaules, autour de son cou, en lui tenant les chevilles et les poignets, comme on le fait avec les moutons qu'on va égorger.

Elle se tourna vers Kopp. Elle fit une grimace de dégoût.

— Ça m'a donné envie de vomir. Alors — elle tapa sur sa ceinture —, même pour dix fois ce que tu m'as donné, moi, j'ai jamais accepté d'aller avec le professeur.

— Il t'a demandé ? fit Kopp.

Il posa la main sur l'épaule de la jeune femme.

Elle frissonna, se laissa un instant aller contre Kopp, puis elle se recroquevilla, se dégageant, disant d'une voix dure :

— Il demande à toutes, ce porc. Il en veut trois ou quatre, les plus jeunes, les nouvelles. Il passe et repasse, le lundi souvent, vers dix heures. Il roule lentement. On connaît toutes sa voiture, blanche. Il embarque les filles. Moi, quand il s'est arrêté, j'ai craché. Mais ça l'a excité. Il m'a proposé — elle haussa les épaules — je sais même pas combien, j'ai pas voulu entendre. Les autres m'ont dit que j'étais folle. Seulement, quand elles reviennent, le lendemain, il faut les voir. Elles ont des marques. Mais il paie tellement, le professeur Grandi, qu'elles se taisent toutes. Elles se disputent pour monter dans sa voiture. Les connes, quand elles seront mortes, qu'est-ce qu'elles feront de leur argent ? Chaque fois que je le vois, je pense à cet enfant comme un mouton sur les épaules du gardien, et les chiens qui suivaient derrière, la gueule levée. Ce type, on dit que c'est un grand docteur, un chirurgien, moi, je te le dis, c'est un boucher, voilà ce que c'est, le professeur Grandi, un boucher.

— Tu t'appelles comment ? dit Kopp en lui prenant à nouveau l'épaule.

— Je t'emmerde, dit-elle.

Elle se leva, et il l'imita. Ils restèrent ainsi debout, l'un contre l'autre. Kopp lui tendit les billets qui lui restaient. Avant de les prendre, elle dit :

— Je te dis plus rien, je te fais rien.

Kopp, d'un mouvement de tête, lui fit comprendre qu'il ne demandait rien.

— Tu es fou, ou tu es con, dit-elle.

Elle renifla comme un enfant qui va pleurer, puis elle s'éloigna.

Julius Kopp partit le long du viale Gabriele d'Annunzio, dans la direction opposée.

33

Julius Kopp se répéta que la fille ne pouvait lui avoir menti. Il guettait l'entrée de la clinique depuis trois heures déjà. Sa voiture était garée derrière un massif de lauriers plantés au centre de la boucle qui termine le viale Gabriele d'Annunzio.

Une nouvelle fois, Kopp mit le moteur en route, puis déclencha les essuie-glaces. Il pleuvait sur Rome depuis ce lundi après-midi, et même si l'averse avait cessé, un crachin poisseux couvrait le pare-brise au bout de quelques minutes, et Kopp ne voyait plus rien.

Il appela Roberto, qui s'était caché dans le Pincio, en face de l'entrée de la clinique.

Roberto était arrivé la veille, de Paris, heureux, comme il avait dit, d'échapper à la vie de caserne, à la routine de la ferme. Paul Sarde, selon ses dires, avait institué un système de rondes autour de l'enceinte électrifiée. Il portait même un gilet pare-balles, s'était exclamé Roberto en haussant les épaules. Sans que Kopp ait eu besoin de l'interroger, Roberto, sur le même ton, avait longuement parlé de Geneviève Thibaud, qui avait installé son cheva-let dans la cour et peignait sans lever le nez de sa toile, sauf pour regarder le ciel. « Elle ne répond même pas à ceux qui lui parlent, avait précisé Roberto. D'ailleurs, à part Hélène, personne ne s'y essaie. »

« Quoi d'autre ? » avait demandé Kopp d'un ton ennuyé.

Roberto, sans le regarder, avait répondu qu'il avait commencé par là parce qu'il pensait que ces détails intéressaient Julius Kopp. Mais il s'était sans doute trompé, avait-il ajouté en lançant un coup d'œil à Kopp.

Ils dînaient l'un en face de l'autre, dans cette trattoria de la via Torre Argentina où Julius Kopp prenait presque tous ses repas depuis une semaine. On le saluait déjà d'un geste de la main, on lui réservait « sa » table, et on gardait sa bouteille de vin quand il ne la terminait pas.

« Viva a eu des visites », reprit Roberto. Deux hommes s'étaient présentés à La Palette des objets. Ils avaient traîné dans la boutique jusqu'à ce que tous les clients soient sortis. Viva avait déjà les mains dans le tiroir où elle cachait son arme, pas rassurée, même si elle tire vite. Ils avaient été très polis, s'étaient étonnés de l'absence de Geneviève Thibaud. Ils étaient des amis. Viva avait prétendu qu'elle avait pris cette boutique en gérance pour six mois, la propriétaire ayant quitté la France. Elle avait précisé de sa propre initiative que la propriétaire s'était probablement rendue au Canada, le courrier devait suivre à la poste restante de Montréal. Les deux hommes avaient laissé une adresse, 188, Regent Street, John Woughman Institute, à Londres.

— Un nœud de plus, avait dit Julius Kopp.

Il avait commencé à exposer le plan qu'il avait mis au point. Il fallait surprendre le professeur Grandi au terme de sa nuit de débauche chez lui. Et le faire parler.

Roberto avait penché la tête, marqué son étonnement par un froncement de sourcils. Ce n'étaient pas les méthodes habituelles de Julius Kopp, semblait-il dire.

— Ce type est un boucher, avait murmuré Kopp. Un sadique, j'en suis sûr.

Il s'était remémoré le dégoût et le mépris de la fille, son désespoir aussi quand elle avait parlé des enfants surveillés dans le parc de la clinique par des chiens.

— On le suivra, avait repris Julius Kopp, dès qu'il aura choisi les filles. On ne le lâchera plus.

Kopp, dans les jours qui avaient précédé, avait à plusieurs reprises parcouru les avenues du quartier du Pincio. Aucune voiture ne stationnait à proximité de la clinique. Il fallait donc que Roberto gare la sienne en amont, viale di Trinità dei Monti. Il continuerait à pied, prendrait position dans le jardin de manière à en surveiller les allées et venues. Il pourrait ainsi avertir Julius Kopp, qui se trouverait plus loin, au bout du viale Gabriele d'Annunzio, dans la courbe. Kopp ne démarrerait qu'au moment où Grandi sortirait de la clinique. Kopp le suivrait, et Roberto le rejoindrait plus tard.

Et puis lundi, en début d'après-midi, cette pluie maudite, le vent rabattant les rafales contre les façades, prenant les ruelles en enfilade et transformant certaines d'entre elles en torrents. Kopp n'avait pas cessé d'ouvrir la fenêtre de sa chambre, espérant chaque fois que l'orage se serait éloigné. Mais les nuages étaient si bas qu'ils paraissaient accrochés aux toits et aux terrasses. Kopp avait dû refermer rapidement la croisée, car la pluie frappait de biais, inondant les tomettes.

— Il ne sortira pas, avait dit Kopp quand il avait retrouvé Roberto à dix-neuf heures devant l'hôtel.

Roberto portait un chapeau de feutre noir à larges bords, déjà imprégné de pluie.

— Je suis chez moi, ici, avait-il dit, en devinant l'étonnement désapprobateur de Kopp. A Rome, je me paie cette fantaisie, un chapeau.

Il avait souri. Kopp ne l'avait jamais vu aussi

détendu, aussi sûr de lui, comme si de retrouver l'Italie lui permettait de s'ébrouer, de respirer mieux.

— Il sortira, dit Roberto. Même s'il pleut du sang. Un vice, c'est un vice. Je suis sûr qu'il est plus impatient que nous. Il sera là.

Ils avaient roulé l'un derrière l'autre jusqu'à la hauteur de la villa Médicis, située à mi-pente, dans le viale Trinità dei Monti. Roberto s'était garé, puis il avait continué à pied. Kopp l'avait vu avancer, les mains dans les poches de son trench-coat, le bord de son chapeau rabattu sur les yeux. Roberto aimait interpréter son rôle, mais il le faisait toujours avec excès, chargeant le trait, comme s'il avait voulu faire comprendre à Kopp qu'il n'était pas dupe, qu'il dessinait une caricature. Et Kopp préférait cette attitude à celle de Paul Sarde. Il imagina, tout en continuant de suivre Roberto, que Sarde devait harceler Geneviève, et que c'était ce qu'avait voulu indiquer Roberto en soulignant qu'elle ne parlait à personne. « Qu'il la touche, pensa Kopp, qu'il essaie... » Il n'alla pas jusqu'au bout de cette menace. Qu'avait-il à vouloir garder une femme ? Jadis, il avait assisté avec une ironie amusée aux tentatives de Sarde pour séduire, après lui, Laureen et Viva, bien d'autres encore, comme s'il tenait toujours à répéter ce que Kopp avait fait. Mais Geneviève Thibaud... Quoi, Geneviève ? Kopp eut envie d'elle, brusquement tout son corps la désira. Il s'emporta contre lui-même, contre elle, contre Paul.

Et tout à coup, il vit les filles dans le viale Gabriele d'Annunzio. Elles étaient là, malgré la pluie, allant et venant le long des chemins du Pincio, sous des parapluies de couleurs vives qui faisaient des taches rouges, jaunes ou vertes dans la grisaille striée par la pluie fine. Elles marchaient contre le vent, et elles en paraissaient encore plus dévêtues, plus frêles, plus démunies — des proies qui devaient, par leur faiblesse, attirer davantage un homme comme Grandi, s'il était ce que la fille avait pressenti, ce boucher aux mœurs violentes, ce sauvage. Kopp pensa qu'il aurait envie de le tuer, qu'il lui faudrait prendre garde à la violence qu'il sentait monter en lui, en se souvenant de la fille assise derrière son buisson, pathétique, désespérée. Lorsqu'il passa devant l'entrée de la clinique Grandi, il vit la voiture blanche qui stationnait devant le perron du bâtiment. Grandi était donc là. Roberto avait raison. Grandi sortirait ce lundi comme chaque lundi. Peut-être était-il en train d'opérer l'un de ces enfants que la fille avait vus jouer dans le parc, celui que le gardien avait porté sur ses épaules comme un mouton, ou n'importe lequel de ces huit mille gosses dont on affirmait qu'ils avaient disparu.

Kopp roula lentement jusqu'au bout du viale. Il fit le tour de la boucle et se gara, les deux roues gauches sur le bord du terre-plein central. Il commença à attendre à l'abri des lauriers. Il était dix-neuf heures trente. Il appela Roberto tous les quarts d'heure pour vérifier que leur liaison fonctionnait. « Il pleut », disait Roberto. Il ajouta une fois : « Elles ont de belles jambes, les cuisses un peu fortes, mais pourquoi pas ? Vous avez essayé avec la fille, l'autre jour... »

Julius Kopp posa le talkie-walkie sur le siège. Avait-il eu envie ? Peut-être un désir superficiel, comme une curiosité lasse, mais son corps était ailleurs, dans le souvenir de la dernière nuit qu'il avait passée avec Geneviève à Zurich. Quelques instants plus tard, il était vingt-trois heures quinze, Kopp entendit à nouveau la voix de Roberto. Le loup était sorti et choisissait ses brebis.

Kopp démarra, roula au pas le long du viale Gabriele d'Annunzio en direction de la clinica Grandi.

— Vous le voyez ? demanda Roberto.

Julius Kopp grogna. Il voyait. Devant lui, à quelques centaines de mètres, la voiture blanche, une Ferrari, était arrêtée au milieu de la chaussée comme si Grandi avait été persuadé qu'aucune autre voiture ne circulait sur le viale. Elle était comme un morceau de sucre autour duquel voletaient ces cercles de couleurs. Sept ou huit filles sous leurs parapluies entouraient la voiture blanche. Certaines s'éloignèrent bientôt en faisant tournoyer leurs parapluies, d'autres — trois, compta Julius Kopp — replièrent le leur et s'engouffrèrent à l'arrière. La voiture, avec un crissement de pneus, s'élança, surprenant Kopp, qui accéléra, faisant jaillir des gerbes d'eau. Il rattrapa Grandi devant l'église Trinità dei Monti. Après, il n'eut plus aucune difficulté à le suivre dans ces longues avenues rectilignes, via Sistina, via delle Quattro-Fontane, via Agostino-Depretis. Grandi, d'ailleurs, conduisait plus lentement. La circulation était plus dense, suffisante pour que Julius Kopp pût rester dissimulé, laissant entre la voiture de Grandi et la sienne un ou deux véhicules qu'il se tenait toujours prêt à doubler. Tout en conduisant, il appela Roberto, qui avait déjà rejoint sa voiture. Il lui indiqua l'itinéraire. Quelques minutes plus tard, alors que Kopp s'engageait à la suite de Grandi sur la piazza Santa-Maria-Maggiore, Roberto lui indiqua par un bref appel de phares qu'il était derrière lui.

Ils roulèrent ainsi dans un dédale de petites rues, puis, dans une rue en arc de cercle, la via delle Sette Sale, qui longeait une colline boisée parsemée de ruines antiques, Grandi ralentit puis s'engagea sous un porche. Kopp, en passant lentement, aperçut la voiture blanche arrêtée au fond d'une cour. Les filles étaient en train de descendre et, dans la lumière des phares, il vit leurs silhouettes et entendit leurs éclats de rire.

« Le rat est chez lui, dit-il à Roberto. On s'arrête. »

La via delle Sette Sale était étroite, et ils ne trouvèrent à se garer que sur une petite place devant une église que Kopp, en attendant Roberto, identifia comme étant San Martino ai Monti.

La pluie avait enfin cessé, et par une large échan-crure dans le ciel nuageux, une lumière blanche tombait sur les thermes de Trajan, qui faisaient face à la via delle Sette Sale. Ils étaient seuls dans la petite rue. La voiture de Grandi, dans la cour, sem-blait un bloc de marbre blanc. Seul le dernier étage du palazzo était éclairé. On devinait une large ter-rasse fleurie.

— Là-haut, fit Kopp.

Ils tentèrent de pousser la porte mais elle était blo-quée.

— On attend la sortie des filles, ajouta Kopp.

Ils s'installèrent dans des coins opposés de la cour. Kopp s'assit sur une borne et Roberto se plaça à l'entrée du porche. L'eau, alors que le ciel était main-tenant complètement dégagé, continuait de ruisse-ler, comme si les averses de la journée et du début de la soirée avaient fait déborder des réservoirs qui peu à peu se vidaient.

Kopp, après avoir vérifié l'arme que Roberto lui avait apportée de Paris, somnola. Il ne savait pas précisément ce qui pouvait se passer, mais il n'était pas anxieux. Il n'avait jamais pu prévoir que le début d'un plan. On le mettait en route, après il fallait s'adapter aux circonstances. Peut-être Grandi disposait-il d'un ou de plusieurs gardes du corps. Peut-être au contraire cet appartement n'était-il que le lieu de ses plaisirs, et n'y venait-il qu'avec des filles. C'était ce que pensait Julius Kopp, mais cela relevait du pari. Il fallait attendre.

Kopp sursauta. Roberto était près de lui, le for-çant à se lever, à s'enfoncer dans l'obscurité en s'accroupissant contre la façade, le plus loin possible du porche et de l'entrée du palazzo.

— Deux, chuchota Roberto en sortant son arme.

Kopp prit la sienne.

Deux hommes apparurent sous la voûte, se décou-pant dans la lumière. Ils étaient petits et râblés. Il était impossible de distinguer leurs traits. Mais

Kopp vit briller les canons de leurs revolvers, qu'ils tenaient le bras tendu le long du corps. Ils s'avancèrent prudemment dans la cour. Puis l'un d'eux se glissa sous la voiture de Grandi, cependant que l'autre guettait. Au bout de quelques minutes, ils repartirent. Kopp fit un signe à Roberto, qui, à son tour, rampa sous la carrosserie. Kopp s'était avancé sous le porche.

— Plastic, minuterie, pour dans douze heures. Quelqu'un n'aime pas le professeur Grandi, fit Roberto en rejoignant Kopp.

— Il sera quinze heures, calcula Kopp. Il sera en route pour la clinique.

— On laisse ? demanda Roberto.

— On débranche, dit Kopp.

Roberto se glissa à nouveau sous la voiture.

Peu après, l'entrée du palazzo s'illumina. On entendit le moteur de l'ascenseur, les voix des filles. Elles ouvrirent la porte. Elles étaient toutes les trois les cheveux épars, les vêtements en désordre. Il sembla même à Kopp qu'elles portaient des traces de coups sur le visage. Il bondit en même temps que Roberto. Roberto serra deux filles contre lui en leur mettant les deux paumes sur leurs bouches. Kopp fit de même avec la troisième.

— Silence, murmura-t-il.

Il tenait son arme dans la main gauche. La fille tremblait. Elle avait une longue balafre sanguinolente qui partait de la base de la joue et entourait le cou, comme si on avait fait le simulacre de l'égorger en faisant simplement glisser la pointe d'une lame, peut-être un bistouri, sur la peau, en appuyant juste ce qu'il fallait pour effrayer, pour que le sang coule et qu'on ait mal.

Kopp glissa son arme dans sa poche, sortit une liasse de billets. Les filles regardaient avec des yeux affolés.

— Vous, vous ne risquez rien, dit-il.

Il fit signe à Roberto de relâcher celles qu'il retenait. Il partagea la liasse en trois parts égales.

— Elle monte avec moi, dit-il, et il s'engagea dans l'allée avec l'une des filles, qu'il fut contraint de traîner par le bras. Elle résistait mollement, poids mort, la bouche ouverte, les yeux agrandis par l'angoisse. Roberto restait avec les deux autres. Dans l'ascenseur, Kopp ressortit son arme et en colla le canon contre la poitrine de la fille. Elle devait se faire ouvrir l'appartement par le professeur Grandi, c'était tout ce qu'il lui demandait. Elle allait l'appeler, lui dire qu'elle avait oublié son sac, n'importe quoi. Puis elle filerait avec ses amies. « Pas un mot, n'est-ce pas », répéta Kopp en enfonçant le canon. La fille secoua la tête. « On vous a payées. Personne ne vous demande rien. »

Du bout de son arme, Kopp montra la balafre.

— C'est lui qui t'a fait ça ?

Elle fit oui, avec une expression de terreur.

— On va vous venger, dit Kopp. On vient pour ça.

Elle hésita un moment puis, avec une grimace qui déformait tout son visage, elle dit :

— Tue-le, tue-le, ce porc.

Kopp ne répondit pas. Il n'eut pas besoin de la tirer vers la porte de l'appartement. La fille sonna d'elle-même. Kopp était descendu de quelques marches pour ne pas être vu par l'œilleton. Il dirigeait son arme vers la fille, mais il était sûr, maintenant, qu'elle ne le trahirait pas.

— Professore, Professore, répéta-t-elle.

Il y eut un bruit de pas. Une voix bougonne, altérée par l'ivresse ou le sommeil, répondit quelques mots.

— Carla, Professore, Carla.

La porte s'ouvrit. Kopp bondit, bousculant la fille, saisissant le professeur par le cou, lui plaçant le canon de l'arme derrière l'oreille. Il entendit les pas de la fille qui dévalait l'escalier. Il se colla contre le mur à droite de la porte. Il sentait contre lui le corps gras de Grandi, qui tentait par de faibles secousses de se dégager. Kopp, chaque fois, serrait le cou et appuyait l'arme plus durement. Il n'avait qu'entrevu le visage du professeur, flasque, des traits épais. Il était chauve, la nuque alourdie de bourrelets de graisse.

— Si vous criez, vous êtes mort, répéta Kopp.

Grandi essaya de répondre par un mouvement de tête, mais Kopp l'en empêcha.

Roberto arriva et dit, assez fort :

— Elles veulent qu'on le tue. Vous avez vu comme il les traite ?

D'un signe, Kopp demanda à Roberto de faire le tour de l'appartement. Mais il était déjà persuadé que Grandi y venait seul avec les filles, dans la nuit du lundi. C'était une immense garçonnière au dallage de marbre blanc. La porte d'entrée s'ouvrait sur ce qui était à la fois un salon et une chambre. Un lit surélevé sur une sorte d'estrade occupait le centre de la pièce. Il était quatre ou cinq fois plus grand qu'un lit normal. Il était défait. Les coussins étaient dispersés dans la pièce, les chaises étaient renversées comme si on avait couru entre les meubles. Ce salon donnait sur la terrasse, décorée d'amphores, d'où surgissaient des glycines. Elle était éclairée par des spots lumineux. On apercevait, en contrebas, les jardins et les ruines des thermes antiques.

Roberto revint. Kopp n'avait pas bougé, tenant toujours le canon appuyé derrière l'oreille de Grandi.

— Vide, dit Roberto.

Kopp s'avança vers le lit en poussant Grandi devant lui, puis il le projeta sur le matelas tout en pointant son revolver sur lui. Il vit pour la première fois Grandi. L'homme avait une soixantaine d'années. Il était bedonnant, mais son corps donnait pourtant une impression de vigueur. Il était vêtu d'une robe de chambre dont le cordon s'était dénoué. Il se redressa, ramenant les pans du vêtement sur ses cuisses. Il tournait la tête en tous sens, regardant les revolvers, respirant avec difficulté, le visage rouge.

Roberto s'était assis sur le rebord du lit, tenant Grandi en joue. Kopp rentra son arme.

— Vous allez tout nous raconter. Nous avons beaucoup de questions.

Grandi essaya de s'asseoir, de se lever, peut-être, mais Roberto, d'une poussée, l'obligea à rester à demi plié, le corps appuyé sur les coudes.

— Qui êtes-vous ? dit enfin Grandi. Qu'est-ce que vous voulez ? Je suis chirurgien, je n'ai pas d'argent ici, j'ai payé les filles. On a le droit de s'amuser un peu, non ?

Il avait parlé français, d'une voix faible d'abord, puis avec une autorité croissante.

— Vous avez tué combien d'enfants ? dit Kopp en se rapprochant du lit.

Grandi secoua la tête.

— Vous êtes fou, dit-il, je suis médecin, je soigne.

Il se redressa vivement, s'appuyant sur ses mains.

Kopp, à l'éclat qui anima tout à coup le regard de Grandi, devina que le professeur croyait avoir compris la raison de l'agression qu'il subissait.

— On ne réussit pas toutes les fois, dit-il. Souvent, la médecine est impuissante. Vous le savez. Tout le monde le sait.

Il prit un air plein de compassion et de compréhension.

— Les parents n'acceptent jamais, le médecin non plus, croyez-moi, mais il faut s'incliner, c'est la loi de la vie.

Il s'épongea le front, se passa la main sur la gorge comme pour desserrer un lien :

— Ce sont des parents, n'est-ce pas, qui vous...

— Vous êtes un boucher, Grandi, dit Kopp.

Puis, parce qu'il se souvint de la fille assise derrière le buisson, de l'histoire de l'enfant que le

161

gardien de la clinique avait porté comme un mouton qu'on va égorger, il cria :

— Debout !

Grandi se mit à trembler, les yeux exorbités, répétant : « Mais je vous ai dit... Je vous ai expliqué... »

Roberto lui donna une bourrade pour qu'il se lève plus vite. Grandi, enfin debout, se mit à trembler.

— Si vous ne racontez pas, dit Kopp, je vous annonce que vous allez vous suicider.

Grandi, la bouche ouverte, essaya de parler pendant que Kopp ouvrait la baie vitrée qui permettait d'accéder à la terrasse.

Un souffle d'air humide et frais entra dans la pièce, faisant voleter les rideaux.

Kopp poussa Grandi vers la terrasse. Le professeur s'agrippa à lui mais Kopp le rejeta.

— Vous connaissez le John Woughman Institute, n'est-ce pas ? Vous êtes membre de son conseil de direction.

Grandi, qui tremblait toujours, murmura d'abord des mots indistincts, puis, comme il parvenait au seuil de la terrasse, bousculé par Roberto, il toussa longuement, réussissant à dire que des amis lui avaient demandé de figurer dans ce conseil mais qu'il n'avait participé à aucune réunion.

— Allons, dit Kopp, vous êtes une pièce maîtresse. Vous gardez les enfants qu'on vous envoie... Vous êtes bien un spécialiste des greffes, non ? Un pédiatre, un chirurgien ? Allez, expliquez-nous tout ça. C'est pratique, ces enfants qu'on peut dépecer, non ? Ça doit rapporter beaucoup.

Grandi commençait à donner des signes d'affolement. Kopp s'écarta de lui. Le corps de Grandi lui faisait horreur. Il puait la frousse, la lâcheté. D'un signe, il demanda à Roberto de surveiller Grandi. Roberto saisit les deux bras du professeur, les tira dans le dos, les maintint ainsi. Grandi, dans cette position, sembla plus massif, avec un ventre proéminent.

— Silvère Marjolin, Hans Reinich, Carmen Revelsalta, vous ne connaissez pas ? demanda Kopp en se détournant.

Grandi se mit à hoqueter.

— Laissez-le, dit Kopp à Roberto. Puis, s'approchant de Grandi, il ajouta qu'ils avaient tout le temps, qu'à la fin de leur interrogatoire, si Grandi n'avait pas répondu, ils l'installeraient dans sa belle Ferrari blanche. Ils le conduiraient hors de la ville, dans la campagne. Ils l'attacheraient au siège. Ils attendraient. Parce que Grandi ne se doutait pas qu'il avait des ennemis encore plus déterminés qu'eux. Ils avaient piégé la voiture. Elle devait exploser à quinze heures.

— C'est l'heure où vous arrivez à la clinique, non ?

Grandi parut étouffer.

— On veut se débarrasser de vous, Grandi. Vos amis savent peut-être que vous n'êtes pas capable de résister à des questions un peu brutales, ils ne veulent pas que vous parliez. Vous savez donc des choses, sûrement beaucoup de choses.

Il approcha son visage de celui de Grandi.

— Alors, le Woughman Institute ? demanda-t-il.

Il vit les yeux de Grandi se révulser. Puis, brusquement, le corps s'affaissa, tombant contre Roberto. La tête pencha sur le côté.

Roberto jura en italien, traîna le corps jusqu'au lit. Il s'assit à califourchon sur le torse de Grandi, commença à le comprimer par coups brutaux, puis il abandonna et, à pas lents, se dirigea vers la terrasse.

Kopp resta un long moment immobile, regardant ce corps inerte. Il essaya de penser à l'enfant qu'avait décrit la fille, puis à Morgan. Il se souvint de la première nuit, quand, dans la forêt, les hommes du quatre-quatre avaient voulu tuer Geneviève Thibaud et son fils. Il revit la maison en cendres de Julie Lachenois. Et il sentit encore la douleur dans l'épaule et l'avant-bras. Il pensa à Bill Cleaver, le roller écrasé dans la 44ᵉ Rue. Et ce n'était là que ce qu'il connaissait. Puisque Alberto Grandi faisait partie de cette organisation, de cette secte, il était complice de ces meurtres. Et sans doute était-il vraiment ce boucher dont avait parlé la fille. Kopp avait vu la balafre rouge sur le cou de l'une des putains de cette nuit. Il avait remarqué les ecchymoses sur le visage des autres. Tout cela était vrai, mais il y avait cet homme mort, et Kopp éprouva un sentiment de culpabilité.

— On ne pouvait pas savoir, dit Roberto en rentrant dans la pièce. On l'a à peine bousculé.

Kopp murmura : « On doit toujours savoir. »

Il respira longuement.

Il dit, en maîtrisant le tremblement de sa voix, qu'il fallait fouiller les vêtements de Grandi. Il y avait peut-être un indice. Mais il ne bougea pas.

Roberto disparut dans les autres pièces. Kopp l'entendit qui ouvrait et refermait les tiroirs. Il revint après quelques minutes, tenant trois feuillets.

— C'est tout, dit-il. Mais intéressant, je crois.

Kopp se contenta de fermer la baie vitrée.

— A cet âge, fit Roberto, ces filles...

Il s'interrompit, tant l'expression de Julius Kopp était fermée.

— Partons, dit Kopp.

La nuit était claire, laiteuse. Les colonnes en marbre des ruines antiques ressemblaient à des doigts blancs mutilés dressés vers le ciel.

34

Julius Kopp freina brusquement. Il venait de s'engager dans la via dei Fori Imperiali après avoir longé la partie nord du Colisée, la plus haute. Il avait conduit vite, sans se soucier de savoir si Roberto le suivait. Lorsque la large avenue, cette ligne droite bordée par le Foro Romano, s'ouvrit devant lui, déserte, il aperçut dans le rétroviseur la voiture de Roberto à quelques mètres. Cette présence lui devint insupportable, comme s'il traînait, accroché, le corps d'Alberto Grandi.

Il s'arrêta. Roberto se gara près de lui et l'un et l'autre descendirent.

Le Forum s'étendait au sud de la via, et les ruines, celles de la basilique de Maxence ou de la Curie, surgissaient de la nuit claire, imposantes mais isolées, comme si une agglomération paisible et campagnarde avait été préservée au cœur de la cité actuelle.

Kopp, appuyé à sa voiture, respira cet air chargé de senteurs agrestes, parfum de l'herbe encore imprégnée de pluie, et des pins dont les silhouettes se découpaient dans la clarté nocturne.

Kopp tendit la main, et Roberto lui donna les trois feuillets qu'il avait trouvés chez Grandi.

— Dans une sacoche.

Kopp les plia, les plaça dans la poche intérieure de sa veste, puis en tapota le revers. Il allait étudier cela, dit-il.

Roberto attendait.

— Vous partez, maintenant, dit Kopp. Vous devez être en France le plus tôt possible.

— Dans six, sept heures, dit Roberto.

Il s'éloigna de quelques pas, revint vers Julius Kopp.

— Il est mort parce que..., commença-t-il.

Il s'interrompit, haussa les épaules.

— Vous restez ? reprit-il.

Kopp lui tourna le dos, remonta dans sa voiture et démarra.

Il n'était pas six heures. Il roula comme un promeneur dans une ville encore endormie. Il sentit cependant, en approchant de la piazza Venezia, la vibration des premières activités. Les autobus se succédaient. Dans les petites rues, des cafés ouvraient. Il se gara dès qu'il le put et continua à pied.

Il revit tous les moments de cette enquête depuis la première nuit. Il s'inquiéta pour Alexander. On l'avait peut-être déjà repéré, liquidé. Car les méthodes de ces gens-là, de cette secte, étaient brutales. Ils avaient dû soupçonner ou savoir — par qui ? — que Kopp s'apprêtait à interroger le professeur Grandi. Ils avaient donc décidé, quelle qu'ait été la fonction qu'il occupait, les services qu'il avait rendus, de trancher le fil avec lui en préparant un attentat dont il n'aurait pas pu sortir vivant. Le fil était en effet rompu — et c'était lui qui l'avait sectionné. La moisson de renseignements que Kopp espérait obtenir se limitait à ces quelques feuillets, qu'il n'avait pas envie de lire maintenant.

Kopp fut le premier client d'un bar, piazza del Gesù, et, adossé au comptoir, il regarda longuement la façade de l'église. Les jésuites avaient été l'armée de la Rome catholique. Ils avaient obéi, *perinde ac cadaver*, "comme des cadavres", aux ordres qu'on leur donnait. Ils s'étaient enfoncés dans les forêts de l'Amérique du Sud, avaient converti les Indiens. Ils avaient pénétré la Chine et le Japon. Ils avaient voulu organiser le monde sur les principes de la foi chrétienne et soumettre tous les hommes aux lois de l'Eglise. Et qu'était-elle, à ses origines, cette Eglise, sinon un groupe d'hommes, de clandestins ? Une secte, disaient ses ennemis, qui peu à peu s'était imposée aux civilisations les plus avancées du monde et qui reculait, maintenant, avec elles...

Les fous, ces gens dont Kopp ne réussissait pas encore à préciser les traits mais qu'il combattait, imaginaient peut-être qu'ils étaient la future Eglise du monde. Eux aussi voulaient sans doute plier les hommes à leurs principes. Principe d'amour et de fraternité, avaient proclamé les uns, les premiers chrétiens. Inégalité entre les hommes, écrivaient les autres. Mais peut-être, dès lors qu'on cherchait à conquérir l'esprit des hommes, à les contraindre, s'agissait-il toujours de soumission, donc de violence exercée sur ceux qui refusaient d'accepter.

Et Kopp pensa une nouvelle fois à Alberto Grandi, qu'il avait voulu forcer à parler.

Il demanda à téléphoner. Il insista pour pouvoir appeler la France, posa un billet de cinquante mille lires sur le comptoir. Il se moquait, à cet instant, des règles de sécurité qu'il avait lui-même instituées : ne jamais téléphoner directement à la ferme quand on était sur une enquête.

Il devina, à la voix d'Hélène, que celle-ci, en le reconnaissant, imaginait les pires dangers, puisqu'il appelait. Kopp ne la rassura pas. Il dit simplement :

— J'ai besoin de lui parler.

Hélène ne fit aucun commentaire.

Kopp n'eut même pas à attendre la fin de la première sonnerie. Geneviève Thibaud avait déjà décroché.

— C'est moi, dit-il.

— Je sais.

— Vous ne dormiez pas ?

— Demi-sommeil. J'attendais.

— Quoi ?

— Que vous m'appeliez.

— Je n'appelle jamais. C'est imprudent.

— Je savais que vous appelleriez.

Kopp se tut. Il ne voulait pas lui parler de cet homme mort. Il n'osait pas lui dire qu'il avait envie de se serrer contre elle, de mettre sa tête entre ses seins. Il se souvenait de la chaleur de sa peau. Jamais il n'avait tenu entre ses bras un corps si chaud.

— Vous me manquez, dit-elle.

Il ne répondit pas.

— Cette dernière nuit, reprit-elle, à l'hôtel...

Elle rit.

— Vous étiez gai, très joyeux, ajouta-t-elle.

— Je ne le suis plus, dit-il.

Ils restèrent longtemps silencieux. Quelqu'un dans le bar alluma la télévision. La musique et les voix envahirent la salle.

— Vous êtes où ? demanda-t-elle.

— Dans un bar.

— Il est tôt.

— Je n'ai pas beaucoup dormi. L'affaire ne s'est pas bien terminée.

— Vous...

— Je n'ai rien, la rassura-t-il, rien. Envie de vomir, c'est tout.

— Il faudrait — elle hésita —, il faudrait que je vous berce. On ne s'est pas assez occupé de vous. On n'a pas été assez tendre avec vous. Vous ne voulez pas, vous croyez que vous n'avez pas besoin de ça... Pourtant vous en avez besoin plus qu'un autre, bien plus, bien plus.

— Je vous entends mal, dit-il.

— Je vous murmurerai ça, tout près, dans l'oreille... Vous entendrez, j'en suis sûre.

Elle rit.

Il raccrocha.

35

Kopp ne rentra pas à son hôtel. Il savait qu'il ne pourrait pas dormir. Il flâna dans les ruelles de cette Rome ancienne qu'il aimait. Il était apaisé, las comme après une forte fièvre. Il se laissa porter par le mouvement de la rue, les bruits. Il entendit, sans vraiment le percevoir, ce charivari des débuts de matinée dans les villes méditerranéennes. Il avait encore dans la tête la voix de Geneviève Thibaud:

Elle chuchotait à son oreille. Il s'arrêta à plusieurs reprises au milieu de la chaussée. Des piétons le bousculèrent. Des motos-camionnettes chargées de cageots klaxonnèrent et le contournèrent. On l'interpella. Il sursauta, s'écarta. Il s'était immobilisé pour mieux se souvenir de ce que Geneviève lui avait dit.

Il arriva piazza Navona. Il faisait beau et doux. Les serveurs installaient les terrasses pour une journée qui s'annonçait printanière. Julius Kopp s'assit, le dos contre la façade que le soleil commençait à chauffer. Il resta longtemps ainsi, les yeux fermés. Ceux qui avaient voulu tuer Alberto Grandi avaient été renseignés sur le développement de l'enquête. Ils savaient donc que Julius Kopp séjournait à Rome. Ils connaissaient peut-être même le nom de l'hôtel où il était descendu, puisque Kopp en avait téléphoné l'adresse à Laureen pour qu'elle prévienne Roberto du lieu de son rendez-vous avec Kopp. Trop d'intermédiaires. On ne pouvait pas dans ces conditions éviter les fuites. Kopp se reprocha de ne pas avoir agi seul. Il avait cru surprendre ces fous, ces gens de la secte. En fait, ils avaient réagi plus vite que Kopp ne l'avait imaginé. Mais en se rendant chez Grandi, il avait été plus rapide qu'eux. Kopp jugea qu'il conservait une avance, faible, mais elle existait. Il fallait l'utiliser.

Il prit les trois feuillets que lui avait remis Roberto. Kopp reconnut le papier qu'on utilisait dans les imprimantes, lisse et doux. Chaque page portait, en haut et au milieu, le même symbole, celui que Kopp avait vu au-dessus de la porte du 27, Weinbergstrasse, à Zurich. Il représentait un globe terrestre, mais, sur les feuilles, il était complété par un soleil qui surgissait derrière le globe comme s'il se levait. Les rayons éclairaient le globe et irradiaient comme autant de jets de lumière. L'ensemble était surmonté par deux lettres, des initiales en capitales noires : O.M. Au-dessous des deux cercles, il lut en capitales rouges le mot : SECRET, suivi, dans un encadré, de : « A détruire. »

Le texte, sur chacune des trois feuilles, se limitait à un nom, un prénom et une indication, identique sur les deux premiers feuillets.

Kopp lut donc :

Giuseppe CARDO : rappel à l'ordre. L'engagement tarde à être tenu. Intervenir personnellement.

Et, sur le deuxième feuillet :

Marco VALDI : rappel à l'ordre. L'engagement tarde à être tenu. Intervenir personnellement.

Sur le troisième feuillet, en face du nom *Romano BERTI*, étaient inscrits les mots : *Proposer don et opération en échange engagement.*

Kopp replia chacun des feuillets avec soin. Il

s'agissait, à l'évidence, de chantage et de contrats, de promesses qu'il fallait contraindre à respecter. Alberto Grandi était chargé d'exercer une pression sur ces débiteurs réticents. C'était lui encore qui devait proposer le marché au troisième, Berti. Quels engagements avaient-ils pris ? Que leur avait-on offert ? Que signifiaient ces deux lettres : O.M. ? Ce soleil levant était-il l'emblème de la secte, et le rappel du globe terrestre indiquait-il bien, comme Kopp le pensait, qu'entre la secte et les organismes qui fonctionnaient sous l'autorité du John Woughman Institute, la liaison était manifeste ?

Kopp sut qu'il devait répondre à toutes ces questions s'il voulait connaître son adversaire et avoir quelque chance de le vaincre. Mais pour cela, il lui fallait d'abord rester entier.

36

Julius Kopp somnola quelques dizaines de minutes dans la rumeur qui peu à peu avait rempli la piazza Navona. Peut-être même dormit-il une poignée de secondes. Le froid le réveilla. Le soleil était caché par une bande étroite mais dense de nuages qui, d'un bout à l'autre du ciel, partageaient d'une ligne noire la surface bleue et brillante. Kopp se leva. Il se sentit dispos, joyeux presque. Il courut derrière un taxi qui s'arrêta au bout de quelques dizaines de mètres, à la sortie de la piazza.

— Fiumicino, Aeroporto, dit Kopp, et il se laissa aller, fermant les yeux, tranquille.

Il arriva à Paris au milieu de l'après-midi. Laureen habitait boulevard Voltaire, non loin de la place de la République, un grand appartement bourgeois de sept pièces qui servait de point de chute à tous ceux qui, clients ou membres de l'Ampir, désiraient pour quelques jours séjourner à Paris dans un lieu discret et sûr. Les deux chats, le gris et le noir, se frottèrent aux jambes de Julius Kopp cependant que Laureen, après l'avoir embrassé, restait contre lui quelques secondes de trop. Il la prit aux épaules, il la repoussa lentement.

— Je ne suis pas là, dit-il.

— Toi qui n'es pas là, répondit Laureen, je te sers un café ?

Elle l'avait tutoyé comme autrefois quand ils se retrouvaient dans cet appartement. Kopp la regarda s'éloigner dans le long couloir sombre. Elle laissait un sillage clair, cheveux blonds mi-longs, jupe à volants large dessinant autour d'elle une corolle de couleurs.

Kopp se souvint de cette jupe, des deux pressions qui fermaient la ceinture. Il n'éprouva aucun désir, mais il lui sembla que le temps n'avait pas passé et qu'il sentait encore sous ses doigts la peau si blanche, si satinée, au creux des reins. Il n'aurait eu qu'à marcher jusqu'à la chambre de Laureen, au fond du couloir. Elle aurait compris, quand elle ne l'aurait plus vu dans le salon. D'ailleurs, les deux chats l'auraient guidée jusqu'au lit.

Mais Kopp resta dans le salon et Laureen, après avoir posé devant lui la tasse et le pot de café, s'installa dans l'un des fauteuils de cuir qui épousaient la forme du corps, lequel se trouvait ainsi basculé en arrière. Kopp ne put s'empêcher de regarder les jambes et les genoux de Laureen. Il dit à mi-voix :

— Tu es en forme.

Elle se redressa un peu, et sa jupe cacha ses genoux.

— Qu'est-ce que tu veux ? demanda-t-elle, la voix un peu rauque.

Il sortit les trois feuillets, lut les trois noms. Il fallait, sans passer par la Ferme ni par le système informatique de l'agence, obtenir des renseignements sur

172

ces trois personnalités romaines. Kopp était persuadé qu'il s'agissait en effet de gens d'influence.

— Tu n'as plus confiance..., commença Laureen.

— Je veux, pour quelques jours, couper tous les fils, ne pas prendre le risque d'alerter...

— Qui ? fit Laureen.

— Ceux qui sont en face de nous, ces fous, cette secte.

Kopp se servit une nouvelle tasse de café.

— Je vais faire ça dans la journée, dit Laureen en se levant.

Elle traversa le salon, s'arrêta sur le seuil, attendit, tournée vers Kopp.

— Alexander ? interrogea Kopp.

Il avait été entendu qu'il téléphonerait de Zurich à Laureen à intervalles réguliers, un simple appel, un ou deux mots, pour signaler qu'il était en vie, qu'il continuait.

— Tout va bien, fit Laureen. Son premier rapport dans quelques semaines.

Elle ne bougea pas.

— Tu repars quand ? demanda-t-elle.

Il haussa les épaules. Le dernier vol de la journée était complet. Il avait réservé sur le premier du lendemain matin. Cela donnait à Laureen quelques heures de plus pour rassembler les informations sur les trois Italiens.

Laureen se passa la main dans les cheveux, derrière la nuque. Kopp se souvint que lorsqu'elle faisait ce mouvement du bras, il aimait caresser son sein et l'embrasser sous l'aisselle.

— Il te faut une chambre, dit-elle à mi-voix.

Il fit oui de la tête.

Elle sortit du salon. Quand elle revint, elle avait passé une veste noire, qui faisait ressortir la blondeur de ses cheveux.

— Si vous le voulez, murmura-t-elle, je peux aller la chercher. Hélène arrangera ça. Personne ne le

remarquera. Je la ramènerai à la ferme demain
matin.

Kopp baissa la tête.

— C'est sans risque, dit Laureen d'un ton bourru.

Kopp se leva, s'approcha de Laureen, l'enveloppa
de ses bras. Il reconnut la douceur de son corps, ses
seins qui s'écrasaient contre sa poitrine. Il se laissa
porter par un élan de tendresse. Il serra Laureen
contre lui, respirant ce parfum dont elle n'avait pas
changé.

— Tu crois ? murmura-t-il.

Laureen, des deux mains appuyées sur sa poitrine,
le rejeta loin, brutalement.

— Peut-être qu'elle ne voudra pas, fit-elle.
Qu'est-ce que vous croyez ?

Il rit.

— Macho, dit Laureen.

Elle claqua la porte.

37

Julius Kopp ne vit d'abord que Geneviève
Thibaud.

Elle se tenait à l'entrée du salon, les mains dans
les poches de son jean noir. Ses cheveux dénoués,
partagés par une raie médiane, frisaient en courtes
boucles. Ils tombaient cependant au-dessous des
épaules, et cette masse ébouriffée emprisonnait son
visage, le réduisait. Geneviève parut à Kopp, peut-
être à cause de cela, fragile, presque désemparée. Il
se leva, Geneviève fit un pas vers lui, et Kopp, seulement à ce moment-là, aperçut Laureen qui le regardait ironiquement. Elle agita un dossier, dit que
Kopp n'aurait sûrement pas le temps d'examiner les
renseignements qu'il contenait avant demain matin.

174

Elle le déposait donc dans l'entrée. Elle sortait, découchait, insista-t-elle. Mais on pouvait compter sur elle pour reconduire Geneviève Thibaud à la ferme.

— A quelle heure ? interrogea-t-elle en souriant.

Geneviève Thibaud baissa la tête. Kopp fit un geste vague, les mains ouvertes.

— Je serai là à sept heures, dit Laureen.

A nouveau elle claqua la porte.

Julius Kopp et Geneviève attendirent quelques secondes avant d'avancer l'un vers l'autre. Ils restèrent alors face à face, sans se toucher, puis, tout à coup, brutalement, ils s'enlacèrent.

Ils s'aimèrent comme on lutte, sans jamais cesser d'être mêlés l'un à l'autre.

Kopp avait glissé le long du corps de Geneviève. Il s'était agenouillé, lui entourant les cuisses de ses bras, plaçant ses lèvres sur son sexe, mais elle s'était baissée, puis elle avait basculé la tête en arrière, entraînant Julius Kopp dans sa chute, et ils s'étaient ainsi retrouvés allongés sur le parquet du salon.

Ils ne parlèrent pas, parce qu'ils s'embrassaient sans reprendre leur souffle, se mordillant. Ils furent violents, Julius soulevant le soutien-gorge qu'il ne réussissait pas à dégrafer, faisant ainsi jaillir les seins, puis glissant sa main gauche sous la ceinture du jean. Geneviève rentra le ventre pour que les doigts de Kopp puissent glisser loin sur sa peau jusqu'à son sexe.

Elle eut à l'égard de Kopp le même geste et le même désir.

Ils crièrent ensemble, et lorsqu'ils se séparèrent, restant couchés côte à côte, ils rirent, parce qu'ils étaient l'un et l'autre endoloris de s'être ainsi aimés à même le sol.

C'était déjà le milieu de la nuit.

Ils se couchèrent dans la chambre que Laureen avait préparée, laissant la porte ouverte, et la lumière, dessinant un rectangle jaune dans le couloir obscur, les avait guidés.

Ils dormirent et se réveillèrent ensemble, puis, vers cinq heures, ils commencèrent à parler.

Kopp raconta. Il décrivit, comme s'il avait assisté à la scène, la tentative de l'enfant pour fuir la clinique Grandi et comment, aidé par les chiens, le gardien l'avait rattrapé, soulevé et posé sur ses épaules, comme un mouton condamné. Ces enfants-là, venant peut-être de l'autre bout du monde, du Brésil ou d'Asie, c'était du bétail. On devait les vendre ou les dépecer. Il avait déjà pensé cela plusieurs fois, il le lui avait dit, dès qu'il avait lu les textes découverts par Alexander. Elle l'avait compris aussi. Après avoir vu la clinique Grandi et cet homme, on ne pouvait plus douter. Il existait bien un trafic d'enfants, un commerce d'organes organisés à l'échelle du monde, comme pour le commerce de la drogue. Et ces marchands de chair, ces trafiquants d'enfants, ces bouchers formaient une secte, une mafia. Ils avaient tissé une toile à la trame serrée. Ils devaient contrôler des dizaines de médecins, peut-être corrompus, peut-être endoctrinés. Et probablement ces hommes-là étaient-ils à la fois achetés et soumis, obéissants et convaincus. Silvère Marjolin, avait conclu Kopp, avait été l'un d'eux. Avait-il été liquidé parce qu'on n'avait plus confiance en lui ? De la même manière qu'on avait tenté de tuer Alberto Grandi ?

Kopp se tut, s'excusa de parler à nouveau de Silvère Marjolin, de cette guerre qu'il était décidé à mener jusqu'au bout. Il ne fallait pas qu'elle se sente responsable de ce qui se produisait. Il était heureux, presque fier, d'avoir engagé cette bataille.

Kopp posa la main sur le ventre de Geneviève.

Le hasard avait été généreux avec lui, avait-il dit.

Elle se colla contre lui et ils s'aimèrent sans hâte, avec des mouvements lents et doux.

Après, il ne leur resta plus beaucoup de temps.

176

Geneviève commença à s'habiller. Kopp ne la quitta pas des yeux. Il aimait sa silhouette, la manière dont elle enfilait son jean, la façon dont elle rassemblait ses cheveux, les deux bras levés, sans avoir encore mis son soutien-gorge.

Il se leva, la saisit par la taille, la colla contre lui. Il était nu. La toile rêche du jean l'irrita. Il eut à nouveau envie de toucher les jambes et le ventre de Geneviève. Mais elle se dégagea et Kopp dut se contenter d'embrasser ses seins, son dos. Il souffrit de la voir s'emprisonner dans le soutien-gorge, puis dans le chemisier.

Il s'habilla à son tour. Son vol partait de Roissy-Charles-de-Gaulle à dix heures. Il prépara le café tout en feuilletant le dossier que Laureen avait constitué sur les trois Romains dont Grandi conservait les noms.

Il s'agissait bien, comme Kopp l'avait pensé, de trois personnalités importantes. Giuseppe Cardo était le président d'une société productrice de programmes de télévision. Elle fournissait en séries dramatiques, en jeux, près de vingt pour cent du marché des chaînes. Marco Valdi dirigeait une société d'assurances qui faisait partie de l'un des plus puissants groupes européens, dont il était l'un des actionnaires. Romano Berti était l'un des hommes politiques que la crise italienne avait révélés, et il apparaissait comme l'un de ceux qui étaient promis, au centre gauche, à un brillant avenir. Quel lien souterrain unissait ces trois hommes qui appartenaient à la génération qui venait juste de dépasser la quarantaine ? Se connaissaient-ils autrement que comme des relations mondaines ? Laureen ne fournissait aucun élément permettant de répondre à ces questions, mais elle avait rassemblé toutes les indications possibles concernant les adresses privées et publiques, les numéros de téléphone, les lieux où ces hommes riches — ils l'étaient tous les trois — passaient leurs week-ends, leurs vacances. Laureen avait été efficace et rapide.

Il sentit la présence de Geneviève derrière lui.

— Dangereux ? interrogea-t-elle.

Il fit une moue pour souligner que là n'était pas pour lui la question, et il tendit à Geneviève une tasse de café.

— Je voudrais faire quelque chose, reprit Geneviève.

Elle but par petites gorgées, puis, d'autorité, elle s'empara de la tasse de Julius Kopp, la remplit, lui demanda s'il voulait qu'elle lui prépare une tartine.

— Je veux me battre aussi. S'ils ont tué Silvère...

Elle fixa Julius Kopp dans les yeux.

— C'était le père de Cédric, continua-t-elle.

— Plus tard, dit Kopp.

Il détourna la tête, comme s'il avait eu peur que Geneviève ne lise dans son regard ce dont il venait de se souvenir, cette idée qu'il avait eue d'une annonce. Il en avait même rédigé le texte, celui d'une mère qui était prête à tout pour qu'on soigne son enfant condamné. Il avait imaginé que ce serait là un appât auquel on pouvait mordre. Mais le risque était immense, pour Geneviève, pour l'enfant. Ce serait comme présenter le cou de son fils au couteau. Un sacrifice. Et qui sait si l'on réussirait à retenir la main du bourreau. La scène d'Abraham, personne n'était sûr qu'elle ne se reproduise. Tant de fils étaient morts depuis, des mains de leur père ou de leur inconscience.

— Vous avez une idée, dit Geneviève.

Elle le vouvoyait.

Kopp en fut déçu et rassuré.

Geneviève Thibaud n'était qu'un épisode de plus dans sa vie, pensa-t-il, et il eut envers lui une bouffée de colère désespérée.

Il fit un mouvement brusque quand il entendit la porte de l'entrée s'ouvrir puis se refermer, et qu'il reconnut le pas de Laureen. Il renversa ainsi la cafe-

tière, qui éclata en morceaux cependant que le café
se répandait sur les dalles blanches de la cuisine.

— Alors, on casse tout…, dit Laureen.

Puis, tout en commençant à ramasser les débris,
elle dit :

— L'amour rend maladroit, chacun sait ça, Julius.

C'est lui qui claqua la porte.

38

Julius Kopp fit arrêter son taxi à l'entrée de la
piazza Navona. Il l'avait quittée il y avait moins de
quarante-huit heures, mais il lui sembla que ces
deux jours avaient suffi pour que la saison change.
Le soleil était chaud en ce début d'après-midi,
comme si l'été était proche. Des marchands de fleurs
avaient déposé leurs seaux et leurs pots à même les
trottoirs. Les couleurs ocre, jaunes et rouges donnaient à la place et aux ruelles dans lesquelles Kopp
s'engagea un air de fête. Les pavés et les pierres des
colonnes ou des linteaux brillaient, lavés par les
orages passés. Kopp marcha d'un pas vif, au rythme
des passants qui paraissaient se hâter pour s'installer aux terrasses des cafés. Sur toutes les petites
places, on avait sorti les tables et ouvert les parasols.

Kopp lui-même se sentit différent. Il avait le corps
courbatu comme après une course victorieuse,
quand une fatigue dans les jambes et les épaules,
dans la nuque aussi, rappelle l'effort qu'on a dû
accomplir pour, dans un dernier élan, franchir le
premier la ligne d'arrivée. Il sourit à plusieurs
reprises, baissant la tête comme pour dissimuler sa
gaieté à ceux qu'il croisait. Il se souvenait de la nuit.
Les genoux, les cuisses, les reins et même les avant-
bras gardaient la mémoire de cet amour tumultueux

à même le sol. Cette nuit-là avait repoussé loin dans le passé la mort du professeur Grandi. Kopp se souvenait de chaque détail, mais en même temps il n'éprouvait plus aucune sensation de malaise. Il avait fait ce qu'il devait. Il se sentit plus assuré et plus déterminé que jamais. Il était comme un combattant de première ligne qui remonte au front, revigoré.

Parvenu au début de la via Pietra, il vit deux voitures garées non loin de l'hôtel Cesari où Kopp avait l'intention de reprendre ses affaires. C'étaient des Alfa Roméo bleu-noir comme celles qu'utilisent la police. Sans doute avait-on déjà découvert le corps du professeur Grandi, et peut-être ceux qui avaient voulu faire sauter sa voiture avaient-ils transmis aux autorités le nom de Kopp. Kopp connaissait ce procédé habile qui consiste, dans une guerre privée, à utiliser la police, à la manipuler à son profit en lui désignant un suspect encombrant. Kopp n'hésita pas. Ce n'était pas un jour de prudence, mais de défi.

Il fit un détour pour éviter la via Pietra, retrouva la ruelle sur laquelle donnait l'arrière de l'hôtel. Il se tint d'abord dans la pénombre de la cour. Tout était calme, la fenêtre de sa chambre entrouverte. Kopp bondit, trouva les appuis qu'il avait repérés et, en quelques tractions, se hissa jusqu'à la croisée. Il se glissa dans la chambre. Elle était en ordre, son sac posé sur la table. Il l'inspecta prudemment, ne le déplaçant qu'après s'être assuré qu'il n'était pas piégé. C'est alors qu'il vit l'enveloppe blanche portant son nom dactylographié en capitales : M. JULIUS KOPP. Il la retourna avec précaution, la tâta. Une enveloppe pouvait exploser au visage, arracher les doigts, crever les yeux, défigurer. Celle-ci paraissait anodine. Il la prit, enjamba la croisée et, tout en tenant son sac, s'agrippa au mur et sauta. Quelques minutes plus tard, il s'était fait déposer par un taxi devant un hôtel cossu du quartier de la piazza del Popolo, plus anonyme. Il était peuplé de touristes allemands et anglais, et Julius Kopp, quand il redescendit de sa chambre afin de s'installer sur la terrasse abritée par de grands parasols de toile blanche, se sentit, au milieu d'eux, en sécurité.

On allait l'attendre à l'hôtel Cesari. La police ou les gens de la secte patienteraient quelques heures avant de se rendre compte qu'il les avait joués. Cela donnerait le temps à Julius Kopp de rendre visite aux trois Romains figurant dans les notes du professeur Grandi. Kopp devait agir sans attendre. Il s'accorda pourtant quelques instants afin de jouir de ses souvenirs. Lorsqu'il était enfant, il avait pris l'habitude, après avoir avalé une glace, de faire régurgiter volontairement la crème encore fraîche, de la savourer une deuxième fois. Il fit ainsi avec les scènes de la nuit, les jambes allongées, les yeux mi-clos. Puis il alluma un cigare, se laissant griser, oubliant où il était — les souvenirs si présents, les images si nettes qu'il s'étonna presque, en ouvrant les yeux, de ne pas voir Geneviève assise près de lui. Il se redressa, écrasa le bout de son cigare et décacheta la lettre qu'il avait trouvée dans sa chambre.

Il déplia le feuillet. Le texte était assez long. Il sortait d'une imprimante laser. Kopp passa le bout des doigts sur le papier, pensa aux feuillets trouvés dans la sacoche du professeur Grandi, et jugea qu'il s'agissait de la même trame et des mêmes caractères. Même s'il aurait pu dire cela de milliers de textes tirés chaque jour, le rapprochement s'imposait.

Il lut une première fois. Il eut tout de suite le sentiment qu'il s'agissait plus d'une offre de paix que d'une menace, même si cette dernière était explicite au cas où il rejetterait la proposition. Il en éprouva une sorte d'orgueilleuse jubilation. Il relut.

A Julius Kopp.

Réfléchissez. Personne n'a cherché à entraver les activités de votre Agence mondiale de protection, d'information et de renseignement. Nous connaissions l'existence de l'Ampir. Nous suivions vos activités. Nous jugions que votre rôle était souvent utile. Vous étiez un élément d'ordre dans un monde décadent et chaotique. Nous n'ignorions cependant pas que vous mettiez souvent vos talents au service d'hommes et d'institutions corrompus. Mais nous acceptions votre existence. Nous vous observions même, le plus souvent, avec bienveillance. Nous souhaitons en effet que l'ordre règne en ce monde. Et à votre manière, vous contribuiez à notre dessein.

Mais vous êtes sorti de votre rôle. Vous avez quitté la route. Nous pensions que c'était le fait du hasard. Mais depuis, vous vous obstinez sur cette voie périlleuse, suicidaire pour vous, votre agence et le personnel que vous employez.

Nous vous le disons avec une totale objectivité : vous n'avez pas les moyens de conduire l'action que, bien imprudemment, vous avez engagée. Vous pouvez, certes, remporter des succès partiels qui feront illusion, mais vous serez à la fin — et nous pouvons la décider quand nous le voudrons — écrasé.

Nous vous suggérons de réfléchir. L'endroit où vous avez trouvé cette lettre signifie que nous aurions parfaitement pu vous tuer, si telle avait été notre décision.

Nous ne l'avons pas fait, parce que nous considérons que votre passé et vos qualités vous valent un sursis.

N'essayez plus d'intervenir. Retirez-vous. Personne ne cherchera à vous menacer ni à attenter à la vie de ceux qui vous sont proches. Votre agence pourrait même voir augmenter sa prospérité.

Nous sommes en outre prêts à comprendre que, pour des raisons privées, vous vouliez protéger celle qui vous a entraîné sur des chemins périlleux excé-

dant largement votre compétence. Notre indulgence lui est également acquise.

Nous savons, vous le voyez, être généreux. Mais si, pour quelque incompréhensible raison, vous persistiez, alors vous, votre agence, tous ceux qui en sont membres, comme tous ceux qui sont proches de vous seriez détruits impitoyablement.

Nous en avons les moyens.

La lettre était signée de deux initiales, les mêmes qui se trouvaient sur les feuilles trouvées chez Grandi : **O.M.**

Julius Kopp replia la lettre, la replaça dans l'enveloppe. C'était la première preuve tangible que tout, depuis la première nuit dans la forêt, était lié.

Julius Kopp se leva. Il avait toujours suffi, dans sa vie, qu'on le menaçât ou qu'on tentât de l'empêcher d'agir, pour qu'il bousculât tous les obstacles. Il ne plierait les genoux que mort.

« Ou, sourit-il tout en traversant la terrasse rapidement, pour embrasser le sexe d'une femme. »

39

Kopp observa longuement les alentours de l'immeuble où habitait Giuseppe Cardo. C'était dans le quartier résidentiel de la villa Ciara, sur la rive droite du Tibre. Tout paraissait calme, anodin. Le viale Glorioso, où s'élevait ce palazzo à la façade de marbre rose, était désert. Cardo ne semblait jouir d'aucune protection particulière, et pourtant sa société productrice de programmes de télévision, la SIT, était, selon les documents rassemblés par Laureen, l'une des plus importantes d'Europe. Mais on avait quitté les années du terrorisme rouge, et Cardo ne craignait sans doute pas qu'on le vise comme exploiteur capitaliste. Une phraséologie dépassée. Et cependant il était soumis, Julius Kopp en était sûr, à un chantage.

Kopp sonna chez le portier. Un homme d'une cinquantaine d'années, portant une veste d'uniforme, s'avança, entrouvrit la porte. Il avait les cheveux coupés court, un menton volontaire dans un visage large. Sans doute était-ce un ancien carabinier. Il interrogea Kopp d'un ton soupçonneux. Kopp sortit une enveloppe, la montra. Il avait un pli à remettre en main propre à M. ou Mme Cardo, dit-il. Le portier ne bougea pas, interdisant toujours le passage. Il était corpulent et visiblement hostile.

— De la part du professeur Grandi, je suis son assistant, ajouta Kopp.

Le visage du portier s'illumina.

— Ah, c'est pour la petite fille, dit-il avec effusion. Un miracle, un vrai miracle. Un magicien, cet homme. Si vous les aviez vus avant... Pour eux, ça a été un miracle... Monsieur Cardo, lui, il est toujours préoccupé... les affaires, la société... Mais Madame Cardo, elle, c'est une autre femme, et la petite...

Il s'effaça, montra l'escalier monumental en marbre blanc qui conduisait au premier palier, sur lequel s'ouvraient les portes des ascenseurs.

— Dernier étage, dit le portier. Madame est là.

Kopp était décontenancé par les propos du portier. Ils étaient pourtant d'une certaine façon rassurants : personne ne semblait encore connaître la nouvelle de la mort de Grandi. Kopp jugea qu'il avait donc toujours un coup d'avance sur ses adversaires.

Le palier du dernier étage était entièrement vitré. Il ne permettait d'accéder qu'au seul appartement de Giuseppe Cardo, qui disposait ainsi d'une véritable « villa sur le toit ». Une immense terrasse, recouverte d'une pergola, entourait l'appartement. Elle dominait tout Rome. Kopp la traversa, si fasciné par ce panorama, les méandres brillants du Tibre, qu'il n'aperçut qu'au dernier moment la jeune femme qui lui souriait, tenant la main d'une petite fille au visage espiègle, les cheveux coupés très court.

— Vous êtes l'assistant du professeur Grandi ? dit la jeune femme en lui tendant la main. C'est vous qui l'assistiez pendant l'opération ? Il nous a expliqué que pour les yeux, il fallait un spécialiste de la chirurgie oculaire, ce qu'il n'était pas. C'était vous ? Regardez, regardez-la.

La jeune femme était rayonnante, avec pourtant quelque chose d'artificiel, d'excessif dans l'intonation, dans la précipitation des exclamations. Elle s'accroupit devant la petite fille, lui prenant le visage entre les mains, le tournant vers Julius Kopp.

— C'est un miracle, continua-t-elle. Elle va très bien. Elle voit mieux que moi.

Elle se redressa, se serra les épaules en croisant les bras sur sa poitrine comme si elle avait froid.

— Vous ne pouvez pas imaginer, dit-elle, c'était l'enfer, pour nous — encore plus que pour elle. Elle avait accepté l'idée qu'elle ne verrait pas, mais nous, nous nous sentions si coupables.

Elle s'arrêta, comme si elle prenait conscience d'avoir parlé presque sans s'arrêter depuis qu'elle s'était adressée à Julius Kopp.

— Vous aviez un pli à me remettre, dit-elle d'une voix à demi interrogative.

Le portier l'avait donc prévenue.

Kopp montra à nouveau l'enveloppe.

— C'est un peu délicat, dit-il à voix basse.

Il regarda la petite fille, et la jeune femme appela une domestique, lui confia sa fille, puis demanda à Kopp de la suivre.

Ils entrèrent dans l'appartement, où tout était blanc. Le sol et les murs recouverts de marbre, les meubles, blancs eux aussi. Les fauteuils et les canapés étaient en cuir blanc. Les pieds, de métal, mais polis, si bien qu'ils jouaient le rôle de miroirs et augmentaient encore l'éclat de ces pièces inondées de lumière.

— Qu'y a-t-il ? demanda la jeune femme.

Elle avait le visage grave. Et le contraste avec la joie d'il y avait quelques instants et l'inquiétude qui lui succédait étonna Julius Kopp. Il se souvint de la phrase qui accompagnait le nom de Cardo sur les feuillets que détenait le professeur Grandi.

— Votre fille va bien, commença-t-il. Elle voit.

Kopp hésita, puis continua :

— Elle était presque aveugle... Maladie de la cornée, n'est-ce pas ?

La jeune femme le regardait avec anxiété.

— Et nous avons trouvé les donneurs, continua Kopp.

La jeune femme fit oui.

— Ce n'était pas facile, vous le savez. Pas très légal non plus, avança-t-il. Et vous le saviez.

La jeune femme baissa la tête.

— Notre fille ne voyait plus, dit-elle. Est-ce que nous pouvions l'accepter ?

— Je ne vous reproche rien, dit Kopp. Mais — il prit une voix dure — nous avons pris des risques. Et nous avons, pour vous, pour elle, plongé d'autres enfants dans la nuit.

La jeune femme bondit, cria.

— Non, ça non, je ne vous crois pas ! Grandi a affirmé qu'il s'agissait d'enfants cliniquement morts. Il nous a accordé simplement un tour de faveur.

Kopp sentit à nouveau la colère l'envahir. Il regretta presque, à cet instant, de ne pas avoir tué Grandi de ses mains. Cet homme et ceux qui faisaient partie comme lui de cette organisation exploitaient le malheur pour avoir barre ensuite sur les parents qu'ils avaient délivrés. Et pour cela, ils tuaient ou mutilaient d'autres enfants.

— Vous avez payé, dit Kopp d'un ton neutre.

— Bien sûr, nous avons tout payé, tout, vous le savez sûrement, nous étions prêts à tout donner.

— Il n'y a pas que l'argent, dit Kopp. Vos autres engagements tardent à être tenus. Ma visite est un rappel à l'ordre.

Il avait repris, presque mot pour mot, la phrase écrite sur le feuillet détenu par Grandi.

La jeune femme secoua la tête, se mit à pleurer. Elle conjurait son mari de s'exécuter, expliqua-t-elle. Il devait, comme il s'y était engagé, céder la société. Quelle importance cela avait-il ? Mais le professeur Grandi devait le comprendre, il fallait leur donner un peu de temps. Bien sûr, Giuseppe était d'accord, il devait simplement expliquer cela à son personnel, à ses associés.

— Il la cédera, je vous assure.

Elle se cacha le visage dans les mains, puis se redressa. D'ailleurs, elle était copropriétaire de la société. Elle l'avait juré, durant toute la durée de la convalescence de sa fille, elle avait pris l'engagement devant Dieu qu'elle se dépouillerait de tout si sa fille pouvait enfin voir.

— C'est le cas, bougonna Kopp.

Il se reprocha de s'attarder alors qu'il avait compris le mécanisme qu'utilisaient ceux qui étaient les maîtres de Grandi. Ils promettaient. Ils soignaient, en effet, avec ce matériel humain qui ne leur coûtait rien, qu'ils importaient, qu'ils volaient au Brésil, en Asie, qu'ils utilisaient comme moyen d'échange. Ils dépouillaient les parents des enfants qu'ils avaient opérés dans des conditions illégales. Ils raflaient non seulement l'argent, mais les biens. Ils se constituaient ainsi un trésor qui devait être fabuleux, car ils agissaient à l'échelle du monde.

Cette vision qui se précisait tout à coup effraya Kopp en même temps qu'elle le révolta. Car pour que cette organisation fonctionne, il fallait des centaines de complices, non pas seulement des tueurs pour faire respecter les contrats, menacer, exécuter, mais aussi des médecins de qualité capables d'opérer. Comment les tenait-on ? Par l'argent, ou par l'esprit ? Il fallait une force diabolique, fanatique, pour rassembler tous ces fils, les garder serrés dans son poing. Qui avait conçu cette structure, cette secte ? Qui la dirigeait ?

Kopp se leva.

— Et ce pli ? demanda la jeune femme.

— Plus tard, fit Kopp.

La jeune femme baissa la tête.

— Elle ne risque rien, n'est-ce pas ? dit-elle en se tournant vers le fond de l'appartement.

Kopp entendit les rires de la petite fille.

Il ne répondit pas.

— Parfois, j'ai peur, murmura la jeune femme.

Kopp secoua la tête.

— Vous êtes plus humain que le professeur Grandi, ajouta Mme Cardo. C'est un sorcier qui peut tout, mais il m'effraie. Il a menacé mon mari de choses terribles, s'il ne s'exécutait pas. Des représailles sur ma fille. Cela, il ne vous le dit sûrement pas.

Elle chuchota.

— Il a dit qu'il pourrait reprendre ce qu'il avait donné. Qu'il y a d'autres enfants qui attendent des greffes.

Sa voix s'était brisée.

— Ça paraît impossible, je sais, mais je suis comme folle. Tout le temps entre la joie et la peur.

— Personne ne pourrait faire cela, dit Kopp.

Puis il s'éloigna vite. Ils avaient fait ça.

40

Julius Kopp passa une première fois le long de la haute grille qui fermait le parc de la villa Valdi. Un chien aboya. Il entendit les rires d'un enfant. Il vit, à travers la haie de cyprès soigneusement taillés, un chien au poil long qu'un enfant bousculait comme s'il s'était agi d'une énorme peluche. Le chien se laissait faire, s'écartait, aboyait, puis attendait que l'enfant recommence à le persécuter. Kopp aperçut un homme qui se tenait les bras croisés au milieu d'une allée. Il était en polo bleu ciel, les avant-bras bronzés et musclés. Il surveillait les jeux de l'enfant et du chien, et Kopp, qui revenait sur ses pas vers l'entrée de la villa, vit l'enfant se précipiter vers l'homme et lui enlacer les jambes en essayant de le faire tomber. C'était un petit garçon très brun, vigoureux, de trois ou quatre ans. Il était pieds nus et Kopp le vit courir sur la pelouse, faire plusieurs cabrioles, puis tenter de monter sur le dos du chien qui, paisible, les pattes écartées, subissait l'assaut en secouant la tête, ses longs poils jaunes effleurant le gazon. Kopp, devant le portail, hésita. Marco Valdi était le deuxième nom de la liste, l'homme qui, comme Giuseppe Cardo, devait être, selon les indications des feuillets retrouvés chez Alberto Grandi, « rappelé à l'ordre », parce que les engagements qu'il avait pris tardaient à être tenus. Kopp imagina. Cette fois-ci, c'était peut-être un cœur, et non des cornées, qu'on avait greffé dans la clinique Grandi sur cet enfant. Mais on devait exiger de Valdi qu'il cédât aussi sa société. Kopp eut le sentiment qu'il connaissait déjà le scénario, le contenu et les ressorts du chantage, et eut la tentation de ne pas essayer de vérifier ce qu'il pressentait. Mais, après quelques minutes, il sonna pourtant. Le chien jaune avança vers la grille pesamment, et Kopp vit une femme qui sortait sur le perron de la villa. Elle cria « Piero ! Piero ! » et elle s'élança vers l'enfant, le saisissant sous les aisselles, le soulevant. Elle rentra dans la villa en le serrant contre elle.

L'homme qui venait à sa rencontre avait une quarantaine d'années, un visage énergique, aux traits bien dessinés. Les cheveux grisonnants étaient plan-

tés bas sur le front. Le polo moulait le torse vigoureux. Les manches courtes serraient des biceps
saillants.

Devant le silence de Kopp, l'homme s'impatienta.
Il n'allait pas rester là à perdre son temps. Que
cherchait-on ?

— Pourquoi avez-vous peur, monsieur Valdi ?
demanda Julius Kopp d'une voix égale.

Marco Valdi ouvrit la bouche, ne prononça aucun
mot, esquissa un geste, le poing fermé, en direction
de Kopp, se contrôla, haussa les épaules et commença à s'éloigner.

— Qui vous menace, monsieur Valdi ? lança
Julius Kopp. Vous avez peur pour votre fils.

Puis il changea de ton, dit, plus sèchement :

— Je suis l'assistant du professeur Alberto
Grandi.

Marco Valdi se retourna, marcha d'un pas résolu
et rapide vers le portail. Son visage exprimait la
rage.

Il ne se laisserait impressionner par aucune
menace, dit-il. Il ne céderait à aucun chantage. Les
papiers d'adoption étaient légaux, enregistrés officiellement. On ne pouvait revenir sur ce qui avait été
conclu. Il avait respecté les accords passés. Il avait
payé. Maintenant, on exigeait plus, mais il ne céderait pas. Qu'on aille dire ça au professeur Grandi.

— Ce n'est pas lui qui agira, monsieur Valdi,
reprit Kopp. Mais d'autres, qui utiliseront tous les
moyens nécessaires.

Valdi serra les grilles du portail, les secoua durant
quelques secondes.

Si on voulait le faire chanter, il se défendrait. « Et
qu'on ne touche pas à Piero ! » ajouta-t-il les dents
serrées.

— Il a des parents, dit Kopp.

Il s'étonna lui-même de la facilité avec laquelle il
entrait dans son rôle de maître chanter. C'était

190

comme si des pistes s'ouvraient, qu'il suivait spontanément, parce qu'elles étaient d'une parfaite logique.

— De vrais parents, reprit-il. Ils peuvent le réclamer, démontrer que votre adoption est nulle et non avenue.

Valdi lâcha les grilles.

— Vous êtes des salauds, dit-il.

— Les tribunaux jugeront en faveur des parents.

— Je parlerai ! cria Valdi. Si Grandi ou d'autres s'engagent sur ce terrain, je dirai ce que je sais !

— Qu'est-ce que vous savez ? interrogea Julius Kopp.

Kopp vit le visage de Marco Valdi changer, exprimer successivement la surprise, puis l'incertitude, et enfin une résolution inébranlable, les lèvres serrées. Kopp sut qu'il s'était trop avancé avec cette question.

— Je ne connais pas le professeur Grandi, dit Valdi en reculant d'un pas.

Il secoua la tête.

— Et je ne sais pas qui vous êtes, continua-t-il. Je n'ai rien à vous dire, je ne comprends pas de quoi vous parlez. Je ne comprends pas.

Il répéta ces mots plusieurs fois.

Il disparut dans la villa, et Kopp resta plusieurs minutes immobile devant le portail. Puis il marcha vers le piazzale di Porta Pia, au bout de la via Nomentana, large et droite.

41

Peu avant d'arriver Piazzale di Porta Pia, Julius Kopp aperçut une Alfa-Roméo noire qui roulait lentement, remontant la via Nomentana en direction de la villa de Marco Valdi. Elle se tenait au milieu de la chaussée de manière, pensa Kopp, à pouvoir observer les voitures et les passants sur les deux côtés de la via. Kopp se souvint des deux Alfa-Roméo, identiques à celle-ci, qui stationnaient non loin de son hôtel, via Pietra. Peut-être s'agissait-il de l'une d'elles. Il se dissimula aussitôt dans une entrée d'immeuble, et constata que la voiture continuait sa route à la même allure. Si c'était lui qu'on recherchait, il leur avait échappé. Il était possible que Marco Valdi ait alerté quelqu'un, l'un des contacts qui devaient lui permettre de toucher le professeur Grandi. Il avait sûrement fait part de ses soupçons. On avait réagi rapidement en envoyant aussitôt cette voiture.

Peut-être ignorait-on encore que Kopp avait rendu visite à Grandi, qu'il avait récupéré les trois feuillets dans la sacoche du professeur, peut-être n'imaginait-on pas que Kopp était pour partie responsable de la mort de Grandi, et croyait-on à l'hypothèse d'un décès provoqué par les débauches de la nuit. A moins qu'on ait réussi à faire parler les putains, ou qu'on ait deviné que Kopp avait débranché l'explosif sous la voiture du professeur. Kopp se persuada, en tout cas, que les gens de l'organisation devaient déjà avoir conclu que leur lettre n'aurait pas de réponse. Et peut-être, d'ailleurs, n'était-elle qu'un piège pour désarmer la vigilance de Kopp. Ils avaient sûrement décidé de l'abattre. Ils avaient déjà tenté de le faire à New York. Ils essaieraient, cette fois-ci, de ne pas le manquer. « Quitte ou double », pensa Kopp.

Il prit sa voiture, qu'il avait garée dans une petite rue qui débouchait sur le piazzale di Porta Pia. Il lui restait peu de temps pour tenter de rencontrer le troisième homme, Romano Berti, celui dont le document précisait qu'on allait lui proposer don et opération en échange d'un engagement.

Kopp se persuada qu'il avait déchiffré le sens de cette phrase : Berti devait avoir un enfant malade.

L'organisation lui procurait un donneur. La greffe d'organe avait lieu dans la clinique Grandi, et Berti payait ce don non seulement d'une somme conséquente — il était riche — mais surtout en se mettant au service de la « secte ». Sans doute lui proposait-on ce marché parce qu'il était un homme politique encore jeune, qu'il était l'une des personnalités marquantes de la nouvelle génération, qu'on disait de lui qu'il serait le leader du centre gauche et, à ce titre, un futur président du Conseil. Il serait donc utile à l'organisation. S'il acceptait le marché, il serait un homme soumis. La « secte » devait avoir ainsi, dans le monde entier, des hommes dont elle avait fait des complices en les achetant, en les convainquant peut-être, ou bien en les compromettant. Comment un homme politique comme Romano Berti pourrait-il échapper à ses maîtres chanteurs, si ceux-ci sauvaient son enfant de la mort dans les conditions où ils allaient réaliser la greffe, en se servant d'un « donneur » non consentant, un enfant volé, manipulé ? Il fallait vérifier cette hypothèse, que les cas de Giuseppe Cardo et de Marco Valdi rendaient vraisemblable. « Certaine », pensa même Kopp en s'engageant dans la via del Tritone.

La circulation y était intense, et la via était l'une des plus animées de la ville. Sur les trottoirs se pressait une foule élégante. Le palazzo di Montecitorio, le siège du parlement, était situé à l'extrémité de la via, comme la piazza Colonne. A l'autre bout se trouvait la piazza Barberini. La fontaine de Trevi n'était qu'à quelques pas. Romano Berti habitait dans l'une des petites rues de ce quartier, la via dell'Unità.

Kopp ne chercha pas à se garer à proximité. C'était, de toute manière, presque impossible, mais il avait décidé de stationner loin, de se rendre à pied chez Berti. Au milieu de la foule, il repérerait plus facilement des hommes ou des voitures en embuscade, et il pourrait leur échapper si besoin était. Il put s'arrêter sur le Lunco Tevere, et il revint vers la Fontane di

Trevi. La nuit tomba d'un seul coup et la fraîcheur surprit Kopp, comme l'absence de crépuscule. On était passé en quelques minutes de l'éclat du jour à l'obscurité, sans ces longues et lentes gradations estivales et automnales que Kopp n'aimait pas. Il détestait l'indécision, l'étirement des incertitudes. Il préférait les coupures, les ruptures franches.

Il s'arrêta à l'entrée de la via dell'Unità. Elle était étroite, obscure, creusée là, à gauche, par une petite place sur laquelle s'élevait une chapelle. Le palazzo qu'habitait Romano Berti était à l'angle de cette place et de la via. La construction austère, en grosse pierre grise, ressemblait à une maison fortifiée. Les fenêtres étaient grillagées et étroites. Un porche permettait d'accéder à une cour intérieure.

Kopp, avant de s'y engager, surveilla longuement les abords depuis le parvis de la chapelle. Tout lui parut calme. Il ne distingua que de rares passants et, au loin, la rumeur de la circulation, via del Tritone.

Romano Berti occupait seul le palazzo. Une plaque apposée à droite du large escalier qui s'ouvrait au fond de la cour indiquait que les bureaux de l'*avocato* Romano Berti étaient installés au premier étage, et l'appartement aux second et troisième niveaux. Kopp monta lentement. Il se tenait contre le mur décoré de fresques de façon à ne pas être vu. Sur le premier palier, la porte des bureaux était entrouverte. Des statues antiques de la taille d'un homme étaient placées de chaque côté de l'entrée. Les torches qu'elles portaient éclairaient l'étage et la cage d'escalier.

Kopp s'avança. Les bureaux étaient vides, mais une voix forte résonnait au bout du couloir. Kopp vit, après quelques pas, l'homme de dos. Il était assis sur le rebord d'une table. Il soulignait, de la main gauche, chacune des phrases qu'il prononçait. Il paraissait grand et mince, vigoureux, mais il se tenait voûté, et toute sa silhouette donnait une impression d'accablement.

194

« C'est une question de vie ou de mort », répéta-t-il plusieurs fois. Puis : « Nous ne pouvons plus attendre. Donnez-nous une date, nous ferons ce qu'il faudra. »

Au fur et à mesure qu'il écoutait son interlocuteur, il se courbait davantage.

« Mais qui va le remplacer ? dit-il. Avec qui prendrons-nous contact ? Je vous en prie... »

Il se redressa un peu, puis soupira et ajouta : « Je vous fais confiance, mais les médecins sont unanimes, c'est une question de jours. J'attends votre appel. »

Il raccrocha, se leva, et, en se tournant, il aperçut Julius Kopp. Il sursauta, se colla contre la cloison comme s'il s'attendait à une agression, disant d'une voix enrouée : « Que voulez-vous ? »

— Parler, dit Kopp en s'asseyant.

Il ne quitta pas l'homme des yeux. Romano Berti avait à peine quarante ans. Il était vêtu avec une élégance audacieuse, d'un costume aux épaules tombantes, au pantalon large, d'un beige clair. Son visage exprimait l'intelligence mais il était alourdi par un menton massif.

— Que voulez-vous ? répéta-t-il.

— Vous avez un enfant..., commença Kopp.

L'homme se pencha, comme si on pesait sur ses épaules.

— Il est malade, n'est-ce pas ? Gravement malade, poursuivit Kopp.

Berti écarquilla les yeux.

— Que voulez-vous ? dit-il encore.

— Qu'est-ce qu'on vous a promis pour lui ? demanda Kopp. A quoi s'est engagé le professeur Grandi ?

Berti leva les deux mains, les poings fermés.

— Mais Grandi est mort ! s'exclama-t-il.

— Ainsi, on vous a téléphoné la nouvelle, dit Kopp en montrant le combiné sur le bureau.

Berti fit oui.

— Quelle maladie ? demanda Kopp.

— Mais qu'est-ce que vous voulez ? Qui êtes-vous ? dit Berti d'un ton violent. Je suis avocat, parlementaire, je ne réponds pas comme cela, sans savoir à qui je m'adresse.

— J'enquête, dit Kopp.

— Police ? interrogea Berti à mi-voix.

Puis il se redressa. Il était couvert par l'immunité parlementaire, dit-il. Il fallait une autorisation spéciale pour l'interroger. Donc, il ne répondrait à des questions que devant un magistrat qualifié. Il n'avait rien à dire à un policier.

— Je ne suis pas policier, dit doucement Kopp

Berti s'appuya à son bureau.

— Mais vous voulez quoi, alors ?

— Je veux vous mettre en garde, dit Kopp. Si vous acceptez le marché qu'on vous propose, cette intervention chirurgicale — il s'arrêta avant de poursuivre, laissant à Romano Berti le temps de le contredire, mais Berti se tut — qui, pensez-vous, va sauver votre enfant, vous serez prisonnier pour toujours. On vous aura ferré.

Kopp fit un geste brutal.

— Ferré, continua-t-il. Et vous serez à la merci de ces gens.

— Grandi est mort, balbutia Berti.

— Qui vous a téléphoné ? demanda Kopp.

Berti haussa les épaules, et cela pouvait signifier qu'il ne le savait pas ou qu'il refusait de le dévoiler.

— C'est une organisation puissante, internationale, une secte, j'en suis sûr, continua Kopp. Elle veut s'assurer l'appui de personnalités influentes. Vous êtes de celles-là. La maladie de votre enfant, c'est leur moyen de pression. Ils ont déjà fait cela avec d'autres. Parfois, ils favorisent une adoption. Tout cela, illégalement. Après, les gens sont entre leurs mains.

Romano Berti secoua la tête comme s'il refusait de croire ce que Kopp disait.

196

— Ils mutilent, ils tuent, ils volent des enfants pour en sauver d'autres, poursuivit Kopp. Ils organisent tout ce trafic. Cela leur donne un immense pouvoir. Vous pouvez comprendre cela, n'est-ce pas ? Et vous y opposer, ne pas accepter de vous soumettre. Il doit exister d'autres moyens pour sauver votre enfant.

Berti fit non. Il grimaçait. Il marmonna que son fils allait mourir. Qu'il y avait un tel manque d'organes à greffer que son enfant ne pourrait pas être opéré avant plusieurs mois. A ce moment-là, son fils serait mort.

— Vous comprenez ? dit-il en avançant le visage vers celui de Julius Kopp.

— Je peux dévoiler le marché, dit Kopp. Grandi est mort. Vous n'êtes plus sûr de rien. Qui le remplacera ? Vous êtes un homme public, Berti, vous avez des responsabilités.

Kopp, qui gardait les yeux fixés sur le visage de Berti, ne vit pas le mouvement de sa main droite. Berti l'avait plongée dans un des tiroirs, et maintenant il menaçait Kopp d'un pistolet. « Un Mauser, pensa Kopp, en bon état. »

— Fichez le camp, dit Berti, sinon je vous tue.

Kopp ne bougea pas. Romano Berti n'avait pas les réflexes d'un professionnel. Kopp estima qu'il pouvait le surprendre en se laissant tomber sur le côté et en lançant son pied en avant de manière à faire sauter le revolver de la main de Berti.

— Je vous tue ! hurla Berti en agitant son arme.

Kopp n'eut même pas besoin de basculer. Il donna un coup sec sur l'avant-bras de Berti qui se tenait trop près de lui et se saisit de l'arme.

— Calmez-vous, dit-il à Berti.

Il le força à s'asseoir, en serrant son poignet, puis il fit glisser le revolver sur le parquet jusqu'à l'autre bout du bureau.

— Parlons, monsieur Berti, dit-il. La maladie de votre fils, c'est quoi ?

Berti baissa la tête. « Le cœur », expliqua-t-il. L'enfant avait déjà subi plusieurs opérations, sans succès. Seule une transplantation cardiaque rapide permettait d'espérer une guérison.

— C'est ce que vous a proposé le professeur Grandi ? demanda Kopp.

Cela s'était fait de manière indirecte, expliqua Berti. Il avait été invité à donner une conférence à Zurich, dans le cadre d'un institut de recherche, une fondation.

— La World Health Foundation et le Centre d'initiation aux techniques et aux idées du futur, dit Kopp.

Berti ne parut même pas surpris d'avoir été devancé par Kopp. Il était effondré. Il reprit son récit. Il s'était confié, au cours du dîner, au directeur du centre, Hans Reinich, et celui-ci lui avait promis d'en parler à son ami, le professeur Grandi, de Rome.

— Je le connaissais de réputation, dit Berti.

Il hésita, puis avoua qu'il ne se serait jamais adressé à lui, car des bruits fâcheux avaient couru sur ses méthodes. Des gens avaient porté plainte. Mais le professeur Grandi avait téléphoné il y avait quelques semaines. Reinich l'avait mis au courant. Il pouvait, avait-il assuré, prévoir la transplantation en urgence. Il disposait d'une filière qui lui permettait d'accéder, dans des conditions un peu particulières — c'étaient ses termes — aux organes de jeunes enfants décédés.

— J'ai accepté le principe, dit Berti. Nous n'avions plus d'autre choix.

— En échange..., commença Kopp

Berti haussa les épaules. De l'argent, beaucoup d'argent.

— Combien ? insista Kopp.

— Trois milliards de lires, murmura Berti.

— Et puis...

Berti enfonça la tête dans ses épaules. Il devait

simplement — il répéta le mot — montrer de la compréhension envers les idées de la fondation, en favoriser la diffusion et la mise en application. Et aider les hommes qu'elle soutenait.

— Vous avez tout accepté ? demanda Kopp.

Berti ne répondit pas. Kopp se leva.

— Soyez prudent, dit-il à Berti.

Sur le seuil du bureau, il s'arrêta, regarda Romano Berti qui s'était effondré, la tête dans les bras.

— Ils sauvent votre enfant au prix de la mort d'un autre enfant, dit Kopp. Ne l'oubliez pas.

Il s'éloigna. Au bout du couloir, il écouta. Romano Berti sanglotait.

42

Sur le palier, devant la porte du bureau de Berti, Julius Kopp s'immobilisa entre les deux statues. Un bruit de moteur de voiture montait de la cour. Kopp aperçut, par l'une des fenêtres étroites qui donnaient dans l'escalier, la lueur des phares. Puis ce fut le silence et l'obscurité. Kopp prit son arme, s'approcha de la fenêtre. Il vit, arrêtée devant le porche, bloquant le passage, une Alfa-Roméo noire. Au même instant, il entendit un chuchotement dans l'entrée de l'escalier. Kopp se glissa le long des murs jusqu'à l'étage supérieur, à peine éclairé par les torches que portaient les statues du premier étage. Kopp s'accroupit dans l'ombre. Il distingua deux hommes. Ils montaient lentement l'escalier. L'un portait une casquette sans visière, en tweed, l'autre était tête nue. Il avait des cheveux très noirs, plaqués et brillants. L'homme se pencha au-dessus de la rampe pour regarder vers le deuxième et le troisième étage. Kopp se rejeta en arrière. Mais après quelques

secondes, il reprit sa position. Les deux hommes
étaient entrés dans le bureau de Romano Berti.

Kopp attendit en observant autour de lui. Le
palier était recouvert d'un tapis épais. Devant les
deux fenêtres qui se faisaient face, étaient disposés
des bacs contenant des plantes grasses. De part et
d'autre de la porte de l'appartement de Berti, deux
grosses amphores en terre cuite, cerclées de métal,
occupaient une large part du palier. Kopp colla son
oreille contre la porte, mais l'appartement paraissait
silencieux. Kopp se souvint que, dans le dossier
constitué par Laureen, il était indiqué que Romano
Berti vivait le plus souvent avec sa famille dans une
localité du sud-est de Rome, Frosirone, dont il était
l'élu. En quelques secondes, Kopp réussit à crocheter la porte, et il se glissa dans l'appartement. Il marchait précautionneusement : Berti et les deux
hommes se trouvaient exactement au-dessous des
pièces qu'il traversait. Le salon et la salle à manger
étaient encombrés de meubles lourds dont, dans la
pénombre, Kopp ne distingua que les volumes. Il ne
s'attarda pas dans la chambre, qu'occupait presque
entièrement un lit à baldaquin. Au-delà, dans une
pièce attenante, il découvrit un lit d'enfant et des
jouets. Il revint sur ses pas et il trouva enfin ce qu'il
cherchait, le bureau personnel de Romano Berti. Il
posa la lampe sur le sol, l'alluma. Les cloisons
étaient tapissées de livres reliés, des codes de procé-
dure, des recueils de jugements, deux encyclopédies
juridiques, des classeurs contenant des revues. Sur
une table basse que la chambre éclairait, Kopp
découvrit la photo d'un petit garçon de trois ou
quatre ans, le visage émacié, les joues et les tempes
creusées, les yeux enfoncés, et il en fut bouleversé. Il
commença à fouiller dans les tiroirs du bureau, tout
en se félicitant de ne pas être père et en regrettant
pourtant, avec presque un sentiment de honte, de
n'avoir jamais osé se lancer dans cette aventure, de
l'avoir toujours esquivée, choisissant de quitter rapi-

dement les femmes avant que des liens forts ne se nouent avec elles. Il avait rompu d'autant plus vite avec elles qu'il devinait qu'elles pouvaient être d'excellentes mères, qu'elles seraient comblées d'avoir un enfant de lui.

Dans le dernier tiroir, Kopp découvrit, au-dessous d'une série de dossiers qu'il venait de soulever machinalement, pensant à son attitude, imaginant ce que serait sa vie avec un enfant et une femme qui peut-être, comme Geneviève Thibaud, aurait déjà un fils de l'âge de Cédric, une chemise bleue marquée au nom d'Alberto Grandi.

Elle comptait une dizaine de feuillets. Berti avait dû chercher à savoir plus précisément qui était ce professeur Grandi qui se proposait d'opérer son fils. Kopp lut rapidement les copies d'articles élogieux présentant Grandi comme un chirurgien de génie, mais aussi comme un citoyen exemplaire, sachant prendre la défense de l'Italie lorsqu'elle était injustement accusée, comme dans cette affaire de disparition d'enfants. Mais le document le plus intéressant était le rapport d'un enquêteur, policier ou détective privé, du nom de Massimo Galleazzo, qui semblait avoir suivi Grandi pas à pas durant plusieurs jours. Il décrivait à « Monsieur l'Honorable Député Romano Berti » les soirées du lundi, le racolage des putains sur le viale Gabriele d'Annunzio et, comme s'il s'y était introduit, la garçonnière du *professore*, via delle Sette Sale. Mais surtout, il indiquait que Grandi se rendait régulièrement à Londres, 188, Regent Street, au siège de la World Health Foundation, et, à Zurich, Weinbergstrasse 27, dans les locaux de la même fondation, et ceux du Centre d'initiation aux techniques et aux idées du futur. L'enquêteur avouait qu'il n'avait pu exactement établir la nature des relations du *professore* avec ces institutions. Il se demandait si Grandi ne faisait pas partie d'une Loge secrète, identique à la Loge P2 qui avait longtemps rassemblé tous les hommes puissants d'Italie. Peut-être, suggérait Massimo Galleazzo, une loge internationale jouait-elle le même rôle à l'échelle du monde. Il avait surpris des bribes de conversation dans des conditions difficiles entre le professeur Grandi et l'un de ses interlocuteurs, un certain Hans Reinich, le président du centre d'initiation de Zurich. Ils faisaient, semblait-il, allusion à une organisation dont ils étaient l'un et l'autre membres, qu'ils appelaient OM et dont ils désignaient le chef sous le nom de MAM. L'enquêteur reconnaissait toutefois ne pouvoir, au sujet du sens de ces lettres, OM, et de ce mot, MAM — utilisé essentiellement par le professeur Grandi —, fournir aucune explication raisonnable. Mais le professeur Grandi paraissait jouir de moyens financiers considérables. Il était régulièrement protégé par des gardes du corps qui ne le quittaient que le lundi soir, et sans doute à sa demande expresse, compte tenu des activités auxquelles il se livrait alors. Sa clinique viale Gabriele d'Annunzio avait récemment été entièrement rénovée. Elle accueillait plusieurs enfants étrangers qui semblaient y séjourner longuement. L'équipe médicale comptait sept chirurgiens. L'assistant direct du professeur Grandi avait longtemps été un médecin canadien du nom de Silvère Marjolin, mais il paraissait avoir quitté ses fonctions.

Kopp se tassa sur lui-même. Il entendit deux bruits sourds et des éclats de voix. Il pensa aux deux hommes qu'il avait vus entrer dans le bureau de Romano Berti. Il y eut à nouveau des chocs, qui provenaient du premier étage. Kopp éteignit, glissa sous sa veste le rapport de Massimo Galleazzo, puis s'approcha de la fenêtre. Au bout de quelques instants, il vit les deux hommes traverser la cour et monter dans l'Alfa-Roméo, qui recula sous le porche. Les phares crevèrent l'obscurité de la cour, faisant ressortir les contours des pierres de la façade et les pavés de la cour. C'était une lumière dure, et

Kopp eut le pressentiment que les deux hommes avaient tué Romano Berti.

Il ne se pressa pourtant pas de quitter l'appartement. Il ralluma la lampe de bureau, regardant longuement le portrait de l'enfant. Puis il descendit au premier étage.

La porte du bureau était soigneusement fermée. Les deux hommes avaient pris soin d'éteindre toutes les lumières. Dans la pièce située au fond du couloir, là où Kopp avait aperçu pour la première fois Romano Berti, Kopp devina le corps du député. Il alluma. Le torse de Berti était appuyé au rebord du bureau. Le bras gauche, allongé, couvrait les dossiers ouverts. Le bras droit était replié. La main tenait le Mauser avec lequel Berti avait menacé Julius Kopp, il y avait seulement quelques dizaines de minutes. L'arme était dirigée vers la bouche de Berti, qui n'était plus qu'une grosse plaie rouge. La mise en scène était grossière. On avait maquillé, sans se soucier de la vraisemblance, le crime en suicide. Les deux tueurs devaient avoir l'assurance que la justice et la police se contenteraient de ces apparences.

Kopp pensa que l'organisation avait sans doute compris que la sacoche de Grandi avait été vidée. Peut-être les passagers de l'Alfa-Roméo que Kopp avait vus remonter la via Nomentana vers la villa de Marco Valdi étaient-ils les mêmes tueurs qui venaient d'exécuter Berti. Mais alors, ce n'était pas Marco Valdi qui avait averti l'organisation, la secte, de la visite de Kopp...

Kopp saisit le téléphone, composa le numéro de Valdi que Laureen avait consciencieusement relevé.

Une voix d'homme.

— Valdi ? Marco Valdi ? demanda Kopp.

— Qui êtes-vous ?

Une voix de flic, bourrue et tendue. La question d'un flic encore sous le choc de ce qu'il venait sans doute de découvrir.

— Ils sont morts ? demanda Kopp.

Le flic dut être si surpris par ces mots, qu'il bredouilla à nouveau : « Qui êtes-vous ? »

Kopp raccrocha. Il fallait qu'il quitte les lieux rapidement. La police italienne avait peut-être déjà installé un dispositif qui permettait de situer l'origine des appels qui parvenaient à la villa de Marco Valdi.

Avait-on tué l'enfant, Piero, aussi ? Avait-on tué le chien aux longs poils jaunes ?

Kopp se reprit. Il appela chez Giuseppe Cardo. Peut-être les tueurs n'y étaient-ils pas encore arrivés.

Kopp reconnut la voix de Mme Cardo, et il entendit les rires de sa fille. Il revit l'appartement blanc.

— Quittez les lieux avec votre fille, dit-il. Vite. Ne prenez rien. Fichez le camp, répéta-t-il avec violence. N'emportez rien. On veut vous tuer. Avertissez votre portier, qu'il alerte la police. Il y a des tueurs qui vous cherchent.

Mme Cardo haletait.

— Vous avez compris ? hurla Kopp. Tout de suite !

— Mon mari..., commença Mme Cardo.

— Tout de suite ! cria-t-il.

— Oui, oui.

Il raccrocha. Peut-être celles-là seraient-elles épargnées. Peut-être.

43

Kopp quitta Rome le lendemain matin par la route. Il comptait arriver à Zurich en fin de journée. Alexander avait été prévenu par Laureen. Il retrouverait Kopp au Rieter Park, proche de l'hôtel Sole, dans le quartier de l'Enge, là où ils s'étaient rencontrés lors du premier séjour de Kopp à Zurich.

« Il peut dire des choses », avait précisé Laureen à Kopp au cours de leur brève conversation téléphonique. Puis, plus bas, elle avait ajouté : « Je crois qu'il t'attend avec impatience. Je pense que la pêche a été bonne. »

« On verra », avait répondu Julius Kopp avant de raccrocher.

Il ne pouvait plus être optimiste ni même confiant. Il était toujours aussi déterminé, aussi convaincu qu'il s'agissait pour lui d'un défi majeur. Mais il mesurait la disproportion des moyens. Ses adversaires n'avaient pas eu tort, dans leur lettre. Kopp ne disposait que de la petite équipe de l'Ampir. Les autres, la « secte », l'organisation, paraissaient n'avoir aucune contrainte. Ils semblaient à Julius Kopp plus redoutables que la mafia, plus secrets. Ils avaient la cruauté de la Pieuvre, puisque c'était ainsi qu'on désignait parfois la mafia, mais leur intelligence, leur perversité, leurs ramifications, leurs complicités, Kopp les jugeait plus complexes, plus redoutables.

Dans la soirée, après avoir quitté le bureau de Romano Berti, Kopp s'était rendu au domicile de l'enquêteur Massimo Galleazzo, qui avait remis à Berti ce rapport sur le professeur Grandi. Il habitait, sur la rive droite du Tibre, un immeuble de la via Cicerone. Bien qu'au-dessus du porche on pût lire *Palazzo Cavour*, la construction était modeste, le crépi ocre de la façade écaillé. Des enfants, malgré l'heure avancée de la soirée, jouaient bruyamment dans la cour intérieure mal éclairée. L'appartement de Galleazzo était situé au troisième étage.

Kopp avait sonné longuement, et quand on lui avait ouvert, il n'avait pas même eu de questions à poser. La femme était vêtue d'une robe noire. Elle avait le visage creusé par le chagrin. Ses cheveux dénoués tombaient, raides, sur ses épaules.

Kopp avait hoché la tête d'un air compréhensif.

— Est-ce qu'on les a trouvés ? avait demandé la

femme. C'est injuste, avait-elle continué d'une voix lasse, sans même attendre sa réponse. Ce sont des assassins. Ils écrasent, ils s'enfuient, et, quand on les trouve, on les relâche tout de suite. Ils n'ont qu'une amende. Vous êtes qui ? L'assurance, ou la police ?

Elle avait secoué la tête.

— Je ne sais plus l'heure ni le jour.

Kopp était resté sur le palier. Il en savait assez. Massimo Galleazzo avait dû être renversé par une voiture, comme le roller de New York.

— Il vous a parlé de l'enquête qu'il menait pour le député Berti ? avait demandé Kopp.

Elle avait haussé les épaules.

Elle ignorait ce que son mari faisait. Mais il était nerveux, ces derniers jours. Ça lui arrivait lorsqu'il trouvait des choses importantes. Quand on l'avait renvoyé de la police parce qu'il avait dénoncé son patron, qui était acheté, il était déjà comme ça. Il devait être réintégré, à ce qu'il disait. Et puis, il était arrivé ça. Les policiers avaient dit qu'il s'agissait seulement d'un accident et non d'une vengeance, comme la femme l'avait imaginé au début. Et lui, il craignait qu'on le tue. Il répétait qu'il s'approchait de quelque chose de terrible, qu'on le tuerait si on savait ce qu'il avait découvert.

Kopp n'avait pas insisté et, tout à coup, avait laissé la femme, interloquée, qui continuait de parler seule, égrenant les mots comme des grains de chapelet.

Kopp s'était garé loin de son hôtel. Il était trop tard pour dîner sur la terrasse-patio. Il avait commandé au *room-service* une salade, un assortiment de fromages, une tarte et une bouteille de bourgogne, qu'il avait bue les yeux mi-clos, somnolant jusqu'à tard devant la télévision.

A l'ouverture de l'un des journaux de la nuit, le présentateur avait annoncé le suicide de « l'honorable député Romano Berti, l'une des personnalités les plus marquantes du monde politique ». Il avait exa-

206

miné toutes les hypothèses, cependant que défilaient les images de la carrière politique du jeune leader de centre gauche. Le suicide était-il lié à la vie politique ou, au contraire, comme cela semblait plus probable, aux problèmes privés du député ? Son fils, auquel il était très attaché, était atteint d'une maladie que l'on disait incurable. Romano Berti en était très affecté, même si, depuis quelques jours, ses amis proches l'avaient trouvé plus optimiste.

Kopp avait mal dormi, et s'était présenté le premier dans la salle où l'on servait le petit déjeuner. Il avait pris *La Repubblica* parmi les quotidiens déposés près du buffet. La première page du journal était illustrée par la photo d'un chien jaune seul dans un parc. « Le survivant du massacre », précisait la légende. Des bandits avaient été surpris alors qu'ils dévalisaient une villa via Nomentana. Ils avaient, avant de s'enfuir, tué Marco Valdi, le propriétaire — directeur d'une importante compagnie d'assurance —, sa femme et leur fils Piero. Marco Valdi avait sans doute tenté de se défendre et c'est ce qui avait dû provoquer la tuerie.

Au bas de la page, le journal annonçait le suicide du député Romano Berti. Le journaliste faisait l'éloge de cet homme intègre qui avait commencé d'apporter un souffle nouveau à la vie politique italienne. La quatrième page du journal rappelait toutes les étapes de son ascension.

En page sept, on célébrait la mémoire du professeur Alberto Grandi, décédé chez lui à cinquante-sept ans d'une crise cardiaque. Ce spécialiste mondialement connu de la pédochirurgie avait fait de la clinique Grandi, viale Gabriele d'Annunzio, l'un des centres mondialement réputés pour tout ce qui concernait les greffes d'organes.

Kopp avait but lentement son café, mais il n'avait pas même essayé d'avaler une bouchée.

44

Julius Kopp se recroquevilla dans sa voiture. Il pouvait voir à la fois l'entrée du parc de l'hôtel Sole et celle du Rieter Park. Au loin, vers le Zurich See, les lumières des quais s'allumaient. Il baissa légèrement la vitre afin que la fumée du deuxième cigare qu'il fumait pût s'échapper. Voilà deux heures qu'il attendait Alexander. Il y eut un bruit de pas, puis une voiture passa. Chaque fois, Julius Kopp sursautait et il s'en voulut de ce mouvement d'impatience. Il essaya une fois de plus de téléphoner à Laureen. Il l'avait déjà appelée, après une heure d'attente, parce que l'inquiétude commençait à l'envahir.

— Il n'est pas là, avait-il dit seulement.

— Il a confirmé ce matin, avait répondu Laureen.

Kopp avait coupé la communication en enfonçant l'antenne télescopique d'un coup sec. Cette fois-ci, il mit du temps à obtenir la ligne. Quand les deux lettres indiquant qu'il pouvait composer le numéro s'affichèrent, il soupira comme s'il était délivré de son angoisse. Décidément, il était inquiet. Et il se le reprochait. Alexander était un homme intelligent, habile, perspicace. Zurich n'était pas l'une de ces villes où l'on peut commettre impunément n'importe quel forfait. C'était le cœur de l'Etat le plus policé, le plus tranquille du monde.

— C'est moi, dit Kopp.

— Toujours pas là ? interrogea Laureen.

— Rien.

— J'appelle chez lui ? demanda-t-elle.

— Pas question, fit Kopp, et il déconnecta l'appareil.

Il n'avait plus qu'à attendre, puisqu'il n'avait pas respecté les consignes qu'il avait lui-même tant de fois rappelées à tous les membres de l'Ampir. Ne pas s'attarder plus de deux minutes au-delà de l'heure fixée pour un rendez-vous. Et ne pas se trouver au point de rencontre plus de deux minutes avant l'heure. Cela faisait au total quatre minutes de tolérance. « Au-delà, avait répété Kopp, on vous voit. Et on peut payer de sa vie la cinquième minute. » Et cependant, il avait, avant de s'installer dans sa voiture, parcouru en tous sens les allées du Rieter Park, puis les rues qui entouraient le parc de l'hôtel Sole, la Seestrasse, la Scheldeoastrasse, la Gablestrasse. Il avait interrogé le réceptionniste de l'hôtel. Démarche stupide et imprudente. Personne ne l'avait demandé. Mais ç'avait été pour Kopp une manière de ne pas rester inactif. A la fin, il avait déplacé sa voiture, la garant de façon à pouvoir surveiller l'hôtel, le Rieter Park et leurs abords. Puis, pour se calmer, il avait commencé à fumer, un premier, puis un second cigare.

Il se mit à somnoler dans la nuit qui était tombée. Il ne cherchait même plus à savoir pourquoi il s'obstinait à attendre. Il aurait pu tout simplement remonter dans sa chambre. Mais c'était ainsi. Il ne s'opposait jamais à une intuition forte, même lorsqu'elle paraissait complètement folle. Il était persuadé qu'il existait une logique enfouie à laquelle il fallait se soumettre. Il devait attendre Alexander. Il l'attendait.

Et tout à coup, Kopp se redressa, jura, et démarra. Les grandes avenues étaient désertes. Il accéléra, abandonnant les bords du lac, prenant la Alfred Escherstrasse, puis la Kasernenstrasse qui conduisait à la Hauptbahnhof. Il contourna la gare, devant laquelle se tenaient quelques groupes de jeunes gens dépenaillés. Certains étaient allongés à même les trottoirs. Mais une fois qu'il eut rejoint la rive droite de la Limmat, la ville était à nouveau vide, comme abandonnée aux lumières jaunes des lampadaires.

Julius Kopp passa une première fois devant le 27 de la Weinbergstrasse. La devanture était vivement éclairée et ressemblait à celle d'une boutique présentant ses ordinateurs soigneusement installés en longues rangées. Il aperçut quatre ou cinq jeunes gens qui, en salopettes jaunes, s'affairaient, munis de balais et de chiffons. Le reste de l'immeuble était plongé dans l'obscurité. Kopp roula jusqu'à un grand parking au bout de la rue, fit demi-tour et s'assura, en passant une deuxième fois devant le numéro 27, qu'à l'exception de cette activité de nettoyage, tout était calme.

Alexander logeait dans l'appartement que Kopp avait repéré lors de son séjour à Zurich, et qui était situé presque en face du numéro 27. Kopp s'imposa de rouler à nouveau jusqu'au parking, y laissa sa voiture, et revint rapidement à pied. Il avait cédé à une intuition. Elle avait fait son chemin en lui pendant qu'il somnolait dans sa voiture, en face de l'hôtel Sole, et était devenue impérieuse comme une certitude. Il devait se rendre chez Alexander.

Maintenant, il montait les escaliers de l'immeuble dans l'obscurité.

Alexander logeait au troisième étage. Kopp éclaira le palier avec plusieurs allumettes, écouta. L'appartement paraissait vide. Kopp réussit facilement à ouvrir la porte. La lueur de la Weinbergstrasse se répandait dans l'entrée et un salon sommairement meublé d'une table basse et d'un canapé. Kopp jeta un coup d'œil dans la cuisine. Il restait une porte, celle de la chambre, sans doute donnant dans le salon. Kopp l'entrebâilla. Il aperçut, dans la lumière jaune des lampadaires, le visage d'Alexander. Les yeux étaient à demi fermés, la bouche entrouverte, le bras droit pendait hors du lit. Le corps n'était pas dévêtu. Alexander portait un costume croisé et sa cravate était nouée.

Kopp, durant quelques longues secondes, pensa qu'on l'avait tué. Mais Alexander respira bruyamment, se retourna, soulevant son bras. Kopp l'injuria à voix basse. Cet abruti s'était endormi et avait laissé passer l'heure du rendez-vous. Kopp s'approcha, le secoua en lui serrant l'épaule, mais Alexander se contenta de geindre. Il sembla à Kopp qu'Alexander avait maigri. La peau de son visage était blafarde. Il avait des cernes sous les yeux, et tout son corps donnait une impression de fatigue. Kopp le souleva, l'assit en l'appuyant contre la cloison. Alexander était sous l'effet d'un somnifère ou d'une drogue. Sa tête retomba sur l'épaule, puis ballotta de gauche à droite. Kopp lui donna de légères tapes sur les mains et les joues, sans qu'Alexander ouvrît les yeux. Il s'y essaya pourtant, comme si la conscience lui revenait un peu. Kopp l'allongea à nouveau, puis se rendit dans la cuisine. Il fit un café très fort. Lorsqu'il entra dans la chambre, Alexander s'était redressé et, le visage crispé, tentait de se réveiller.

— Buvez, dit Kopp.

Il lui fit avaler une grande tasse de café brûlant, puis une seconde.

Alexander frissonna, secoua la tête avec une expression de dégoût, puis se pressa les tempes avec les paumes et ouvrit enfin les yeux, les refermant presque aussitôt, comme si la lumière, pourtant faible, qui venait de la rue, l'éblouissait. Kopp lui présenta une troisième tasse de café, et il comprit qu'Alexander était sorti de sa léthargie quand celui-ci prit la tasse en murmurant : « Laissez, je vais me débrouiller. » Alexander but à petites gorgées en grimaçant, puis il se leva, sortit de la chambre en titubant, et Kopp entendit l'eau couler dans la salle de bains. Au bout d'une quinzaine de minutes, qui furent pour Kopp les plus longues qu'il ait vécues depuis le début de la soirée, Alexander reparut. Il s'était changé, portait une chemise blanche à col ouvert, et il avait rejeté ses cheveux trempés en arrière. Son visage avait retrouvé sa vivacité habituelle, même s'il avait le regard encore voilé.

— Ce soir, ils m'ont eu, dit-il en s'asseyant sur le lit en face de Kopp. Chaque fin de journée, notre Berger...

Il se mit à rire.

— Oui, notre Berger, je parle comme ça maintenant.

Il s'interrompit.

— Donc, notre Berger m'a personnellement tendu un verre de ce qu'ils appellent l'Eau du Savoir. Il existe bien l'eau-de-vie, non ? Impossible de ne pas accepter. Les soirs précédents, je me débrouillais pour jeter le contenu du verre. Je ne sais pas si notre Berger l'a compris, mais là, il m'a surveillé. Pas d'autre issue que de boire. Je ne pensais pas que l'effet serait aussi fort. J'étais persuadé que je supporterais ça et que je pourrais me rendre à notre rendez-vous. Je suis monté ici. Ils conseillent d'ailleurs de se coucher dans la demi-heure qui suit l'ingestion de l'Eau du Savoir. « C'est à cette condition, expliquent-ils, qu'elle peut réellement agir sur le cerveau et l'âme. » Je cite, dit Alexander en écartant les bras. Je ne peux pas dire à quel moment j'ai perdu conscience. Cela s'est fait en douceur. Je n'ai ressenti aucun malaise. Les choses se sont peu à peu effacées. J'ai dû tout naturellement m'allonger.

Il haussa les épaules.

— Je ne suis pas mal, d'ailleurs, et ceux qui en boivent tous les soirs sont dispos le matin, je les ai observés. Ce sont les centres de la volonté qui sont atteints. Ils sont particulièrement serviles, je les ai imités, parce que les Bergers sont à l'affût. On les trompe difficilement.

— Qu'est-ce que c'est que cette histoire ? dit Kopp. Si vous mettiez un peu d'ordre dans tout ça ?

Kopp sentit qu'il continuait d'être imité par Alexander, qu'il lui en voulait de l'ironie, du détachement et du sang-froid que celui-ci avait retrouvé.

— Je vous ai attendu, dit Kopp. Quatre heures, je crois. Finalement, je suis revenu ici. L'intuition. Mais c'est imprudent.

Alexander écarta de nouveau les bras. A son avis, les Bergers ne soupçonnaient rien, même s'ils étaient pointilleux, méfiants, attentifs à chaque détail, excluant très vite de la formation ceux qui leur paraissaient inaptes ou suspects.

— Je vous ai demandé de mettre de l'ordre dans votre récit, répéta Kopp avec impatience.

— L'ordre... vous ne pouviez pas choisir un mot plus juste, répondit Alexander en se levant pour marcher jusqu'à la fenêtre. L'Ordre, c'est le mot que les Bergers emploient à chaque phrase. Ordre mathématique, ordre informatique, ordre logique, ordre du monde, obéir aux ordres, donner des ordres, imposer l'ordre, retrouver l'ordre.

Alexander retourna s'asseoir en face de Julius Kopp.

— Voilà, dit-il en se penchant vers Kopp, c'est, à n'en pas douter une secte. Comme vous l'aviez pensé. Toutes les institutions, la World Health Foundation, le John Woughman Institute, etc., sont des paravents, des structures légales. Elles permettent de mettre en place des centres de recrutement et de formation comme celui de Zurich, Centre d'initiation aux techniques et aux idées du futur. On attire des jeunes gens. On les trie. On retient ceux qui sont doués et dociles. On les endoctrine. On les épuise par un dressage informatique intensif qui les laisse brisés au terme de chaque journée. Et pour finir, on les force chaque soir à boire l'Eau du Savoir, des « vitamines », leur dit-on, qui dopent le cerveau et leur assurent une efficacité extraordinaire. Ils s'imaginent qu'ils sont devenus des voyants, des génies. En fait, ils sont anéantis dès qu'ils quittent le centre.

Ils ne peuvent plus rien faire des quelques heures de liberté dont ils disposent. Vous avez vu dans quel état j'étais ? J'ai compris ça dès le premier jour, et je me suis débrouillé pour ne pas boire leur élixir. Ce soir, je n'ai pas pu. C'est une fâcheuse coïncidence. Vous avez attendu quatre heures, c'est beaucoup plus que les quatre minutes de tolérance, n'est-ce pas ?

— Les Bergers..., commença Kopp.

— Nous sommes le troupeau, dit Alexander. Nous nous arrachons peu à peu, grâce à nos Bergers, au chaos. Nous échapperons ainsi au cataclysme, à la fin du monde. Nous serons admis dans la Nouvelle Arche. Nous devenons peu à peu les Fidèles du Savoir, ou les Corps Fidèles, c'est l'une ou l'autre appellation. Cela suppose que nous maîtrisions les lois qui régissent l'univers. Et voilà pour l'informatique. Il y a un ensemble de logiciels, de tests, de jeux de progression, de jeux de rôles, d'épreuves. Au fur et à mesure, on élimine les inaptes ou les rebelles. Quinze heures de formation et de manipulations informatiques par jour, vous imaginez ? Répétitions sans fin, endoctrinement par obligation de rentrer dans les circuits, de choisir entre des réponses déjà formulées et allant toutes dans le même sens. On reprend les thèmes des textes que je vous ai transmis. Il existe deux types de vivants, les Fidèles du Savoir, les Corps Fidèles, d'un côté — et la masse informe, une espèce inférieure, de l'autre côté. On devient homme en devenant Fidèle du Savoir. On offre son âme et son corps, son savoir et sa chair en échange de la connaissance, de l'initiation aux lois de l'Ordre. Les Bergers donnent un triple sens à ce mot. Il faut rétablir l'ordre contre le chaos, pour cela il faut organiser un ordre, c'est la secte et obéir à l'Homme Suprême, qui a découvert les lois de l'Ordre, créé l'Ordre et le gouverne.

Alexander s'interrompit, se massa les tempes et le front.

— Cette Eau du Savoir, murmura-t-il, il faudrait l'analyser. C'est une drogue douce, mais pénétrante. Je sens là — il se toucha la nuque — comme une disparition de mon pouvoir de décision et de résistance.

— Vous ne semblez pas mal, dit Kopp, vous n'êtes visiblement guère atteint.

Alexander sourit, pencha la tête d'un air satisfait. Il sembla à Kopp qu'il cherchait à être rassuré, et souhaitait que Kopp l'encourage.

— Ce que vous faites est essentiel, ajouta Kopp. Il faut que vous vous accrochiez.

Alexander approuva d'un mouvement de tête.

— L'Homme Suprême, donc, reprit-il, au sommet. Evidemment, il faut le vénérer, mais sans le connaître. Aucune question ne doit être posée à son propos. Nous savons qu'un Homme Suprême existe, qu'il a mis au jour ce qu'ils appellent le système nerveux de Dieu, son Grand Ordinateur. L'Homme Suprême a donc été choisi pour organiser, ordonner le monde selon ce plan divin qui est contenu dans un réseau informatique.

Alexander fit une grimace.

— C'est à la fois fou et terriblement simpliste, dit-il, mais les gens y croient. On leur apprend une technique, ils franchissent des degrés. Les Bergers les encadrent, les stimulent, les flattent, ils ont le sentiment d'être à part, de constituer une élite. Ils deviennent vite des Fidèles du Savoir et des Corps Fidèles. Ils sont mûrs pour l'obéissance aveugle et le fanatisme.

Alexander fit un mouvement du bras.

— Les autres, ceux qui n'appartiennent pas à l'Ordre, ne valent pas plus que des insectes. Aussi nuisibles qu'eux. Il faut que le tri s'opère. Il y a ceux qui se présentent spontanément, un peu par hasard, c'est mon cas. Il y a ceux qu'on choisit, qu'on félicite, qu'on paie, qu'on pousse en avant, qu'on aide durant leurs études, s'ils sont inscrits à l'université, à la condition qu'ils se soumettent en permanence aux ordres des Bergers.

— Surtout des étudiants en médecine ? fit Kopp.

Alexander approuva.

— Presque un sur trois. J'ai l'impression que

ceux-là ne restent pas longtemps Fidèles du Savoir, ils passent au grade supérieur, ils deviennent Bergers.

— Et au-dessus ? demanda Kopp.

Alexander répondit d'une grimace dubitative. Il ne pouvait encore donner de précision. Le cloisonnement était une des règles les plus strictes de l'organisation, mais en même temps, il n'était pas difficile de connaître les identités de ceux qui suivaient la formation. Au début, personne ne songeait à dissimuler son nom. Même maintenant, les gens croient encore suivre un cours de spécialisation, d'initiation aux techniques et aux idées du futur.

— Et les Bergers ? interrogea Kopp.

— Ils ne se cachent pas, dit Alexander. Ils se présentent comme des ingénieurs-formateurs.

Kopp pensa à Van Yang, qu'il avait blessé sur la route, après Chur, et dont il avait pris les papiers.

— Kurt Bayer ? demanda-t-il en se souvenant du nom du fondé de pouvoir de la European Kredieten Bank. Hans Reinich ? Le directeur du centre ?

Alexander n'avait jamais rencontré Reinich ni entendu prononcer le nom de Bayer, mais un homme présenté comme un banquier zurichois leur avait fait un exposé pour expliquer comment l'argent devait être subordonné à l'instrument de l'Ordre. Et c'est pourquoi l'une des premières preuves de la soumission des Fidèles était de confier leurs biens aux Bergers qui le géraient dans l'intérêt de l'Ordre.

— Bayer, répéta Kopp.

— Heureusement, dit Alexander sans relever les propos de Kopp, je suis un étudiant pauvre. Mais — il sourit — doué. Obéissant, passionné par l'ordre informatique, et soucieux de vénérer l'Homme Suprême. Je les intéresse.

Alexander réfléchit.

— C'est comme si John Woughman s'était pris

pour Dieu et que l'Homme Suprême soit son représentant sur terre.

— Des trafics ? demanda Kopp.

Alexander était incapable de répondre. Mais il
existait des centres d'initiation aux techniques et aux
idées du futur un peu partout dans le monde, en
Angleterre, en Allemagne, à Tokyo, Moscou, Hong-
Kong, et les échanges informatiques étaient denses
avec les Etats-Unis et l'Amérique latine.

— Ne soyez pas trop Corps Fidèle ou Fidèle du
Savoir, dit Kopp en se levant.

Alexander le raccompagna jusqu'à la porte.

— Tout homme a besoin d'une foi, d'un dieu, vous
ne croyez pas ? demanda Alexander.

Kopp s'arrêta, le dévisagea.

— Je plaisante, murmura Alexander.

45

Sur l'autoroute, à la sortie de Bâle, Kopp, au poste
frontière français, s'étonna de l'attitude du douanier.
Il avait laissé passer sans même paraître les regarder
les autres véhicules, mais il arrêta celui de Julius
Kopp. D'un geste autoritaire, il lui intima l'ordre de
se garer sur le parking, situé à droite du poste.

Kopp observa l'homme dans le rétroviseur. Le
douanier fit le tour de la voiture, puis retourna dans
le bâtiment, téléphona sans doute le numéro
d'immatriculation, et revint d'un pas rapide vers
Kopp, en lui ordonnant, avec de grands mouvements du bras, de quitter sa voiture.

Kopp hésita quelques secondes. Il pensa que sa
voiture de location, immatriculée à Rome, avait
peut-être attiré l'attention. Les gens de la secte
l'avaient peut-être dénoncé. Il devait leur être facile

de trouver des témoins prêts à jurer qu'on l'avait vu malmener Grandi ou, pourquoi pas, tuer Romano Berti. Kopp joua avec ces hypothèses, qui lui parurent au bout du compte absurdes. La secte n'avait aucun intérêt à ce qu'on revienne sur ces décès, qui avaient déjà été officiellement expliqués par un arrêt cardiaque et un suicide.

Kopp tarda ainsi à descendre, et le douanier, qui s'était approché, commença à le houspiller. « Vous refusez ? Je vous ai demandé de sortir de votre véhicule et... » Quand Kopp ouvrit la portière, le douanier recula comme s'il avait craint que Kopp ne lui saute dessus. Que signifiait ce comportement étrange ? Kopp s'appuya nonchalamment à la carrosserie de sa voiture. Il savait donner l'apparence du calme.

Il avait roulé tranquillement depuis Zurich.

Il était parti aussitôt après avoir quitté Alexander, ne s'arrêtant à l'hôtel Sole que pour récupérer son sac et régler sa note, puis il avait pris la route de Bâle. S'il était las de conduire, s'était-il dit, il emprunterait un vol pour Paris à l'aéroport de Bâle-Mulhouse. Mais il avait été heureux de pouvoir traverser cette zone de collines verdoyantes et d'emprunter des autoroutes quasi désertes. Le jour s'était levé. La brume s'effilochait le long de la chaussée en lentes volutes grises. Kopp avait encore ralenti, la vitre baissée.

C'était le moment de faire le point.

Alexander avait été efficace. Il fallait le soutenir, ne pas le découvrir pour lui permettre de pénétrer plus avant dans les rouages de la secte. Si, au-dessus des Fidèles du Savoir et des Corps Fidèles, existaient les Bergers, ceux-ci à leur tour devaient être contrôlés par un degré supérieur. La structure de la secte devait être hiérarchisée, avec, à son sommet, l'Homme Suprême. Celui-ci était peut-être ce « chef » dont, selon le rapport établi par le malheureux Massimo Galleazzo, Grandi et Hans Reinich faisaient état dans leurs conversations. Grandi avait employé le mot de MAM. Un mot mystère. Quant aux deux lettres O et M présentes sur les documents que Roberto avait trouvés dans la sacoche du professeur Grandi et que mentionnaient aussi Reinich et Grandi, elles désignaient la secte ou l'un de ses échelons. Il s'agissait bien d'une organisation internationale. Alexander le confirmait. Mais il n'avait fourni aucune indication sur ce trafic d'organes, de corps d'enfants, dont Kopp ne doutait plus, après avoir rencontré Mme Cardo, Marco Valdi et Romano Berti. Ces deux derniers avaient payé de leur vie le fait d'avoir été identifiés par Kopp. Mme Cardo et sa petite fille avaient-elles survécu ? Le journal ne faisait aucune allusion à elles mais était-ce le signe qu'elles avaient réussi à disparaître ? Kopp, de manière lancinante, s'était posé la question tout au long du trajet.

Souvent, au souvenir de Mme Cardo et de l'enfant s'était substitué celui de Geneviève Thibaud et de son fils. A ces moments-là, Kopp accélérait pour quelques kilomètres, comme pour manifester la hâte, le désir qu'il avait de les revoir. Puis il reprenait le cours de ses pensées, essayant d'imaginer le fonctionnement de cette organisation, la fascination que devait exercer sur les esprits — peut-être même sur celui d'Alexander — la combinaison entre des techniques et des savoirs scientifiques comme l'informatique avec toutes ses possibilités, son instantanéité, son immatérialité — ne parlait-on pas d'« intelligence artificielle » —, les possibilités de communication infinies qu'elle offrait, d'une part, et la construction d'une foi, d'une mystique, d'autre part. Après tout, si l'ordinateur reproduisait les connexions d'un cerveau humain, pourquoi les ramifications infinies, la complexité croissante du réseau de communication mondiale, Internet ou autre, ne seraient-elles pas à l'image du cerveau créateur, de Dieu ? Il aurait donné à quelques-uns, devenus ses prêtres, le pouvoir de comprendre, et de le servir, et aurait fait de l'Homme Suprême son représentant. Qu'étaient la vie, le corps et les organes des malheureux qui ne faisaient pas partie de cet Ordre ? De la matière première animée, qu'on pouvait supprimer, mutiler, greffer.

Quel monde implacable, fanatique, fou, préparait cette secte ! Le racisme, le nazisme apparurent tout à coup à Kopp, quand il les compara à ce qu'il pressentait des intentions de cette organisation, comme des ébauches grossières, chaotiques de ce que la secte était en train d'élaborer.

Kopp avait traversé Bâle avec ces pensées en tête, arrivant enfin dans ce labyrinthe de bretelles d'autoroute au centre duquel se trouvait le poste frontière français.

— Vous ne bougez pas, dit le douanier, tandis qu'un de ses collègues se rapprochait de la voiture.

Kopp, les bras croisés, s'efforça de sourire. Au ton du douanier, à sa nervosité, à la manière dont il se précipita vers le poste quand la sonnerie du téléphone retentit, Kopp devina des consignes précises. Son interpellation ne devait rien au hasard. On avait dû le signaler comme un suspect dangereux. Kopp nota que le deuxième douanier avait posé la main sur l'étui de son revolver et ne le quittait pas des yeux pendant que son collègue téléphonait dans le bâtiment.

— Qu'est-ce qui se passe ? demanda Kopp sans bouger.

Le douanier, d'un mouvement de tête, montra son collègue qui avait raccroché et revenait vers eux. Kopp nota aussitôt que son attitude avait changé. Il sautillait presque joyeusement en revenant vers lui. D'un geste, il invita le second douanier à rentrer dans le poste. Kopp s'avança et le douanier ne fit aucune remarque. Il sourit, dit à Kopp qu'ils allaient ensemble se rendre à la gendarmerie, où on l'attendait. Il expliqua que Kopp devait rouler derrière lui.

Et il s'excusa : la voiture de l'administration n'était pas rapide.

— Si je refuse ? murmura Kopp avec un demi-sourire.

Le douanier haussa les épaules, comme s'il s'agissait d'une hypothèse absurde. Il fit quelques pas, s'arrêta.

— Vous êtes un peu de la famille, non ?

Kopp grogna, monta dans sa voiture. C'était donc la Maison qui s'intéressait à lui. Autant suivre le douanier. Il perdrait moins de temps. Kopp ne reconnaissait aux hommes des services de renseignement qu'il avait côtoyés durant plus d'une décennie, que deux qualités : la mémoire et l'obstination. S'ils avaient décidé de prendre contact avec lui, de l'interroger, ils ne le lâcheraient pas.

— Je vous suis, dit-il au douanier.

La campagne était paisible, mais le ciel orageux.

46

Julius Kopp reconnut aussitôt Pierre Vernes, qui se tenait debout, appuyé à la baie vitrée.

Lorsque le capitaine de gendarmerie avait ouvert la porte du bureau puis s'était effacé pour laisser entrer Julius Kopp, Vernes avait légèrement pivoté, restant appuyé à la vitre par l'épaule. Kopp se souvenait. Vernes était celui que les agents de renseignement de retour de mission appelaient avec irritation et respect le « Seigneur du debriefing ». Il les recevait dans son bureau plongé dans la pénombre. Il était assis de trois quarts. Il tenait un long crayon avec lequel il soulignait d'un nouveau trait les questions qu'il venait de poser pour la quatrième ou cinquième fois, ne se contentant jamais de réponses vagues. Il voulait des détails, tous les détails, répétait-il d'une voix lente.

Ce profil régulier — ce menton prononcé, ce nez droit, le front haut et légèrement bombé qui se découpaient sur la vitre, au premier plan de ce paysage de collines qui passait, au gré des nuages, de l'ombre à la lumière — était bien celui de Pierre Vernes. Si Vernes s'était déplacé, pensa Kopp, cela signifiait que, pour la Maison, l'affaire était importante. Kopp, sans attendre que Vernes l'y invitât, s'assit.

Il était partagé entre la colère et la satisfaction. Ces messieurs, ces fonctionnaires de la DGSE, allaient lui donner une fois de plus des conseils de prudence et en même temps essayer d'utiliser ce qu'il avait découvert. Mais ils étaient bien contraints d'admettre, et la présence de Vernes le confirmait, que Kopp était un professionnel efficace et pas seulement un aventurier avide d'honoraires auquel ils avaient parfois fait sentir leur mépris. « Quand on est pénétré de l'éthique du service, on ne quitte pas l'armée pour ouvrir une boutique, une sorte d'épicerie du renseignement », avait dit Pierre Vernes lorsqu'il avait appris la démission du commandant Copeau. C'était tout au moins ainsi que Paul Sarde avait rapporté ses propos.

— Fier de vous, n'est-ce pas, Kopp ? commença Vernes.

Il se tourna, s'assit en face de Julius Kopp.

— Kopp, Julius Kopp, je vous appelle comme cela, n'est-ce pas ? Nom de guerre, continua Vernes. Puis, à mi-voix. comme pour lui-même : « Nom d'affaires, plutôt. »

Kopp serra les deux accoudoirs du fauteuil. Il était déjà, comme si souvent autrefois, quand il était un officier de renseignement discipliné, submergé par la fureur et la révolte. Au fond, il ne supportait pas l'autorité, il contestait fondamentalement la hiérarchie. Il n'était heureux que sur le terrain, à des

222

milliers de kilomètres de Paris, quand il était, comme il le disait, son « généralissime ». Mais au retour, il fallait écouter respectueusement la voix de Pierre Vernes. Le plus insupportable était que cet homme avait un passé glorieux, héroïque même, comme le prouvait son corps couturé, et qu'il conduisait en effet le debriefing comme un seigneur averti, expérimenté et implacable, traquant les fautes, décelant les faiblesses. Imparable.

— Monsieur, dit Kopp, je ne comprends pas les raisons de ma présence ici. Je saisirai mes avocats pour cette violation...

Kopp joua ainsi plusieurs minutes, « Monsieur ». « Monsieur », répétait-il, feignant d'ignorer qui se trouvait en face de lui.

Mais Pierre Vernes avait croisé les mains, fermé les yeux, et s'était laissé aller contre le dossier de son fauteuil.

— Fini, Kopp ? demanda-t-il quand Kopp s'arrêta.

Kopp se leva, se mit à marcher dans le bureau et dit d'une voix irritée :

— Posez vos questions, mon colonel.

Il s'interrompit, se tourna.

— Car on m'a assuré que vous êtes colonel maintenant, je ne commets pas d'erreur, j'espère ? Je ne connais plus exactement la hiérarchie, vous voudrez bien m'en excuser.

— Je vais vous raconter une histoire, Kopp, dit Vernes d'un ton égal.

Il montra à Kopp le fauteuil, et ne recommença à parler que lorsque celui-ci fut assis.

— C'est une histoire sordide, mais je suis sûr qu'elle va vous intéresser. Elle commence à Londres, dans Harley Street. Vous connaissez ? C'est une petite rue qui donne dans Wigmore Street et Cavendish Place, au cœur de Londres, à quelques pas d'Oxford Street. Harley Street a une particularité, c'est le nombre de médecins à la mode qui y sont installés. Si je vous dis que le docteur Silvère Marjolin avait ouvert son cabinet dans Harley Street il y a quelque temps, qu'il y a exercé en association avec le professeur Alberto Grandi, de Rome, je suis sûr de susciter votre intérêt, n'est-ce pas ?

Kopp s'en voulait de s'être penché en avant, fasciné par les propos de Vernes, et en même temps furieux contre Alexander, dont aucune fiche n'avait signalé ces faits.

— Puis, reprit Vernes, nos deux médecins ont quitté Londres, laissant leur cabinet à un certain docteur Barnett. Il n'est plus médecin d'ailleurs, le General Medical Council l'a interdit d'exercice de la médecine, rayé de la liste, etc. Et savez-vous pourquoi ? Ce brave docteur Barnett était un spécialiste de la transplantation d'organes. Le rein, très exactement. On lui livrait des donneurs, souvent des enfants, mais les adultes n'étaient pas exclus. Ils arrivaient d'Asie — sans doute étaient-ils Chinois, mais officiellement, ils étaient nés à Singapour —, du Brésil ou d'Argentine ; puis, ces derniers temps, de Turquie, de Pologne, de Russie. Etaient-ils volontaires ? Est-ce que le mot avait grand sens pour eux, compte tenu de leurs conditions de vie ? Ne parlons même pas des enfants, que personne, bien sûr, ne consultait. Ils entraient à l'hôpital pour un examen bénin, et ils se réveillaient avec une belle et franche cicatrice autour de la taille, et un rein en moins. Les donneurs adultes étaient rémunérés, 2 650 livres sterling — 25 000 francs, voilà la valeur d'un rein. Ils passaient, après l'opération, une quinzaine de jours pratiquement sans soins dans une pension de famille londonienne on ne peut plus modeste. Puis ils repartaient chez eux. Quant à Barnett, il recevait des transplantés entre 700 000 et 1 000 000 de francs. Que dites-vous de cela. Kopp ? Joli bénéfice. Mais j'ai mieux à vous raconter. Notre correspondant au Brésil a essayé de retrouver l'origine de quelques-uns de ces donneurs. Ils proviennent presque tous d'une *colonie*, une sorte d'asile psychiatrique, dans l'une des favelas de Rio, où l'on élève, je dis bien « élève », comme « élevage »...

Kopp se souvint de la fille qui, viale Gabriele d'Annunzio, assise près de lui derrière un buisson, en face de la clinique Grandi, avait dit, parlant des enfants retenus dans le parc de la clinique : « C'est comme un élevage. »

— Donc, on élève des fous, reprit Vernes, des demi-fous plutôt. On les fait copuler entre eux, la reproduction est active et fructueuse. On vend les bébés, ou bien on utilise leurs organes. Le prix des organes varie entre 5 000 et 30 000 dollars, cela dépend de la qualité du produit, de la conjoncture, de la demande du marché... Les Colombiens, les Argentins, les Russes, les Turcs, et les Chinois surtout, investissent en force ce marché. Les Chinois sont les mieux placés. Ils vendent sur pied leurs condamnés à mort. Ils les élèvent dans les meilleures conditions possibles, et ils livrent dans l'heure qui suit l'exécution. Tout est coordonné dans le détail. Les équipes médicales préparent le receveur, donnent ainsi le signal de l'exécution, et le transport de l'organe intervient immédiatement. La transplantation est opérée à Hong-Kong ou en Chine même. Il semble aussi, d'ailleurs, que les Chinois proposent des livraisons de sang, qualité garantie.

Vernes posa les coudes sur le bureau et prit son menton dans ses paumes.

— Qu'est-ce que vous pensez de mes histoires, Kopp ? Elles vous intéressent ?

Kopp se leva à nouveau, fit le tour du bureau, se plaça devant la baie vitrée. L'orage avait éclaté et il ne s'était même pas rendu compte que l'averse déferlait et que le tonnerre grondait. Il vit, à droite des bâtiments, sur une aire d'envol, un hélicoptère.

— Vous ne pourrez pas décoller, avec ce temps, murmura-t-il.

— Oui, dit Vernes suivant son regard, je suis

arrivé ici une dizaine de minutes avant vous. On a su que vous aviez quitté Zurich par la route, on vous a suivi, mais vous pouviez décider de sortir de Suisse par l'Allemagne. Ç'aurait été moins commode. Mais on ne vous aurait pas lâché, Kopp. Ce que vous faites est toujours si intéressant.

Vernes se leva à son tour, vint près de Kopp, appuya son front contre la vitre.

— Ce professeur Alberto Grandi, de Rome, vous savez qu'il est mort d'une crise cardiaque. Au fait...

Il posa la main sur l'épaule de Kopp.

— Comment va Roberto ? Je sais qu'il est italien, mais je ne crois pas qu'il soit romain.

Vernes fit quelques pas.

— Vous savez, Kopp, qui se préoccupe aussi beaucoup de vous ? Fred Menker, et nos amis américains. Vous les intriguez. Ils nous ont transmis leurs appréciations sur votre séjour à New York. Naturellement, ils nous accusent de ce que vous faites. Pour eux aussi, vous êtes toujours le commandant Julien Copeau, l'enfant chéri de la Maison. Ils n'ont pas compris votre départ.

Vernes s'était rapproché.

— Moi non plus, Copeau, moi non plus, dit-il.

Il se laissa tomber dans le fauteuil, et Kopp, après une hésitation, vint s'asseoir en face de lui.

— Nous savons que vous êtes sur cette affaire, que vous vous intéressez au docteur Silvère Marjolin et que vous enquêtiez sur le professeur Grandi. Mais je me méfie de vous, Kopp, vous êtes un imaginatif. Vous décollez des faits. Ces affaires de trafic d'organes, d'enfants charcutés par des salauds, de cornées volées à vif, de reins arrachés, de tissus nerveux prélevés sur des fœtus, de transplantation sauvage, ces prix que je vous ai donnés, tout cela, pour nous, n'est l'œuvre que d'individus isolés, de petits gangs, de racketteurs sans envergure, de médecins dévoyés. Du sensationnel, bien sûr, mais c'est du fait divers, seulement du fait divers. Rien à en tirer. Ça ne compte pas. Nous ne croyons pas que ce soit plus organisé que ça. Vous entendez, Kopp, c'est marginal. On ne met pas l'accent là-dessus. Je vous ai raconté ces petites histoires pour vous démontrer que nous savons, que nous combattons, évidemment, mais, Kopp, vous m'entendez, je le répète, c'est du fait divers. Affaire de police, Interpol si l'on veut, Ordre des médecins sûrement, pas au-delà.

— Si vous vous trompiez ? dit Kopp.

Il tira son fauteuil vers le bureau, appuya ses avant-bras sur le rebord. Son visage n'était qu'à quelques centimètres de celui de Vernes.

— Imaginons une organisation, reprit Kopp, une secte, dont la philosophie, la religion proclament qu'il existe des êtres supérieurs — ceux qui peuvent payer, par exemple — et une espèce inférieure, tous les autres. Elle dispose de moyens au moins équivalents à ceux de la mafia. Cependant son commerce n'est pas celui de la drogue, mais celui des corps, organes, reins, cœurs, cornées, enfants, peau, sang, etc., tout ce que l'on veut. On peut tout vendre, tout bricoler, ou presque. Elle contrôle le trafic, elle l'organise, elle rafle les bénéfices — mieux, elle peut, par ce biais, tenir, dans chaque pays, les hommes qui ont eu besoin d'elle, pour eux, pour leurs proches. En somme, elle a découvert que vendre de la vie, c'est le meilleur moyen pour contrôler les vivants, Shakespeare, mon colonel. Un morceau de chair, un cœur neuf, une transfusion sanguine, un petit surplus de vie donc, en échange de votre fortune, d'une partie de votre pouvoir. Et ainsi la secte, l'organisation, élargit son influence, ses moyens, elle augmente le nombre des hommes qu'elle contrôle. Simple et génial, n'est-ce pas ? La vraie matière première de demain, ce n'est pas le pétrole, le titane ou l'uranium, dépassé tout cela, mais le corps humain, la matière vivante. Il faut accepter d'abandonner quelques préjugés moraux. Ou changer d'optique. Il suffit donc de considérer qu'il y a des humains qui ne sont rien d'autre qu'un stock d'organes, qu'une réserve de peau et de sang.

— J'aurais pu deviner vos conclusions, murmura Vernes. Vous savez quel a été le premier mot que vous avez employé ? « Imaginons. »

Vernes se leva, tapa du plat de la main sur le bureau.

— Je n'ai pas d'imagination, Kopp, je ne veux pas en avoir, dit-il sans hausser le ton.

— C'est vous, mon colonel, qui m'avez raconté ces histoires, dit Kopp. Vous, qui m'avez parlé d'élevage, vous...

Vernes haussa les épaules. Il n'ignorait rien de l'enquête de Kopp. Il s'agissait de lui faire comprendre qu'elle n'aboutirait à rien de plus qu'un délire imaginatif, contre-productif. Il risquait de secouer l'opinion, de l'affoler et la rendre perméable à toutes les dérives. Les *shinshukyo*, les nouvelles religions, comme disent les Japonais, allaient proliférer puisque Kopp inventait les monstres. Est-ce qu'on avait besoin de ça ?

— Ecoutez-moi sérieusement, Kopp.

Vernes s'assit sur le bureau, le corps incliné vers Kopp.

— Je sais que vous enquêtez aussi sur la World Health Foundation, sur le John Woughman Institute, le Research Center for the Humankind Future. Vous vous intéressez au Centre d'initiation aux techniques et aux idées du futur, à Zurich. Nous connaissons les activités de ces organismes. Les Anglais du MI 5 et du MI 6 les surveillent. La CIA s'y intéresse. C'est *clean*, Kopp. Non seulement c'est propre, mais ce sont des détergents. Ils nettoient, Kopp, ils recyclent. Ils sont utiles. Nous en sommes tous tombés d'accord. Ce sont des éléments de stabilisation, de formation à la responsabilité. Ils suppléent aux carences des Etats. Les jeunes ne croient plus aux nations, alors qu'est-ce que vous voulez qu'ils foutent, Kopp ? Qu'ils cassent, qu'ils brûlent ?

Nc is préférons les voir suivre une initiation aux techniques de pointe, ça les intègre, ça les apaise. Ça les lave, Kopp. Et puisqu'il y a des philanthropes, des mécènes que ça excite de faire œuvre de civilisation, laissons-les faire. N'allez pas empoisonner ces gens-là, Kopp, vous n'aurez personne avec vous, personne.

Kopp se leva et se dirigea vers la porte.

— Vous avez compris ? lança Vernes.

Kopp hocha la tête. Il n'avait pas imaginé la collusion aveugle de certains hommes du renseignement, et peut-être même de certains Etats, avec l'organisation qu'il avait mise au jour.

— Silvère Marjolin, Alberto Grandi étaient membres du conseil de direction du John Woughman Institute, dit Kopp en ouvrant la porte.

— Je vous ai prévenu, Kopp, lança Vernes.

Sur le seuil, Kopp se retourna.

— Moi aussi, fit-il.

Dehors, la pluie tombait, têtue.

47

Quand Julius Kopp vit Roberto dans le hall de l'aéroport de Roissy-Charles-de-Gaulle, il s'arrêta quelques secondes, laissant les autres passagers le dépasser.

Le visage et l'attitude de Roberto annonçaient cette mauvaise nouvelle que Julius Kopp craignait depuis qu'il avait quitté le bâtiment de la gendarmerie. Roberto, qui habituellement prenait une pose conquérante, les bras croisés, dévisageant d'un air ironique et provocant ceux qui l'entouraient, fixant les femmes avec insolence même lorsqu'elles étaient accompagnées, se tenait voûté, les mains derrière le dos, la tête baissée, se contentant de jeter de temps à autre un regard vers la foule qui remplissait les escaliers mécaniques et les couloirs qui débouchaient des passerelles.

Ils ont déjà eu Alexander, pensa d'abord Kopp. Ç'avait été sa crainte lorsqu'il avait, en se rendant à l'aéroport de Bâle-Mulhouse, analysé les propos que Pierre Vernes lui avait tenus. Le colonel avait paru informé de l'intérêt que Kopp portait au Centre d'initiation aux techniques et aux idées du futur. Certes, il n'avait pas mentionné le nom d'Alexander, mais la DGSE connaissait tous les collaborateurs de Kopp. La plupart, et c'était le cas d'Alexander, avaient travaillé pour la Maison avant de rejoindre l'Ampir. L'honorable correspondant de la DGSE à Zurich avait dû identifier Alexander s'il surveillait, comme c'était probable, le centre d'initiation. Vernes pouvait avoir décidé, dès la fin de son entretien avec Kopp, de livrer Alexander à Hans Reinich, puisque la Maison voulait laisser prospérer la nébuleuse John Woughman, ses centres, ses instituts, sa fondation.

Kopp, dès qu'il était arrivé à l'aéroport de Bâle-Mulhouse, avait téléphoné à Laureen. Elle devait prévenir Alexander des risques supplémentaires qu'il courait. Puis Julius Kopp avait joint Reno, son correspondant à Zurich, afin de l'inciter à freiner les actions de l'honorable correspondant, si elles étaient dirigées contre Alexander. Après tout, avait tenté d'argumenter Kopp, en agissant ainsi, Reno ne violait pas le pacte de neutralité qu'il voulait observer à l'égard du centre, de la secte, de Hans Reinich. Kopp avait parlé à mots couverts mais Reno avait semblé comprendre.

« Je m'occupe de vos anciens amis, je les surveille, je les conseille, ça vous va ? » avait-il dit.

« Parfait, avait répondu Kopp, vous me facturerez le service. »

230

« Je ne garantis pas l'efficacité de l'intervention. Votre employé est dans une situation bien délicate. »

« Faites ce que vous pouvez », avait conclu Kopp.

Puis il avait appelé à nouveau Laureen pour qu'elle demande à Roberto de venir le chercher à l'aéroport de Roissy. Il avait donné le numéro du vol et il s'apprêtait à raccrocher quand, peut-être à la manière dont respirait Laureen, il avait hésité, demandé simplement : « Quoi ? »

« Rentrez le plus rapidement possible », avait murmuré Laureen d'une voix étouffée.

« Quoi ? » avait répété Julius Kopp avec impatience.

Au silence de Laureen, il avait imaginé qu'elle haussait les épaules, comme pour dire : « Vous saurez bien assez tôt. »

« Si vous ne voulez rien dire... », avait ajouté Kopp.

Elle avait interrompu la communication et Kopp s'était emporté, jurant entre ses dents, se laissant tomber dans l'un des sièges métalliques de la salle d'attente. Laureen avait aggravé son inquiétude. Il avait fermé les yeux, s'efforçant de retrouver son calme. Il avait, un instant, pensé à Geneviève Thibaud et à Cédric, mais l'émotion, l'angoisse avaient été trop fortes, et il avait refusé de s'enfoncer dans le labyrinthe des hypothèses sinistres. Ce n'était pas possible qu'il leur soit arrivé quelque chose à la ferme. Il avait toute confiance en Roberto, en Charles et Hélène, et il comptait même sur Paul Sarde. Les seuls qui étaient en danger étaient Alexander et Viva, dans sa boutique de Barbizon. Eux étaient aux avant-postes. Kopp s'était rassuré : il avait fait ce qu'il pouvait pour protéger Alexander, et Viva n'était sans doute pas une assez grosse proie, un appât suffisant pour attirer sur elle la vengeance de l'organisation.

Mais il n'y avait qu'une seule méthode pour se défendre, aussi vieille que l'art militaire, l'attaque.

Kopp, les yeux mi-clos, élabora une stratégie. Continuer, d'abord, d'établir le périmètre de l'organisation, dessiner la forme et l'étendue de ses ramifications, connaître ses membres dirigeants, ce chef, Homme Suprême ou MAM, explorer tous les rouages, la hiérarchie, les méthodes, les buts, le financement, les alliances, aller plus loin que ne l'avait fait Alexander dans la connaissance des moyens de la secte et de sa capacité de pénétration dans les esprits. L'épuisement physique par un entraînement intensif, l'utilisation de drogues comme l'Eau du Savoir n'expliquaient pas tout. Il devait y avoir une mystique, l'adoration du Chef, de l'Homme Suprême, un culte, dont Alexander n'avait perçu que quelques éléments. Puis, cela fait, il fallait attaquer de front l'Homme Suprême, le débusquer, le démasquer, le vaincre. Et alerter l'opinion, mobiliser les médias, seuls moyens de changer le rapport de force et obliger ainsi les protecteurs ou les prudents, Pierre Vernes et ses semblables, à s'engager dans la bataille. « Excitant, nécessaire — et difficile », pensa Julius Kopp.

A Roissy, il sortit l'un des derniers de l'Airbus, s'obligeant à attendre, assis, que la cohue des passagers s'écoule, à la fois pour s'imposer une contrainte et aussi parce que, de cette manière, il pouvait s'assurer que Vernes ou la secte n'avaient accroché personne à ses basques. Il regarda chacun des passagers qui défilaient dans l'allée de l'appareil, et se convainquit qu'il n'était pas suivi.

Puis il vit Roberto, si différent dans son comportement, que Kopp s'immobilisa. Roberto s'avança vers lui, et il sembla à Julius Kopp qu'il se voûtait davantage à chaque pas.

— Quoi ? fit Kopp.

Et il se souvint de cette même question qu'il avait posée à Laureen, au téléphone.

Roberto fit la moue.

— Elle a filé avec son fils, murmura Roberto.

— Qui ? dit Kopp.

Il n'avait pu prononcer un autre mot. Mais ce « qui » n'était qu'une pauvre défense, puisque Kopp avait compris qu'il s'agissait de Geneviève Thibaud et de son fils.

— Quand ? reprit Kopp.

Il se mit à marcher, Roberto près de lui expliquant d'une voix sourde qu'on ne s'était rendu compte de l'absence de Geneviève Thibaud et de son fils que vers une heure de l'après-midi, quand Hélène avait été les chercher pour le déjeuner. Jusque-là, personne ne s'était inquiété. Souvent Geneviève Thibaud restait dans sa chambre toute la matinée avec Cédric, qu'elle faisait travailler.

— En somme, on ignore l'heure de leur départ ? dit Kopp d'une voix rauque.

Ç'avait dû se produire vers cinq, six heures du matin, avant que Charles ne se lève. Geneviève Thibaud était sûrement partie à pied, en longeant le sous-bois, en bordure du parc. Charles avait relevé les traces de ses pas dans la terre boueuse.

— Et elle a marché comme ça jusqu'à Fontainebleau ? fit Kopp.

— Une voiture attendait, cachée par les arbres, commença Roberto.

Il avait lui-même vu l'empreinte des pneus. L'enceinte électrique avait été court-circuitée, Geneviève et son fils avaient pu la franchir sans déclencher le système d'alarme.

— Du travail de professionnel, conclut Roberto.

Il avait ouvert le coffre de la voiture pour que Julius Kopp y pose son sac. Kopp le lança de toute sa force et rabattit le couvercle avec violence.

— Qu'est-ce qu'on sait ? hurla-t-il, et sa voix résonna sous la voûte de béton du parking. Ces professionnels — oui, de très bons professionnels, face à des abrutis — sont peut-être entrés dans la ferme, et les abrutis dormaient ! Partie, partie, c'est facile, de raconter ça ! Ils l'ont sans doute forcée, avec un revolver contre la tempe de l'enfant !

Kopp s'assit dans la voiture et claqua la portière.

— Trop facile de raconter qu'elle a filé, grommela-t-il encore, ça vous arrange !

Roberto ne répondit pas, roula lentement jusqu'à la sortie du parking, puis, au moment de glisser sa carte de crédit dans la fente de l'appareil pour commander l'ouverture de la barrière, il dit en regardant Kopp :

— Les traces de pas, je les ai étudiées. Il n'y en a pas d'autres que celles de la femme et de l'enfant. Pas d'autres jusqu'à la voiture qui les attendait en bordure de l'enceinte électrique.

Il retira sa carte, et commença à accélérer. Kopp n'avait rien répondu.

— Et puis, dit Roberto, nous avons l'enregistrement...

Il jeta un coup d'œil à Kopp, attendit, puis reprit :

— Sarde avait fait mettre le téléphone de la chambre sur écoute.

Roberto avait parlé d'une voix basse, sans intonation, comme s'il énonçait une évidence.

— Depuis quand ? demanda Kopp les dents serrées.

Il se souvint des phrases qu'il avait échangées avec Geneviève. Ce salaud de Sarde avait dû s'amuser.

Roberto leva la main en signe d'ignorance et d'indifférence.

— J'ai pensé — mais le regard qu'il lança à Kopp démentait par avance son propos — qu'il avait appliqué vos consignes. Jusqu'à ce matin, je n'étais pas au courant. Mais là, Sarde a voulu que j'écoute l'enregistrement avec lui.

Kopp se tassa dans le siège, le menton sur la poitrine.

— Alors ? murmura-t-il.

— C'était un appel à une heure trente du matin. Hélène a pris la communication et l'a passée à

Geneviève. Elle dormait, on s'en rend compte à la voix.

Roberto tourna la tête vers Julius Kopp, et leurs regards se croisèrent. Roberto hocha la tête.

— Les bonnes femmes, dit-il, on sait jamais, avec elles, jamais.

— Qui ? dit Kopp.

— Ce type, ce médecin, le type du début, Silvère Marjolin, mais il a seulement dit « C'est moi », et ça a suffi à la réveiller. Elle a presque crié. Elle a répété dix fois son prénom : « Silvère, Silvère... »

Kopp ricana. Ça avait facilité l'identification, grogna-t-il.

— Elle l'a questionné, elle a répété : « Je sais tout, j'ai compris. » Elle a même dit : « C'est horrible, vous êtes des monstres. » Il n'a pas répondu un seul mot, il l'a laissée s'épuiser et, à la fin, bien sûr, elle s'est tue, et elle a dit ce qu'il devait attendre : « Qu'est-ce que tu veux ? — Te voir et voir mon fils, je t'expliquerai. Je veux vous voir, toi et lui. » Il a répété ça dix fois. Elle a résisté, puis peu à peu elle a cédé. Quand elle a répondu qu'elle était enfermée, qu'elle ne pouvait pas quitter la ferme, le type a presque poussé un cri de triomphe. Ce n'était plus qu'une question de technique. Il avait gagné la partie. Il a expliqué, en quelques phrases, ce qu'elle devait faire, ce qu'il avait préparé. Il était sûr de lui. Elle a écouté, elle a posé quelques questions, pour bien comprendre où se trouvait la voiture qui l'attendait. Puis elle a dit : « Je vais réfléchir », mais c'était déjà joué. Pourtant...

Roberto regarda à nouveau Kopp.

— C'était quand même un peu plus que des mots. Je crois qu'elle a vraiment hésité. Mais il était persuasif. A peine une petite pointe d'accent canadien, une voix chaude, forte. Un type qui sait commander, convaincre, pas un vaincu, un homme. Il a répété cent fois qu'il voulait s'expliquer, voir son fils. Il a eu de belles tirades, un ton sincère, du genre : « Je tiens

235

à vous plus qu'à ma vie. » Elle n'a pas dit OK, mais quand elle a raccroché, il ne pouvait plus douter qu'elle lui obéirait.

Ils restèrent plusieurs minutes silencieux, puis Roberto ajouta :

— Il a eu deux ou trois fois un argument qu'elle n'a jamais relevé, mais à mon idée, il a beaucoup compté. Il a répété que si elle ne quittait pas la ferme avec son fils, il ne pourrait pas empêcher que les autres vous tuent. Ils auraient déjà dû le faire, mais il les en avait toujours empêchés parce qu'il avait compris que vous aviez sauvé la vie de la femme et de l'enfant. Il vous devait bien ça. Si elle le rejoignait avec son fils, il avait la garantie qu'on ne vous toucherait pas.

— Elle a cru ça ? dit Julius Kopp.

— Vous savez, murmura Roberto, elles font toujours semblant de croire ce qui les arrange.

48

Julius Kopp, en levant la main, demanda à Roberto d'arrêter la voiture à l'entrée de la forêt. La ferme était au-delà des arbres, après le sous-bois. Kopp descendit et fit signe à Roberto de continuer. Roberto le regarda, hésita, ouvrit la bouche, puis retint ses mots et démarra, vite. Au bout de quelques minutes, Kopp se retrouva seul, entouré par les arbres que secouait le vent.

C'était une tempête sèche, faite de courtes rafales, violentes comme des cris aigus, puis le silence s'abattait et la forêt paraissait épuisée d'avoir hurlé. Et tout à coup, dans un déferlement inattendu, brutal, le vent se levait à nouveau, ployant les arbres et les buissons du sous-bois, cassant les branches mortes qui dégringolaient en une cascade de bruits, comme autant de détonations qui résonnaient dans la forêt et parfois continuaient d'exploser alors que le vent était retombé.

Kopp, en levant la tête, en s'immobilisant comme pour se laisser envelopper par ce mouvement de l'atmosphère, remarqua que le ciel était limpide. Aucun nuage d'orage ne le traversait. C'était l'affrontement, au-dessus de la forêt, de masses d'air antagonistes qui se pénétraient et se chevauchaient.

Il resta là, la tête envahie par cette rumeur et ces grondements. Il lui fallut faire face, arc-bouté, car par moments le vent était si fort qu'il courbait les plus grands des arbres et bousculait Kopp. Mais cette puissance était celle de la liberté, comme une gesticulation virile et saine. Et Kopp, à deux reprises, cria de toutes ses forces, un cri de gorge, un hurlement de rage.

Il se souvint des cris qu'il avait poussés, qui l'avaient brisé, comme un rire instinctif, un déchaînement de tout son corps, lorsqu'il avait fait l'amour avec Geneviève, ici, à la ferme, pour la première fois, puis dans la chambre de l'hôtel Bellerive à Zurich. Et il avait eu la certitude, qui était charnelle et non mentale, que Geneviève était à l'unisson, qu'elle était emportée par la même houle.

Elle ne pouvait pas l'avoir oublié, l'avoir trahi. Peut-être, et cette idée le brisa, avait-elle même voulu le protéger, persuadée que le combat était trop inégal, qu'il fallait donc qu'elle se sacrifie.

Et Julius Kopp, les poings serrés, cria une troisième fois, les dents serrées, le menton en avant.

Il traversa le parc et entra dans la ferme.

Hélène marcha au-devant de lui, essaya de lui prendre le bras, expliquant qu'elle s'en voulait tellement d'avoir passé cette communication à Geneviève, mais comment aurait-elle pu imaginer ? C'était le milieu de la nuit, elle était mal réveillée, l'homme paraissait si sûr, si amical aussi. Hélène avait pensé qu'il téléphonait de la part de Kopp. Après, bien sûr, elle s'était rendormie, et elle comme Charles n'avaient rien entendu. Et le matin, elle avait pris l'habitude de ne pas déranger Geneviève. Mais elle ne réussissait pas à croire qu'elle soit partie de son plein gré. « Elle était si attachée, murmura-t-elle au moment où ils entraient dans la grande salle, elle parlait souvent de vous. Elle me questionnait. Aucune autre avec vous n'avait été comme elle, aucune autre, et Dieu sait que j'en ai connu, vous vous souvenez ! »

Paul Sarde sortit des bâtiments, s'approcha et saisit Kopp aux épaules. Il lui fallut se dresser sur la pointe des pieds.

— Je te comprends, murmura-t-il.

Kopp, continuant d'avancer, se dégagea de l'étreinte.

— Mais, reprit Sarde en haussant la voix, en un sens, c'est une chance, une opportunité que nous devons saisir.

Il fit quelques pas, rejoignit Julius Kopp, se plaça devant lui, le forçant à s'arrêter.

— Tu n'as pas voulu m'entendre, depuis le début je t'avertis.

Kopp le dévisagea. Il eut envie d'écraser son poing sur cette bouche renflée, ce nez large, ces traits ronds et satisfaits. Sarde n'aurait pas compris. Il imaginait peut-être se conduire en ami sincère, qui ose dire toute la vérité, au nom du vieux compagnonnage. « C'est l'homme de Pierre Vernes, pensa tout à coup Julius Kopp. Il continue de travailler pour la Maison. Il m'a suivi pour ça, pour être au contact. Il doit ainsi gérer sa carrière, grimper dans les tableaux d'avancement. Quand je serai mort, quand il aura fini sa mission, il sera colonel, et il prendra sa retraite comme général. »

— Tu m'entends ? dit Sarde.

Roberto s'était approché, comme s'il avait voulu

par sa présence empêcher tout affrontement entre eux.

— Ils ont appelé, continua Sarde en entrant après Kopp dans la pièce.

Kopp le saisit par le col de son blouson, le tira vers lui. Il le dominait de toute sa tête.

Sarde se secoua, mais Kopp le tint contre lui jusqu'à ce que Roberto s'interpose. Enfin, Kopp le lâcha.

— Quand ? demanda-t-il.

— Il y a une heure, dit Sarde en allant s'asseoir au bout de la grande table de ferme dont le bois avait noirci.

— Alors ? dit Kopp.

Sarde se tourna, prit le combiné téléphonique placé sur un coffre rustique aux flancs sculptés, fit jouer le petit magnétophone qui y était associé. La bande défila avec un sifflement aigu de quelques secondes à peine. Le message était court. Kopp, avant même de l'entendre, l'imagina. Il n'eut même plus envie de l'écouter. Mais il fit un signe à Sarde, et une voix neutre, sans accent, sans inflexion, se fit entendre. Elle ressemblait à une voix reconstituée par un ordinateur, la voix que Kopp reconnaissait quand il s'efforçait de battre, aux échecs, la machine, cette intelligence immatérielle qui semblait dire avec ironie, après un petit sifflement : « Echec et mat ».

« *Ils sont avec nous*, dit la voix. *Ils sont encore vivants. Ils le resteront si vous ne nous obligez pas à un autre choix. Nous vous avons écrit. Les termes de la lettre sont toujours d'actualité. Si vous les rejetez, si vous vous obstinez, ils souffriront aussi, comme vous. Plus que vous.* »

Au déclic annonçant la fin du message, Julius Kopp s'assit.

Brusquement, sa colère était retombée, la violence et la rage s'étaient dissipées. Le message avait formulé ce qu'il avait craint. Un chantage banal, efficace. La vie de Geneviève et de Cédric contre son renoncement. Et rien ne garantissait, s'il abandonnait, qu'ils aient la vie sauve. Mais peut-être, si Silvère Marjolin avait dans la secte une position de pouvoir, peut-être, s'il tenait un peu à Geneviève et à son fils, alors, seraient-ils pour quelque temps protégés. Pour quelque temps.

— Je te comprends, dit Paul Sarde, je ne t'en veux pas, crois-moi.

Il se leva, se rapprocha, s'assit à côté de Julius Kopp.

— On ne peut pas continuer, murmura Sarde. On a perdu Morgan. On a tout risqué. Ils ont failli t'avoir. Ils t'ont blessé — il montra puis effleura le bras gauche de Kopp, qui ne bougea pas — et nous n'avons même plus le prétexte ni le mobile pour agir. Ils ont récupéré la femme et l'enfant. Et — il hésita — Roberto a dû te le dire, elle s'est rendue à eux librement. Librement, Kopp.

Il se leva, commença à marcher autour de la pièce. Roberto restait adossé à la porte comme pour empêcher quelqu'un d'autre d'entrer.

— J'ai étudié la question, dit Sarde. J'ai interrogé nos amis, comme tu me l'avais demandé. Ils ne nous appuieront pas. Les sectes, on ne peut pas contrôler. Ce sont des fous en liberté. Il faut attendre qu'ils s'autodétruisent. Ou qu'ils deviennent agressifs. Si on agit avant, on provoque le drame. Tu as vu, à Waco, les davidiens, les cinglés. Des criminels. Il faut les laisser s'entre-tuer, comme ceux de la secte Solaire. Qu'ils se fabriquent leur apocalypse, qu'ils se suicident ou s'égorgent. Mais si on intervient, alors là, tous ceux qui ont étudié le comportement de ces sectes le disent, leur agressivité trouve enfin un objet extérieur à eux. Au lieu de se faire hara-kiri, ils exterminent. La secte Aum, le gaz dans le métro de Tokyo, finalement, ce n'est pas autre chose. Ces sectes, Julius, ce sont des furoncles, c'est de l'eczéma, il ne faut pas forcer la nature, ne pas triturer, ne pas presser trop tôt, ne pas gratter. Laisser le temps. A la fin, ils se massacrent entre eux, parce qu'ils sont fous. Tu sais combien de sectes il y a, au Japon ? 183 581 « nouvelles religions », comme ils disent. Les shinshukyo. Tu veux supprimer ça ? C'est un besoin, c'est dans la tête d'une minorité de gens. Tu en dissous une, une autre repousse. Et pourquoi l'une plutôt que l'autre ? Qu'est-ce qui nous motive, maintenant ? Qui te dit que Geneviève n'était pas aussi envoûtée que n'importe quel adepte ? Tu n'as guère l'esprit religieux, Julius, moi non plus. Qu'est-ce qu'on peut comprendre à cette folie ?

Sarde, en passant, tapota affectueusement l'épaule de Julius Kopp, qui rentra la tête dans les épaules.

— L'époque est aux dingues, au fous de Dieu ou du Diable, aux messies, à l'attente de l'Apocalypse. Aux Etats-Unis, des dizaines de milliers d'enfants disparaissent chaque année ! On les sacrifie, on boit leur sang, on les dépèce, on les dévore, on utilise leurs organes. On découvre des gosses ou des adolescents mutilés, torturés, avec la marque de Lucifer découpée dans leur chair. J'ai voulu savoir où on mettait les pieds. J'ai lu plusieurs rapports, je me suis documenté, Julius. Dans le détail. La marque de Lucifer, c'est un pentaèdre inversé. Tu l'ignorais, moi aussi. Tu sais ce qu'est un « nganga » ? Un chaudron du Diable, où les adeptes de certaines sectes lucifériennes font bouillir des membres humains. Ça se passe aux Etats-Unis, à la veille du troisième millénaire. Et ces sectes comptent des milliers d'adeptes. Ils sont les « mains de la mort », disent-ils, ou bien les « enfants de Dieu ». Rien à faire, Julius. Laissons-les se bouffer entre eux. Rappelle-toi, en 1978, on était tout jeunes, et le révérend Jim Jones, à Guyana, a organisé une belle cérémonie, un suicide collectif de 913 personnes, femmes, enfants, hommes. Tous mêlés. Alors, Julius...

Paul Sarde s'approcha de nouveau de Julius Kopp, lui tapota une seconde fois l'épaule.

— Julius, Julius, reprit-il, les nôtres, avec leurs ordinateurs, leur initiation aux techniques et aux idées du futur, c'est ça, n'est-ce pas ? Ce sont des types qui restent civilisés. Ne les irritons pas. Quant au trafic d'organes, c'est horrible, soit, mais ils ne les mangent pas, les reins, les cœurs, les cornées, ils les greffent, ils font de la transplantation pour sauver d'autres personnes. C'est un commerce qu'on peut trouver scandaleux, sordide. On peut dire que c'est la forme la plus extrême des lois du marché, mais — Sarde hocha la tête, se tourna vers Roberto comme pour chercher une approbation — ce ne sont pas des anthropophages. Silvère Marjolin et celui de Rome, Alberto Grandi, ce sont des médecins, n'est-ce pas ? En tout cas, nous, dans cette affaire...

Julius Kopp se dressa d'un seul coup, prit le bord de la lourde table de bois noir à deux mains, en souleva deux pieds à plus d'un mètre du sol. Son visage était empourpré, les veines de son cou gonflées comme si des jugulaires le serraient. Il poussa un cri, les mâchoires crispées, et laissa retomber la table.

Puis il sortit.

49

Kopp, dès qu'il fut seul dans sa chambre, sut qu'il ne pouvait accepter cette défaite, la perte de Geneviève Thibaud.

Il resta quelques minutes couché sur le lit, les mains croisées sous la nuque, guettant la porte, comme si Geneviève avait pu la pousser. Et il se souvint de chacun de leurs gestes, durant ce qui avait été leur première nuit dans cette chambre.

Il s'emporta contre lui-même. Il se méprisa d'être

incapable de maîtriser sa mémoire. Il essaya de se convaincre qu'une fois de plus il allait pouvoir isoler sa douleur. La vie, avait-il dit après chacun de ses échecs, était comme un navire que les autres essayaient de torpiller. Une brèche s'ouvrait, qu'il fallait colmater au plus vite. On fermait les cloisons étanches. Un compartiment entier du navire était isolé, oublié. Malheur à ceux qui se trouvaient dans cette soute noyée, condamnée. A cette seule condition, on pouvait poursuivre la route. Avec des émotions et des souvenirs perdus corps et biens. Il fallait agir de même.

Il s'efforça de penser à ce qu'il allait entreprendre. Il essaierait de rencontrer Graham Galley, un agent du MI 6 auquel il avait autrefois sauvé la vie. Les services anglais demeuraient les plus efficaces. Ils devaient suivre les activités de la World Health Foundation, du John Woughman Institute, puisque ces institutions avaient leurs sièges à Londres.

Kopp se leva, appela Laureen.

Elle décrocha avant même que ne s'achève la première sonnerie. Elle devait se tenir auprès de l'appareil, attendant. Peut-être espérait-elle que Kopp l'appelât.

— C'est moi, dit-il. Je suis arrivé. Je sais.

— Tu veux venir ?

Il sentit de la compassion, de l'espoir dans le tutoiement qu'elle avait aussitôt employé.

Il hésita à poursuivre, puis il perçut le bref déclic, à peine une baisse de tonalité sur la ligne.

Il raccrocha, se précipita, courant dans le couloir, dévalant l'escalier, traversant la cour de la ferme, ouvrant d'un coup d'épaule la pièce technique.

Paul Sarde était là, assis, appuyé du coude droit à la table sur laquelle étaient installées les bandes du magnétophone avec lequel il devait enregistrer toutes les communications.

Sarde sursauta, se redressa quand il vit Julius Kopp.

— Tu fais ça pour qui ? demanda Kopp.

Sarde se leva, recula.

— Ça tourne, dit-il, ça tourne en permanence, c'est indispensable, s'ils nous appellent, tu t'es rendu compte. On peut analyser le contenu des communications, rechercher le numéro d'origine.

Il sautilla d'un pied sur l'autre comme un boxeur qui cherche à anticiper les coups de l'adversaire pour les esquiver.

— Fous le camp, dit Kopp. Va te coucher.

Il s'en voulut de ce ton méprisant, de cette volonté d'humilier qui le poussait à s'approcher de Paul Sarde, à le provoquer.

— Tu n'es pas dans ton état normal, dit Sarde.

Mais il se dirigea à reculons vers la porte.

— Je préfère ne pas te répondre, reprit-il quand il fut sur le seuil.

— Taille-toi, taille-toi ou je te tue, dit Kopp.

Sa main se porta vers son aisselle gauche, dans un geste instinctif, comme pour y saisir une arme, qu'il savait ne pas porter.

— On reparlera de tout ça, dit Sarde, tu mesureras les conséquences de tes propos plus tard, demain.

Kopp s'enferma dans la pièce.

Il prit la place de Paul Sarde devant la platine du magnétophone, et commença à dérouler les bandes, essayant de découvrir les variations de ce sifflement aigu, stoppant l'appareil quand il croyait qu'une autre voix était enregistrée.

Enfin il trouva Geneviève et celui qu'elle appelait Silvère. Il écouta leur conversation jusqu'à connaître chaque inflexion. Et à la fin, il ne sut pas ce qui avait conduit Geneviève à quitter la ferme avec Cédric. Le désir de revoir Silvère Marjolin, l'amour, donc, qu'elle continuait à lui porter ? Ou bien, pire encore, peut-être était-elle elle aussi adepte de cette secte, OM, et Marjolin jouait-il auprès d'elle le rôle de l'un de ces Bergers dont avait parlé Alexander ?

Si tel était le cas, et Kopp l'envisagea, Geneviève Thibaud avait menti dès la première nuit, dans la forêt. Elle était complice et non victime. La secte, pour des raisons que Julius Kopp ne réussit pas à entrevoir, avait voulu que Geneviève s'introduise dans l'agence. Kopp avait connu tant de situations inattendues, de coups qui atteignaient par ricochet, qu'il n'écarta pas cette hypothèse.

Mais il en existait une autre, plus médiocre. Geneviève avait cru à la disparition de Marjolin. Elle avait pensé qu'il l'avait rejetée, et peut-être même qu'il avait voulu la tuer, se débarrasser d'un témoin qu'il n'aimait plus. Car elle savait sûrement plus de choses qu'elle n'en avait dévoilé.

Kopp commença à marcher dans la pièce à grands pas, puis il ouvrit la croisée, laissant le vent s'engouffrer, la rumeur de la houle déferler. Il fut enveloppé par le bruit des frondaisons ployées et l'odeur de terre grasse et d'humus. Il empoigna à deux mains le rebord de la fenêtre, respirant ce souffle froid.

Bien sûr, Geneviève s'était interrogée, durant ces sept années. Elle avait puisé régulièrement dans le compte de la European Kredieten Bank de Zurich. Elle s'était organisé une existence confortable : des revenus occultes, une boutique comme couverture, la peinture comme alibi, et le fils pour tenir Marjolin, se défendre contre lui, fils bouclier. Peut-être n'avait-elle jamais posé de questions à Marjolin, mais elle avait dû apporter des réponses, se convaincre qu'il appartenait à un monde illégal et souterrain. Espionnage, mafia, trafic de drogue ou d'armes ? Elle avait dû accepter cela, puisqu'elle en tirait avantage. Elle n'avait pas rompu avec Marjolin. Elle s'était, comme une call-girl, rendue aux rendez-vous qu'il lui fixait. Elle lui avait obéi. Et il avait suffi à Marjolin de lui téléphoner pour qu'elle quitte Kopp, la ferme, avec son fils, qu'elle prenne le risque de le rejoindre.

Kopp ouvrit la bouche, et il aima cette sensation d'étouffement, parce que le vent le glaçait, l'empêchait de respirer.

Il imagina les retrouvailles de Geneviève et de Marjolin. Celles du passé, dans les hôtels. Celle qui se déroulait peut-être en ce moment. Il vit cet homme au visage de tueur, aux mains blanches de chirurgien. Il caressait Geneviève, ses doigts s'enfonçaient en elle. Elle se laissait faire. Elle se cambrait, docile. Elle savait pourtant, maintenant, qu'il participait à ce commerce des organes, qu'il avait convoyé des enfants, qu'il avait dû ouvrir le corps de certains d'entre eux.

Mais elle acceptait, folle ou complice, ou tout simplement aimante.

Il s'injuria, une grimace déformant son visage.

Et il avait cru, un instant, qu'elle s'était peut-être livrée à Marjolin pour le protéger, lui, Kopp ! Ou bien qu'elle avait voulu, pour lui encore, jouer le rôle d'appât, comme il avait un temps envisagé de le lui suggérer quand il avait pensé à cette lettre, à cette annonce par laquelle elle aurait sollicité une intervention chirurgicale pour son fils.

Etait-il possible qu'elle ait pris ce risque pour lui ? Qu'elle se sacrifiât pour combattre cette secte ? Qu'elle ait offert la gorge de son fils aux tueurs, en espérant qu'au dernier moment Kopp surgirait, la sauverait ?

Kopp s'assit de nouveau devant le magnétophone et réécouta la bande.

Geneviève ne suggérait rien. Sa voix était calme. Elle demandait à Silvère Marjolin des précisions. C'était le ton d'une conversation entre un homme et une femme qui avaient été proches, qui l'étaient encore.

Peut-être en ce moment même célébrait-elle avec lui le culte de l'Homme Suprême, de celui qu'on désignait sous le nom de MAM ?

Ou bien...

246

Kopp fit glisser la bande. Ils avaient dit, dans leur message : « Si vous vous obstinez, ils souffriront aussi. Comme vous. Plus que vous. »

Il y avait tant de manières de faire mourir. Kopp avait retrouvé des corps qu'on avait lacérés, découpés, et qui n'avaient cessé de souffrir qu'après des jours d'agonie. Heureux celui qui pouvait succomber après le premier coup. Mais ces gens-là, Marjolin lui-même, connaissaient le corps. Ils savaient comment le faire hurler et le maintenir en vie.

Ils dépèceraient le fils sous les yeux de sa mère. Quels pouvaient être les sentiments paternels d'un Marjolin ?

Il était l'un de ces hommes, comme Alberto Grandi, qui mutilaient pour de l'argent, ou pour obéir à un ordre fanatique, à des certitudes folles.

Kopp, tout à coup, s'assit à même le sol, les jambes tendues, les mains derrière la tête, et il commença à se plier, à tenter de toucher ses genoux avec son front.

Il n'y avait qu'une seule certitude, tout naissait de la douleur et de l'effort.

Il compta, les dents serrées. Il laissa la souffrance durcir ses muscles et la sueur lui couvrir le torse, couler dans son cou, coller ses cheveux à son front. Quand il eut mal à hurler, il s'allongea sur le carrelage glacé et laissa le vent le submerger comme une écume et emporter sa sueur.

Il rappela Laureen et une nouvelle fois il eut à peine le temps d'entendre le début de la sonnerie.

— Comment vas-tu ? demanda-t-elle avant qu'il eût parlé. Viens, viens.

Il ne répondit pas durant plusieurs secondes, si bien qu'elle dit encore :

— Ne reste pas seul. Je sais, tu es fort. Tu vas continuer. Mais à quoi ça sert de souffrir ? Tu te souviens, les cloisons étanches ?

Avec Laureen, donc, au moment où il l'avait quittée, sans doute pour la convaincre qu'il ne fallait pas s'attarder, regretter avec nostalgie, soupirer, avait-il évoqué ce navire, ces brèches et ces zones qu'on isolait.

— Un navire, à la fin, ça chavire, dit-elle, même s'il flotte encore, il a la quille en l'air. Il n'avance plus.

Kopp n'avait pas encore prononcé un seul mot.

— Je veux rencontrer notre homme de Londres, dit-il. Montez-moi ça maintenant. Appelez-le, trouvez-le. Je veux le voir, ici ou à Londres.

— Maintenant ? ? répéta Laureen.

— Etes-vous capable de le trouver ? interrogeat-il.

Il imagina le rictus d'amertume qui cernait la bouche de Laureen.

— On trouve toujours, murmura-t-elle.

Kopp raccrocha.

Son corps était endolori. Dans l'épaule et le bras gauches, le sang battait, brûlant, et chaque pulsation était un élancement. Il sortit.

La cour de la ferme était comme une chambre d'échos. L'eau venait battre les parois de la piscine. Le vent portait les bruits jusqu'aux murs, et le reflux les mêlait. Kopp s'assit dans l'angle sud, là où Geneviève Thibaud s'était souvent installée.

Kopp pensa qu'il avait retrouvé son calme, peut-être parce qu'il avait réussi à pousser un nouveau pion sur l'échiquier. Si Paul Sarde, comme Kopp le croyait, renseignait Vernes — et Vernes, qui ? —, ce coup-là, personne ne pourrait l'anticiper. Kopp verrait Graham Galley. Et le MI6 devait posséder plus de renseignements que la DGSE ! Les fournirait-il ? Quelles que soient les réponses de Galley, elles seraient une indication.

Kopp, tout à coup, entendit un bruit de pas. Il se tassa, prêt à bondir. La silhouette marchait vers lui, longeant le bord de la piscine. Quand elle fut à quelques mètres, Kopp reconnut Hélène.

— Bien sûr que je vous ai vu, dit-elle avant même qu'il ait bougé. Si vous croyez que je peux dormir avec ce vent et ce que j'ai dans la tête.

Elle s'assit près de lui, et il découvrit qu'elle portait le blouson de peau retournée de Charles.

— Ça tient chaud, dit-elle sans bouger la tête, comme si elle avait anticipé la remarque de Kopp. Et, ajouta-t-elle, j'aime bien l'odeur de Charles, sa sueur.

Elle toussota.

— Elle vous manque, Geneviève ? reprit-elle.

Il se contenta de grogner.

— Je ne vous ai pas tout dit, murmura-t-elle. Est-ce qu'il faut toujours tout dire ? Et à quoi ça sert ? Les gens s'arrangent comme ils veulent. Si on s'en mêle, on les oblige à faire des choses auxquelles ils ne pensaient même pas. Il ne faut jamais donner de conseil à celui qui conduit, encore moins toucher son volant, non ? Dans la vie, c'est pareil.

— Qu'est-ce que ça veut dire, tout ça ? demanda Kopp.

— Moi, dit Hélène en détachant chaque mot, je crois que Paul Sarde, cette nuit-là, a su que Geneviève Thibaud et son fils allaient s'enfuir. Je suis sûr qu'il a passé la nuit dans la salle technique, avec ses enregistreurs. Il a dû entendre la communication.

Kopp ne bougea pas.

— Mais si c'est le cas, pourquoi il l'a laissée faire ? reprit Hélène. Jaloux ? On ne sait jamais. Le chef, c'est vous. Les femmes, c'est vous qu'elles veulent. Lui, il tire la langue derrière vous. Il prend ce que vous laissez.

Hélène se leva.

— Peut-être y a-t-il autre chose, mais ça — elle s'interrompit, toucha du bout des doigts les cheveux de Kopp —, c'est vous qui pouvez savoir. Dormez, en tout cas. On ne vit qu'une fois, alors, le mauvais sang, c'est du sang perdu. Du temps perdu. Bonne nuit, Monsieur Kopp.

Il vit sa silhouette se découper sur la façade des bâtiments.

Il se leva, regagna sa chambre, prit le sac qu'il n'avait pas défait.

— Je suis là dans quarante-cinq minutes, dit-il à Laureen quand il obtint la communication.

Il lui faudrait rouler vite, mais à cette heure de la nuit, les routes étaient désertes et Paris encore vide.

50

Kopp se glissa hors du lit sans réveiller Laureen. Elle dormait pourtant collée contre lui. Elle soupira, l'appela d'une voix lente. Il ne répondit pas, restant immobile, adossé à la porte. Il avait été ému par la tendresse de Laureen, son abandon, sa docilité. Durant le petit bout de nuit qu'ils avaient partagé, Kopp avait dû la repousser loin de lui à plusieurs reprises. Il savait que si elle s'obstinait à l'enlacer, il ne pourrait pas s'endormir. Il s'était donc dégagé, appuyant ses paumes sur ses épaules, ses hanches. Elle avait dit sur le ton d'une petite fille comblée : « Mon amour. » Kopp avait eu un instant d'hésitation, puis il l'avait brutalement fait glisser vers l'autre bord du lit. Mais elle était revenue vers lui, dans son sommeil, plaquant ses seins contre le dos de Kopp. Peu à peu, cependant, il avait perdu conscience. Puis il avait eu le sentiment d'une présence et, parce qu'il avait entraîné son instinct durant des années, il s'était aussitôt réveillé, mais il n'avait plus su où il était. Dans quelle chambre ? Il avait pensé à Geneviève, aux nuits qu'ils avaient passées, et un sentiment d'amertume et de colère l'avait envahi. Quand les deux chats avaient bondi sur lui, il avait pris conscience qu'il dormait avec Laureen et il s'était glissé hors du lit.

Les chats, le gris et le noir, s'étaient frottés à ses jambes et l'avaient suivi jusqu'à la cuisine.

Il trouva du café chaud. Il but lentement, tenant le bol à deux mains. Il se sentit rassuré. Il était familier des lieux. Il retrouvait une confiance dans les choses, une quiétude qu'il n'avait plus éprouvée depuis longtemps. Ce qu'il avait vécu avec Geneviève était si extrême, si tendu, qu'il sembla impossible à Kopp de pouvoir le perpétuer, le recommencer. D'ailleurs, elle était partie.

A cet instant, il se souvint du rêve qu'il faisait et que les chats avaient interrompu en sautant sur sa poitrine.

Il était accroupi sur une plage. Il grattait le sable mêlé de graviers de ses deux mains. Il avait vu apparaître un sac en matière plastique, et d'abord il l'avait cru rempli de pièces de monnaie, puis il avait trouvé des billets froissés, et il avait reconnu à leur couleur bleutée, à ce papier un peu raide sous les doigts, des espèces suisses. Il avait enfoncé sa main, et il s'était étonné de la quantité de billets. Il avait continué de creuser, repoussant les billets de part et d'autre de la cavité, et il avait dégagé ainsi la main, puis le bras maigre d'un enfant. Il avait été horrifié et, en reculant, il avait basculé en arrière, perdant l'équilibre. Pour se retenir, il avait appuyé ses deux paumes sur le sol, et il avait reconnu sans le voir un autre corps, des cheveux. Il lui avait semblé que des doigts légers touchaient sa poitrine, pour le forcer à s'allonger sur ce second cadavre. Il s'était réveillé et, retrouvant cette impression, il pensa qu'il avait dû mêler à son rêve la sensation qu'il avait ressentie lorsque les chats avaient posé leurs pattes sur lui.

Il se dit qu'il souhaitait que Geneviève l'ait trahi depuis le début, et même qu'elle appartienne à cette secte, qu'elle obéisse à Marjolin et vénère l'Homme

Suprême, mais qu'elle soit, elle et son fils, encore en vie.

— Le café était chaud ? demanda Laureen.

Elle était entrée dans la cuisine sans bruit. Elle avait contourné la table sans que Kopp la vît. Elle avait parlé sans le regarder, la tête baissée, comme si elle avait été gênée, intimidée. Et cette image était si contraire à celle qu'elle lui avait si souvent donnée, femme ironique, audacieuse, provocante, presque pétulante, que Kopp ne la quitta pas des yeux.

— Vous voulez encore du café ? dit-elle. J'en ai refait.

Avec ce voussoiement, elle fermait avec élégance leur petit bout de nuit. Elle indiquait qu'elle n'espérait pas qu'ils commencent une nouvelle étape. Ils avaient ensemble parcouru tout le chemin durant quelques jours, ou quelques semaines, ou quelques mois... Qui le savait encore ? Kopp découvrit qu'il était incapable d'évaluer la durée de leur liaison.

— Je veux bien, dit-il en tendant son bol.

Laureen le remplit, s'assit en face de lui.

— Qu'est-ce que vous allez faire ? demanda-t-elle.

Le col de sa robe de chambre était boutonné. Elle avait noué ses cheveux blonds, mi-longs, sur sa nuque. Elle paraissait frêle ainsi, parce qu'elle avait un cou mince, la peau très blanche, et un visage qui, dégagé, était petit, juvénile. Elle avait perdu, dans la nuit, cette expression sarcastique et hautaine, presque méprisante, que Kopp lui avait toujours connue.

— Voir Graham Galley, si..., commença-t-il.

— Il vient, dit Laureen. Il n'a pas hésité.

Elle expliqua qu'elle n'avait eu qu'à prononcer le nom de Kopp pour que Galley accepte le rendez-vous. Il avait préféré une rencontre en France plutôt qu'à Londres.

— C'était comme s'il attendait votre appel, ajouta Laureen.

Galley n'avait fait aucun commentaire, mais le ton

de sa voix, la rapidité de sa décision, le fait qu'il n'avait manifesté aucune surprise alors qu'elle avait téléphoné en pleine nuit avaient persuadé Laureen que Galley savait que Julius Kopp devait l'appeler.

— Ils sont tous sur l'affaire, décidément, murmura Kopp. Fred Menker, Pierre Vernes, maintenant Galley, il ne manque que les Russes...

Laureen se leva, tourna le dos à Kopp. La robe de chambre était austère, en laine, longue, cachant même les chevilles, ne laissant rien deviner de la forme du corps, de ce creux des reins dont Kopp se souvenait, si nettement dessiné, ample, moelleux.

Mais il fut incapable de retrouver les gestes qu'il avait faits en arrivant dans la nuit. Il ne gardait de ces instants qu'une impression de tumulte, de désordre, comme lorsqu'on est roulé par la vague, pris par le flux et le reflux, qu'on respire quand on le peut, qu'on se laisse porter, projeter, qu'il vaut mieux s'abandonner, et à la fin on est essoufflé, couché sur les galets noirs, et l'écume vient border votre corps.

— Il y a Paul Sarde aussi, murmura Laureen.

Elle fit face à Kopp, ne baissant pas les yeux.

— Il mène son jeu..., commença-t-elle.

Il avait appelé plusieurs fois Laureen.

— C'était un vieil ami, n'est-ce pas ? fit Laureen.

Elle s'interrompit pour que Kopp se souvienne que Sarde avait été aussi, après Kopp, un familier de l'appartement du boulevard Voltaire.

— Il ne l'est pas resté longtemps, reprit Laureen, et ça n'avait aucune importance. C'était comme ça. Il avait été flatté. Il voulait toujours obtenir, conquérir ce que vous aviez déjà — elle hésita sur le mot — possédé. Moi — elle chercha les mots —, parce qu'il faut bien fermer une porte, n'est-ce pas, une cloison étanche, et qu'un homme qu'on n'aime pas, qu'on n'aimera jamais, sert toujours à ça, quand un homme qu'on aime vous quitte.

Elle respira longuement, et Kopp fut tenté de se lever, d'aller vers elle, de la serrer contre lui dans un mouvement d'affection. Mais voulait-elle de l'affection ?

— Il cherchait, continua Laureen, à savoir si je communiquais avec vous, où vous étiez, quels renseignements vous me demandiez, s'il m'arrivait de vous recevoir ici, boulevard Voltaire, si je servais d'intermédiaire entre Alexander et vous, entre Roberto et vous, et que faisait Alexander, s'il séjournait en Suisse ou en Italie, si Roberto devait partir à Londres.

Elle hocha la tête, fit une grimace.

— Oui, toutes ces questions avec habileté, obstination. Il voulait, disait-il, vous venir en aide, mais je vous connaissais bien, n'est-ce pas, insistait-il, vous étiez têtu, fier, téméraire. Il fallait vous protéger malgré vous. Et pour cela, il avait besoin de savoir ce que vous faisiez que vous ne dévoiliez pas, parce que vous vouliez être pour eux tous comme un paratonnerre. Vous aviez été très affecté par la mort de Morgan, la détermination des gens que vous recherchiez, alors vous ne vouliez pas exposer vos amis. Mais vous aviez déjà été blessé. Est-ce que je voulais qu'on vous tue ?

Laureen avait penché la tête, souri.

— J'ai failli être convaincue.

Elle fit non de la tête.

— En fait, j'ai toujours su qu'il ne fallait rien lui confier, dit-elle. Quand une femme a fait l'amour avec un homme, elle sait ce qu'il vaut.

Elle haussa les épaules dans un mouvement de colère, comme pour empêcher Julius Kopp d'imaginer.

— Mais non, dit-elle, il ne s'agit pas de virilité. Qu'est-ce que ça veut dire, la virilité ? Mais la générosité, l'abandon du corps, la sincérité des gestes — le comportement d'un homme ne trompe pas. Ce n'est pas son érection qui est en question.

Elle avait retrouvé sa voix d'avant, aiguë, ironique.

— Paul Sarde est mesquin, avare, incapable de

désintéressement. Il calcule chaque geste. Il additionne. Il veut des profits. Je n'ai donc pas cru Sarde. Il ne pouvait pas poser toutes ces questions dans le but de vous aider, de vous protéger. Mais pour construire sa partie, rafler la mise à son profit.

D'autorité, elle avait versé du café dans le bol de Julius Kopp, et l'avait posé devant lui.

— Pourquoi ne voyez-vous rien de tout ça ? demanda-t-elle. Vous êtes comme un presbyte. Ce qui est devant vous, vous n'arrivez pas à le lire. Les gens proches de vous, leurs sentiments, c'est flou pour vous, c'est comme si ça ne vous intéressait pas.

— Sarde, dit Kopp d'un ton brusque. Alors ?

Laureen eut un nouveau geste de colère, comme si l'impatience de Julius Kopp la vexait et la révoltait. Que craignait-il ? Qu'elle s'égare dans les reproches, qu'elle récrimine au nom de la nuit passée ensemble ?

Kopp comprit sa réaction, le sentiment d'injustice qu'elle manifestait.

— Excuse-moi, murmura-t-il.

Elle se détendit.

— Vous avez des circonstances atténuantes, dit-elle, et elle insista sur le voussoiement pour marquer que leurs relations étaient seulement professionnelles, tout au moins dans les apparences, parce que la voix était redevenue chaude, onctueuse, comme si le tutoiement qu'avait utilisé Julius Kopp avait suffi à rassurer Laureen.

— Viva, reprit Laureen, a sur Paul Sarde la même opinion que moi. Et elle le connaît bien aussi, comme moi. Pour les mêmes raisons.

Laureen resta un instant songeuse.

— On est un peu sœurs, à cause de ça, dit-elle.

Kopp baissa la tête.

— Bon, dit-il en riant, bon, et Sarde ?

— Viva a trouvé par hasard, en fouillant dans la boutique à Barbizon... C'est long, de passer des journées à ne rien faire. Elle a ouvert les tiroirs de tous les meubles, soulevé le couvercle des coffrets et des bonbonnières. Rien ne lui a échappé. Elle a tué le temps de cette façon. Il y avait une lettre, non signée, mais l'écriture était celle de Sarde, adressée à Geneviève Thibaud, une lettre assez précise — Laureen hésita — sur leurs relations. Bref, fit Laureen en détachant chaque mot, ils couchaient ensemble depuis longtemps, bien avant que vous ne la recueilliez comme un petit oiseau tombé de son nid, de sa voiture, une nuit, sur la route de la forêt.

Kopp ne bougea pas. Ses muscles s'étaient tendus et ils étaient douloureux, comme si tout son corps était saisi de crampes.

— Ils ne vous ont rien dit, ni l'un ni l'autre, n'est-ce pas ? interrogea Laureen. Vous vous souvenez, reprit Laureen sans laisser à Julius Kopp le temps de répondre, Paul Sarde quittait souvent la ferme. Il se rendait à Fontainebleau, à Barbizon. Il n'est pas difficile d'imaginer le but de ses vadrouilles. Qu'est-ce qu'on peut lui reprocher ? L'amour, le désir, ça existe, non ?

Kopp se leva.

— Mais évidemment, continua Laureen, connaissant Sarde, on peut imaginer autre chose. En tout cas, Geneviève Thibaud, une femme...

Laureen fit une grimace et conclut, dédaigneuse :

— Une femme pas plus fidèle qu'une autre.

Kopp prit le dossier de la chaise à deux mains et se souvint, à l'instant où il était tenté d'en briser les pieds sur le sol, de la table de ferme qu'il avait soulevée et laissée retomber.

Il eut la conviction que s'il se laissait une seule fois encore emporter par la colère, il ne pourrait plus jamais se contrôler.

Il respira longuement, se détendit, desserra ses doigts, glissa la chaise sous la table, s'efforça de sourire.

— Sarde, Geneviève Thibaud, deux paramètres qui s'ajoutent, qui compliquent l'équation.

Il fit un pas, se fit préciser l'heure d'arrivée de Graham Galley, puis, d'un ton détaché, il dit qu'en mathématiques, Laureen ne l'ignorait sûrement pas, on pouvait résoudre un problème par l'absurde, et, après coup, la solution trouvée, découvrir la valeur des inconnues, des paramètres de l'équation.

51

Kopp, lorsqu'il aperçut Graham Galley, ne put s'empêcher de sourire.

Galley marchait très droit, sans se soucier de heurter les parasols qui abritaient les petites tables rondes du restaurant. Il vit Kopp, le salua d'un mouvement du bras si brusque que le maître d'hôtel dut se précipiter pour retenir l'un des parasols. Mais Galley sembla ne rien avoir remarqué, se dirigeant vers la table qu'occupait Kopp, à l'opposé de l'entrée. Le maître d'hôtel tenta de le rattraper, mais Galley allait à grandes enjambées, les bras ballants. Il était anglais jusqu'à la caricature, avec son costume de tweed gris, sa cravate club et sa chemise de toile oxford bleue. De loin, il paraissait, parce qu'il était maigre, longiligne comme un héron, juvénile. Mais les traits étaient labourés par les rides d'un vieil homme dont on remarquait la peau couperosée.

Kopp, autrefois, avait surnommé Galley le « Sixième Homme », parce qu'il ressemblait à l'auteur du *Troisième Homme*, et qu'il était membre du MI 6. Mais si Galley avait été flatté de la comparaison avec Graham Greene — le meilleur espion anglais, disait-il —, il avait toujours refusé d'admettre qu'il était un fonctionnaire du service de renseignement de Sa Majesté.

« Ni Greene, ni James Bond, disait-il, je ne suis

qu'un amateur qui a rendu quelques services à des amis. »

En fait, Kopp avait découvert, au cours de missions où ils étaient à la fois alliés et concurrents, un agent perspicace, têtu, courageux et habile.

— Vous avez invité un retraité, cher Julius, dit Galley en s'asseyant à côté de Kopp.

— Je suis heureux de l'escapade, reprit-il.

Il regarda autour de lui, hocha la tête. Paris était une ville pour tous les âges de la vie, dit-il. C'était peut-être la seule capitale dont on ne se lassait jamais, on découvrait toujours des lieux inattendus, conclut-il en écartant les mains.

Kopp avait choisi le restaurant du Plazza-Athénée parce qu'on pouvait y parler en toute discrétion. Les tables étaient éloignées les unes des autres. La rumeur des conversations était couverte par le pépiement des oiseaux. Ils nichaient dans la vigne vierge et le lierre qui grimpaient le long des quatre façades de cette vaste cour intérieure qui isolait des bruits de la rue. Par cette journée ensoleillée, printanière, sous ces parasols blancs à bandes rouges, on se croyait loin de l'avenue Montaigne et des Champs-Elysées.

— Champagne ? demanda Kopp.

Galley refusa, murmura sur le ton d'un enfant espiègle : « Bourgogne, bourgogne. »

Kopp se décida pour un nuits-saint-georges que Galley dégusta. Ils choisirent les plats, Galley demandant des cœurs de canard sautés au foie gras, accompagnés d'aubergines, Kopp se contentant d'un tartare de loup et de saumon.

— Je vous remercie, commença Kopp après plusieurs minutes durant lesquelles ils avaient mangé en silence.

Galley montra la cour, puis, la main levée, suivit le vol d'un oiseau d'une façade à l'autre.

— C'est moi, dit-il. Quelle chance, d'être ici. Paris, c'est déjà le Sud. A Londres, il pleuvait. Et puis, il se produit toujours là-bas des histoires ridicules. Il faut s'échapper de temps à autre, respirer l'air du continent. Vous connaissez la dernière ? La presse n'a encore rien publié à ce sujet. C'est un scoop, Julius. Vous savez que les adresses et les numéros de téléphone de tous ces braves gens du MI 5 et du MI 6 sont secrets, comme les dossiers des affaires qu'ils traitent. Tout cela est rassemblé dans un centre de communication mieux protégé que le coffre-fort de la Banque d'Angleterre. Eh bien, quelqu'un a pénétré dans ce centre de Cheltenham. Oh, pas physiquement ! Mais un Robin Hood de l'informatique s'est glissé dans les fichiers des ordinateurs, et ce pirate dispose maintenant de toutes ces informations, et il menace de les divulguer, de les répandre par petits paquets successifs sur le réseau Internet, qui compte une quarantaine de millions d'abonnés ! Belle histoire, cher Julius. Voilà pourquoi je suis heureux de fuir un peu l'angoisse de mes amis du renseignement. Heureusement, cela ne me concerne pas, ou plus. Je ne suis pas dans les registres, mais comme Britannique, comme amateur de ces choses, je suis choqué, vexé. Et vous savez le plus extraordinaire ? Il semblerait que seuls les informaticiens du John Woughman Institute et du Research Center for the Humankind Future disposent des ordinateurs capables de réaliser cet acte de piraterie. Or, c'est extraordinaire, quand votre amie Laureen m'a téléphoné, je venais d'apprendre que vous vous intéressiez à ces honorables institutions, qui sont installées à Londres !

— 188, Regent Street, dit Kopp.

— Exact, Kopp, exact.

— Qu'est-ce qu'ils veulent ? demanda Kopp.

— Des dollars, seulement des dollars, mais beaucoup de dollars, des millions de dollars, dit Galley.

Il souleva la bouteille de nuits-saint-georges, la montra à Kopp. Elle était vide. Le serveur se précipita.

— Si nous continuions, dit Galley. Ce vin est — il frotta ses mains — chaud, chaleureux, du velours grenat.

— Vous allez payer ? interrogea Kopp.

Graham Galley goûta le vin que le sommelier venait de lui servir.

— Frère jumeau, dit-il, peut-être plus élégant, plus souple, excellent en tout cas.

Kopp, d'un geste, empêcha que l'on remplît son verre.

— Vous êtes sobre, Julius, j'espère aussi que vous êtes sage. Mais — il secoua la tête — ce qu'on me raconte de vous me rend sceptique. Ceux que vous chassez sont très forts, trop forts, ils ont trop d'alliés, ils sont à l'aise dans cette époque irrespectueuse, c'est leur style.

— Vous allez payer ? répéta Kopp.

— Je ne sais pas, fit Galley en soulevant son verre, en regardant la couleur. Cela dépend des gens de Schwarzenegger. Vous ne savez pas ce que c'est ? C'est là que le gouvernement a concentré tous les gens du MI 6, tout près de Vauxhall Bridge, sur la rive sud de la Tamise, une construction polychrome, des vitres blindées, un fossé de protection, et les deux étages aveugles. Nous appelons cette folie : « Schwarzenegger » ! Ce chef-d'œuvre a été dessiné par Terry Farrel, un architecte à la mode qui ressemble à ce qu'il construit ! Bref, mes amis sont rassemblés derrière ces murs-là et discutent. Si l'on ne paie pas la rançon, les secrets filent sur Internet, et si on paie, qui nous assure qu'ils ne sortiront pas, dans six mois ou dans un an. Et de toute façon, ce ne sont plus des secrets. Une vierge qui a été déflorée n'est plus vierge, même si elle se marie en robe blanche devant l'archevêque de Canterbury. Nous en sommes là.

Graham Galley se pencha, sourit timidement, mais le regard était vif, vrillé dans les yeux de Kopp.

— Qu'est-ce que vous avez appris, Julius ? Je

comptais un peu sur vous. Et pas seulement pour ce lieu, ce bourgogne, excellents, remarquables.

Il tapota le bord de la table de ses doigts. Ce fut un martèlement lent, comme un tambour lointain.

— Nous savons..., commença Galley.

Il se reprit, inclina la tête.

— Mes amis de Vauxhall Bridge savent que vous avez beaucoup voyagé ces dernières semaines. Ils ont eu de vos nouvelles par leurs correspondants canadiens. Vous avez perdu quelqu'un là-bas, non ? Un certain Morgan, n'est-ce pas ? Nous avons appris aussi que Fred Menker et même Pierre Vernes s'intéressaient à vos activités, disons... commerciales.

Galley s'interrompit.

— Nous pouvons échanger nos informations, Julius, dit-il d'une voix sourde. Je crois que nous avons le même ennemi. Alors ?

Kopp hésita quelques secondes, regarda fixement Galley.

— Qu'est-ce que vous savez, Kopp ? demanda de nouveau Galley.

Kopp pensa qu'il lui fallait un allié.

— Tout et rien, dit-il.

— Commencez par le tout, fit Galley.

Kopp resta plusieurs minutes silencieux. Il eut le sentiment qu'il était enseveli sous des détails et qu'il ne saurait pas dire l'essentiel. Il fut même saisi par le doute, une sorte d'accablement. Il se convainquit qu'il n'avait pas encore réussi à rassembler tous les indices en un seul faisceau, à lier les faits, à donner un sens à ces lettres, OM, qui désignaient la secte, qu'elle affichait, puisqu'elle signait ainsi ses messages, ses ordres, et qu'il ne savait toujours pas qui était l'Homme Suprême, celui qu'on appelait MAM.

Il haussa les épaules, dit d'un ton las que Galley allait être déçu.

— Allons, Julius, dit Galley, vous n'allez pas abandonner maintenant.

Il frappa le bord de la table plus fortement.

— Je suis venu, Julius. Nous attachons beaucoup d'importance à cette affaire. Et vous êtes sur cette affaire.

Kopp commença. Il existait donc une façade officielle, la nébuleuse constituée autour de l'héritage de Woughman, la fondation, l'institut, le centre de recherches, et puis les centres d'initiation aux techniques et aux idées du futur, comme celui de Zurich. Ce paravent était légal. Les centres publiaient des revues, des documents, recrutaient, donnaient des cours de formation. Il y avait deux domaines privilégiés, l'informatique en souvenir de John Woughman, ce créateur génial de logiciels, et le domaine médical. Ces deux secteurs étaient liés par une même philosophie. Les hommes sont inégaux entre eux, et la connaissance des lois informatiques, la création d'un réseau mondial de communication permettent d'accéder à une intelligence supérieure, que l'Homme Suprême, le MAM, incarne — telle était la doctrine.

Galley, quand Kopp s'interrompit, lui saisit le poignet.

— Ce n'est pas tout, Julius, cela, nous le savons aussi.

— Il y a le cabinet médical de Harley Street, dit Kopp, le docteur Barnett.

— Nous avons suivi l'affaire. Méprisable, dégoûtant, fit Galley.

— C'est le deuxième domaine, dit Kopp, le plus important, le plus neuf. A Rome, existe la clinique du Professore Grandi. On opère aussi à Montréal, à Hong-Kong. C'est cela, qui se cache derrière la façade officielle, une secte qui possède un immense savoir informatique et qui tisse un réseau dont l'activité est le trafic d'organes, de corps, d'enfants.

Galley secoua la tête.

— Les Français, vous êtes français, Julius, généralisent toujours, et comme cela, sans s'en rendre compte, ils exagèrent, ils se trompent.

— Ecoutez-moi, dit Kopp.

Et c'est lui qui serra le poignet de Graham Galley.

Il raconta les exécutions de Marco Valdi et de Romano Berti. Il parla de la petite fille de Giuseppe Cardo, aux cornées greffées. Il cita les noms de Silvère Marjolin, de Carmen Revelsalta et de Hans Reinich. Il expliqua que la secte, OM, drainait ainsi des millions de dollars, mais qu'elle voulait surtout contrôler les hommes de pouvoir, les contraindre à se soumettre, à obéir. Elle exerçait sur eux un chantage implacable. « On les tient par les enfants », conclut-il.

Il soupira, appela un serveur, et choisit avec minutie un cigare, qu'il roula entre ses doigts pour en apprécier la souplesse, qu'il huma et alluma enfin, les yeux mi-clos.

— Vous n'êtes décidément pas sage, dit Galley, qui l'observait. Le tabac — il grimaça —, les gens de Woughman, vous prenez tous les risques, Julius...

— Je n'imaginais pas, dit Kopp sans relever la remarque de Galley, que la secte, car c'est elle, bien sûr, oserait s'attaquer directement à un Etat, à un service de renseignement comme le MI 6, pour le faire chanter. C'est une façon de montrer leur puissance, leur savoir-faire technique, mais peut-être aussi...

Kopp s'arrêta, se renversa en arrière, fuma en silence plusieurs minutes.

— Peut-être aussi un moyen de dissimuler l'essentiel. Vous croyez, et vos amis du MI 6 à Vauxhall croient que ce sont vos secrets qui les intéressent, que ces gens sont dangereux parce qu'ils disposent de moyens informatiques capables de casser tous vos codes, de crocheter toutes les serrures de vos logiciels. En fait — Kopp souffla longuement de la fumée —, c'est ça — il montra la fumée —, un rideau de fumée, un leurre. Ils veulent dissimuler leur découverte, leur stratégie. Ecoutez-moi, Graham. L'informatique est un moyen, un mode d'organisation. Eux, ils veulent le pouvoir, peut-être le pouvoir mondial, parce qu'ils sont fous. Ou bien, pour la première fois dans l'histoire de l'humanité, ils sont vraiment cyniques, les premiers hommes totalement inhumains.

Kopp se mit à parler vite. Les idées se bousculaient.

— Je crois que je viens de les comprendre, dit-il. Ils considèrent la vie humaine comme une matière première vivante. Et elle est inépuisable. Chaque homme est un noyau atomique. Ils le désintègrent. Ils libèrent l'énergie qu'il contient : organes, peau, sang. Ils la vendent. Ils en injectent dans le corps d'autres humains. Ils ont compris cela parce qu'ils ont une théorie qui annule l'humain de la plupart des hommes. Le rein d'un Turc, Graham, ce n'est pas le rein d'un homme, c'est une pièce organique. Le Turc ou l'enfant brésilien qu'on a volé sont simplement des formes vivantes à utiliser. La secte endoctrine les adeptes dont elle a besoin pour mettre en place son réseau. Il y a des étudiants en médecine, Marjolin, Cleaver, qu'on soutient, surveille, finance, dès le début de leurs études. Il y a les chirurgiens corrompus, comme Barnett ou Grandi. Il y a les tueurs, des fanatiques qu'on a dressés et qui doivent obéir à l'Homme Suprême et à ses Bergers. Ils vont aller de plus en plus loin, Graham. Ils veulent dominer, séparer les humains en deux catégories. L'élite appartiendra à la secte, ou l'acceptera. Elle disposera du réseau informatique, de la maîtrise des communications. Elle aura à sa disposition le corps de tous les autres vivants pour se donner un surplus de vie. Extraordinaire, fou, non ? Hallucinant.

Julius Kopp, tout à coup, se tut. Il pensa qu'il n'avait ni songé à Geneviève Thibaud, ni parlé d'elle. Il murmura : « Je m'en suis tenu aux grandes lignes, je n'ai pas évoqué les détails, les personnages... »

Galley s'appuya au dossier de son fauteuil, la tête levée.

— Nous avons trop bu, Julius, dit-il.

— Vous êtes sceptique, dit Kopp.

Il repoussa son fauteuil d'un mouvement brusque.

— Je suis un réaliste, Julius. Vous connaissez la philosophie anglaise ? Les faits, encore les faits.

Il se pencha de nouveau vers Kopp.

— Je laisse de côté vos analyses idéologiques, dit-il, le projet diabolique, la secte, en somme. Ça ne m'intéresse pas pour l'instant. Ou bien, apportez-moi des preuves. Mais je garde la façade. Les gens du John Woughman Institute, nous les connaissons. Nous sommes sûrs que ce sont eux qui ont pénétré les fichiers informatisés du MI 6, sûrs que ce sont eux qui nous font chanter. Mais pour récupérer quelques millions de dollars, Kopp, pas pour célébrer le culte de l'Homme Suprême, votre MAM, ni pour renforcer une secte, OM, si j'ai bien compris.

— Et le docteur Barnett, et Harley Street, et la clinique Grandi à Rome, et le chantage exercé sur ceux qui détiennent le pouvoir ? fit Kopp.

Galley grimaça. Il avait le visage empourpré et des gouttes de sueur perlaient sur ses tempes, glissant le long de ses joues jusqu'à son menton.

— Autre chose, dit-il. Mais vous avez l'esprit de système, Julius, vous voulez de la cohérence, comme un Français, je vous l'ai dit. Je suis un empirique, Julius.

— Et Marjolin, et Grandi, exerçant dans ce même cabinet médical d'Harley Street, c'est quoi ? Des coïncidences ?

— Pourquoi pas ? dit Galley.

— Aidez-moi à retrouver Barnett et vous serez convaincu, Graham, fit Kopp sur un ton de commandement.

— Venez à Londres, Julius, répondit Galley. J'ai quelques amis là-bas.

Kopp se leva, s'appuya à l'épaule de Galley. Il la sentit osseuse, dure sous le tissu de tweed.

52

Julius Kopp, en sortant de Waterloo Station, se retourna. Il vit aussitôt l'homme blond d'une trentaine d'années qui descendait la rampe conduisant des quais d'arrivée des Eurostar à la station de taxis. Il avait les mains dans les poches de son trench-coat noir, et c'était le seul passager à ne pas porter de bagages. C'est ce qui, déjà, à la gare du Nord, dans la salle d'attente du premier étage réservée aux voyageurs en partance pour Londres, avait attiré l'attention de Kopp.

Kopp était sur ses gardes, par habitude. Mais aussi parce que, au moment où il quittait le boulevard Voltaire en compagnie de Laureen, il avait noté qu'une voiture déboîtait pour se placer derrière eux. Ce n'était peut-être qu'un hasard.

Laureen, qu'il avait interrogée durant le trajet jusqu'à la gare, avait répété : « Ils sont toujours là, une Mercedes beige. » « Ils s'arrêtent », avait-elle ajouté au moment où elle se garait devant l'entrée des grandes lignes, gare du Nord. Puis elle avait ajouté : « Je ne voulais pas vous inquiéter, mais j'ai eu l'impression, depuis deux jours, d'avoir été suivie. » Kopp avait claqué la portière, mais jusqu'à ce qu'il accède à la salle d'attente pour les passagers des Eurostar, rien ne lui avait paru anormal. Puis, parmi la foule, cet homme seul, les mains vides, qui faisait une tache noire à une vingtaine de pas derrière Julius Kopp. Durant le voyage, il avait traversé à deux reprises la voiture où Kopp se trouvait assis en bordure de l'allée. Il n'avait pas regardé Kopp, mais Kopp avait eu le sentiment désagréable de s'offrir comme une cible. Et maintenant, il était à nouveau non loin de lui.

Kopp hésita. Si cet homme le suivait, il le faisait ostensiblement, comme pour signifier à Kopp : « Nous sommes là. Nous ne nous dissimulons pas.

Nous ne craignons rien. » Mais peut-être était-il victime de son imagination, d'une coïncidence.

Kopp recula de manière à ne pas monter immédiatement dans un taxi. L'homme blond, avec nonchalance, fit de même. Ce pouvait être encore le hasard. Mais il ne pouvait courir le risque de guider cet homme jusqu'à l'hôtel qu'il avait choisi. Kopp ne voulait pas avoir à ses basques, durant tout son séjour à Londres, un tueur qui pourrait le liquider ou supprimer le docteur Barnett s'il le rencontrait.

Kopp voulait en avoir le cœur net. Il sauta dans un taxi. L'homme l'imita. « *HMS Belfast* », dit Kopp.

Le chauffeur de taxi parut surpris, fit répéter Kopp, puis, sûr d'avoir compris, s'étonna qu'un voyageur à peine arrivé à Londres voulût visiter le croiseur *Belfast* ancré dans la Tamise. C'était d'ailleurs une très bonne idée, dit-il, car le navire avait fait une guerre glorieuse, et il était entretenu, peint et repeint, soigné comme une pièce d'orfèvrerie. En fait, Kopp s'était souvenu que pour accéder au croiseur Belfast, il fallait franchir une longue passerelle. Si l'homme blond l'empruntait derrière Kopp, ce ne pourrait pas être par hasard.

Quand le taxi s'arrêta sur le quai, une pluie fine et froide tombait. Le vent soufflait. Kopp paya son ticket d'entrée sans chercher à savoir si l'homme blond le suivait. Il fallait que l'homme croie que Kopp avait un rendez-vous sur le *Belfast* et décide de prendre le risque d'être découvert pour tenter d'identifier le contact de Julius Kopp.

Kopp s'engagea sur la passerelle, et quand il fut à son extrémité, au lieu de descendre sur le pont du navire, il se retourna et s'élança sur la passerelle. L'homme blond était là, l'expression de son visage marquant la surprise, mais il n'eut pas le temps de réagir. Kopp se trouvait déjà contre lui, le menaçant, la main droite dans la poche, paraissant braquer une arme qu'il ne possédait pas.

— Je te tue, dit-il en anglais, en forçant l'homme à

s'appuyer contre la rambarde constituée de trois rangées de cordes.

L'homme bégaya sans que Kopp comprît ce qu'il disait.

— Je te tue, et je te balance en bas, dans la Tamise, dit Kopp.

Il indiqua d'un mouvement du menton le bout de la passerelle. La pluie tombait dru et malgré le vent les rafales balayaient le passage.

— Personne, tu vois, seulement nous, dit Kopp. Je te tue. Je te pousse et je m'en vais.

L'homme déglutit. Son visage était devenu jaune.

— On peut s'expliquer, dit-il. S'arranger.

Il parlait anglais avec un accent russe prononcé.

— Russe ? demanda Kopp en pesant davantage encore contre le flanc de l'homme.

L'homme fit oui. Il avait toujours les yeux agrandis par la peur.

— Qui te paie ? Qui te commande ? demanda Kopp.

Kopp, en le dévisageant, à quelques centimètres, jugea qu'il avait à peine vingt-cinq ans. Il sentait la sueur. Malgré sa stature, cette allure martiale que lui donnait le trench-coat noir, neuf, estima Kopp, l'homme lui parut affolé. Kopp poussa le coin de la mallette qu'il tenait de la main gauche contre le sexe de l'homme.

— Recule, dit Kopp. On s'en va.

En trébuchant, l'homme parcourut ainsi la passerelle. Kopp lui saisit le col du trench-coat, le dirigea vers la promenade qui longeait les quais et que la pluie battait.

— Assieds-toi, dit Kopp en désignant le muret.

Il le força, une fois qu'il fut assis, à se tourner. Puis, se tenant derrière lui, il lui prit la nuque.

— Je t'ai posé des questions, dit-il.

Tout en parlant, il se souvint des interrogatoires qu'il avait dû pratiquer quelquefois. Il suffisait de quelques minutes, parfois de quelques secondes, pour jauger la capacité de résistance d'un homme.

Ce gamin-là, avec son allure prétentieuse, son assurance apparente, était creux.

— Je vais te défoncer, dit Kopp.

— Je veux vous dire..., commença l'homme.

— Tu ne veux rien, tu ne vaux plus rien, interrompit Kopp. Tu veux ce que je veux. Et je veux que tu me dises qui te paie et qui te commande. Je veux connaître d'où tu viens, où tu loges.

Le type se courba, les épaules voûtées.

— J'appartiens aux Spetnaz, murmura l'homme.

— Toi ? fit Kopp.

Il connaissait la réputation des troupes d'élite russes. Il est vrai que tout avait été travesti, exagéré. Les Spetnaz, à en juger par le comportement de cet homme, n'étaient peut-être composés que de jeunes conscrits incapables.

L'homme se redressa, répéta.

— Je suis en stage au centre d'initiation Woughman de Moscou. On m'a fourni des papiers, envoyé à l'Ouest, en Suisse, en France, en Angleterre. Nous sommes des équipes de deux. Nous avons des types à surveiller, à suivre. On nous donne toutes les indications.

Julius Kopp serra la nuque de l'homme. Il se représenta le système mis en place par la secte. Elle employait ainsi des tueurs, russes ou asiatiques, comme ceux qui avaient renversé la voiture de Geneviève Thibaud ou étaient intervenus au Canada contre Morgan. Van Yang et son compagnon, que Kopp avait réussi à blesser en Suisse, sur la route de Chur, appartenaient à un grade supérieur, ingénieur-formateur. C'était ainsi d'un pays à l'autre, d'un continent à l'autre, une rotation d'individus déracinés, donc d'autant plus dépendants et soumis, et difficiles à identifier par les polices.

— Combien de personnes as-tu exécuté ? demanda Kopp.

L'homme se courba à nouveau, fit non de la tête.

Kopp lui serra la nuque, appuyant au-dessous des oreilles. Il savait qu'il avait une poigne puissante, une « tenaille », disaient ceux dont Kopp serrait la main.

L'homme se mit à gémir en essayant de se dégager.

— Tu es quoi, dans l'organisation, dit Kopp, Berger, ou Corps Fidèle ?

L'homme voulut tourner la tête, et Kopp se pencha.

Les traits de l'homme exprimaient l'effarement.

— Vous savez ça ? dit-il. Moi je suis en bas, Corps Fidèle.

— Et l'Homme Suprême, tu l'as vu ?

L'homme secoua la tête et dit que seuls ceux qui étaient en haut le rencontraient, mais il savait que l'Homme Suprême était le plus savant, le plus puissant de la terre. Il communiquait avec Dieu. L'Homme Suprême prévoyait ce qui allait se produire.

— Tais-toi, dit Kopp.

Cette bêtise, cette foi, ce fanatisme, cet aveuglement le désespérèrent.

— OM, MAM, répéta-t-il.

Mais l'homme ne sursauta pas, ne parut même pas comprendre, et quand Julius Kopp l'interrogea sur le sens de ces lettres, l'homme dit qu'il l'ignorait. Il n'était qu'au début de son initiation. Il avait des épreuves à surmonter, des tâches à accomplir pour prouver qu'il était digne de gravir les échelons de l'organisation.

Il s'interrompit.

Si on apprenait ce qu'il avait fait, il avait perdu toutes ses chances. On le renverrait à Moscou. Il ne savait même pas s'il pourrait réintégrer les Spetnaz.

— Ton point de chute, à Londres ?

— 188, Regent Street, dit l'homme, c'est le John Woughman Institute, le centre mondial.

Il avait parlé avec un peu plus d'assurance, presque de la fierté.

— Tu vas partir, ordonna Kopp.

— Vous allez me tuer, dit l'homme en tremblant. Je vais hurler. On vous arrêtera.

Kopp lui serra le cou aussi fort qu'il put.

— Tu vas partir, répéta-t-il. Je ne vais pas te tuer. Tu diras que j'ai attendu trois heures à la gare de Waterloo, que je n'ai encore rencontré personne, que j'ai repris un Eurostar pour Paris. Fous le camp.

L'homme se leva, porta la main à sa nuque, et la frictionna tout en s'éloignant. Il se retourna souvent.

La pluie continuait de tomber sur le quai désert et, comme le vent soulevait de courtes vagues sur la Tamise, qui frappaient la coque du croiseur, il sembla à Julius Kopp que le *HMS Belfast* avait levé l'ancre et traçait son sillage. Il regarda la masse grise du navire de guerre strié par la pluie. Elle lui parut exprimer la résolution, l'obstination et l'énergie.

Il sut qu'il aurait besoin de ces qualités-là et de beaucoup d'autres s'il voulait l'emporter.

53

Kopp fit arrêter le taxi sur Horse Guard Road, en bordure de St. James Park. Il avait besoin de marcher. L'hôtel qu'il avait choisi à l'angle de Buckingham Palace Road et de Grovesnor Road n'était qu'à une demi-heure à pied. Il suffisait de traverser le parc. Les allées, battues par la pluie et le vent, étaient désertes. Kopp s'arrêta plusieurs fois. Il se sentait en sécurité, anonyme, oublié même. C'était apaisant. Le Russe avait dû raconter que Kopp avait quitté Londres par un Eurostar. Même si les gens du John Woughman Institute avaient des doutes, ils devaient vérifier à Paris. Ils allaient surveiller l'appartement de Laureen. Kopp eut une bouffée d'inquiétude. Ils étaient capables d'agresser Laureen pour fouiller l'appartement, tenter de la faire parler. Et elle ne pouvait pas compter sur Paul Sarde pour la défendre. Aurait-elle l'idée d'appeler Roberto à l'aide ? Elle était sans doute placée sur écoute. Kopp renonça donc à lui téléphoner. Il n'y avait qu'une solution : faire vite. Les devancer ou essayer de le faire.

Il marcha donc plus vite. De temps à autre l'averse cessait. Au-dessus des arbres, s'ouvrait un golfe de ciel bleu d'une luminosité intense, mais rapidement les nuages le comblaient, et la pluie recommençait. Le vent était fort et Kopp dut souvent se pencher, comme s'il pouvait percer ce mur glacé de la tête et des épaules.

Lorsqu'il arriva au Royal Westminster Hotel, il était trempé, mais il ne prit pas le temps de se changer, appelant aussitôt Graham Galley.

— J'ai visité le *HMS Belfast*, dit-il. Un noble croiseur.

Galley ne manifesta aucun étonnement, se contentant d'un grognement d'approbation.

— Commode, poursuivit Kopp, pour se débarrasser d'un Russe qui vous suit.

— Un Russe, répéta Galley comme si cela allait de soi.

— Un ancien des Spetnaz, vous connaissez les Spetnaz, Graham ?

— Même les amateurs peu informés, comme moi, apprécient ces soldats d'élite, cher Julius.

— Un mercenaire, un Corps Fidèle d'un centre d'initiation, un guerrier de Woughman, si l'on veut.

— J'ai deux ou trois petites choses à vous confier, dit Galley. Je me suis renseigné depuis le nuits-saint-georges, quel excellent cru, mon Dieu.

— Je suis pressé, dit Kopp.

— Cet après-midi ? demanda Galley.

— Où ?

Galley rit.

— Les Français sont toujours impatients, dit-il.

Il se tut quelques secondes, puis recommença à rire.

— Vous avez vu la Royal Navy, pourquoi pas la Royal Air Force, maintenant ? Le musée de Hendon est le plus beau musée aérien du monde. Dans une demi-heure ?

— Je me sens tout nu, dit Kopp.

— Dans une demi-heure, répéta Galley.

Ils arrivèrent en même temps devant l'entrée du Royal Air Force Museum. Kopp descendit de son taxi et monta dans la voiture de Graham Galley, une vieille Austin grise.

— Il y a plus de deux cents avions, dit Galley en s'arrêtant sur le parking. Personne ne viendra nous chercher ou nous écouter ici, c'est l'endroit le plus discret du monde pour des gens comme nous.

Dans le vaste hangar métallique où ils pénétrèrent, les avions, serrés les uns contre les autres, étaient de toutes tailles, du Catalina, énorme, une grosse libellule, au Stuka ou au Spitfire, ces moustiques aux lignes agressives.

— Cette guerre était finalement si simple, dit Galley, deux camps, des combats aériens comme des duels ou des charges de cavalerie, un conflit qu'un enfant comprenait. Mécanique, musculaire. Maintenant, tout est électrique, donc immatériel, informatique, imaginaire, artificiel, virtuel.

Il se tourna vers Kopp.

— Je peux continuer, dit-il, j'ai beaucoup de vocabulaire.

— Vous oubliez « spirituel », Graham.

— Vos histoires de secte, d'Homme Suprême. Mais ce n'est pas un homme suprême qui vous a suivi, Kopp. Vous l'avez noyé dans la Tamise ? C'est un Spetnaz, une brute entraînée. Un parachutiste — il pourrait sauter d'un avion comme celui-là...

Galley montra un quadriréacteur Lancaster qui,

peint en vert sombre, occupait tout un angle du hangar.

— Le Spetnaz est au service du Spirituel, dit Kopp.

— Je ne vois pas un Spetnaz pianotant sur le clavier d'un ordinateur, ou créant un logiciel pour casser nos codes, murmura Galley.

— Il faut des gardes du corps, dit Kopp, un empire a besoin de guerriers et de tueurs.

— J'oubliais, dit Galley. Je vous ai apporté de quoi vous couvrir un peu, puisque vous êtes nu.

Il tendit à Kopp la petite sacoche noire qu'il balançait au bout de son bras depuis l'entrée du musée.

— Vous me rendrez tous ces vêtements à votre départ, reprit-il. Ils ont été nettoyés. Très bonne qualité, Magnum 357, un peu lourd, mais il vous fallait un silencieux aussi, n'est-ce pas ?

Kopp soupesa la sacoche.

— J'ai moins froid, dit-il en souriant.

— Vous savez que nous n'aimons pas ça, ici. Même les policiers refusent d'être armés. Mais vous êtes français, et vous avez affaire à des Russes, alors j'ai convaincu mes amis. Ne l'utilisez pas, c'est mon souhait. Comment dit-on « dissuasion » ?

Kopp s'arrêta devant une carcasse de V2.

— La transition, dit-il en montrant la fusée. Une guerre, c'est toujours la somme de toutes les horreurs passées et à venir. Dans la guerre qu'on nous livre, les gens de Woughman, de la secte, on trouve la barbarie la plus préhistorique, et puis le futur, on dépèce les corps, on fabrique des logiciels, et on adore un gourou, l'Homme Suprême, la réincarnation de John Woughman, l'Intelligence de Dieu qui a pris forme.

Kopp se tourna vers Galley.

— Vous aviez quelques informations...

— A propos de Russes, oui, comme votre Spetnaz.

Ils sortirent du musée, traversèrent sous une pluie battante une large esplanade et rejoignirent un

274

second hangar où se trouvait le Wing Restaurant. On servait des boissons et des repas.

— Je vous conseille le thé, seulement le thé, dit Galley.

Ils s'installèrent au fond de la salle.

— Qu'un Spetnaz soit au service du John Woughman Institute ne m'a pas étonné, dit Galley. Ces gens qui travaillent dans ce que vous appelez la nébuleuse Woughman, sont inventifs, prospectifs. Ils ont investi des millions de dollars en Russie. Ils les raflent ici et ils achètent là-bas. Oh, vous aviez raison, Julius, ce sont seulement les hommes qui les intéressent. Leurs investissements sont identiques à ceux qu'a réalisés la secte Aum et qu'on commence à connaître. Peut-être, d'ailleurs, y a-t-il des liens entre la nébuleuse Woughman et les Japonais de la secte. Les services de sécurité russes, le FSB ont ouvert une enquête, mais elle n'avance pas. Les risques politiques sont trop grands. De nombreuses personnalités russes ont favorisé l'ouverture d'un centre d'initiation aux techniques et aux idées du futur à Moscou. Un autre est en passe de se créer à Saint-Pétersbourg. Le Research Center de Londres a livré des ordinateurs par centaines pour équiper ce centre de Moscou et ses annexes. Ils ont gratuitement, mon cher Julius, fourni des super-ordinateurs au NISI, l'institut spécialisé dans les technologies nucléaires. Et c'est surtout cela que je voulais vous dire, je suis fair-play, Julius, parce que ces informations confortent votre point de vue, la World Health Foundation s'est intéressée de très près aux hôpitaux. Elle a distribué de l'aide humanitaire pour plusieurs centaines de milliers de dollars à l'hôpital Morosovskaïa, et des appareils de transfusion sanguine à l'hôpital militaire Bourbenko. En échange de quoi ?

— Vous n'imaginez pas ? fit Kopp. Moi, si. On contrôle les hôpitaux, donc les corps, les organes, le sang. On étend le double réseau, celui des communications et celui du trafic d'organes à tout un continent, à un empire dans lequel la légalité, l'Etat sont affaiblis. Les esprits et les corps sont à prendre là-bas. Les meilleurs deviennent les adeptes de la secte. On les initie. Les autres sont de la matière vivante.

— Votre Spetnaz..., reprit Galley tout en se versant lentement son thé. J'ai même appris que les Spetnaz avaient organisé avec des membres de la Neuvième Direction, les anciens gardes du corps du KGB, des stages pour des gens appartenant au Woughman Institute. On les aurait entraînés aux méthodes de combat, au tir réel, sur une base militaire des Spetnaz, là même où se sont entraînés des jeunes Japonais de la secte Aum.

— J'ai vu beaucoup d'Asiatiques autour de moi, depuis que je m'occupe des gens de Woughman, fit Kopp.

— Pour nous, tous les Asiatiques se ressemblent, dit Galley en se levant. Mais ils sont aussi différents entre eux qu'un Irlandais et un Anglais, ou qu'un Graham Galley et un..., vous, Julius.

Ils sortirent du Wing Restaurant. La pluie avait cessé et le ciel bleu se reflétait dans les flaques boueuses.

54

Julius Kopp parcourut d'abord Cromer Street en se tenant sur le côté des numéros pairs. La rue, étroite, était bordée de maisons cossues à un étage. Une partie de l'habitation se trouvait située au-dessous du niveau de la chaussée. On y accédait par un petit escalier. On devinait à l'arrière de la construction un jardin. Chaque maison était enclose par des grilles dont les barreaux étaient peints en noir comme des hallebardes, et les pointes dorées.

Kopp revint sur ses pas tout en restant sur le même trottoir. Il était le seul promeneur, et ses pas résonnaient. Il repéra le numéro 27, une maison semblable à toutes les autres, à l'exception d'une statue, représentant sans doute Atlas soutenant le globe terrestre et qui se trouvait placée à gauche de l'entrée, sous le porche. Là, selon Graham Galley, habitait Edward Klint Barnett, l'ancien médecin rayé de l'Ordre et dont le cabinet de Harley Street avait ensuite été occupé par les docteurs Marjolin et Grandi.

Graham Galley avait communiqué l'adresse de Barnett à Julius Kopp au moment où il s'apprêtait à descendre de voiture, devant son hôtel, Buckingham Palace Road.

Ils n'avaient échangé que quelques mots depuis le départ du Royal Air Force Museum, comme si l'un et l'autre avaient eu la certitude qu'ils s'étaient dit l'essentiel et qu'il n'était plus nécessaire de bavarder. Kopp avait posé sur ses genoux la petite sacoche noire. Graham Galley avait sifloté. Puis, alors que Kopp ouvrait la portière et que le portier du Royal Westminster Hotel se précipitait, Galley avait dit : « Barnett, 27, Cromer Street. »

Kopp avait hésité, puis il avait tendu la main à Galley, ce qu'il ne faisait jamais, parce qu'il avait compris que ce geste paraissait incongru à Galley, mais cette fois Galley avait saisi la main de Julius Kopp, l'avait secouée.

« Naturellement, avait-il dit sans lâcher la main de Kopp, je ne connais pas Barnett, j'ignore donc son adresse, et je ne vous ai jamais rencontré, ni à Paris ni à Londres. Qui êtes-vous, monsieur ? »

« Et vous ? » avait répondu Kopp en sortant de la voiture. Il avait rapidement gagné sa chambre, une pièce tapissée de boiseries, tout en longueur et donnant sur une petite cour. Kopp avait tiré les rideaux, et ouvert la sacoche. Il n'aimait pas ce type d'arme, trop lourde. Il avait vissé le silencieux, fait passer le revolver d'une main à l'autre, tendu le bras, visé, fait jouer le barillet. C'est alors qu'il avait remarqué que le numéro d'immatriculation de l'arme avait été soigneusement martelé. Avait-elle déjà servi ? Ses caractéristiques étaient-elles engrangées dans la mémoire d'un ordinateur ? Si Kopp était contraint de l'utiliser, à quel propriétaire remonterait-on après avoir fait les analyses balistiques ? Le MI 6 était prévoyant. Mais le geste de Galley était exceptionnel. Il montrait l'importance que le service de renseignement britannique accordait aux développements de l'affaire Woughman. Humilié, soumis au chantage, le MI 6 voulait sans doute se venger d'avoir été ridiculisé par les informaticiens de la secte. Galley avait beau prétendre refuser l'hypothèse d'une secte, il n'en avait pas moins fourni ce revolver, puis l'adresse de Edward Klint Barnett. Enfin on devait être satisfait, dans les bureaux du MI 6, que ce soit un indépendant comme Julius Kopp qui avance à découvert sur ce terrain miné.

Mais cela convenait aussi à Julius Kopp.

Barnett, comme s'il avait voulu ne pas rompre avec son ancienne activité, avait choisi une rue qui se trouvait à égale distance de la British Medical Association, qui l'avait condamné, et de la School of Medicine.

Kopp s'était fait déposé par le taxi, au cœur de ce quartier de Bloomsbury, non loin du Dickens House Museum. Il fallait avoir de confortables revenus pour habiter là, dans l'une de ces rues paisibles et élégantes mais sans ostentation. Barnett, en tout cas, en choisissant Bloomsbury ou en continuant d'y demeurer après sa condamnation, montrait qu'il ne cherchait pas la discrétion. Car le quartier, Bloomsbury Set, disait-on parfois, était considéré comme réservé aux intellectuels de grande notoriété ou de hauts revenus. Avant même d'avoir pénétré dans Cromer Street, Julius Kopp s'était dit qu'Edward Klint Barnett ne devait pas être un homme torturé par le remords.

On allait bien voir.

Quand il eut atteint la Gray's Inn Road, la large avenue dans laquelle aboutissait Cromer Street, Kopp s'était immobilisé quelques instants pour s'assurer que la rue était toujours déserte, puis s'était dirigé vers le numéro 27.

Il accéléra le pas et, arrivé devant la grille, il n'eut aucune hésitation, poussant la porte qui permettait d'accéder à l'escalier qui descendait en contrebas de la chaussée. Il dévala les quelques marches et se trouva ainsi dans l'ombre, au-dessous du petit pont qui permettait de passer du trottoir à l'entrée de la maison. Il y resta quelques minutes, puis il marcha en se tenant collé contre la façade recouverte de lierre, vers l'arrière du bâtiment. Le jardin, d'une centaine de mètres, était éclairé par les lumières du premier étage, auquel on pouvait accéder par un escalier qui aboutissait à une terrasse sur laquelle s'ouvraient des portes-fenêtres. Kopp le grimpa lentement. Il vit d'abord, derrière les vitres, un écran de télévision, puis le profil d'un homme âgé, son bras et sa main, très longue, très blanche, qui reposaient sur l'accoudoir d'un fauteuil en cuir. Kopp inspecta le reste du salon. Il aperçut une bibliothèque et, sur le mur opposé, un tableau représentant une foule d'hommes, de femmes et d'enfants nus qui paraissaient surgir des profondeurs du sol. Ils se dirigeaient vers un immense soleil qui illuminait le tableau. A mieux le regarder, Kopp découvrit que la foule était en fait rigoureusement alignée, en cohortes, avançant au pas, les individus rangés en fonction de leur taille. C'était une impression d'ordre que donnait cette masse humaine.

Kopp sortit son arme, glissa la sacoche dans sa ceinture de manière à avoir les mains libres, et s'approcha de la porte-fenêtre centrale. Il s'assura une dernière fois que l'homme était seul dans la vaste pièce. Il pesa d'abord de la main sur la croisée, mais la porte-fenêtre résista. Il devait donc entrer en force.

Il donna un coup de pied, talon en avant, et la fenêtre s'ouvrit. Mais avant que l'homme ait eu le temps de se lever, Julius Kopp était sur lui, son arme brandie.

Il portait une robe de chambre en laine à petits carréaux bleus, rouges et noirs. Kopp le saisit par le revers du col, le tira à lui, le retourna et dit : « On visite la maison. Si quelqu'un résiste, je vous tue. »

L'homme était maigre, osseux même, grand. Il secoua les épaules dans un mouvement de colère.

— Je suis seul dans cette maison, dit-il. Seul, vous entendez ? Ne perdez pas votre temps. Tuez-moi, volez ce que vous voulez, mais visiter la maison est inutile, je vis seul.

La voix était sèche, autoritaire, et l'homme ne manifestait aucune frayeur. Cela rassura Julius Kopp. A sentir contre lui le corps de cet homme, il en mesura l'énergie et le calme. Cet homme-là était le contraire d'un Alberto Grandi. Il se défendrait mais il ne mourrait pas d'angoisse. Il n'avait, comme Kopp l'avait déjà pensé, ni remords ni repentir.

Kopp le poussa sans brutalité dans le fauteuil, puis il éteignit la télévision.

— Edward Klint Barnett, dit-il en s'asseyant en face de l'homme.

La peau de son visage paraissait parcheminée, tendue entre les os saillants des pommettes, des tempes et des mâchoires. Les yeux, profondément enfoncés dans les orbites, étaient d'un bleu clair, brillant. Il avait des cheveux blancs, rasés sur les tempes et la nuque, et qui, coiffés en brosse, accentuaient encore la longueur du visage. L'homme croisa les jambes avec nonchalance, s'adossant au dossier du fauteuil. Il portait sous sa robe de chambre un pyjama en soie rouge sang.

— Docteur Barnett, précisa-t-il.

Il plaça ses mains sur son genou droit. Le regard de Kopp fut une nouvelle fois attiré par ces mains aux doigts fuselés, aux ongles coupés ras.

— Vous n'êtes plus docteur, depuis des années, dit Julius Kopp.

Il serrait ses doigts sur la crosse de son arme posée sur sa cuisse.

Barnett ricana.

— Vous venez discuter de mon statut juridique ? dit-il d'une voix irritée et ironique. Ce n'est ni l'heure ni la méthode.

D'un mouvement du menton, il désigna la porte-fenêtre, puis l'arme.

— Que désirez-vous ? reprit Barnett. De l'argent ? Il n'y en a pas. Mes cartes de crédit ? Je ferai opposition dès que vous aurez quitté les lieux. Evidemment, vous pouvez me tuer. Ma femme de ménage arrive à huit heures. Vous n'aurez pas beaucoup de temps devant vous. Voulez-vous ma montre ? Un chronomètre de grande qualité, Breitling. Cher. Une pièce de collection.

Il fit le geste de retirer son bracelet.

— Vous êtes un assassin, Barnett, dit Kopp, un bourreau. Je voulais voir et entendre un homme comme vous. Ça m'intéresse. Un médecin criminel, un boucher sans scrupule, finalement c'est assez rare, peut-être surtout en Angleterre. Vous ne croyez pas ?

Barnett se redressa, pencha la tête comme s'il voulait voir sous un autre angle le visage de Julius Kopp. Il fit une moue pensive, les lèvres serrées.

— Vous n'êtes donc qu'un mouton comme les autres, commença-t-il, l'un de ces imbéciles innombrables. Pendant quelques minutes, je vous ai vu avec votre arme à la main, quand vous m'avez saisi, soulevé, je me suis dit, voilà un guerrier, je vais au moins mourir de la main d'un homme. Mais même pas, quelle déception !

Il soupira.

— Vous venez ici pourquoi, reprit-il, pour donner une leçon de morale ? Vous attendez quoi, une confession ? Vous voulez à vous seul constituer un tribunal pour crimes contre l'humanité, peut-être ? Mais savez-vous ce qu'est l'humanité ? Avez-vous déjà plongé vos doigts dans le ventre d'un vivant ? Etes-vous capable de saisir la différence qui existe entre l'intestin d'un chien et celui d'un homme ? Je vous assure, le contact est le même, c'est gluant, visqueux, un peu moins long chez l'un, plus complexe chez l'autre, mais c'est tout. Ce qui sépare, c'est l'esprit, la volonté, le projet, la pensée. Et où la voyez-vous, aujourd'hui ? L'instinct triomphe avec le laisser-aller, la décadence. Mais il n'y a plus de différence entre les matières vivantes. Elles palpitent, elles saignent. Je les ai utilisées au mieux, oui.

Kopp ne fit pas un geste quand Barnett se leva et commença à marcher dans le salon. Il se contenta d'être attentif à chacun de ses mouvements, et il fit pivoter le canon de son arme de façon à pouvoir viser Barnett s'il esquissait la moindre réaction.

— On m'a radié, je n'exerce plus, reprit Barnett. Comme si je pouvais être atteint, concerné par le jugement d'une poignée de larves ! C'est moi que les étudiants viennent voir.

Kopp comprit pourquoi Barnett était resté dans ce quartier, dans cette Cromer Street proche de la School of Medicine. Il devait, peut-être, pour le compte des gens de Woughman, donc de la secte, suivre des étudiants, les endoctriner, les corrompre.

— Des hommes d'un côté, l'élite, les adeptes de votre secte, dit Kopp, et de l'autre la matière vivante, qu'on peut découper, charcuter, greffer, c'est cela, n'est-ce pas ?

Barnett s'arrêta, regarda longuement Julius Kopp, revint vers lui.

— Vous trouvez quelque chose à redire à cette philosophie ? demanda-t-il. Elle est tout simplement réaliste. Ce n'est pas une affaire de secte, c'est le bon sens. La vie grouille, mais croyez-vous qu'on puisse appeler cela des hommes ? Il faut que le tri se fasse. Evidemment, personne n'ose l'affirmer. Seuls quelques-uns ont compris et proclamé cette nécessité. C'est Dieu qui le premier a désigné certains du nom d'*élus*. C'est le principe même de toute religion. Il existe une élite, les élus. Simplement — Barnett s'approcha de Kopp —, les religions ont des intérêts, des prudences, elles ne vont jamais au bout de leurs idées. Elles deviennent sirupeuses. Elles se disent fraternelles. Elles pleurnichent. Il faut autre chose aujourd'hui, revenir à la vieille et rude foi des temps d'Abraham.

— Le couteau sur la gorge de l'enfant, dit Kopp, le sacrifice.

Barnett secoua la tête.

— C'est cela, la prise de pouvoir par les hommes ou la décadence, la décomposition de tous dans le grand marécage, ce qu'on appelle l'humanité, c'est-à-dire des milliards d'hommes qui prolifèrent. Dans quel but, cette croissance cancéreuse ? Il faut donner un sens à cette histoire.

— World Health Foundation, John Woughman Institute, Research Center for the Human-kind Future, dit simplement Julius Kopp en détachant chaque mot.

— Qui vous envoie ? demanda Barnett.

Pour la première fois, Kopp devina une trace d'inquiétude dans les yeux de Barnett.

— OM, dit Kopp.

Barnett hésita, puis fit non de la tête.

— Vous faites partie du troupeau, dit-il. Vous pouvez me tuer, si vous voulez, mon esprit se mêlera à ceux des hommes. Il échappera à la gangue, nous serons enfin purs, immatériels, spirituels, comme des nombres, des impulsions, nous entrerons dans le grand réseau des âmes, la communication absolue.

— OM, MAM, répéta Kopp.

Barnett ferma les yeux et rejeta la tête en arrière. Il ressemblait ainsi à un masque mortuaire, les joues et les tempes creusées, les lèvres minces, le menton prognathe. Le cou étiré, les muscles apparaissaient de part et d'autre comme deux lignes rigides.

— *Ordo Mundi*, dit Barnett d'une voix grave, *Magnus Animarum Magister.*

— L'Ordre du Monde, le Grand Maître des Ames, traduisit Julius Kopp, OM, MAM.

Barnett rouvrit les yeux.

— Il faut un ordre au monde, dit-il, même vous, vous pouvez comprendre cela. Et sans Grand Maître, sans chef, sans Dieu ou son représentant, il ne peut pas y avoir d'ordre.

Kopp dirigea lentement son arme vers Barnett, qui ne tressaillit même pas. Kopp, sans cesser de le viser, se leva, marcha jusqu'au tableau, et, avec le canon du revolver, d'un coup sec, creva puis déchira la toile.

— Nous les mettrons quand même en rang, dit Barnett avec un rire bref, comme s'il jugeait puéril le geste de Julius. Nous instaurerons l'*Ordo Mundi.*

Il rejoignit Kopp devant le tableau.

— Il faut de l'énergie pour tuer de sang-froid, dit-il. Il y a ceux qui la possèdent, ce sont des hommes. Ce sont les élus de Dieu. Il y a les autres, vous, ceux-là...

Barnett eut une moue de dégoût.

Kopp s'avança vers lui, puis il pensa à Alberto Grandi et il tourna le dos à Barnett.

55

Kopp, à pas lents, arpenta en tous sens la salle d'attente de Waterloo Station. Il était sûr de ne pas avoir été suivi, mais il voulut ne rien laisser au hasard. Il dévisagea chacun des voyageurs qui devaient, comme lui, emprunter l'Eurostar de 12 h 31 en partance pour Paris. Aucun d'entre eux ne lui parut suspect. Il y avait plusieurs groupes de touristes japonais, des couples d'Anglais, et des Français bruyants. Il s'assit à l'écart. Le Russe des Spetnaz avait dû dissimuler son échec et confirmer que Kopp était rentré à Paris après quelques heures passées à Londres. Quant à Barnett, il n'avait sans doute pas compris le sens de la visite de Kopp. Il n'exerçait plus, jugea Kopp, qu'une influence intellectuelle dans l'organisation, surveillant les étudiants en médecine que la secte avait choisis de recruter, mais, à l'évidence, il était devenu un personnage marginal, un vieux fanatique qu'on tolérait sans lui accorder le moindre pouvoir. S'il avait prévenu les gens de la secte de l'irruption chez lui de Julius Kopp, il avait dû le faire en termes si confus, mêlés à tant de considérations générales, qu'ils n'avaient pu identifier Kopp. Et puis, Barnett avouerait-il qu'il avait livré à Kopp le sens des lettres OM et MAM ?

Kopp, quand il avait appelé Graham Galley pour lui annoncer qu'il quittait Londres, n'avait pu contenir son enthousiasme.

— *Ordo Mundi*, *Magnus Animarum Magister*, avait-il répété à Galley.

Qu'est-ce que c'était que ce latin de cuisine, avait interrogé Galley.

— Le nom de la secte et la désignation de son chef ; l'Homme Suprême, c'est le *Magnus Animarum Magister*. L'Ordre du Monde et le Grand Maître des Ames, avait expliqué Kopp.

— Mais qu'ont-ils besoin de ces cuistreries ? s'était exclamé Galley.

— Une secte universelle, Graham, qui veut instaurer l'ordre du monde, son empire.

— Fous, des fous, avait dit Galley.

— Surveillez Barnett, avait insisté Kopp. Et surtout, les gens du 188, Regent Street. Vous avez un métro, à Londres, comme à Tokyo. Les fous imitent les fous. Pensez au gaz Sarin, aux attentats.

— Ils vont peut-être commencer par le tunnel sous la Manche, Julius. Vous devriez prendre l'avion.

Puis, après un silence, Galley ajouta :

— Je plaisante.

— Demandez aux Japonais si la secte Aum est une plaisanterie, dit Kopp.

— Vous êtes d'un sérieux, Julius, insupportable, répondit Galley d'une voix irritée. Avez-vous au moins rendu les vêtements en bon état ?

— Pas un accroc, je les ai à peine portés. Ils sont déposés à l'adresse indiquée.

— Voilà enfin une bonne nouvelle, dit Galley. Puis il répéta : *Ordo Mundi, Magnus Animarum Magister.* Et vous y croyez, Kopp ?

— La folie existe, Graham. Je ne vais pas vous conseiller de relire Shakespeare ? Merci, Graham, pour les vêtements, et le reste. Barnett a été pour moi une rencontre décisive.

— Ne soyez pas téméraire, Julius. Je ne sais pas si c'est une secte, mais ils sont dangereux.

Kopp avait raccroché.

Il s'était senti fort et résolu à vaincre. Mais il avait été prudent, changeant de taxi, puis s'assurant que personne ne le guettait à Waterloo Station.

Il inspecta encore la salle d'attente du regard, et se décida à appeler Laureen. Il ne voulait pas rentrer à la ferme. Il désirait écarter Paul Sarde de l'enquête.

Laureen ne décrocha qu'au bout de plusieurs sonneries, et lorsque Kopp dit : « C'est moi », elle ne répondit pas.

— Laureen ? interrogea-t-il.

Elle sembla soupirer et murmurer son nom d'une voix étouffée.

— Laureen, répéta Kopp, impatient.

Puis, comme elle ne répondait pas, il dit : « J'arrive. »

Elle raccrocha aussitôt.

Il fallait, pensa-t-il, qu'il l'oblige à quitter l'appartement du boulevard Voltaire jusqu'à ce que l'enquête soit terminée. Laureen était repérée, écoutée, surveillée. La filature du Russe avait commencé devant sa porte. Kopp se reprocha de l'avoir appelée, d'avoir indiqué qu'il arrivait. Il fut sur le point de lui téléphoner de nouveau ou d'essayer de joindre Roberto, mais on annonça l'embarquement immédiat, et Kopp se mêla à la foule des passagers qui commençaient à se presser sur les rampes d'accès.

La place de Kopp était située à l'extrémité de la voiture numéro onze, et comme il l'avait demandé au concierge de l'hôtel qui avait effectué la réservation, elle était isolée. Les autres sièges étaient pour la plupart occupés par les touristes japonais que Julius Kopp avait aperçus dans la salle d'attente.

Le train s'ébranla, puis roula à vitesse réduite au milieu d'un paysage de collines où paissaient des moutons.

Quel était l'ordre du monde ? Cet harmonieux décor bucolique, ou bien la folie des adeptes de la secte ?

Kopp se souvint tout à coup de la putain qui lui avait raconté, à Rome, comment le gardien de la clinique Grandi avait porté sur ses épaules l'enfant qui avait voulu fuir, comme un mouton qu'on destine à l'abattoir. Ces moutons, dans les prés, étaient promis à la mort. Comme les enfants sacrifiés par la secte, pour ses profits et pour ses objectifs de pouvoir pour l'instauration de son ordre du monde.

Kopp s'arracha à la contemplation du paysage. L'action était une exigence. La seule méthode. Elle lui avait permis de faire un pas de plus dans la connaissance de la secte.

Il se mit à griffonner. Un cercle, d'abord, qui représentait la nébuleuse qui englobait les institutions et les publications créées à partir de l'héritage de John Woughman. Puis, *Ordo Mundi*. Il hésita. Il conçut la secte comme une pyramide. La base était constituée par les Corps Fidèles ou les Fidèles du Savoir, ceux qu'on attirait par l'argent, l'initiation aux techniques et aux idées du futur, qu'on corrompait comme ces étudiants en médecine auxquels on proposait de financer leurs études, qu'on endoctrinait et qu'on abrutissait en les droguant avec l'Eau du Savoir. Au-dessus d'eux, se trouvaient la strate des Bergers, puis d'autres niveaux, sans doute. Mais Kopp ne les connaissait pas encore. Au sommet, il situa l'Homme Suprême, le MAM, le *Magnus Animarum Magister*. Kopp fut convaincu que la forme pyramidale qu'il avait spontanément choisie s'imposait.

Il recommença plusieurs fois jusqu'à parvenir à un schéma simple, qu'il dessina au centre d'une feuille.

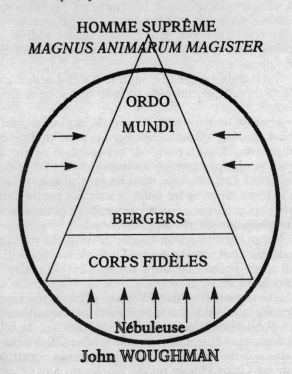

HOMME SUPRÊME
MAGNUS ANIMARUM MAGISTER

ORDO
MUNDI

BERGERS

CORPS FIDÈLES

Nébuleuse

John WOUGHMAN

Il lui faudrait gravir les différents échelons de la pyramide, des Corps Fidèles jusqu'au *Magnus Animarum Magister*, et ce serait alors l'affrontement entre lui et cet Homme Suprême.

Kopp essaya de l'imaginer, sans y parvenir. Il se souvint de ces visages de gourous, de mages, de grands-prêtres, de prophètes qui, de plus en plus souvent, apparaissaient dans l'actualité, parce que leur secte avait attiré l'attention par un forfait, un crime, un suicide collectif, des viols, une construction démesurée, des propos, une menace, un attentat, un chantage.

Dans leurs accoutrements baroques, ces hommes ressemblaient à des pitres déguisés pour une parade ridicule. Mais des fidèles se pressaient autour d'eux par centaines, des femmes les adoraient. Ils exigeaient et on leur obéissait. Les fidèles se dépouillaient pour eux de tous leurs biens et ils remerciaient le maître qui les exploitait ou les violait. Ils vénéraient ce charlatan et ce bourreau. Ces fidèles étaient médecins, ingénieurs, professeurs, étudiants. Ces pitres sinistres disposaient de complicités au cœur des Etats. Des maires leur accordaient le permis de construire leurs temples. Des ministres appuyaient leurs initiatives. Graham Galley avait évoqué le rôle de responsables politiques russes qui avaient favorisé l'installation d'un centre d'initiation aux techniques et aux idées du futur à Moscou, et avaient bénéficié des libéralités du John Woughman Institute. Auparavant, ces mêmes personnalités avaient noué des liens avec les fous criminels de la secte Aum.

Ordo Mundi apparut à Julius Kopp, dans ce panorama que sa mémoire dressait, comme peut-être la plus menaçante, la plus secrète, la plus insidieuse et la plus barbare des sectes dont il se souvînt. Trafic d'organes, puissance informatique, barbarie et ordinateur, philosophie de l'inégalité, le mélange était fascinant, comme une drogue absolue. L'Homme Suprême pouvait bien en effet devenir, si on ne l'abattait pas, le *Magnus Animarum Magister*, le Grand Maître des Ames régnant sur un monde soumis à ses ordres.

— Monsieur Julius Kopp ?

Kopp, en entendant cette voix, se recroquevilla, prêt à se défendre. Il leva la tête. Une Japonaise d'une vingtaine d'années, au visage large, au nez écrasé, les cheveux noirs coupés court à mi-joues, s'était assise en face de lui. Les autres touristes japonais continuaient de déjeuner en parlant entre eux.

— Il paraît que vous avez vu M. Barnett, hier soir, dit-elle. C'est un savant exceptionnel, n'est-ce pas ? Il a été heureux de votre visite.

La voix était métallique, le ton saccadé et mécanique.

— Je dois vous donner des nouvelles de Mme Geneviève Thibaud et de son fils. Ils vont encore bien. Ils sont encore vivants, voilà, monsieur Julius Kopp. Bon voyage.

Elle se leva, et avant que Kopp se soit remis de sa surprise, elle avait quitté la voiture.

56

Julius Kopp, pour la première fois depuis des années, peut-être depuis sa première mission de renseignement en territoire hostile, eut le corps couvert d'une sueur glacée. C'était pire que de la peur, c'était une panique qui le paralysait, l'empêchant de se lever pour rejoindre la jeune Japonaise, l'interpeller, l'interroger. Il eut le sentiment d'être exposé, démasqué, sans pouvoir réagir, contraint de subir la loi d'un adversaire insaisissable qui se jouait de lui.

Il resta ainsi tassé sur son siège, aux aguets, ne répondant pas au serveur qui lui proposait du café.

L'impression euphorique qu'il avait eue au début du trajet, quand il avait fait la synthèse de ce qu'il savait sur la secte, élaboré ce schéma qui représentait l'imbrication entre *Ordo Mundi* et la nébuleuse John Woughman, entre la pyramide et le cercle, avait disparu. Il s'était trompé. Edward Klint Barnett avait immédiatement fait un rapport. Et peut-être même le Russe des Spetnaz avait-il dit la vérité, expliqué comment Julius Kopp s'était débarrassé de lui. On avait suivi Kopp — comme l'intervention de la Japonaise dans ce train où Kopp se croyait en sécurité le prouvait. On était au courant de tous ses faits et gestes. Il sembla même à Kopp qu'on devinait ses pensées.

Il tenta de se calmer.

L'Eurostar avait franchi le tunnel et roulait maintenant à grande vitesse dans les plaines mamelonnées du Nord de la France. Kopp laissa son regard errer.

Ce qu'il avait sûrement sous-estimé, c'était le degré d'organisation de la secte, la complexité de ses ramifications, la diversité de ses appuis, les tolérances dont elle bénéficiait, les complicités qu'elle suscitait, et l'obéissance de ses adeptes. Même le vieux Edward Klint Barnett demeurait un fidèle discipliné. Comment Kopp réussirait-il dans ces conditions à déraciner une organisation qui pouvait aussi bien compter sur le Canadien Silvère Marjolin, les Italiens de la clinique d'Alberto Grandi, l'Anglais Barnett, le Suisse Hans Reinich, un jeune Russe des Spetnaz, Carmen Revelsalta, brésilienne et fonctionnaire international, ou cette jeune Japonaise qui osait défier Kopp dans ce train ?

Ordo Mundi était bien un réseau international adapté à cette époque où les hommes et les idées, les produits, la drogue comme les armes passaient d'un continent à l'autre. Et *Ordo Mundi* et la nébuleuse Woughman, en maîtrisant la communication informatique, étaient aussi la secte et l'organisation de cette fin du deuxième millénaire où il suffisait d'une fraction de seconde pour faire passer un message, où tout pouvait s'échanger de façon immatérielle, en temps réel, comme si, entre les hommes où qu'ils se trouvent, la transmission de pensée pouvait s'opérer.

Le *Magnus Animarum Magister*, l'Homme Suprême, grâce à ce réseau informatique, exerçait une sorte de pouvoir hypnotique sur les adeptes de la secte. Il était bien le Grand Maître des Ames. La secte était forte de cette fusion entre les comportements traditionnels, l'obéissance, la fidélité, le secret, sans doute la mystique, tout ce que révélait d'archaïque l'utilisation du latin *Ordo Mundi*, *Magnus Animarum Magister*, et, d'autre part, les moyens techniques les plus avancés. L'intelligence artificielle devenait l'arme de la barbarie. C'était cela, *Ordo Mundi*.

Kopp se leva et commença à parcourir le train à la recherche de la jeune Japonaise. Il n'en avait qu'un souvenir vague, ce nez épaté, ces cheveux noirs coupés court et tombant raides sur les joues. Elle devait porter un chemisier blanc et une jupe droite de couleur bleue. Kopp circula d'un bout à l'autre du train. Les groupes japonais occupaient presque entièrement quatre voitures. Les jeunes femmes étaient nombreuses, papotant entre elles. Elles s'étonnèrent puis rirent aux éclats lorsque Kopp se pencha vers elles. Mais elles lui parurent toutes se ressembler. Et il aurait suffi que celle qu'il recherchait eût mis des lunettes ou endossé une veste pour qu'il ne la reconnût pas. Elles étaient d'ailleurs presque toutes, comme les élèves d'un pensionnat, vêtues de la même façon, blouse blanche, jupe bleue.

A la fin, Kopp renonça, mais si la panique s'était effacée, l'inquiétude et l'angoisse demeuraient. Kopp se sentit, durant cette fin de trajet, alors que l'Eurostar ralentissait, qu'apparaissaient les tours d'habitation de la grande banlieue parisienne, vulnérable. Il l'était, puisque Geneviève Thibaud et Cédric restaient entre leurs mains, puisque Kopp ne pouvait protéger Alexander, que Pierre Vernes ou Sarde avaient peut-être livré, que Laureen était repérée et que Viva, elle aussi, était une cible facile.

Kopp sauta l'un des premiers sur le quai de la gare du Nord, courut jusqu'à son extrémité pendant que les Japonais se regroupaient au pied de chaque voiture. Il attendit qu'ils s'avancent, se plaçant au milieu du quai, de manière à ce qu'ils ne puissent l'éviter. Bientôt, il fut au milieu des Japonais qui avançaient lentement. Il dévisagea chaque jeune femme. Il fut sur le point d'interpeller certaines d'entre elles, puis il renonça. Le doute, au moment où il ouvrait la bouche et levait le bras, s'insérait en lui. Il demeura pourtant là, cependant que le flot des voyageurs s'écoulait. On le bouscula. Il pensa qu'on aurait pu l'abattre de tant de manières, à bout portant, en passant avec une arme munie d'un silencieux, ou bien en le piquant et lui injectant du poison. Il était facile, dans cette cohue, de s'approcher de lui. Il n'aurait même pas eu le temps de réagir. Mais l'Homme Suprême, et c'était sans doute lui qui prenait ce type de décision, ne voulait pas encore l'abattre. La jeune Japonaise s'était contentée, en somme, de rappeler les termes du chantage : la vie de Geneviève Thibaud et de Cédric en échange d'un retrait de Julius Kopp.

On lui laissait un peu de temps. A lui de jouer, d'utiliser ces jours, sûrement pas plus de quelques semaines, pour gagner.

Le quai, maintenant, était désert. Julius Kopp se décida à partir. Il se retourna. Trois hommes se tenaient à quelques pas. Il reconnut aussitôt Silvère Marjolin. Il était en avant des autres et s'avançait, esquissant une grimace qui pouvait être un sourire. Il avait un visage maigre, les cheveux courts, rasés sur les tempes comme ceux de Barnett. Les sourcils ne constituaient qu'une fine ligne noire soulignant le renflement de la base du front. Les arcades sourcilières étaient en effet proéminentes et les yeux paraissaient ainsi enfoncés, petits. Kopp superposa ce visage à celui de Barnett et fut frappé par la ressemblance entre les deux hommes, mêmes pommettes saillantes, même menton un peu prognathe. Kopp regarda la main ouverte que Silvère Marjolin lui tendait. C'étaient aussi les mêmes doigts longs, fins. Mais Kopp ne saisit pas la main de Marjolin.

Durant les quelques secondes qui précédèrent le moment où Marjolin dit, baissant le bras : « Vous me reconnaissez, n'est-ce pas ? On m'a assuré que le portrait-robot que vous aviez tracé de moi était très proche de la réalité. Qu'en pensez-vous, monsieur Kopp ? » Kopp constata que l'angoisse et l'inquiétude qui le tenaillaient avaient disparu. Un événement venait de se produire, et Kopp était sûr qu'il allait faire face avec sang-froid.

Silvère Marjolin paraissait persuadé, d'ailleurs, que Kopp ne chercherait pas à fuir. Les deux hommes qui l'accompagnaient s'étaient rapprochés, entourant Julius Kopp. Ils portaient d'amples blousons de cuir et gardaient les mains dans leurs poches. Peut-être étaient-ils eux aussi russes et membres des Spetnaz. Blonds, imberbes, d'une carrure athlétique, leurs regards semblaient traverser Kopp sans le voir. Les tueurs professionnels que Kopp avaient si souvent rencontrés dans sa vie avaient cette capacité-là de ne pas voir ceux qu'ils devaient tuer.

— Nous sommes entre civilisés, n'est-ce pas ? commença Marjolin.

Kopp reconnut la légère pointe d'accent canadien.

— Vous savez, reprit Marjolin en faisant un geste pour inviter Julius Kopp à marcher en direction de la sortie de la gare, que nous aurions pu agir autrement avec vous. Vous ne risquez donc rien.

Marjolin se pencha vers Kopp. Il était un peu plus grand que lui, ce qui irrita Kopp, contraint de lever les yeux.

Kopp détourna le regard.

— Pour l'instant, en tout cas, continua Marjolin, je veux simplement parler avec vous. Il faut que nous nous comprenions, au lieu de nous combattre.

Il tenta de prendre le bras de Julius Kopp, mais celui-ci se dégagea tout en continuant de marcher au côté de Marjolin. Les deux autres hommes suivaient à un pas.

— Il me semble, et pas seulement à moi, qu'un exposé de nos objectifs — il hésita —, de notre foi, oui, il s'agit de foi, dissiperait les malentendus qui existent. Une mécanique folle s'est mise en route, presque par hasard. Il faut l'arrêter. C'est mon but. Il est encore temps.

Il s'immobilisa à l'entrée du parking. Il portait une longue gabardine bleue qui flottait autour de son corps. Il fixa Julius Kopp et, parce qu'ils étaient anormalement rapprochés, ses yeux avaient un regard d'une force inhabituelle.

Mais Kopp ne baissa pas la tête. Il serra les poings à la pensée que cet homme-là avait vu Geneviève nue, que ces mêmes yeux-là avaient guidé la main armée du bistouri, tranchant les muscles, suturant les artères d'un corps d'enfant.

— Ce n'est pas seulement mon but, dit Marjolin, mais celui...

Il s'interrompit.

— Vous savez qui nous sommes, n'est-ce pas ? C'est la volonté d'*Ordo Mundi*. De son Grand Maître. Nous ne sommes pas des destructeurs, monsieur Kopp, nous ne choisissons jamais de gaieté de cœur la violence. Nous sommes pour l'Ordre, monsieur Kopp. Nous voulons nous entendre avec tous ceux qui peuvent comprendre et accepter nos objectifs. Notre foi est ouverte. Il y a place parmi nous.

Le parking était désert. La lumière des tubes fluorescents vacillait, ne réussissant pas à percer les zones d'ombre qui s'agrippaient au béton brut des murs. Elle effleurait les carrosseries, recouvrant

chacune d'elles d'une couleur bleutée et poussié-
reuse.

Les deux hommes qui accompagnaient Marjolin
se placèrent de manière à empêcher Julius Kopp de
se retourner vers les quais de la gare.

— Voulez-vous nous écouter, monsieur Kopp,
nous accompagner ?

Il fit un pas, constata que Julius Kopp n'avait pas
bougé.

— Je crois que vous n'avez pas le choix, dit
Marjolin en se tournant vers les deux hommes.

Kopp le suivit.

57

Kopp, à l'extrémité du parking, dans une zone
d'ombre, reconnut la Mercedes beige. Cette voiture
les avait suivis de l'appartement de Laureen jusqu'à
la gare du Nord, le jour du départ pour Londres.

« Ils tiennent Laureen », pensa Kopp. Et il se souvint de la voix étouffée de la jeune femme lorsqu'il
lui avait téléphoné.

Kopp s'arrêta. Les deux hommes en blouson de
cuir l'encadrèrent en lui saisissant chacun un bras.
Marjolin se retourna. Il avait une tête osseuse qui
exprimait la dureté, l'insensibilité. Il revint vers
Julius Kopp.

— Ne changez pas d'avis, murmura-t-il.

Il avait parlé sans presque ouvrir la bouche, le
visage figé, les yeux seuls mobiles, balayant l'espace,
suivant une voiture qui quittait sa place de stationnement.

— Qu'est-ce que vous lui avez fait ? demanda
Kopp.

Il essaya de s'approcher de Marjolin, mais les deux

hommes le retinrent. Ils serrèrent l'un et l'autre ses bras, écrasant ses biceps jusqu'à la douleur.

— A qui ? demanda Marjolin.

Il se pencha. Kopp sentit un parfum d'eau de Cologne. Marjolin devait être un homme à se frictionner méticuleusement, avec un soin maniaque. Un chirurgien qui croyait pouvoir nettoyer les taches de sang sur sa peau et l'odeur de cadavre. Mais chacun de ses traits exprimait la mort.

Marjolin secoua la tête.

— Geneviève Thibaud et mon fils, car Cédric est mon fils, vous le savez, vont bien. On vous l'a dit, dans le train.

Il s'approcha encore.

— Mais vous pensez à votre amie, Laureen, votre collaboratrice.

Il desserra les lèvres.

— Elle vous est fidèle, jusqu'à la bêtise. Elle a tout refusé. On l'a un peu secouée.

Les yeux de Marjolin riaient. Son visage était à quelques centimètres de celui de Julius Kopp.

Kopp, d'un coup de reins, se projeta en avant et avec le front écrasa le nez et les lèvres de Marjolin.

Les hommes qui tenaient Kopp lui tordirent les bras, le tirèrent en arrière. Marjolin avait vacillé. Il resta quelques minutes étourdi, puis s'essuya calmement le sang qui coulait de son nez et de ses lèvres.

— Mais votre amie va bien, dit-il d'une voix sourde. Il parlait avec difficulté. Vous l'avez entendue au téléphone ? Nous vous attendions chez elle, mais sur le quai, à la descente du train, c'était plus amical, n'est-ce pas ?

Il plaça son mouchoir sous ses narines.

— Vous n'êtes pas sympathique, monsieur Kopp, dit-il. Ce n'est pas très habile. Nous ne voulons pas vous faire la guerre, mais vous voyez — il montra le mouchoir taché de sang —, vous êtes violent, irréfléchi. On ne vous a pas initié à la maîtrise de soi.

C'est dommage. Vous n'êtes qu'un guerrier primitif. Vous auriez beaucoup à apprendre de nous.

Kopp eut le sentiment que les deux hommes lui avaient démis les épaules. La blessure de son bras gauche le faisait à nouveau souffrir et la douleur se répandait jusqu'au bout des doigts.

On le poussa vers la voiture. Marjolin s'installa au volant et les deux hommes se glissèrent avec Kopp sur la banquette arrière.

— Vous allez la voir, dit Marjolin alors que la voiture roulait vers la place de la République. Nous avons été très mesurés avec elle.

Il se tourna vers Kopp. Le nez et les lèvres étaient tuméfiés.

— Parce que nous n'accomplissons que ce qui est nécessaire et que nous n'agissons jamais sur une pulsion instinctive, bestiale en somme, comme vous venez de le faire, monsieur Kopp. Nous avons un but. Nous sommes porteurs d'un grand dessein, qui nous dépasse. Nous obéissons à des lois supérieures que les hommes comme vous, primitifs — il s'interrompit, et Kopp aperçut les yeux de Marjolin qui l'épiaient dans le rétroviseur —, profanes, ont de la peine à comprendre. Malgré tout, je ne désespère pas de vous. Vous pourriez être à votre place, trouver la paix au sein d'*Ordo Mundi*. Je suis sûr, monsieur Kopp, que vous avez souvent l'impression de vivre pour rien, comme un insecte. Sommes-nous sur cette terre pour cela ? Réfléchissez, interrogez-vous.

Marjolin arrêta la voiture en double file devant l'immeuble de Laureen, boulevard Voltaire. Il descendit et l'un des hommes en blouson prit sa place au volant, cependant que l'autre entraînait Kopp vers l'entrée de l'immeuble.

Kopp eut la tentation de résister mais il céda. Ils pouvaient se venger sur Laureen et Geneviève Thibaud. Et surtout, il voulait savoir, comprendre.

Marjolin était bavard et un homme qui parle en dit toujours plus qu'il ne croit et ne veut.

58

Un homme ouvrit la porte de l'appartement de Laureen. Kopp, dans la pénombre, devina un Asiatique, peut-être un métis, aux yeux ronds et aux paupières renflées. Il était grand et maigre. Il tenait un revolver muni d'un silencieux. L'homme au blouson poussa Kopp dans l'entrée, puis dans le salon. Kopp remarqua aussitôt les débris de l'une des lampes. Un fauteuil était renversé. Laureen avait tenté de se défendre. Il eut un mouvement pour se précipiter dans le couloir, mais l'homme au blouson et l'Asiatique le retinrent, et commencèrent, sur un geste de Marjolin à lui lier les poignets dans le dos. Kopp ne put dissimuler une grimace de douleur.

— Votre blessure, dit Marjolin.

Il s'assit en face de Kopp.

— A New York, nous ne savions pas encore ce que vous vouliez, pour qui vous travailliez. Nous avons beaucoup d'ennemis.

Il secoua la tête.

— Vous n'êtes pas le plus dangereux. Il y a tous ceux qui nous haïssent parce que nous sommes les porteurs de la vraie foi et qu'ils veulent tromper, utiliser le besoin de croire à leur seul profit. A ceux-là, nous ne leur pardonnons rien.

Kopp avait tendu et écarté ses bras de façon à garder, quand ils auraient fini de nouer leurs liens, un peu de liberté de mouvement. Mais les deux hommes serrèrent les nœuds de manière à ce que Kopp ne pût bouger. Il sentit presque aussitôt que ses mains s'engourdissaient et que ses muscles se raidissaient.

— Excusez-nous, dit Marjolin, mais vous n'êtes qu'une boule de colère, un paquet d'instincts et de réflexes. Vous êtes nerveux. Je ne veux pas être contraint de vous tuer. Ce n'est pas dans nos intentions. Du moins pas encore.

— Laureen ? demanda Kopp.

— Bien sûr, répondit Marjolin.

Il se leva, et montra aux deux hommes le couloir. Ils guidèrent Kopp jusqu'à la chambre de Laureen, et quand l'homme au blouson s'effaça, Kopp vit Laureen. Il voulut s'approcher mais l'Asiatique le retint.

Laureen était couchée sur le lit, bâillonnée, les mains attachées aux montants du lit, les bras étirés. Les chevilles étaient entravées. Elle était nue. Et Kopp sut que s'il l'avait pu, il aurait tué ces hommes.

Laureen portait des traces de coups sur tout le corps. Les cuisses étaient marbrées. Du sang avait coulé de ses lèvres jusqu'à sa poitrine.

Les deux hommes la regardaient avec tant d'intensité que Kopp, de lui-même, quitta la chambre. Elle n'était ni morte ni gravement blessée. Sa respiration était profonde et régulière. Sans doute, après l'avoir battue, l'avaient-ils droguée puis attachée au lit.

L'Asiatique, alors qu'il était seul avec elle, ou avant lui, les deux hommes aux blousons de cuir l'avaient peut-être violée. Et peut-être était-ce Marjolin qui avait agi le premier, pendant que les autres tenaient Laureen. Ou alors l'avait-on déjà ligotée et avait-il abusé d'elle alors qu'elle ne pouvait plus se défendre.

— Vous avez vu, dit Marjolin.

L'homme au blouson poussa Kopp dans le fauteuil en face de celui dans lequel était assis Marjolin.

— Elle s'est obstinée. Mais — il se frotta les mains, lentement, comme s'il les lavait avec soin — nous n'avons fait que le nécessaire. Rien de plus, ajouta-t-il après un silence, mais il avait plissé les paupières comme pour cacher son regard.

Kopp songea à bondir, à écraser encore une fois le visage de Marjolin.

Marjolin recula, s'installa derrière une table basse, et murmura en se penchant vers Julius Kopp :

« N'essayez plus, monsieur Kopp. Vous avez envie de me tuer ? Mais c'est moi qui ai les moyens de le faire. Et de la manière qui me plaira. Je peux aussi tuer Laureen ou disposer de son corps, avant ou après. »

Il se redressa, changea de ton.

« Soyez donc raisonnable, monsieur Kopp. Faites émerger un peu plus d'esprit, de conscience de votre masse de muscles ! Soyez davantage créature humaine, partie de l'univers créé par Dieu, plutôt que poids de chair. Je vous en prie, monsieur Kopp, si vous voulez rester en vie, si cela a le moindre intérêt pour vous, si vous ne voulez pas que je traite votre amie comme elle le mérite, calmez-vous, parlons. Essayons de nous comprendre. Dieu ne veut pas la guerre entre des hommes comme nous. Il vous donne une chance de rédemption. Vous pouvez vous élever. Dieu vous a protégé à New York. Il n'a pas voulu que vous soyez exécuté comme nous l'avions prévu. Nous avons interprété ce signe comme une protection qu'il vous accordait pour quelque temps. Profitez-en, monsieur Kopp. »

Kopp essaya de se détendre. Il laissa aller les muscles de ses épaules, remua les doigts afin de lutter contre la paralysie. Marjolin était fou. Mais il fallait utiliser cette folie pour le combattre, tenter de comprendre sa logique et pourtant demeurer sur ses gardes car Silvère Marjolin n'était peut-être qu'un simulateur pervers, qui jouait avec la folie pour se tromper lui-même et ne pas s'avouer qu'il avait agi pour des raisons sordides d'intérêt, de goût du pouvoir, que ce dieu qu'il invoquait n'était qu'un alibi à sa cruauté, le masque de son sadisme.

— Desserrez mes liens, dit Julius Kopp d'un ton bourru. Je ne peux pas vous écouter dans ces conditions.

Marjolin hésita. Ses lèvres minces étaient gonflées, rouges, comme si le coup qu'avait porté Julius avait révélé l'existence de la bouche qui n'était, sinon, qu'un trait court dans un visage lisse, blanchâtre.

Marjolin leva la main et l'Asiatique commença à relâcher les sangles qui liaient les poignets de Kopp.

Kopp se souvint des séances d'entraînement et de formation durant lesquelles on l'avait placé dans les situations les plus difficiles, face à des fanatiques, à des terroristes, à des preneurs d'otages. Il avait dû, pied à pied, essayer de changer le rapport de force, reconquérir du terrain. Il avait frappé Marjolin. Il pouvait bouger les mains. Deux victoires.

Kopp respira bruyamment comme s'il se mettait à l'aise. Il se laissa glisser vers le fond du fauteuil.

— Vous voyez, dit Marjolin, nous pouvons nous entendre. D'ailleurs...

Il se leva, commença à marcher dans le salon. Parfois, du bord de sa semelle, il repoussait vers les cloisons des éclats de verre. Il s'arrêtait aussi devant les fenêtres qui donnaient sur le boulevard Voltaire.

Kopp le suivit des yeux.

Les deux hommes avaient quitté la pièce mais les portes vitrées qui ouvraient sur le couloir étaient entrebâillées. Où se trouvaient-ils ? Dans la chambre de Laureen, comme deux voyeurs ?

Kopp s'efforça de ne pas les imaginer, de saisir dans le long monologue de Marjolin, des renseignements utiles.

— Nous l'admettons, disait Marjolin, vous n'avez pas voulu délibérément vous en prendre à nous rencontrer sans vraiment l'avoir décidé. Maintenant, vous êtes à la croisée des chemins, Julius Kopp. Nous sommes prêts à tout effacer, j'oublierais même cela...

Il souleva son poing, montrant le mouchoir taché de sang.

— Nous savons oublier. J'ai pardonné à Geneviève. Nous avons subi une épreuve, elle et moi. Ces obstacles n'ont pas été placés entre nous par hasard. Il fallait bien que l'un et l'autre, l'un et l'autre, je dis bien, soyons soumis à la tentation. Serions-nous capables de la repousser et de nous retrouver, de reprendre notre ascension ? Tel était le défi. Tous les fidèles, et même Jésus, ont été ainsi soumis à l'épreuve.

Il s'approcha de Julius Kopp.

— Connaissez-vous la date de naissance de Paul Sarde ? Naturellement, vous l'ignorez, fit Marjolin.

Il sourit avec commisération.

— Le 6 juin 1951, reprit-il. Savez-vous ce que cela signifie ? C'est le sixième jour du sixième mois de l'année 6, car 1 et 9 font 0, et 5 et 1 font 6. Paul Sarde, votre ami, votre plus proche collaborateur, porte le chiffre 666, le chiffre de la Bête dans l'Apocalypse selon Jean. Voilà le Diable, le Tentateur, celui qui a déclenché la guerre. 666, quand vous pensez à Sarde, Julius Kopp, n'oubliez jamais ce chiffre, reportez-vous à Jean.

« Fou », pensa Kopp.

— Je ne crois pas à l'Apocalypse, dit-il en haussant les épaules à plusieurs reprises dans le but de provoquer Marjolin.

Marjolin ricana, ouvrit les bras comme un prédicateur.

— Qui vous demande d'y croire ? dit-il. Mais peut-être êtes-vous capable de regarder autour de vous, de comprendre que nous approchons à grands pas du *Grand Deux* et du *Triple Zéro*, 2000, ce n'est pas *la* date de *la* fin du monde, monsieur Kopp, mais l'un des moments de la fin de ce monde. Vous ne voyez pas le chaos ? Nous sommes entrés dans le temps des épidémies, des désordres, la prolifération cancéreuse de la matière vivante. Je suis médecin, monsieur Kopp, vous le savez...

Il s'assit en face de Kopp, les poings fermés posés sur la table basse.

— Je sais ce que sont les cellules cancéreuses, leur vitalité folle, leur croissance. Je sais quel est le chemin choisi par le virus du sida pour abattre l'homme. Il supprime les défenses immunitaires. D'un côté, il y a donc cette croissance de la matière vivante, de l'autre ce virus. Il se répand chez ceux qui sont le plus soumis à l'instinct, ceux qui ne sont pas pénétrés par l'Esprit. Ils servent de véhicule au virus qui peut s'attaquer de cette manière aux Hommes, à ceux qui ont réussi à se dégager de la gangue.

« Fou », eut envie de hurler Kopp.

Il s'avança sur le bord du fauteuil comme s'il avait été passionné par l'exposé, au point de vouloir s'approcher de Marjolin pour mieux l'entendre.

— Qui me dit, commença Kopp, que vous n'êtes pas, vous, *Ordo Mundi*, la Bête de l'Apocalypse, 666 ? Vous volez des enfants, vous leur arrachez des organes, vous les vendez, vous les greffez. Est-ce cela, l'ordre divin ? Est-ce cela que veut le *Magnus Animarum Magister* ?

Marjolin frappa la table de son poing.

— Ne blasphémez pas en nommant celui qui est l'Esprit, le Grand Maître des Ames, dit-il. Ne parlez pas de ce que vous ne comprenez pas. Nous n'agissons pas au hasard. Nous préparons l'ordre de Dieu, qui régnera durant mille ans, avant le Jugement dernier, et il n'est que temps. Nous aidons cet ordre à surgir, nous voulons construire pour ces mille ans à venir les mille ans du règne de Dieu. Notre *Magnus Animarum Magister* est celui qui sait. L'ordre ne peut régner que si nous faisons surgir les meilleurs de la matière vivante, ceux qui réellement ont droit au nom d'Hommes et de Créatures de Dieu. Nous sélectionnons ceux qui ont compris qu'il faut aider à la naissance de cet *Ordo Mundi*. Que voulez-vous que Dieu fasse de milliards d'êtres qui ressemblent à des humains et ne sont rien d'autre que des corps sans âme ? De la matière vivante, c'est tout, Kopp, de la matière rouge, qui doit vous être plus indifférente que l'humus sur lequel vous marchez dans la forêt.

Marjolin ouvrit ses mains, les éleva à la hauteur de

son visage et Kopp eut l'impression que du sang ruisselait le long des doigts longs et fins.

59

Kopp se réveilla.

D'abord il ressentit une douleur dans la nuque, qui se diffusa, brûlante, cerclant le crâne, comprimant les yeux, comme si on enfonçait une aiguille dans chaque pupille. Il porta les mains à son visage et réalisa qu'on lui avait délié les poignets.

Il se souvint alors que l'Asiatique s'était approché de lui. Marjolin avait dit : « Kopp, on va vous détacher. »

Kopp avait soulevé ses poignets, se préparant, dès qu'il aurait eu les mains libres, soit à sauter sur Marjolin, à le saisir par le cou, soit à désarmer l'un des deux hommes, ou encore courir jusqu'à la chambre de Laureen et, là, s'y barricader. Il avait été si obsédé par ces projets qu'il n'avait vu qu'au dernier moment la seringue que l'Asiatique tenait à la main. Kopp n'avait même pas pu se débattre. Il avait été piqué dans l'avant-bras, et la sensation de chaleur avait été instantanée. Elle avait envahi sa gorge. La silhouette de Marjolin avait commencé à se dissoudre. Kopp avait pu comprendre que Marjolin s'excusait d'une voix traînante, puis un gouffre, et maintenant cette brûlure dans les yeux, cette pression sur les tempes.

Kopp souleva les paupières puis les referma. La lumière était trop vive. Mais il avait reconnu la coiffeuse qui se trouvait dans la chambre de Laureen. Et après s'être tourné, il distingua le mur, le bord du lit, les cordes qui avaient permis d'attacher Laureen aux montants. Elles pendaient le long des tiges de métal.

Kopp s'assit. Il éprouva une sensation de vertige. La drogue avait été puissante. Il avait dû dormir plusieurs heures, peut-être un jour entier. Il se leva, réussit à atteindre la salle de bains en s'appuyant aux murs. Il s'aspergea d'abord le visage, puis se déshabilla et malgré les frissons il resta sous le jet d'eau glacée de la douche.

Dans le salon, il vit une feuille blanche placée au centre de la petite table basse. Marjolin avait écrit ces mots : « Dix jours, souvenez-vous. Attention. »

Kopp se laissa tomber dans le fauteuil. Marjolin l'avait répété plusieurs fois. *Ordo Mundi* et son *Magnus Animarum Magister* donnaient dix jours à Julius Kopp non seulement pour cesser toute activité hostile contre la secte et ses membres, mettre fin à toutes les recherches en cours, mais Kopp devait en outre exécuter les ordres du *Magnus Animarum Magister*.

— Notre Grand Maître des Ames estime que votre agence peut nous aider à régler certains des problèmes que nous rencontrons, expliqua Marjolin. Vous serez largement rémunéré. Nous n'avons pas de difficulté de financement.

Le visage de Kopp avait dû exprimer tant de répulsion que Marjolin avait admis qu'il n'espérait pas convaincre Kopp immédiatement. Mais Kopp devait comprendre qu'*Ordo Mundi* voulait obtenir l'assurance que Kopp ne diffuserait pas ce qu'il avait appris sur la secte d'*Ordo Mundi*. Il lui faudrait donc collaborer avec *Ordo Mundi*. Marjolin, d'ailleurs, était persuadé que Julius Kopp, qui était un homme d'ordre, saisirait l'importance du dessein d'*Ordo Mundi*.

Il s'agissait de rassembler une élite prenant en charge le destin de la matière vivante.

« Nous en avons le droit, avait-il chuchoté en brandissant le poing devant le visage de Kopp, parce que nous sommes les élus. Notre Maître a été choisi comme le meilleur, l'Homme Suprême. Il possède des connaissances que Dieu seul a pu lui communiquer. C'est pour cela que nous sommes invincibles.

« Votre ami Graham Galley a dû vous dire, à Paris ou à Londres, avait poursuivi Marjolin, que les services de renseignements britanniques, le MI 5 et le MI 6, n'ont plus de secrets pour nous. Nous pouvons percer les codes de tous les dossiers les plus décisifs de la planète. Galley vous a-t-il expliqué que nous sommes présents au cœur du système technologique nucléaire russe ? *Ordo Mundi* est partout, Kopp. Mais comme toujours, des parasites s'insinuent dans notre organisme. Vous serez chargé avec d'autres de le nettoyer de ses impuretés. Vous cesserez d'être un profane, Kopp. Vous serez initié. En attendant votre conversion et votre communion, pensez à Laureen et à Geneviève Thibaud, à mon fils. Si vous refusez, ils seront sacrifiés et vous ne pourrez pas vous y opposer. Nous sommes solidaires, Kopp. Je souffrirai de la perte de Geneviève et de Cédric, mais il y a des lois supérieures à celles des sentiments privés. Je m'y soumettrai. *Ordo Mundi* nous élève au-dessus de cet égoïsme et de cette relation plus animale qu'humaine que nous entretenons avec ceux qui nous sont proches. »

— Vous êtes fou ! avait crié Julius Kopp.

Il n'avait pu se maîtriser. Il s'était levé mais aussitôt l'Asiatique et l'homme au blouson s'étaient précipités sur lui, forçant Kopp à se rasseoir, appuyant sur ses épaules, le maintenant ainsi écrasé au fond du fauteuil cependant que Marjolin répétait :

— Mais non, Kopp, c'est vous qui êtes fou de ne pas voir que le monde doit sortir du chaos, trouver un ordre, séparer les hommes élus de la matière vivante, grouillante. D'ailleurs, vous le pressentez, j'en suis sûr. Vous vous débattez encore, mais vous avez déjà été touché par cette idée, cette vision. Pourquoi croyez-vous que nous ne vous avons pas tué ? Je vous le dis à nouveau : vous avez votre place dans *Ordo Mundi*. Geneviève m'en a convaincu. J'ai plaidé votre cause auprès du *Magnus Animarum Magister*. Saisissez cette chance, Kopp. Elle vous sauve. Elle vous ouvre la porte. Vous pouvez devenir un élu.

Kopp avait hésité. L'Asiatique et l'homme au blouson avaient continué de peser sur lui. Il avait senti la chaleur de leurs mains pénétrer son corps et ç'avait été insupportable, comme s'il avait été souillé par ces contacts.

Marjolin avait souri, puis, tout en faisant craquer ses phalanges, il avait ajouté :

« Un homme comme vous, Kopp, cela se dresse. *Ordo Mundi*, c'est d'abord une foi, c'est-à-dire une discipline, une hiérarchie. Il faut gravir les échelons en soi-même pour accéder à la connaissance, à la maîtrise, à la fusion avec le *Magnus Animarum Magister*, et grâce à lui, à cette pénétration des âmes entre les croyants. Lorsqu'on y est parvenu, on déchiffre la volonté de Dieu, on comprend les secrets de l'univers, on est pénétré par les forces qui l'organisent. On sent, on sait, on voit, on peut deviner l'avenir.

— Vous êtes un criminel, avait dit Kopp en se débattant vainement. Et votre avenir, c'est la mort. On ne tue pas, on ne mutile pas des enfants impunément.

Le visage de Silvère Marjolin s'était durci. Ses yeux avaient paru s'enfoncer, ne plus être que deux points brillants au fond des orbites.

— Que savez-vous de tout cela ? avait-il dit. Vous êtes encore un aveugle, Kopp.

Marjolin avait commencé à parler de manière hachée. Il n'avait pas tué un seul enfant, avait-il dit. Il avait au contraire, parce qu'*Ordo Mundi* lui avait permis de devenir médecin, arraché des fils et des filles d'Hommes à la maladie. Mais Kopp avait naturellement confondu les enfants appelés à devenir des humains, et les formes animées de matière vivante. L'homme de foi avait le droit et le devoir de favoriser la vie des êtres élus. Qu'importait le destin de celui qui serait un criminel ou un mendiant, qui ne réussirait jamais à apporter sa contribution à la construction de l'Ordre ? Dieu n'avait pas voulu que l'on respectât toutes les formes de vie. Il avait désiré que le monde soit ordonné et que les êtres méritants soient protégés. Marjolin s'était voué à cette tâche afin que ce plan divin soit réalisé. Il avait dû, pour y parvenir, combattre en lui le doute et la peur. Il comprenait ce que ressentait Julius Kopp. Mais il fallait surmonter cette épreuve. Et quand enfin on accédait à la certitude, c'était l'épanouissement de soi, la paix, une nouvelle naissance. Il n'existait pas d'autre voie. Les vieilles religions avaient abdiqué. Les nouvelles étaient dirigées par des imposteurs, qui prétendaient communiquer avec des forces extraterrestres, avec le Démon ou avec Dieu. Un seul homme avait su comprendre et écouter Dieu, et se servir de la science d'aujourd'hui pour donner naissance à une nouvelle foi, c'était le *Magnus Animarum Magister*.

— Trafic d'organes, avait commencé Kopp, vols d'enfants, piraterie informatique, chantage, une organisation de fanatiques, de tueurs, de cyniques, de sadiques, et de pauvres types qu'on manipule, qu'on drogue, *Ordo Mundi !* Une secte criminelle.

Kopp avait exprimé son dégoût et son mépris par un souffle bruyant comme s'il s'était apprêté à cracher.

Marjolin avait reculé.

— Vous avez dix jours, avait-il dit.

Il avait souri.

— Les vies de deux femmes et d'un enfant dépendent de vous, avait-il murmuré, puis, tendant le bras vers Kopp, il avait ajouté :

— Et d'abord la vôtre, Kopp. Je suis sûr qu'elle vous est précieuse.

— Vous mourrez avant moi, avait répondu Kopp.

Mais il avait lu dans les yeux de Marjolin une incrédulité et une tranquillité inaltérables.

— Je suis dans tous les mondes, avait murmuré Marjolin. Je ne peux pas être atteint dans la multiplicité de mes vies. Je suis un Homme ou un chiffre, une étoile. Je suis une pièce de l'Ordre du Monde. *Ordo Mundi*, Kopp.

Il s'était levé, avait indiqué à Kopp qu'on allait lui délier les mains. Et Kopp n'avait pas vu que l'Asiatique s'avançait avec une seringue cachée dans son poing.

60

« De l'air », pensa Kopp. Il étouffait dans le salon de Laureen. Il ouvrit les fenêtres qui donnaient sur le boulevard Voltaire et aperçut la Mercedes beige garée non loin de l'entrée de l'immeuble, sur le côté opposé de la chaussée. Il ne vit que la silhouette de l'homme qui était assis au volant, la glace baissée, son coude appuyé à la portière.

Une houle de rage envahit Kopp. Il se mit à parcourir en tous sens l'appartement de Laureen, claquant les portes, ouvrant les tiroirs et les armoires. Il reconnut les tailleurs et les jupes de Laureen, ses chemisiers, et il resta ainsi quelques secondes, tout à coup saisi par le souvenir du corps nu de la jeune femme attachée sur le lit, et des taches brunes, violacées, qui marbraient ses cuisses. Il jura, courut jusqu'à la chambre, se glissa sous le lit. Et il trouva l'arme, un Beretta, plaquée sous le sommier par deux rubans adhésifs croisés. Il s'était brusquement souvenu du conseil qu'il avait autrefois donné à Laureen. Elle l'avait suivi, mais Marjolin et ses tueurs ne lui avaient pas laissé le temps de se défendre. Il vérifia le fonctionnement de l'arme, engagea une cartouche dans le canon, puis, traversant la cour de l'immeuble, empruntant un couloir qui serpentait entre les caves, il se retrouva dans l'étroite rue Amelot. Ils avaient, au moment où Laureen emménageait dans cet appartement, étudié un itinéraire de fuite, vieux réflexe, « précaution un peu paranoïaque », avait dit Laureen, reprenant l'un des mots qu'employait Paul Sarde lorsqu'il parlait de Julius Kopp. Laureen et Kopp n'avaient jamais eu jusqu'à ce jour à l'emprunter. Mais maintenant, Kopp pouvait déboucher sur le boulevard Voltaire, loin derrière la Mercedes beige toujours à l'arrêt.

La nuit était tombée. Kopp acheta un journal, autant pour se dissimuler que pour savoir combien de jours étaient passés depuis son arrivée gare du Nord. Il avait donc dormi près de quarante-huit heures ! Un titre annonçait que l'enquête sur Shoko Asahara, le leader de la secte Aum, se poursuivait, et que ses fidèles, dans certaines villes japonaises, continuaient à recruter au nom du gourou. On craignait aussi les actions désespérées de quelques dizaines, peut-être même deux ou trois centaines, de fanatiques, prêts à se sacrifier en commettant des attentats suicide.

Kopp avança, le journal déplié. Il avait passé son arme dans la ceinture. Arrivé à la hauteur du coffre de la Mercedes, il vérifia que l'homme était seul dans la voiture.

L'homme portait un blouson de cuir. Ce devait être l'un de ceux qui accompagnaient Marjolin. Kopp contourna l'arrière de la Mercedes. L'homme avait peut-être bloqué les portières. Il fallait donc le surprendre. Kopp bondit, lui mit le revolver sur la tempe et, en même temps, il ouvrit la portière, continuant de le menacer.

L'homme avait reconnu Kopp. C'était lui qui avait pris la place de Marjolin dans la voiture au moment où Kopp avait été poussé vers l'entrée de l'immeuble de Laureen. Il ressemblait au jeune Russe blond de Londres, avec ses cheveux coupés court, ce cou musclé, ce visage imberbe, poupin, ces yeux affolés. Encore l'un de ces tueurs qui n'étaient forts que de la faiblesse de leurs victimes et qui se traînaient à genoux en demandant grâce quand ils étaient pris. Kopp en avait tant connus.

— Démarre, dit-il.

Il toucha avec le bout du canon de son arme la nuque de l'homme, et de ses bras repliés, appuyés au dossier du siège, il cachait le revolver tout en tenant de la main droite le col du blouson. L'homme aurait pu tenter de sauter de la voiture au premier arrêt.

Ils avancèrent lentement. La place de la République, puis la rue du Renard étaient embouteillées. L'homme conduisait mal, par à-coups, calant plusieurs fois le moteur.

Alors qu'ils s'engageaient dans la rue Saint-Jacques, l'homme, en regardant Kopp dans le rétroviseur, penchant un peu la tête, demanda : « Où on va ? » la voix voilée, peut-être par la peur. Kopp se contenta de tirer sur le col du blouson, d'enfoncer le bout du canon dans le creux de la nuque.

— Moi, je ne sais rien, dit l'homme. J'obéis, on me paie.

Kopp pressa plus fort, et l'homme grommela puis se tut.

Ce n'est qu'au-delà d'Orly que l'homme put rouler plus vite, obéissant à Kopp qui lui avait répété à plusieurs reprises : « Accélère. » Ils arrivèrent ainsi après un peu plus de quarante minutes à la hauteur de la sortie de Fontainebleau, et Kopp y fit engager la voiture, puis il la fit bifurquer en direction de Milly-la-Forêt.

La route était déserte. De part et d'autre s'étendaient les champs, avec à quelques centaines de mètres de la chaussée des bouquets d'arbres, des îlots de forêt. Des chemins de terre conduisaient jusqu'aux fermes isolées au milieu des labours.

— Tourne là, dit Kopp en voyant dans la lueur des phares blancs l'une de ces voies d'accès.

312

L'homme s'exécuta et la voiture commença à cahoter sur les ornières de terre séchée. Quand elle fut à la hauteur de l'un des bouquets d'arbres, Kopp demanda à l'homme de s'engager dans les champs. La Mercedes commença à tanguer, mais Kopp passa son bras autour de la gorge de l'homme, la serrant au creux du coude tout en maintenant le canon de l'arme contre la nuque.

Ils arrivèrent ainsi sous les arbres.

— Arrête, dit Kopp.

Ce fut le silence, avec, au loin, la rumeur continue de la circulation sur l'autoroute.

— Eteint les phares, reprit Kopp.

Ce fut la nuit, d'abord impénétrable, puis peu à peu la futaie, les buissons, les sillons apparurent et sur la ligne d'horizon se succédèrent des éclats de phares. Au bout du chemin de terre, en contrebas du bouquet d'arbres, on distinguait même la masse plus sombre des bâtiments de la ferme.

— Ouvre, dit Kopp, descend.

Il ne lâcha l'homme qu'un bref moment, le temps de sortir de la voiture. Il lui retira la ceinture, lui lia les mains, puis l'entraîna sous les arbres et lui fit un croche-pied tout en le poussant. L'homme s'affala, se redressa, tentant de se lever, mais Kopp, d'un coup de pied, le contraignit à rester accroupi.

— Tu l'as violée aussi ? demanda Kopp.

Et à peine avait-il formulé la question qu'il s'étonna de ces mots qui étaient sortis de lui, rugueux, sans même qu'il les pense, comme s'ils s'étaient accumulés là, dans sa mémoire, depuis qu'il avait vu Laureen endormie, attachée sur le lit.

L'homme secoua la tête. Il avait le visage de la plupart des captifs, humilié, effrayé, suppliant.

— Je suis resté dans la voiture, toujours, dit l'homme. Je n'ai jamais vu la femme.

Kopp s'écarta, tendit le bras, visa la tête. L'homme se mit à trembler.

— D'où tu viens ? demanda Kopp.

Il s'assit à quelques mètres, le canon de son arme posé sur son avant-bras en direction de l'homme, qui respira moins bruyamment. Il était né à Varsovie, expliqua-t-il. Il avait été recruté à la faculté par le Centre d'initiation aux techniques et aux idées du futur. Mais il n'était pas très doué pour les études informatiques ou autres, alors le centre l'avait envoyé suivre un stage de formation au combat dans un camp des Spetnaz, près de Moscou.

— L'enfer, dit-il. On devait creuser des trous individuels en moins de dix minutes, après, les Spetnaz tiraient sur nous à balles réelles ou bien passaient sur le terrain avec des tanks ou des camions. Tant pis pour ceux qui n'avaient pas pu se planquer assez profond.

— Vous étiez combien ?

— Une centaine, il y avait des gens qui venaient de tous les continents, des Chinois, des Japonais, des Européens, beaucoup d'Américains, du Nord, du Sud. Mais on ne pouvait pas se parler entre nous. Interdit. Sinon on était battus, exclus. Et ceux-là — l'homme esquissa une grimace montrant une dentition irrégulière — on sait bien ce qu'ils devenaient.

L'homme leva le menton, puis le baissa, secoua les épaules.

— On en a retrouvé deux, qu'on avait sûrement laissés là, au milieu du terrain, pour qu'on les voie. Ils avaient le cou tranché, une belle entaille, comme par un chirurgien, un spécialiste.

Il ricana, montrant à nouveau ses dents.

« Si je le tuais, pensa Kopp, quelle serait la perte pour l'humanité ? Qu'est-il de plus qu'une bête malfaisante, qu'on ne pourra plus jamais civiliser ? »

Il se leva d'un bond, commença à marcher autour de l'homme, le revolver contre sa cuisse, à bout de bras. Il avait donc les mêmes idées que Silvère Marjolin. C'étaient les idées de l'instinct, les solutions primitives, les pensées d'un barbare. Voilà ce qu'étaient *Ordo Mundi* et les autres sectes, une

314

manière de peindre aux couleurs d'une foi, de cacher sous des arguments et une apparence de raisonnement, de transformer en certitudes mystiques ou scientifiques ce qui n'était que volonté d'exclure l'autre, de tuer le gêneur, d'imposer sa loi, d'établir son pouvoir en fanatique. Marjolin, c'était seulement cela, un fou cruel qui ne croyait qu'à l'inégalité, à la force, à la violence. « Un violeur, pensa Kopp, un violeur de conscience et de corps. » Et le *Magnus Animarum Magister*, auquel il paraissait soumis, qu'il vénérait, ne devait être que l'incarnation suprême — ne disait-on pas de lui qu'il était « l'Homme Suprême » ? — la plus abjecte de cette folie inhumaine.

Mais pourquoi s'y soumettait-on ? Quel désir de meurtre caché, quel besoin d'humiliation, quelle angoisse, quelle terreur d'eux-mêmes et de l'avenir chez ceux qui acceptaient de vénérer un MAM quelconque, tel ce Shoko Asahara au visage lippu, couvert de crasse, avide, obsédé sexuel et qui vendait aux adeptes de la secte Aum son urine, l'eau de son bain, qui, prétendait-il, avaient des pouvoirs de guérison ? Que pouvait être le *Magnus Animarum Magister* ?

— *Ordo Mundi*, dit Kopp, en s'arrêtant devant l'homme accroupi, en le menaçant à nouveau de son arme.

— Je suis en bas, répondit l'homme précipitamment. Il reprenait ainsi les mots employés par le Russe blond de Londres.

Il y avait aussi cela, le désir d'obéissance et de soumission à la pensée d'un autre. Pour cet homme, celle de Marjolin, pour celle de Marjolin, celle du *Magnus Animarum Magister*, dont on se remplissait, qu'on faisait sienne, pour ne pas s'interroger, douter. Ainsi accédait-on dans la vie à la paix de la mort. Ce que recherchaient ces hommes, c'était bourrer leur vide de certitudes. Ils voulaient devenir des automates. Voilà pourquoi il fallait qu'ils soient « mortifiés » avant d'être admis dans *Ordo Mundi*, puis, sans doute, pour gravir les différents échelons.

— Qu'est-ce que tu sais ? demanda Kopp.

L'homme regarda l'arme, puis se mit à parler si vite qu'il en bredouillait. *Ordo Mundi* était une organisation riche. « L'argent, dit-il, ils en ont autant qu'ils veulent. Ils achètent tout, des ministres russes, des policiers, des banquiers, des médecins. Ils paient des études. Ils offrent des voitures, des ordinateurs. Ceux qui ont l'argent, qu'est-ce qu'on peut contre eux ? Rien. Ils ont des informaticiens, de vrais savants. Rien ne leur résiste. »

L'homme s'appuya sur le coude, gêné pour se tourner vers Kopp par ses poignets liés dans le dos.

— Ils connaissent l'avenir, continua-t-il. Ils prédisent ce qui va arriver. Le Grand Maître, il sait tout, il communique avec les êtres qui habitent l'univers.

L'homme parlait maintenant d'une voix exaltée.

— Il a tout ce qu'il veut, les femmes, l'argent, tout. Et il fait tout ce qu'il veut. Moi...

L'homme baissa la voix.

— Je vous parle, mais il le sait déjà, et s'il le veut, il ordonnera ma mort. Et je ne pourrai pas y échapper. Certains disent qu'il vient d'ailleurs, qu'il n'a pas d'âge.

— Tu sais qu'ils volent des enfants, qu'ils les utilisent pour vendre les organes, tu sais cela ? demanda Kopp.

L'homme baissa la tête, se tut.

— Tu acceptes, toi ? reprit Kopp.

L'homme se redressa, regarda Kopp.

— Si Dieu accepte que ça se passe comme ça, qu'est-ce que j'y peux, moi ? Moi, je ne suis rien, en bas, je vous ai dit. Eux, ils sont savants, médecins. On les respecte. Et ils font ça. Alors, moi ! Et il y a des parents qui vendent leurs enfants. Si c'est pour en sauver d'autres ? Qui est-ce qui choisit ? Dieu. Moi, j'obéis. Et le MAM obéit à Dieu.

— Je vais te faire arracher les deux yeux, dit Kopp, on greffera les cornées sur quelqu'un qui peut les acheter. Si tu n'es pas d'accord, je te tue avant. C'est ça, un Corps Fidèle. Dans *Ordo Mundi*, tu es du matériel. On peut t'utiliser comme on veut. Mais c'est moi qui vais te prendre ce dont j'ai besoin. C'est moi, le Grand Maître.

L'homme secoua la tête d'un air incrédule. Il parut même moins effrayé, comme si les propos de Julius Kopp l'avaient rassuré.

— Je suis prêt à vous servir, dit l'homme. Si vous êtes un Grand Maître, comme celui d'*Ordo Mundi*. Moi, je veux être dans quelque chose, sinon on n'est rien. Je veux croire dans quelqu'un, exécuter ses ordres, je lui donne tout s'il me donne un peu. Je veux croire.

Kopp s'éloigna de quelques pas.

Il avait déjà eu cette impression d'impuissance en écoutant Edward Klint Barnett, et plus tard Silvère Marjolin. Ces hommes-là appartenaient au monde inaccessible du fanatisme. Mais l'homme qui venait d'offrir ses services à Kopp était lui aussi insensible à la raison, au doute. Il voulait croire, avait-il dit. Il donnait tout. Il justifiait tout, d'une manière différente de celles d'un Barnett ou d'un Marjolin, mais la conclusion était la même. « J'obéis. Je crois. J'ai raison d'obéir et de croire. »

— Marjolin ? demanda Kopp en revenant vers l'homme et en le menaçant à nouveau.

L'homme hésita, sembla surpris que l'interrogatoire recommençât. Il fit non de la tête.

— Marjolin ? répéta Julius Kopp.

Et sans qu'il eût réfléchi, il tira au-dessus de la tête de l'homme. La détonation se répercuta, revint par un effet d'écho, et le silence qui suivit parut plus dense. L'homme avait rentré la tête dans ses épaules. Il ressemblait tout à coup à un animal malade.

— Marjolin ? dit une nouvelle fois Kopp en visant l'homme.

— Je ne sais pas, répondit l'homme.

— Mais si, tu sais, dit Kopp.

L'homme dit non de la tête mais pourtant il commença à parler.

Il était l'un des trois hommes qui assuraient la sécurité de Marjolin et l'accompagnaient dans ses déplacements. Il séjournait à Londres, à Paris ou bien à Zurich et à Rome. Il se rendait plus irrégulièrement à New York.

— Canada ? demanda Kopp.

L'homme fit non. Mais il précisa qu'ils avaient effectué quelques séjours à Hong-Kong.

— C'est tout ? demanda Kopp.

Il avait l'intuition, à la manière dont l'homme détournait le regard, qu'il n'avouait pas l'essentiel.

— Je vais te tuer, dit Kopp calmement.

L'homme se redressa. Une fois par mois, expliqua-t-il, il conduisait Marjolin dans une petite ville des Alpes italiennes.

Il s'interrompit, regarda autour de lui comme s'il cherchait de l'aide.

— Retrouve toute ta mémoire, dit Kopp.

Il tira une nouvelle fois, dans le sol, et l'impact fit jaillir un petit nuage de terre. L'homme se déplaça sur les genoux.

Marjolin, reprit-il d'une voix haletante, n'était pas seul.

L'homme allait attendre une femme, à l'aéroport de Mulhouse-Bâle. Il l'avait accueillie la première fois avec un panneau sur lequel Marjolin avait fait tracer trois lettres : MCR. Après, l'homme l'avait reconnue. La femme était grande, belle, brune, avec des lèvres très rouges.

Kopp reconnut Maria Carmen Revelsalta.

Marjolin partait de Zurich avec elle et Hans Reinich.

— Où ? dit Kopp.

— Brixen, et je les attends là, trois jours, dans un hôtel.

— Où vont-ils ?

— Une voiture vient les chercher et les ramène.

— Où ? Tu ne sais pas ?

— Dans la montagne, dit l'homme. Même l'été ils ont des vêtements chauds, des chaussures de marche.

— Lève-toi, dit Kopp.

L'homme se dressa difficilement, s'appuyant sur le flanc, déséquilibré par ses mains liées.

— Débrouille-toi, lança Kopp en s'éloignant. S'ils te retrouvent, avant de te tuer, ils t'utiliseront, morceau par morceau. Ils vendront tes organes, les reins, le cœur, les cornées. Tu es jeune, en bon état, tu leur rapporteras un bon petit tas de dollars.

Kopp monta dans la voiture, alluma les phares. L'homme s'était immobilisé à l'orée du bouquet d'arbres. Il regardait Kopp d'un air effaré.

— Si tu veux rester entier, ajouta Kopp, file, le plus loin que tu peux.

Kopp démarra et accéléra brutalement. La voiture bondit, semblant flotter sur les sillons.

61

Julius Kopp fit signe à Charles d'ouvrir les portes de l'écurie. Il vit Roberto traverser la cour de la ferme, se diriger vers la voiture. Mais Kopp ne l'attendit pas. Il lui aurait fallu aussitôt parler de Laureen, de Geneviève, de Barnett, de Marjolin, des dix jours qui restaient, de l'homme au blouson qui devait tenter de dénouer ses liens.

Kopp, un instant, l'imagina dans le bouquet d'arbres, debout, frottant ses poignets contre un tronc. Il ne réussissait pas à se dégager. Il lui faudrait traverser les champs, se faire aider par un paysan, s'expliquer. Les gendarmes seraient prévenus. Que dirait l'homme ?

Kopp roula lentement pendant que Charles courait d'un battant à l'autre pour les accrocher à la façade, puis, d'un grand geste de la main, il invita Kopp à entrer.

Dans la lumière des phares, Julius Kopp aperçut les trois boxes, les couvertures entassées, les selles posées l'une derrière l'autre sur une poutrelle. Il fut saisi par l'odeur de paille et de sueur animale. Il eut la nausée.

Il n'avait plus franchi le seuil de l'écurie depuis que les trois chevaux avaient été abattus, que leurs corps avaient été ensevelis. Il avait dû faire face à tant d'événements qu'il avait enfoui cette scène, ce bruit de la terre qui dégringolait, dans sa mémoire. Elle ressurgissait.

Il resta quelques minutes les bras croisés sur le volant, puis, lorsqu'il entendit le pas de Roberto, il sortit de la voiture.

Sous la grande lampe centrale, la Mercedes brillait, prise dans le cône blanc. Kopp eut l'impression qu'il avait réalisé un marché de dupes, la vie, la fougue, la beauté d'Ulysse, sa fantaisie indomptable contre cette masse de métal beige, inerte. Est-ce qu'une seule chose valait qu'on risqua de perdre ainsi la vie, n'importe quelle forme de vie, pour gagner quoi ? De la matière morte, cette forme vide autour de laquelle Roberto tournait, interrogeant Julius Kopp du regard.

— Nouvelle voiture ? dit Roberto en ouvrant la portière.

Il se pencha, aperçut le revolver Beretta que Kopp avait posé sur le siège avant. Il ouvrit la boîte à gants, retira les papiers, les feuilleta.

— Prise de guerre ? demanda-t-il.

Kopp s'était appuyé à la carrosserie. Roberto vint vers lui, disant à mi-voix que Julius Kopp n'avait sûrement pas eu le temps d'examiner les papiers de

la Mercedes. Avait-il même vu qu'elle était immatriculée à Zurich ? Propriété du Centre d'initiation
aux techniques et aux idées du futur, au nom de
Hans Reinich, président.

— Qu'est-ce qu'on fait ? demanda-t-il.

Son impatience irrita Kopp, qui s'éloigna sans
répondre, puis demanda, en montrant les battants,
qu'on ferme les portes de l'écurie.

— On n'a pas revu Paul Sarde, dit Roberto en
marchant à côté de Kopp. J'ai essayé d'appeler
Laureen...

Julius Kopp s'immobilisa, fit face à Roberto.

— Laureen, ils l'ont battue, dit-il, attachée nue sur
son lit, violée sans doute. Je l'ai vue. Je n'ai rien pu
faire. Je ne sais plus où elle est. Si on continue, ils la
tuent, en même temps que Geneviève Thibaud et
que le petit. D'un seul coup ou par morceaux. La
secte s'intitule *Ordo Mundi*, le gourou se fait appeler
Magnus Animarum Magister. Ils sont fous. Et beaucoup de gens bien placés les soutiennent ou ferment
les yeux. Sarde fait peut-être partie de ceux-là. Et
Pierre Vernes, notre colonel, est de cet avis.
Qu'est-ce qu'on fait, Roberto ? Ils m'ont donné dix
jours. Qu'est-ce qu'on fait ?

Kopp tourna le dos à Roberto, ouvrit du pied la
porte de la grande salle. Hélène était debout, une
tasse de café à la main.

— Du café, dit-elle en s'approchant de Julius
Kopp.

Il se laissa tomber sur l'une des chaises de bois
placées autour de la longue table en bois noirci. Il en
serra le bord avec les deux mains, le buste légèrement penché en avant.

— Buvez, dit Hélène.

Elle posa la tasse devant Kopp, puis ajouta : « De
toute façon, vous n'avez pas l'œil de quelqu'un qui va
dormir. Vous ne voulez pas. Alors, buvez. »

Roberto s'assit en face de Julius Kopp.

— Qu'est-ce qu'on fait ? dit-il d'une voix résolue

en détachant chaque mot pour bien montrer à Kopp qu'il osait prononcer une fois de trop une question insupportable, qu'il était décidé à la poser aussi longtemps qu'il n'obtiendrait pas de réponse.

Kopp prit la tasse, commença à boire sans quitter Roberto des yeux.

— Brixen, dit-il en reposant sa tasse. Tout ce qu'on sait sur cette ville, la région. La route pour s'y rendre, etc.

Roberto écarta les bras, soulevant les épaules, faisant une mimique de mépris.

— Brixen..., commença-t-il.

Il connaissait. Une petite ville du haut Adige, que les Italiens avaient en vain rebaptisée Bressanone. Elle restait Brixen. Les gens y parlaient tous, vieux ou jeunes, après cinquante ans d'appartenance à l'Italie, en allemand. Elle était située au nord-est de Bolzano, Bautzen, au pied des Dolomites, ces montagnes déchiquetées, grises, des sommets à plus de trois mille mètres, on dirait des arêtes de poisson, comme si toute la chair avait disparu, séchée, et qu'il ne restait que le squelette, des cailloux, des roches. Et des traces de sang partout, parce que des dizaines de milliers d'Italiens et d'Autrichiens se sont égorgés là-haut pendant des années, en 1915, 1917.

— Pourquoi Brixen ? conclut Roberto.

Kopp se leva, marcha vers la porte, se tourna comme s'il allait répondre à Roberto. Mais il se tut et claqua la porte.

On l'entendit qui montait les marches qui conduisaient à la salle technique.

322

62

Kopp s'enferma, fit quelques pas, pensa à Alexander, à Laureen et s'installa devant l'écran de l'un des ordinateurs.

Il commença à frapper sur le clavier avec brutalité, les doigts raides, se trompant souvent, contraint de corriger. Au bout de quelques minutes, il s'arrêta, se rejeta en arrière. Il savait bien pourquoi il s'était rendu dans cette salle au lieu de monter dans sa chambre. Il devait écrire. Les phrases étaient comme des pelletées de terre sur son imagination, chaque mot une motte sur le souvenir de Geneviève, de Cédric, de Laureen, d'Alexander.

Il se pencha à nouveau. Alexander n'était pas encore pris. Pourquoi l'abandonner, le condamner déjà ?

Kopp recommença à écrire, plus lentement, l'angoisse un peu contenue parce que l'esprit prenait appui sur les mots et que ceux-ci, peu à peu, constitueraient un titre, un paragraphe, qu'ils défilaient :

NOTES POUR UN PRÉ-RAPPORT
SUR LA SECTE ORDO MUNDI

Couverture : elle opère camouflée par toutes les institutions et les activités créées à partir de l'héritage de John Woughman.

Question : s'interroger sur la ou les personne (s) qui gère (nt) cet héritage. Revenir sur la personnalité de John Woughman.

Complicités et soutiens : parfois au plus haut niveau de certains Etats. La « couverture Woughman » est commode pour justifier les rapports entre les hommes de la secte — responsables formels des institutions Woughman — et des personnalités politiques officielles. La corruption est l'élément qui explique pour l'essentiel cette alliance. Mais il peut exister d'autres mobiles : la secte, avec les centres d'initiation aux techniques et aux idées du futur, apparaît à certains responsables gouvernementaux comme un moyen de « fixer » certains jeunes, de leur donner des « perspectives », des « idéaux » et une formation scientifique. (Savoir jusqu'à quel point Pierre Vernes exprime un point de vue officiel, ou simplement celui de quelques officiers de « sa » maison. De quel type de complicité relève Paul Sarde : obéissance à Vernes dans le cadre d'une mission ou bien corruption personnelle, ou les deux ?)

Structure d'Ordo Mundi : une pyramide, pour autant que je puisse en juger au niveau actuel de mon enquête. Au sommet : le *Magnus Animarum Magister*, le MAM, objet d'un « culte ». C'est probablement un « scientifique ». Il ne rencontre jamais les « adeptes » de base, ceux que l'on désigne par le nom de Corps Fidèles ou Fidèles du Savoir. Ils sont recrutés par les centres d'initiation et les différentes institutions Woughman, puis sélectionnés, sans doute par les Bergers, et progressivement initiés avant de pouvoir être admis dans *Ordo Mundi*. Parmi ces Corps Fidèles, de nombreux étudiants en médecine (Marjolin a été recruté de cette manière) destinés à fournir les « chirurgiens » de la secte, mais aussi des « ingénieurs-formateurs », des informaticiens de haut niveau sans aucun doute.

Question : compléter la structure de la pyramide et à cette fin demander à Alexander de rentrer de Zurich.

La religion de la secte : une religion « folle » associant une « mystique » de l'inégalité entre les hommes, d'une part — les élus, l'élite, les adeptes de la secte — et le reste de l'humanité, qualifié de « matière vivante », d'autre part. La secte se donne pour but d'établir l'*Ordo Mundi*, l'ordre du monde, exigé pour que s'établisse le règne de mille ans de Dieu, précédant le Jugement dernier. Elle doit donc faire surgir cet *Ordo Mundi* du chaos actuel. La secte est en charge du destin de l'humanité. Elle n'est responsable que devant elle-même. Tous ses actes se justifient par cette mission essentielle. La « matière vivante » peut être exploitée sous toutes ses formes, comme un « vivier », une « réserve d'organes ». On y puise des enfants, des hommes ou des femmes afin de pratiquer des transplantations d'organes.

Question : jusqu'à quel point les membres dirigeants de la secte et le MAM lui-même sont-ils convaincus de cette « mission » et de leur statut d'« Elus » ? Jouent-ils, ou bien sont-ils réellement des « illuminés », des fanatiques aussi dépendants de leur « religion » que des drogués ? Quelle est la nature de cette « Eau du Savoir » qui semble, selon Alexander, annihiler la volonté, rendre les « Corps Fidèles » soumis et réceptifs ? Quelle est la part de manipulation ?

Activités de la secte : je n'ai sans doute découvert que les plus visibles, mais les *sommes* mobilisées provenant, à l'origine, de l'héritage John Woughman, sont considérables et ne peuvent être comparées qu'à celles que suscite le trafic de la drogue. La European Kreditien Bank, où Silvère Marjolin possédait un compte, est sans doute le centre d'aiguillage de ces opérations financières auxquelles est sûrement lié le fondé de pouvoir Kurt Bayer (à interroger !) et que doit contrôler Hans Reinich. La prudence de Reno, à Zurich, montre la puissance de l'organisation Woughman (les fonds de cette organisation transitent sûrement par la European Kreditien Bank).

Trafic d'organes, trafic d'enfants : *Ordo Mundi* a placé au cœur de ses activités l'exploitation de ce qu'un homme comme Silvère Marjolin appelle la « matière vivante ». La « religion » de la secte fournit la justification de cette « activité ». La « matière vivante » n'a que la « forme humaine ». Cette attitude reprend celle des premiers conquistadores, pour qui les « sauvages », indiens et autres, n'étaient pas des hommes malgré leur apparence humaine. La secte opère ainsi un « tri » entre les hommes. Elle tire de cette « exploitation » à l'échelle mondiale des profits considérables. Elle est la première organisation à chercher à contrôler tout ce trafic, qui existe déjà mais de manière locale, fragmentaire. La présence de Marjolin à Hong-Kong (liaison avec la Chine), les nombreux Asiatiques qui sont membres de la secte, le fait que la secte ou l'organisation Woughman développe ses activités dans les pays de l'Est européen ou en Russie (l'homme blond de Londres, membre des Spetnaz) montrent que la secte étend son réseau dans ces pays qui possèdent déjà d'immenses réserves de « Matière Vivante ». Cette « Matière Vivante » est utilisée pour fournir des « organes » à transplanter (voir l'activité du « Docteur » Edward Klint Barnett, de Marjolin, d'Alberto Grandi). Les sommes gagnées permettent de lier les « médecins » à ce trafic, et d'attacher les « malades » sauvés à la secte. Ils deviennent complices. En organisant un trafic d'enfants aux fins d'adoption par des personnalités influentes de différents pays (voir le cas de Marco Valdi en Italie), la secte accroît son pouvoir. Elle doit tenir par ces différents types de chantage de très nombreux responsables du monde politique, économique ou médiatique. L'« élevage » d'enfants aux fins d'utilisations diverses (images perverses, vidéo, prostitution, enfants pour jeux sexuels pouvant aller jusqu'à l'assassinat et enfin ventes d'organes) se répand, y compris dans des pays développés comme les Etats-Unis. Personne ne semble encore avoir pris conscience, dans les différents pays, du caractère nouveau de cette forme de « criminalité » internationale, et des moyens qu'elle offre en termes de pression politique, de corruption, etc. Il ne fait aucun doute que la secte devrait étendre son réseau et s'intéresser, avec ses équipes médicales, à la génétique et aux manipulations biologiques.

Informatique : la probabilité de cette extension est d'autant plus grande que la secte *Ordo Mundi* dispose, avec l'organisation Woughman, d'un savoir informatique et d'un réseau de communication d'une efficacité redoutable. Le génie des logiciels qu'était John Woughman a, semble-t-il, légué ses capacités à ses héritiers dans l'organisation et dans la secte. Graham Galley a révélé que les dossiers et les codes secrets du MI 5 et du MI 6 ont été « brisés » par les informaticiens de la secte. Ils ont dû investir le réseau Internet. Ils disposent des moyens — techniques, financiers, humains — pour pénétrer dans tous les secteurs qui se croient protégés. On sait qu'ils ont déjà noué des rapports avec les instituts de technologie nucléaire russes. Ils peuvent sûrement s'emparer, dans d'autres centres tout aussi névralgiques, de secrets stratégiques. Cette connaissance et ces moyens informatiques jouent un rôle important dans la fascination exercée par l'organisation Woughman qui sert, on l'a dit, de vivier à *Ordo Mundi*.

Question : quel rôle l'informatique joue-t-elle dans le fonctionnement interne de la secte ? Alexander a eu le sentiment que les niveaux hiérarchiques avaient été cloisonnés par des codes informatiques accessibles seulement aux initiés. Voir le plus vite possible Alexander à ce sujet est une nécessité.

Informatique et croyance : dans la religion de la secte, l'informatique est un langage qui, à son degré le plus élaboré, reflète l'ordre divin. Ceux qui maîtrisent cette « intelligence artificielle » sont les Elus, les Maîtres, ayant un contact direct avec le « langage caché » au profane, et auquel l'initiation a permis d'accéder. L'un des adeptes — originaire de Pologne — a même suggéré que le Grand Maître avait le don de divination, qu'il était en communication avec tout l'univers. Pourquoi pas un extraterrestre ? Faut-il rire de la question ? Les adeptes de certaines sectes affirment que leur gourou est un envoyé de Dieu ou un représentant d'autres civilisations. Pourquoi le *Magnus Animarum Magister* échapperait-il à une telle déification ? Il est le Grand Maître des Ames, le grand maître du Savoir, et l'informatique lui donne, aux yeux des « profanes » ou des adeptes du rang, les Corps Fidèles, une suprématie « divine ». Bien entendu, les moyens financiers dont il dispose ne peuvent qu'accroître la fascination exercée par le Grand Maître, dont les Corps Fidèles ne connaissent d'ailleurs pas le visage mais qu'ils vénèrent comme s'il disposait d'un pouvoir issu de Dieu.

Question : ce grand maître est-il une « création » d'un groupe de dirigeants de la secte, ou bien une personnalité dont il faudra dévoiler l'identité ? On ne pourra en tout cas éradiquer la secte *Ordo Mundi* ou l'affaiblir que si on neutralise le *Magnus Animarum Magister*.

Cohésion de la secte : je n'en connais que quelques éléments. Son « organisation » et son « efficacité militaire » sont grandes, sûrement supérieures, sur le long terme, à ce que nous savons de la secte Aum Shinrikyo, Vérité Suprême. Les attentats réalisés par la secte Aum Shinrikyo, s'ils manifestent une capacité technique indispensable pour des actions ponctuelles de grande ampleur, ne peuvent être comparés à ce qu'a déjà mis en place et développé *Ordo Mundi*. Sur le long terme, les croyances, les pouvoirs ou les dogmes d'*Ordo Mundi* paraissent beaucoup plus efficaces et beaucoup plus dangereux.

L'exploitation de la Matière Vivante, de l'informatique, les complicités, le chantage exercé sur les responsables politiques notamment par leur manipulation « affective » — enfants —, en font une organisation dangereuse, capable d'attirer et de fasciner des jeunes sans repères. Elle leur offre le sentiment d'appartenir à une élite, de posséder la Connaissance, et, parce qu'ils sont élus, de prendre en charge le devenir. Ils sont encadrés psychologiquement, « rassurés », formés, initiés, drogués (Eau du Savoir) et deviennent en effet des Corps Fidèles et des Fidèles du Savoir, prêts à exécuter toutes les missions, à renoncer à leurs biens et à sacrifier leurs vies dans une perte de volonté et de pensée individuelles. *Ordo Mundi* trouve ainsi facilement des adeptes, et quand elle affirme vouloir rétablir ou établir l'Ordre du Monde, elle ne peut que rencontrer un écho favorable chez ceux qui sont témoins et victimes du « désordre » et du chaos de cette fin de siècle. En même temps, sa distinction entre Hommes (élus) et Matière Vivante reflète la peur des autres, le racisme et la xénophobie qui renaissent ici et là. Le *Magnus Animarum Magister* a su exploiter les tendances et les courants de cette fin de siècle. Il paraît nettement supérieur à Shoko Asahara, dont on sait pourtant qu'il était vénéré à l'égal d'un dieu par les membres de la secte Aum Shinrikyo. D'ailleurs, ceux des responsables d'un niveau supérieur de la secte que j'ai rencontrés — Carmen Revelsalta, Silvère Marjolin, Edward Klint Barnett, Alberto Grandi — montrent que la secte *Ordo Mundi* sait former ou recruter de fortes personnalités.

Question : ces personnalités, auxquelles il faut au moins adjoindre Hans Reinich, constituent-elles le « directoire » d'*Ordo Mundi* ? Edward Klint Barnett semble s'être définitivement retiré de toute activité de direction, même s'il reste fidèle à *Ordo Mundi*. Grandi est mort. Il avait d'ailleurs été condamné par la secte, ce qui tend à prouver que les « épurations » peuvent toucher tous les degrés d'*Ordo Mundi*. Restent alors Carmen Revelsalta, Hans Reinich, Silvère Marjolin, qui se retrouvent chaque mois dans un lieu qui paraît situé dans les environs de Brixen. Ces rencontres, si elles se confirment, se font-elles sous l'autorité du *Magnus Animarum Magister* ? Rassemble-t-il ainsi autour de lui, périodiquement, le directoire de la secte ? Ou bien ne sont-elles qu'un leurre ???????????????

Julius Kopp laissa son doigt répéter le point d'interrogation. Le signe couvrit ainsi rapidement tout l'écran de l'ordinateur.

63

Julius Kopp reconnut aussitôt la silhouette d'Alexander. Pourtant l'obscurité était déjà tombée, et la berge, ensevelie dans l'ombre des collines qui bordaient le lac. Mais Alexander avait une démarche singulière, souple, sautillante, comme si à chaque pas il s'apprêtait à bondir.

« Il va bien », se dit Kopp.

Kopp ne bougea pas, surveillant le chemin. Roberto se trouvait sur la digue, au-delà de l'hôtel. Et s'il y avait eu danger, il l'aurait signalé par un appel de phares. Mais une surprise était toujours possible et Kopp avait apprécié la prudence d'Alexander.

Au téléphone, quand Julius l'avait joint à Zurich, Alexander avait simplement dit : « Je vous rappelle » et il avait aussitôt raccroché.

Kopp avait dû attendre plus de deux heures dans la salle technique de la ferme. Roberto était entré plusieurs fois et à la fin Kopp lui avait montré l'un des ordinateurs, lui expliquant qu'il venait de mettre un texte en mémoire, un pré-rapport sur *Ordo Mundi* à ne sortir qu'en cas d'incident. « Si je perds la mémoire », avait murmuré Julius Kopp. Il faudrait alors le communiquer au ministère de l'Intérieur, ainsi qu'à Graham Galley et Fred Menker, personnellement. Quarante-huit heures plus tard, on en dévoilerait le contenu à quelques journalistes.

— Qui, « on » ? avait demandé Roberto.

— Vous, Roberto, vous ou Viva.

Roberto avait secoué la tête, fait la moue. Si Julius Kopp perdait la mémoire, lui, Roberto, la perdrait aussi, et sans doute avant.

— Prévenez Viva, avait dit Kopp alors que la sonnerie retentissait.

Il avait attendu que Roberto ait quitté la pièce pour décrocher. C'était Alexander.

Ils étaient restés l'un et l'autre silencieux durant plusieurs secondes, puis Alexander n'avait prononcé qu'un mot : « L'Abbaye. » Julius Kopp s'était aussitôt souvenu de cet hôtel de Talloires où il avait autrefois retrouvé Alexander. Ils ne se rencontraient qu'au bord du lac, la nuit, à l'extrémité du chemin qui surplombait la berge, vers la petite tour blanche nichée dans la roche. A l'hôtel, ils s'ignoraient. Alexander, depuis plusieurs mois, surveillait un banquier que ses associés soupçonnaient d'organiser à son profit des transferts de fonds. Julius arriva à Talloires pour la phase finale, intervention menaçante, interrogatoire brutal, aveux, démission du banquier, etc. Mais au dernier moment, les commanditaires de l'enquête avaient annulé l'opération. Un accord avait sans doute été conclu et les fonds occultes partagés. L'Ampir avait été grassement payée. On ne versait pas seulement des honoraires. On achetait le silence de Julius Kopp et d'Alexander. Ils avaient pu dîner ensemble à L'Abbaye sans feindre de ne pas se connaître. Le banquier et sa douzaine d'invités les avaient regardés, avait-il semblé à Julius Kopp, avec une ironie méprisante, et c'est Alexander qui l'avait empêché de se lever, de provoquer cet homme qui régnait en souverain sur sa tablée de courtisans et de complices.

— On n'est pas là pour faire triompher la justice et la morale, n'est-ce pas, Kopp, avait dit Alexander.

Et en se souvenant de ces propos, Julius Kopp avait pris conscience de l'amitié qu'il éprouvait pour Alexander, du soulagement qu'il avait ressenti en écoutant sa voix, à l'idée de le voir.

Il entendait la respiration d'Alexander dans le téléphone. Mais Alexander n'avait dit que ce mot : « L'Abbaye. »

— Quand ?

— Dans trois jours.

— Comme autrefois ? avait demandé Kopp. Au temps du banquier ?

— Souvenir, souvenir, avait murmuré Alexander, puis il avait raccroché.

Ces deux derniers mots de leur brève conversation téléphonique, Kopp les répéta en prenant le bras d'Alexander, en le serrant.

— C'étaient des temps tranquilles, dit Alexander en ne regardant pas Kopp.

— Difficile ? demanda Kopp.

— Déplaisant, murmura Alexander.

Il s'arrêta, fit face à Kopp, et celui-ci, au moment où le projecteur d'un des navires qui sillonnaient le lac éclaira le cap, puis la tour, l'hôtel de L'Abbaye et le petit port de Talloires, découvrit le visage d'Alexander. Il s'était comme desséché. Les joues étaient creusées. Il exprimait la fatigue et l'amertume. C'était comme si, en ces quelques semaines, Alexander avait d'un seul coup été emporté par ces années qu'il retenait avec élégance, sans effort. Jusque-là il lui avait été simple et naturel de conserver son allure juvénile, d'étudiant. Maintenant, il n'était plus qu'un homme las, désespéré même.

— Qu'est-ce qu'il y a, dit Kopp en suivant Alexander, qui s'était remis à marcher en s'éloignant de la tour, retournant vers l'abbaye. Ils vous ont démasqué ?

Alexander fit oui en penchant la tête.

— Depuis quand ?

— Il y a trois jours, fit Alexander en se tournant vers Kopp.

— Mon coup de téléphone ?

— Nous sommes sur écoute, dit Alexander. Il leur a suffi d'un mot pour identifier la provenance de l'appel. Ils ont des techniciens extraordinaires, des génies informatiques et un matériel sans équivalent.

Alexander sourit.

— Cela fait trois jours que je joue au chat et à la souris, dit-il. Reno m'a aidé.

— Ils vous ont suivi ?

Alexander se mit à marcher plus vite, haussa les épaules, lança :

— Vous me prenez pour qui, Kopp ? Pour Paul Sarde ?

— Il travaille pour eux ?

— Pour lui, fit Alexander. Seulement à son profit. Sarde a de gros besoins, n'est-ce pas ?

Ils étaient arrivés dans le parc de l'hôtel. Alexander s'appuya à un muret, regarda le ciel que zébraient au nord des éclairs dont le tonnerre ne parvenait qu'assourdi, comme un roulement grave. Parfois, tout l'horizon s'éclairait pour quelques secondes, et les noirs massifs et les barres rocheuses apparaissaient sur ce fond d'un blanc-gris comme une armée casquée de noir.

— Le vent se lève, dit Alexander d'un ton détaché. Nous sommes sur la ligne du front, là où les masses d'air sont au contact. Dans dix minutes, rafales, chutes de température, averse. On rentre, Kopp, ou on attend l'assaut ?

Les branches les plus hautes des arbres ployaient déjà et, dans la lumière des quelques lampadaires qui éclairaient le parc, les feuilles couchées par le vent ressemblaient aux écailles vertes d'un monstre surgi du lac, rampant sur la rive. Le bruit des rafales, puis celui de l'averse, couvrit la voix d'Alexander. Mais Kopp ne bougea pas, ne commençant à monter les marches du perron qu'au moment où Alexander poussait la porte à tambour.

— Vous êtes toujours aussi têtu, dit Alexander en repoussant ses cheveux trempés en arrière.

Il s'installa dans l'un des fauteuils placés dans la galerie du cloître. La pluie venait frapper violemment les vitres qui la fermaient et l'isolaient du jardin intérieur.

— C'était donc déplaisant, dit Kopp, reprenant le mot qu'avait employé Alexander, mais en le prononçant avec violence.

— Dégueulasse, dit Alexander. De la merde.

Jamais Kopp, en plusieurs années de collaboration, n'avait entendu Alexander utiliser de tels mots. Mais ce qui frappa le plus Julius Kopp, ce fut le visage d'Alexander. Sa bouche exprimait le dégoût et en même temps le mépris, la haine et la résolution.

— Ça vous dit quelque chose, l'Ukraine ? reprit Alexander. Oui, l'Ukraine, répéta-t-il d'une voix irritée, comme s'il reprochait à Julius Kopp son étonnement. Il y a une maternité dans les environs de Kiev, énorme. On vient y accoucher de tous les villages d'Ukraine. J'avais remarqué que Hans Reinich faisait des voyages fréquents entre Zurich et Kiev. Il m'a suffi d'utiliser quelques-uns des logiciels du John Woughman Institute ou de la World Health Foundation pour le découvrir. Leurs bureaux sont au dernier étage du 27, Weinbergstrasse, vous le savez, Kopp.

Alexander s'interrompit, se détendit quelques minutes. Il avait quelques compétences, murmura-t-il. Ç'avait été utile.

— J'ai sorti la liste des transferts de fonds, dit-il, au médecin-chef de la maternité, une femme. Compte ouvert pour elle à la European Kredieten Bank à Zurich, géré par Kurt Bayer, le fondé de pouvoir spécialisé dans la gestion de tous les comptes qui relèvent des instituts ou fondations ou centres Woughman, ou des centres d'initiation qui dépendent d'eux. On verse, Kopp, chaque fois qu'une unité est « transférée ». C'est le mot utilisé. Vous voulez savoir ce qu'il signifie ?

Alexander se leva, fit quelques pas dans la galerie. Il aperçut Roberto qui se tenait à l'entrée, appuyé de l'épaule à l'une des colonnes. Il lui fit un signe amical, puis revint vers Julius Kopp.

— Toujours prudent, murmura-t-il en désignant Roberto, puis, d'un ton grave, il ajouta : je crois que vous avez raison. C'est monstrueux, gigantesque, incroyable.

Il s'assit à nouveau en face de Kopp.

— Le médecin-chef et ses complices, des médecins qu'elle paie, mais de cela, Hans Reinich ne se soucie pas. Il négocie avec le médecin-chef, si celle-ci veut sous-traiter, c'est son affaire, n'est-ce pas ? Donc, ils transfèrent des « unités », c'est-à-dire des nouveau-nés. On fait croire aux mères qu'ils sont morts. On leur donne une urne avec des cendres, ou bien on leur montre de loin un petit cadavre. Après, on chasse ces paysannes de l'hôpital. Et les « unités » sont exportées. On aime les bébés blonds aux yeux bleus, aux Etats-Unis, dans tous les pays développés. Ce sont ces « produits-là qu'on préfère. *Ordo Mundi* sélectionne les « demandeurs » en fonction de leur situation sociale, l'argent n'est qu'un élément d'appréciation parmi d'autres. *Ordo Mundi* choisit ceux qui détiennent un pouvoir. Adoption maquillée. Les parents signent n'importe quoi. On les tient. La mémoire des ordinateurs est pleine de noms de ces familles qui se croient bénies des dieux parce qu'elles ont enfin un enfant à la peau blanche qu'elles ont acheté. Elles ont payé. Il est à eux, comme leur téléphone. Elles n'imaginent rien. C'est dégueulasse. Le chantage est si facile. On peut faire ressurgir quand on le juge utile la mère biologique ou quelqu'un qui joue ce rôle. Parfois ces gosses sont délibérément rendus malades. Le chantage fonctionne encore mieux. Il faut des soins particuliers, des transfusions de sang, une transplantation d'organe. Les hommes d'*Ordo Mundi* sont là. Et le médecin-chef de la maternité transfère une nouvelle unité, mais qui ne sera pas destinée à l'adoption.

Alexander baissa la tête.

— Vous comprenez, Kopp ? dit Alexander à voix basse. Puis tout à coup il hurla : Vous comprenez ce que cela signifie ?

Il se leva, partit de son pas sautillant. L'averse redoublait. Il se dirigea vers la porte de l'hôtel.

Roberto commença à le suivre, mais Julius Kopp l'arrêta d'un geste et Roberto, en hochant la tête, regarda Alexander s'engager sur le chemin de la berge balayé par la pluie et le vent.

64

On frappa à la porte de la chambre et Julius Kopp se précipita. Accoudé à sa fenêtre, il avait d'abord suivi la silhouette d'Alexander qui se dirigeait vers la tour Blanche, puis il l'avait perdu de vue. Il n'avait pas voulu céder à l'inquiétude, partir à sa recherche ou demander à Roberto de rejoindre Alexander. Mais il était resté, malgré la pluie, à guetter, à tenter de distinguer une ombre parmi les ombres qui obscurcissaient le chemin de la berge.

Il ouvrit la porte. Alexander, les deux bras écartés, tendus, les paumes appuyées de part et d'autre du chambranle, lui faisait face. Ses cheveux tombaient en longues mèches sur ses yeux. Ses vêtements étaient trempés. Il se redressa, repoussa ses cheveux. Julius Kopp s'écarta. Alexander se dirigea vers la fenêtre.

— L'orage s'éloigne, dit-il. La pluie tombe droit. Le vent a cessé. Les tilleuls du parc dressent à nouveau leurs branches. Demain, beau temps, Kopp, atmosphère purifiée. Je parie pour un ciel limpide, comme si rien ne s'était passé, ni bourrasque ni rafale. Et mes vêtements auront séché. On continuera de tuer des enfants, d'en vendre. Paul Sarde achètera la maison dont il rêve. Il vous en a parlé ? Une sorte de château dominant toute la Provence. Et nous, Kopp ? Et Hans Reinich ? Qu'est-ce que nous devenons ?

Il revint vers Kopp, s'assit sur le bord du lit.

— Reinich, c'est le type le plus dangereux, le plus inhumain que j'aie rencontré, continua-t-il. Un malade, un vieux sadique, pervers, peut-être soixante-quinze ans. Une vingtaine d'années pendant la guerre. Peut-être était-il allemand, nazi, il faudrait faire une enquête. Il voyage dans le Sud-Est asiatique. Il aime les enfants, il ne s'en cache pas. Il les comble de présents, il en réunit trois ou quatre dans son chalet, dont il n'ouvre jamais les fenêtres. Mais il est très généreux avec les gens du coin. Je suis allé voir. J'ai interrogé les voisins. *Herr* Reinich ? Un amoureux de la montagne et des animaux. Il aide les orphelins. Un saint homme, n'est-ce pas. Intouchable.

— Tout se paie, dit Kopp.

Alexander haussa les épaules.

— Quand ? Où ?

— Brixen, en Italie, à proximité de la frontière autrichienne, dit Kopp. Peut-être là-bas. Nous y allons, avec Roberto.

— Reinich s'est rendu à Genève hier, dit Alexander.

Il se leva, ôta sa veste, la posa sur le dossier d'une chaise. Il paraissait maigre, mais sans que son torse osseux donnât une impression de fragilité. Il avait les épaules carrées, les pectoraux gonflaient la chemise qui, mouillée, collait à la peau.

— Il a attendu le vol de New York.

— Alors c'est le moment, dit Kopp. Ils se réunissent dans les environs de Brixen.

— Autour du *Magnus Animarum Magister*, murmura Alexander. J'ai découvert ça aussi.

— Quoi d'autre ? demanda Kopp.

— Je me demande parfois, dit Alexander, si ce que nous faisons a un sens. Nous nous sommes accrochés aux hommes d'Ordo Mundi. Sont-ils les pires ? Peut-être. Mais ce n'est pas sûr. Autour d'eux — Alexander fit un grand geste des bras —, quoi ? Pas beaucoup mieux. Des sectes ? Ça prolifère, vous le savez, Kopp. Le fanatisme d'*Ordo Mundi* ? Il est partout, Kopp. La corruption ? Même Paul Sarde, votre ami, votre frère d'armes est à vendre. Quant au chaos dont on parle à *Ordo Mundi*, je le vois, il existe.

— Les enfants, murmura Kopp, dégueulasse, non ?

Alexander haussa les épaules, fit la moue, rabattit ses mèches sur ses yeux.

— Deux cent millions d'enfants esclaves dans le monde. La police brésilienne qui les tue comme s'il s'agissait de rats. La drogue qu'on leur vend. Les Etats qui les laissent crever de faim. Et tout le reste. Alors, quelques-uns de plus ou de moins, dans cet océan d'horreurs...

— Rentrez, dit Kopp d'une voix sourde. Je vous paie un an d'honoraires. Vous achèterez une maison en Irlande.

— J'aime le soleil, dit Alexander.

— Foutez le camp, dit Kopp en ouvrant la porte de la chambre.

Alexander, d'un coup de pied, repoussa la porte, revint vers Kopp, le poussa sur l'un des fauteuils.

— Ecoutez, Kopp. Vous ne savez rien de ce que j'ai appris, rien. *Ordo Mundi*, c'est une machine aussi parfaite qu'un ordinateur. Au sommet, le *Magnus Animarum Magister*. Un génie de l'organisation. Un type que ceux qui l'ont rencontré vénèrent et auquel ils obéissent. On se fait tuer pour lui, on lui lègue tout ce qu'on possède. Certains imaginent que c'est un extraterrestre. Les plus fous, les plus croyants portent même un casque avec des électrodes parce qu'ils espèrent communiquer directement avec sa pensée. Il a réussi à faire croire ça. Et après tout, est-ce que c'est impossible ? On a vérifié des phénomènes plus étranges. Au-dessous de lui, il y a ses adjoints, ceux qui le rencontrent. Et parmi eux, Hans Reinich. Ils composent le premier degré d'*Ordo Mundi*, ce sont les *Maîtres de la Voûte*. Au-dessous, le deuxième degré est constitué par les Piliers qui espèrent accéder un jour au grade de Maître de la Voûte et rencontrer le MAM. Puis viennent les degrés inférieurs, les *Ordonnateurs,* les *Desservants* et les *Bergers* et, tout en bas, ceux qui sont les *Corps Fidèles* ou les *Fidèles du Savoir,* dévoués corps et âmes, *perinde ac cadaver,* comme ont dit chez les jésuites.

Alexander avait parlé d'une voix exaltée tout en parcourant la chambre d'un pas rapide. Quand il s'immobilisa en face de Kopp, il sembla se rendre compte qu'il ne s'était pas contrôlé. Il se passa les deux mains dans les cheveux, les doigts écartés.

— C'est fascinant, dit-il, *Ordo Mundi* c'est à la fois une église et une armée, une structure presque idéale.

— Une pyramide, dit Kopp.

Alexander fixa Kopp, secoua la tête. La pyramide était une représentation trop classique, on pouvait aussi, dans cet esprit, parler de cercles concentriques.

— Sept degrés, précisa Alexander, sept grades, sept cercles, le sommet ou le centre, c'est le *Magnus Animarum Magister*. On ne passe d'un grade à un autre qu'au terme d'une série d'épreuves, d'une sélection, d'une initiation chaque fois plus longue, plus cruelle. Je crois qu'il faut tuer pour franchir un degré. Les Maîtres de la Voûte, les proches du MAM, mais aussi les Piliers, les Ordonnateurs, les Desservants sont sûrement irrécupérables. Restent les Bergers, et les Corps Fidèles. Ceux-là, Kopp, je les ai côtoyés. On peut en retourner quelques-uns. Mais ils sont tous pris, séduits. Moi, on m'a laissé entendre que compte tenu de mes dons, je pouvais devenir Berger, gravir les échelons, vous n'imaginez pas, Kopp...

Alexander se remit à marcher dans la chambre, s'arrêtant parfois, mais sans se tourner vers Kopp.

— Vous n'imaginez pas la puissance d'aspiration, reprit-il, le désir que fait naître cette ouverture vers ce qu'on vous présente comme le haut, ou le centre, ou le plus profond, c'est tout cela à la fois, l'initiation, un enfouissement et une ascension, une dissolution de soi et un épanouissement.

Il revint vers Julius Kopp.

— C'est mystérieux, Kopp, ça fait appel à une folie qui est en nous. Il y a la drogue, bien sûr, l'Eau du Savoir, les actes accomplis qui font de chaque adepte un complice, qui ne peut plus se dégager, mais c'est autre chose de plus intense, de plus essentiel, le besoin de participer à une communauté qui détient un secret, qui comprend l'univers, qui va dominer le monde. Même le plus anonyme des Corps Fidèles a le sentiment qu'il fait partie d'une élite.

Alexander s'assit sur le bord du lit, en face de Kopp.

— Et nous, Julius, quand nous étions membres des Services, que nous nous immergions dans la foule pour accomplir nos missions, est-ce que nous n'étions pas les fidèles d'une secte, avec des sentiments pas très éloignés de ceux des adeptes d'*Ordo Mundi* ?

— Je n'ai jamais adoré un *Magnus Animarum Magister*, murmura Kopp.

— Mais obéi, puis respecté la discipline, et peut-être tué.

— C'est tout ? dit Kopp en se levant. Renseignements précieux, Alexander, mais commentaires discutables.

Il regarda longuement Alexander, la tête un peu penchée, essayant de deviner ce que cachait le brillant de ses yeux.

— J'ai appris à contrôler leur drogue, dit Alexander. Cela nécessite un grand effort de volonté, quelques antidotes. N'ayez pas d'inquiétude, Kopp, je n'ai rien abdiqué, mais je suis entré dans cette machine. *Ordo Mundi* n'est pas une pyramide à sept degrés, ni une série de sept cercles concentriques, tout cela est trop géométrique. *Ordo Mundi* appartient au virtuel, à l'univers des signes, de l'informatique, du symbolique. C'est cela qui me fascine, Kopp. John Woughman était une sorte de prophète du logiciel. Un explorateur des signes. *Ordo Mundi* est construit dans cet esprit. Chaque degré a son code, son logiciel. L'initiation consiste pour une part à comprendre le code supérieur, à maîtriser parfaitement les logiciels inférieurs. On ne peut accéder à la connaissance complète du degré inférieur qu'à partir du haut. Les Corps Fidèles ne savent rien d'eux-mêmes. Les Bergers savent tout des Corps Fidèles mais ignorent les Desservants qui les contrôlent. Ces derniers sont dominés par les Ordonnateurs, qui sont comme emboîtés par les Piliers, eux-mêmes inclus par les Maîtres de la Voûte, et seul le *Magnus Animarum Magister* dispose de la totalité des codes, a accès à l'ensemble les données qui contiennent tous les listings, toutes les connaissances d'*Ordo Mundi*, toute la mémoire de la secte, les actions en cours, les noms des complices, des personnalités soumises au chantage. Mais chaque niveau est clos, cadenassé. Je n'ai pas pu percer les codes. J'ai simplement compris le dispositif, exploré quelques listings. Pas eu le temps, Julius. Vous m'avez téléphoné. J'ai été repéré. Et vous le savez. Vous aviez peur ? Pour ma sécurité, ou bien...

Alexander sourit en rejetant la tête en arrière.

— Ou bien, reprit-il, craigniez-vous que je bascule ? Fascinant en effet, Kopp, de pouvoir faire fusionner en soi le besoin de croire, le savoir informatique le plus sophistiqué, le désir de puissance et de pouvoir, le sentiment d'être un élu, un maître, et retrouver la violence d'un barbare qui tue sans un seul regret. Vous m'avez empêché d'avoir un destin à ma mesure, Julius, conclut Alexander en tapotant familièrement l'épaule de Kopp.

Il s'éloigna, ouvrit la porte de la chambre.

— Quand partez-vous pour Brixen ? demanda-t-il.

65

Julius Kopp fit un signe de la main droite et Roberto, qui conduisait, lui lança un coup d'œil. Kopp pencha la tête, désignant un bouquet d'arbres, et Roberto se gara sous les frondaisons. Alexander, à l'arrière, se redressa, ouvrit la portière et fit quelques pas en s'étirant.

Depuis cinq jours, ils exploraient les environs de Brixen. Ils avaient remonté toutes les routes des vallées, jusqu'à la frontière autrichienne. Roberto, avec une sorte de fierté, comme si ces pics dentelés lui appartenaient, avait répété en montrant ces montagnes déchiquetées comme autant de massifs dont

on aurait arraché les chairs, ne laissant que le squelette blanchi : « Dantesque, n'est-ce pas ? »

Il avait à nouveau dit que sur ces pentes, on s'était
mitraillés, égorgés.

Alexander avait paru saisi par la beauté grandiose
de ces ciselures qui s'enfonçaient dans un ciel d'un
bleu soutenu. Kopp s'était contenté de diriger
Roberto, le forçant à emprunter, sur les côtés de la
route, des chemins cailouteux qui se terminaient en
sentiers. Il avait fallu presque toujours reculer,
manœuvrer au-dessus de gorges raides.

Ils avaient parcouru ainsi les Alpes du Zillertal,
celles de Stubai, entre le Wilderfreiger et le Brenner.

Ils avaient interrogé les habitants des petits villages, les hôteliers de Bruneck ou de Innichen.
Aucun ne connaissait une demeure — elle devait
être immense, selon l'intuition d'Alexander — singulière, château, forteresse reconstruite, nid d'aigle.
Personne n'avait rencontré un homme ou ses
domestiques étrangers à la région, qui pourtant
devait bien s'approvisionner, s'ils vivaient dans les
montagnes. Mais peut-être le *Magnus Animarum
Magister* s'était-il installé à cheval sur la frontière, se
fournissant dans les villages autrichiens du Hohe
Tauern ou du Tyrol.

Peut-être, avait dit Alexander, Brixen n'était-il
qu'un leurre, un mot de code, une manière de fixer
d'éventuels poursuivants alors qu'à partir de Brixen
on se dirigeait vers le Sud, Cortina d'Ampezzo,
Venise et peut-être au-delà. Kopp s'était contenté de
refuser d'un mouvement de tête l'argumentation et
s'était obstiné.

Ils avaient définitivement quitté leur hôtel de
Brixen ce matin. Kopp était décidé à franchir la
frontière, et à s'installer dans l'une des auberges qui
se trouvent en bordure des massifs, dans les vallées.

C'était maintenant la fin de l'après-midi.

Kopp et Roberto rejoignirent Alexander.

Au-delà du bouquet d'arbres, la vallée s'élargissait,

des prairies descendaient en pente douce vers le torrent. Un cirque de cimes étincelait tant le soleil jouait avec les éboulis. Il fermait cette conque, au centre de laquelle s'élevait un immense chalet, entouré de barrières de bois. Une terrasse dominait le torrent. Sur un large tronc d'arbre on avait gravé, sans doute au fer rouge, *Dolomitenhoff, Zimmer*. Alexander s'avança, s'appuya à l'une des barrières et tout à coup il se retourna, appela Kopp et Roberto d'un geste vif. Ils firent quelques pas et ils virent les trois chevaux qui paissaient au milieu de la prairie. L'un d'eux, qui se tenait un peu à l'écart, avait le pelage d'Ulysse. Il avait dressé la tête, montrant son puissant poitrail, puis il avait commencé à descendre la prairie en levant très haut les pattes de devant, comme pour une parade. Il s'arrêta à quelques dizaines de mètres de la barrière, hennit puis s'éloigna au galop, rejoint par les deux autres, et ils ne furent bientôt plus que trois taches claires sur le vert foncé de la prairie.

— Résurrection, dit Alexander en s'adossant à la barrière. Il ne faut jamais négliger les signes.

Roberto ricana.

— Il y a des chevaux partout, murmura-t-il.

— Ce sont les premiers qu'on voit, fit Alexander. Ils sont trois. L'un d'eux est venu vers nous, on aurait dit Ulysse.

Roberto leva les bras au ciel. Il marmonna.

— On s'installe, dit Julius Kopp, jusqu'à demain.

Les chambres donnaient sur la forêt et les versants qui, au fur et à mesure que le jour déclinait, bleuissaient, les cimes plus brillantes encore dans la lumière rouge du crépuscule. On n'entendait que la rumeur du torrent.

Julius Kopp, seul, se dirigea vers la berge. C'était comme s'il s'enfonçait dans la nuit, dans sa mémoire. L'obscurité s'était accumulée dans ce creux encombré de gros blocs. Il eut froid. Il pensa à Geneviève, à Laureen, à l'enfant. Peut-être tous morts déjà. Même s'il parvenait au but, s'il frappait *Ordo Mundi* à la tête, il avait peut-être déjà perdu. Les propos qu'Alexander lui avait tenus à L'Abbaye, au bord du lac d'Annecy, avaient creusé des doutes en lui. Kopp était toujours déterminé mais en même temps il doutait de l'efficacité de sa résolution. Si le besoin des hommes pour les croyances folles, si les sectes ressurgissaient à chaque génération, comme une moisissure tenace, si la barbarie était acceptée, voulue, à quoi bon ?

On détruisait la secte Aum Shinrikyo — Vérité Suprême ! —, on emprisonnait Shoko Asahara, son gourou, mais on découvrait qu'*Ordo Mundi* était une secte mieux organisée, au réseau plus étendu, que son Grand Maître des Ames était plus redoutable que Shoko Asahara, que les procédés qu'elle mettait en œuvre étaient à la fois plus barbares et plus scientifiques, que ses buts étaient plus inhumains. On croyait trancher des têtes, mais les sectes étaient comme une hydre, elles renaissaient.

Kopp resta un long moment ainsi, recroquevillé, enveloppé par l'humidité noire qui était comme une coulée de la nuit avançant avec les eaux du torrent. Puis, il remonta vers le Dolomitenhoff. La terrasse éclairée ressemblait à la dunette d'un navire dont la coque était plongée dans l'obscurité.

Comme Julius Kopp s'engageait sur le chemin qui traversait la prairie, il entendit dans le lointain le bruit saccadé d'un moteur d'hélicoptère. Parfois, il paraissait se rapprocher, se mêlant à l'écho qui l'amplifiait, et alors il se transformait en une série d'éclatements presque aigus, tant ils étaient nets. Puis le bruit s'éloigna, et enfin il disparut.

Roberto et Alexander étaient attablés dans la salle à manger dont les cloisons étaient tout entières recouvertes de troncs décapés et vernis. Le plafond et le plancher étaient eux aussi en bois de couleur presque blonde.

Roberto, les mains croisées derrière la nuque, les

coudes écartés, en équilibre sur les deux pieds arrière de la chaise, souriait en regardant Julius Kopp s'approcher. Alexander se tenait au contraire penché en avant, les bras croisés sur la table, la tête baissée.

— Faim ? demanda Roberto.

Il posa la carte sur l'assiette de Julius Kopp, qui s'était assis en bout de table.

— Il y a du gibier, reprit-il.

Kopp ne réussit pas à lire le menu. Il se sentait dans un curieux état. Il avait éprouvé une sensation semblable chaque fois qu'il avait sauté en parachute. Avec une angoisse mêlée de fatalisme, de désir d'abandonner, de laisser la chute libre se prolonger, il attendait le moment où le choc de l'ouverture se produirait.

— Vous avez entendu, n'est-ce pas ? interrogea Alexander sans lever la tête.

Julius Kopp sentit sa poitrine se comprimer comme lorsque les sangles du parachute se tendaient, et au même moment l'angoisse cessa. Il n'y avait plus qu'à se laisser porter en dirigeant, par le jeu des courroies, le parachute.

— L'hélicoptère, dit Roberto.

Kopp regardait droit devant lui.

— Bien sûr, que vous l'avez entendu, poursuivit Roberto. Il se pose, en haut, sur un plateau, au pied des Drei Zinnen, dans le massif du Gross Menediger, 3 499 mètres, Kopp. Il existe une route carrossable jusqu'au plateau. Il y a là, depuis une dizaine d'années, une construction, énorme paraît-il. Certains, dans la vallée, l'appellent le Berghof ou le Bunker, comme pour le Führer. Ça ne dérange personne, ici. L'hélicoptère atterrit par tous les temps. Le pilote est un fou, nous a-t-on expliqué. La propriété appartient à un original, un Américain ou un Anglais, qu'on appelle le Grand Chasseur. La chasse est sa passion, et aussi l'observation du ciel. Il a fait construire tout un ensemble d'antennes, de paraboles, de télescopes, pour capter les messages qu'on nous envoie des autres parties de l'univers et pour suivre le mouvement des étoiles ou des satellites. Il ne vient jamais par ici. Il se ravitaille dans les villes, avec son hélicoptère. Ils sont nombreux, là-haut.

Roberto s'interrompit.

— Qu'est-ce que vous prenez, Kopp ? fit Alexander. Il faudrait peut-être passer notre commande.

Une jeune femme s'était approchée. Elle portait un jean qui moulait ses hanches et ses cuisses, et une blouse blanche brodée de petites fleurs rouges et vertes. Ses cheveux étaient ramassés en deux grosses tresses nouées sur la nuque. Elle était une jeune fille traditionnelle jusqu'à la taille, soulignée par une large ceinture de cuir clair, et une jeune femme délurée au-dessous.

Alexander se pencha vers Julius Kopp, chuchota que c'était cette serveuse qui les avait renseignés.

— Le Grand Chasseur, dit-il en s'appuyant de la main sur l'épaule de Kopp, aime tous les gibiers, sangliers, chamois, bouquetins, jeunes femmes.

Kopp se dégagea, montra la carte.

— C'est le gibier du Grand Chasseur, *des Drei Zinnen* ? demanda-t-il dans son allemand hésitant.

La jeune femme rit en secouant la tête, en la rejetant en arrière. Cette manière de bouger le corps, de faire jaillir ses seins, mit Kopp mal à l'aise.

— Vous êtes montée là-haut ? dit-il en essayant de parler d'une voix assurée, comme pour masquer le fait qu'il maîtrisait mal l'allemand.

La jeune femme se figea, regarda Kopp avec dureté, puis, brutalement, elle prononça plusieurs phrases, montrant les menus, et c'est Alexander qui répondit avec calme.

Elle s'éloigna, raide, faisant claquer les talons de ses bottillons sur le plancher.

— Elle vous a dit de vous mêler de vos affaires. Ou on est là pour dîner et dormir, et tout se passe bien, ou bien on vient pour créer des histoires, et alors il vaut mieux déguerpir. Parce qu'ici, on est entre gens tranquilles et on n'aime pas les fouines.

Alexander remit sa main sur l'épaule de Julius Kopp.

— Je crois bien qu'elle a dit fouine, mais je suis peut-être incapable de traduire ce mot, peut-être s'agissait-il d'un autre animal, un rat, ou un putois, oui, plutôt cela.

Julius Kopp, à nouveau, écarta son épaule et Alexander retira sa main.

— En tout cas, dit Alexander, j'ai commandé du gibier. C'est bien ce que vous vouliez, Julius ?

Kopp se leva, passa sur la terrasse et regarda les cimes qui surgissaient de la nuit, blanches et affûtées par la lumière lunaire.

66

Julius Kopp aperçut enfin les Drei Zinnen. Les Trois Pics se dressaient, effilés, paraissant s'enfoncer dans le ciel comme des doigts prolongés par des ongles longs et acérés. Ils dessinaient une sorte de M renversé, ouvert vers le haut. Le moins élevé des pics se trouvait entre les deux cimes les plus aiguës, qui culminaient à la même altitude.

Kopp arrêta la voiture, la gara sur une bande de terre bosselée qui dominait la vallée et le torrent. Il ne pouvait songer à la cacher. Il avait depuis longtemps franchi la limite supérieure de la forêt. Le paysage n'était plus composé que d'éboulis brillant sous la lune, et d'une herbe rase qui s'étendait sur d'étroits méplats parsemés de mares et de petits lacs dont la surface réfléchissait la lumière comme l'aurait fait un miroir de métal poli.

Kopp manœuvra de manière à placer la voiture

dans le sens de la descente. Il pouvait ainsi, au retour, s'il y avait un retour, gagner quelques minutes, et c'était parfois juste assez pour sauver sa vie.

Il commença à marcher. En confrontant les indications fournies par la jeune serveuse à Alexander et celles qu'il avait repérées sur la carte, Kopp estima qu'il ne devait plus être loin du plateau. Il lui sembla ne pas mal avancer malgré la fatigue qu'il ressentait. La pente était raide. Il buta plusieurs fois sur des éboulis, s'accrocha de l'épaule à ce grillage à larges mailles qu'on avait posé sur le versant de manière à prévenir les chutes de pierres. Mais elles encombraient la route, et Kopp, à deux reprises, trébucha au point de se retrouver agenouillé, les paumes déchirées. C'est en se redressant la deuxième fois qu'il distingua, dans un halo de lumière, une forme sphérique placée au bout du promontoire qui terminait le plateau et s'avançait comme une proue au-dessus de la vallée.

La vision était étonnante. C'était comme si chaque chose était simplifiée. Les Drei Zinnen représentaient l'esprit de la montagne, dans une pureté de lignes que rien ne troublait. Il s'agissait de trois pics nus formant des angles aigus d'à peine dix degrés. La construction était aussi une forme parfaite constituée d'une boule tangente au sol. On aurait pu croire qu'il s'agissait d'un vaisseau spatial, tel qu'on les représentait souvent, qui venait de se poser ou s'apprêtait à décoller.

Kopp s'immobilisa. Il n'était pas possible que les autorités locales aient ignoré l'existence de cette construction. Peut-être même était-ce pour en permettre l'édification que la route avait été taillée à flanc de montagne. Pour parvenir à obtenir de tels privilèges, il fallait disposer d'un faisceau de complicités au sommet des Etats — l'Italie et l'Autriche —, donc être capable d'acheter ou de convaincre des dizaines d'hommes, ceux qui détenaient le pouvoir politique et médiatique. Il était nécessaire aussi de s'assurer de la bienveillance des habitants de la région, des associations de défense des sites. Et cela impliquait qu'on déversât sur eux une manne sans limites et qu'on supprimât les gêneurs, les incorruptibles.

Kopp s'assit. Il eut le sentiment qu'il respirait mal, peut-être à cause de l'altitude, autour de 2 800-3 000 mètres, ce qui signifiait, l'hiver, la coupure permanente de la route, la liaison étant seulement assurée par hélicoptère. Kopp ferma les yeux un instant, essayant d'imaginer l'homme dans cette demeure sphérique comme un globe, un ventre immense, communiquant avec les points les plus reculés des antipodes, émettant, recevant, dialoguant, et en même temps isolé. Cela devait donner le sentiment de la plus grande puissance, d'être, en effet, un Maître du Monde, un *Magnus Animarum Magister*.

Ici, c'était aussi le silence, souligné par le grondement régulier des eaux du torrent qui roulaient dans le fond de l'entaille. La beauté et la grandeur de ce cadre qui paraissait encore vierge, sauvage, comme lors d'un commencement, devaient exalter celui qui possédait par ailleurs le pouvoir de l'argent, la puissance que confère la maîtrise d'une technique comme l'informatique, et les réseaux qu'elle permettait d'établir. L'homme pouvait croire qu'il allait être l'artisan d'un « recommencement » du monde, à partir de cette région préservée, où l'on pouvait oublier le désordre bruyant des villes. Lorsqu'il présidait la réunion des Grands Maîtres de la Voûte, le *Magnus Animarum Magister* devait être persuadé qu'il allait établir un nouvel *Ordo Mundi*.

Kopp se leva, prit conscience tout à coup que les Drei Zinnen et la construction sphérique représentaient les deux lettres O et M : *Ordo Mundi*.

Il s'accroupit, et dans le gravier qui recouvrait la route il traça du bout des doigts ce qu'il voyait. Dans la lumière de sa lampe de poche, il regarda, fasciné, ce qu'il avait dessiné, comme s'il avait fallu ces sillons sur le sol pour qu'il se convainque de la réalité du symbole.

Kopp essaya ensuite de progresser en se tenant sur le talus, de manière à éviter d'être repéré, car la route devait être surveillée. L'obscurité collait aux versants et s'entassait au-dessus du torrent, laissant le promontoire et les Drei Zinnen dans la clarté lunaire. La construction ronde était, elle, sous le feu de projecteurs qui avaient été placés dans la paroi.

Quand Kopp eut parcouru quelques centaines de mètres, il distingua les trois hélicoptères qui se trouvaient côte à côte à quelques dizaines de mètres de la construction, dans la zone éclairée. On ne pouvait espérer s'approcher sans être découvert. Kopp repéra aussi une construction rectangulaire placée à flanc de montagne sur un ressaut, peut-être artificiel. Elle était surmontée d'antennes paraboliques et d'un radar servant sans doute à l'atterrissage des hélicoptères. A l'autre extrémité du plateau, vers la route, donc, à l'opposé du promontoire, se dressait une dernière construction, devant laquelle étaient garés plusieurs véhicules, des quatre-quatre tout-terrain. C'était sans doute là que logeait le personnel et qu'étaient retenues, si elles étaient encore en vie, Geneviève Thibaud et Laureen. Avait-on séparé Cédric de sa mère, ou bien Geneviève Thibaud, contrairement à ce qu'imaginait Kopp, vivait-elle en compagnie de Silvère Marjolin et de son fils, dans le bâtiment principal, aux côtés des Maîtres de la Voûte et du *Magnus Animarum Magister ?*

Kopp marcha encore quelques dizaines de minutes, trop attentif et trop tendu pour se laisser aller longtemps à imaginer. Il voulait simplement approcher le plus près possible de la construction. Il éclairait le sol avec sa lampe, essayant d'en cacher le cône lumineux.

Il découvrit ainsi les fils d'une alarme électrique, qu'il évita. Il avança à la lisière de la route et du talus, pensant que c'était là la zone la plus difficile à piéger. Mais il se trouva bientôt devant un treillage d'une hauteur d'au moins trois mètres. Des panneaux indiquaient en trois langues — italien, anglais, allemand — qu'il s'agissait d'une propriété privée délimitée par un barrage électrifié. Celui-ci serpentait sur le versant, s'enfonçait dans l'obscurité de la vallée, vers le torrent. Il s'arrêtait de part et d'autre de la chaussée, mais le passage était fermé par une barrière commandée par une cellule photo-électrique, dont le faisceau balayait la route. Julius Kopp le contourna, longea le treillage, mais ce barrage était infranchissable. La pente du versant était forte, les éboulis instables, le treillage haut, électrifié. On ne pouvait s'introduire clandestinement dans le domaine d'*Ordo Mundi*, et il semblait difficile de passer en force, la propriété était privée, dûment défendue. Les gardiens pourraient invoquer la légitime défense.

Kopp monta autant qu'il put, mais il se trouva au bout de quelques centaines de mètres au pied d'un à-pic. Et pourtant le grillage avait été dressé sur les premiers mètres de cette falaise, pour interdire même le passage au terme d'une escalade presque improbable, la roche paraissant lisse, sans une aspérité.

Kopp redescendit lentement. L'aube se levait, mais au lieu d'en être augmentée, la visibilité se trouvait tout à coup réduite par des bancs de brume, des masses de brouillard qui s'accrochaient aux versants et cachaient même la route.

La nuit était donc passée.

« Inutile », se répéta Julius Kopp en redescendant. Sa déception de n'avoir pu aller jusqu'au bout était si forte qu'il marcha rapidement, courut presque sur la route, respirant cet air âpre, froid et humide qui montait de la vallée. Il essaya de se convaincre que cette reconnaissance en solitaire était nécessaire, qu'il n'avait pas désiré faire plus. Mais il savait bien qu'il aurait voulu terminer cette affaire seul, et que c'était la raison pour laquelle il avait quitté le Dolomitenhoff sans avertir Roberto ni Alexander.

Maintenant, il allait devoir agir avec eux.

Tout à coup, il entendit un moteur. Le conducteur, au bruit que faisaient les vitesses, changeait de rapport fréquemment, faisant grincer les engrenages. Kopp vit les phares dans la nappe de brouillard. Il se coucha derrière le talus, et aperçut tenant le volant, les bras allongés, raides, la jeune serveuse du Dolomitenhoff. Elle allait sans doute faire son rapport aux gens d'*Ordo Mundi*.

Peut-être alors suffisait-il d'attendre au Dolomitenhoff que ces gens viennent tenter de les surprendre.

Kopp retrouva sa voiture. Il ne sentait plus la fatigue de la nuit.

Il commença à dévaler la route, bondissant. Il ne roulait pas vite et cependant il eut l'impression qu'il descendait à « tombeau ouvert ».

Il répéta l'expression. « Tombeau ouvert. » Mais pour qui ?

67

Brusquement, après une courbe, la route changeant ainsi de versant, Julius Kopp découvrit le brouillard. Les masses jusqu'alors séparées s'étaient agglomérées, ensevelissant tout. Il se pencha hors de la voiture, comme s'il pouvait mieux, ainsi, distinguer le bord de la route. Mais la visibilité était limitée à deux ou trois mètres. A plusieurs reprises, Kopp ne vit même plus l'extrémité du capot.

Il s'arrêta.

La jeune serveuse qui montait du Dolomitenhoff avait dû passer juste avant que cette couche ne se constitue, formant une épaisseur infranchissable.

Kopp descendit, fit quelques pas, et la voiture disparut. Il la retrouva, posa les mains sur la carrosserie recouverte déjà d'une humidité gluante et glacée. Il cria, bêtement, mais il eut l'impression que sa voix avait été étouffée, et pourtant la rumeur du torrent, continue et régulière, l'entourait, comme si l'eau ruisselait de toutes parts. Il jura. Il ne pouvait pas se permettre d'attendre. En haut, dans la construction ronde, les gens d'*Ordo Mundi* devaient déjà se préparer à réagir.

Kopp remit avec difficulté le moteur en route. Mais il cala au bout des premiers mètres parcourus, comme si la voiture ne pouvait pas s'arracher à ce marécage gris où elle s'était engloutie. Kopp s'acharna, accéléra, roula plus vite, heurtant la bordure à peine surélevée de la route, mais il ne s'arrêta plus, les bras si crispés, les doigts si serrés sur le volant, que ses épaules, la gauche surtout, devinrent douloureuses.

Enfin, la pente s'atténua. Il distingua de part et d'autre de la route les premiers arbres, puis la forêt. Le brouillard enveloppait encore le paysage mais il était moins dense, et Julius Kopp, sans apercevoir le bâtiment, sut qu'il était arrivé sur l'aire au centre de laquelle était bâti le Dolomitenhoff.

Il arrêta aussitôt la voiture et commença à marcher vers une zone plus claire, peut-être parce que les lumières des chambres et des salles de l'hôtel se diffusaient dans le brouillard. Il aperçut en effet après quelques dizaines de mètres la masse du bâtiment, et il eut à nouveau l'impression d'un navire, mais au lieu d'être rassuré, cette forme indistincte encore l'inquiéta comme s'il ne s'agissait que d'une ombre, d'un fantôme qui allait se dérober, s'évanouir.

Il pensa tout à coup que la jeune serveuse avait dû téléphoner, dès la veille, qu'elle se rendait donc à la construction ronde pour autre chose, peut-être pour s'y cacher, parce que les gens d'*Ordo Mundi* étaient déjà intervenus, tuant Roberto et Alexander. Ils avaient pu arriver au Dolomitenhoff à partir de Brixen ou de Bruneck.

Kopp se mit à courir vers l'hôtel. Mais le brouillard sembla résister, donnant à Kopp le sentiment de piétiner. Le bâtiment était plus éloigné que Kopp ne l'avait cru. L'air froid coupait le souffle. Kopp repéra enfin la terrasse au-dessus du torrent, l'escalier qui y conduisait. Tout paraissait encore endormi, étouffé plutôt. Et pourtant, des fenêtres étaient éclairées. Kopp se rassura. Il imagina Roberto et Alexander dans la salle boisée, assis l'un en face de l'autre, silencieux, n'échangeant même pas un regard pour cacher leur anxiété. Kopp les aimait bien l'un et l'autre. Et il savait que ces deux-là l'estimaient. Avec complaisance, il s'attarda à cette idée, à cette image de ces deux hommes qui s'inquiétaient sur son sort.

Le premier coup que Julius Kopp reçut sur la nuque le fit se pencher en avant. Il sut que ses agresseurs étaient au nombre de deux quand des mains lui saisirent les poignets et les tirèrent dans le dos, cependant que d'autres mains le maintenaient courbé en avant, en appuyant sur son crâne. Kopp essaya de se dégager en fonçant, mais il avait déjà les mains entravées, et la douleur dans les épaules fut trop forte. Il tomba agenouillé sur l'escalier. On lui couvrit aussitôt la tête d'un sac plastique et il commença à étouffer.

Il pensa : « Le tombeau s'est ouvert pour moi. »

S'ils avaient tué Roberto et Alexander, se dit-il pendant qu'on le poussait en le soulevant pour qu'il avance plus vite, ils ne seraient pas aussi pressés.

« Si Roberto et Alexander ne sont pas morts, je vais sortir du tombeau. »

Il s'efforça de se détendre, de ne respirer que faiblement, de manière à économiser l'air qui se trouvait sous le sac plastique, et afin que le sac ne vienne pas se coller contre ses lèvres. Il trébucha à dessein pour retarder les deux hommes, laissa traîner ses pieds, ses jambes molles comme s'il était évanoui.

Les deux hommes ralentirent.

Ils avaient dû être avertis du départ de Kopp du Dolomitenhoff. La jeune serveuse avait téléphoné à la construction ronde. Les deux hommes, installés dans l'une des petites villes avoisinantes, avaient eu mission de se saisir de Kopp à son retour des Drei Zinnen.

Kopp s'accrocha à l'idée que Roberto et Alexander étaient encore en vie, qu'ils prendraient peut-être la décision sage d'alerter les autorités locales.

Kopp se raidit.

On venait de le jeter sur le plancher d'un véhicule et son visage avait heurté le métal. Ce devait être une voiture tout-terrain, quatre-quatre ou Jeep.

Un des hommes s'assit sur Kopp et lui donna deux coups de talon dans le bas-ventre.

Kopp se recroquevilla. L'homme lui appuya la tête sur le plancher et Kopp, au moment de perdre conscience, pensa que le brouillard ne s'était pas levé et qu'on n'allait pas retrouver trace de son tombeau.

68

Julius Kopp entendit d'abord le bruit assourdissant du moteur. Il ouvrit les yeux, vit un plafond blanc. Il bougea les bras et les jambes. Il n'était pas entravé mais couché sur un lit étroit placé contre une cloison. Il se dressa en s'appuyant sur le coude gauche et reconnut l'emblème de la secte dessiné sur le mur qui faisait face au lit. Les lettres OM couronnaient un soleil levant qui surgissait, masqué en partie par un globe terrestre.

Kopp s'assit. Il avait le visage endolori. Il avait dû rester évanoui durant tout le trajet. Il leva les yeux. Une petite lucarne éclairait la pièce. A l'arrière-plan, comme pour ménager dans un décor un effet de perspective, il vit les Drei Zinnen qui étincelaient. Les parois rocheuses des trois pics semblaient composées de paillettes métalliques qui renvoyaient la lumière comme autant de minuscules miroirs.

Kopp se leva, fit le tour de la pièce, qui ne comportait que le lit et une petite table sur laquelle était posé un ordinateur. Kopp essaya de le mettre en route, mais il était déconnecté. Il tenta d'ouvrir la porte peinte elle aussi en blanc comme toutes les cloisons de la pièce, mais elle était bloquée. Brusquement, il réalisa qu'il n'entendait plus le moteur. Kopp monta sur le lit, vit la construction sphérique et à quelques mètres devant elle un hélicoptère. Les deux autres stationnaient plus loin. Celui-ci venait d'atterrir. Ses hélices tournaient encore lentement.

Kopp se laissa tomber sur le lit. On ne l'avait pas encore tué. Se reposer, murmura-t-il, récupérer, gagner du temps. Il ferma les yeux. Il eut chaud, imagina qu'on allait l'asphyxier. Ces hommes-là étaient aussi fous, aussi barbares que ceux qui avaient inventé les chambres à gaz, et ils étaient plus efficaces. Ils recherchaient le vrai pouvoir sur les hommes et non l'apparence de puissance que donne le gouvernement des Etats. Ils avaient compris que la véritable domination est toujours occulte, qu'elle ne se dévoile qu'à un petit nombre d'initiés.

Avait-il dormi ? Il n'avait entendu ni la porte s'ouvrir ni Silvère Marjolin s'approcher.

Marjolin se tenait debout près du lit. La porte était entrebâillée et Kopp, en se redressant, aperçut la silhouette d'un homme qui le surveillait. Etait-ce l'un de ceux qui l'avaient agressé devant le Dolomitenhoff, celui qui l'avait frappé dans la voiture ? Il avait seulement entrevu le visage de cet homme, mais c'était un homme aux cheveux coupés court, et à la même carrure que celui-ci.

Marjolin portait une sorte d'ample robe de moine en laine blanche. Les manches étaient larges et Marjolin y cachait ses mains. Kopp esquissa un sourire de mépris, mais il grimaça de douleur. Ses plaies aux lèvres s'étaient rouvertes.

— Pourquoi, dit Marjolin, pourquoi faut-il que vous vous obstiniez ?

Il fit quelques pas, s'adossa à la cloison, les bras croisés. Dans cette tenue austère, il ressemblait, avec son visage bossué, à un inquisiteur.

— Nous avons parlé de tout cela déjà, reprit-il. Nous vous avions averti, puis ménagé. Mais vous avez voulu aller jusqu'au bout. Voilà, vous êtes parvenu au cœur. Vous savez. Et que pouvez-vous de plus ? Rien. Vous êtes enfermé. Vous ne quitterez ce lieu que soumis, vivant ou mort.

— Quel carnaval grotesque, dit Kopp.

Il s'étonna lui-même de sa voix rauque, de la difficulté qu'il éprouvait à parler.

— Eh bien, riez, dit Marjolin. Mais alors — sa voix s'enfla — riez chaque fois que vous voyez le pape, un évêque, ou bien les Horse Guards. Nous respectons les symboles et les signes, monsieur Kopp, comme tous ceux qui, à un moment donné de l'histoire, ont voulu établir un ordre.

Marjolin leva les bras.

— Et en même temps, nous voulons l'austérité et la rigueur. Je ne porte, voyez-vous, aucune chamarrure, cela devrait vous satisfaire.

Il s'approcha, se pencha vers Kopp.

— Nous croyons à l'esprit, continua-t-il, à la nécessité de nos choix. Nous avons foi dans nos principes et nos analyses. Nous n'avons pas besoin des attributs ridicules du pouvoir. Nous nous contentons de quelques signes de reconnaissance pour affirmer notre adhésion. Pouvez-vous concevoir cela, monsieur Kopp ? Ou bien êtes-vous aveugle, définitivement ?

Kopp détourna la tête. Il éprouvait des sentiments contradictoires. L'attitude et les propos de Marjolin le révoltaient et le fascinaient. Cette combinaison de lucidité et de folie, de cynisme et de foi lui paraissait si étrange que par moments Kopp se sentait plus spectateur qu'acteur, comme s'il n'était pas prisonnier de ces hommes qui étaient aussi des tueurs. C'était comme s'il lisait ou feuilletait l'un de ces récits qu'il avait dévorés dans son adolescence, où se mêlaient l'anticipation, le Bien et le Mal. Le lieu même, avec cette architecture étrange, et ces trois pics, faisait penser à un paysage de bande dessinée. Et cependant cela existait. Une fois de plus, l'imagination était rejointe et dépassée par la réalité. Un romancier avait, disait-on, prévu les attentats au gaz Sarin dans un récit écrit il y avait plusieurs années. Et un jour, la secte Vérité Suprême les avaient accomplis à Tokyo. Aum Shinrikyo n'était pas de la science-fiction. Et le *Magnus Animarum Magister* ne surgissait pas tel Batman de la fantaisie d'un artiste. *Ordo Mundi* appartenait à ce monde.

Kopp regarda Silvère Marjolin, puis les Drei Zinnen. Il revécut en un instant les événements auxquels il avait été confronté depuis la première nuit dans la forêt de Fontainebleau. Il pensa aux corps des trois chevaux sur lesquels rebondissaient les mottes de terre.

Il fallait empêcher ces gens d'agir. Il fallait les haïr.

— Vous avez eu tort, Kopp, reprit Marjolin. Ecoutez-moi bien.

Sa voix devint sourde, son ton agressif.

— Je vous ai défendu, mais oui, continua-t-il. J'ai parié plusieurs fois sur votre intelligence, votre connaissance du monde, votre refus du chaos, votre besoin d'ordre. J'ai empêché qu'on donne le signal de votre mort. J'ai voulu que vous compreniez pour que vous nous rejoigniez. Mais je me suis trompé sur vous. J'ai mis *Ordo Mundi* en péril, par ma faute. J'ai dû payer. J'ai subi le juste châtiment. Maintenant vous êtes là, entre nos mains. Votre vie se termine, Julius Kopp. Vie profane, vie d'aveugle ou vie biologique, mouvement de la matière vivante. Vous avez refusé de vous élever. Je ne sais encore combien de temps il vous reste. Cela ne dépend plus de moi, mais de celui qui choisit, et auquel nous sommes tous soumis, puisqu'il sait, qu'il est en communication constante avec le Grand Créateur. Bon séjour ici, Julius Kopp.

Marjolin montra la lucarne.

— Regardez nos Drei Zinnen, Kopp. Observez le ciel. Toutes les poussières disparaissent à notre altitude. Nous devenons purs, comme ces trois pics, nous pénétrons le ciel et Dieu nous enveloppe.

Kopp ne bougea pas. Qui cet homme avait-il sacrifié ? Geneviève Thibaud, son propre fils, ou Laureen ? Kopp eut la tentation de le saisir aux épaules, de le secouer, de le contraindre à répondre. Qu'avait-il fait des unes ou de l'autre ? Avec quel corps avait-il payé sa faute ? Roberto et Alexander avaient-ils été abattus ?

Mais Kopp se tut, s'allongea, feignant l'indifférence.

Marjolin resta un moment sur le seuil de la porte.

— Vous n'avez pas compris, Kopp. Nous sommes entrés dans la phase ultime de notre histoire. Nous allons faire surgir du chaos actuel notre *Ordo*

Mundi. Ce que l'humanité a traversé jusqu'à nous n'est que prémices. Nous, nous allons établir l'*Ordo Mundi*. Rien ne compte plus, à nos yeux, que la naissance de cet Ordre du Monde.

Kopp tourna son visage contre la cloison.

— Laissez-moi dormir, dit-il d'une voix calme. Je ne discute pas avec les fous. Et vous êtes fou, Marjolin, fou.

Il lança un regard à Marjolin dont la fureur déformait le visage.

— Vous le savez, d'ailleurs, reprit Kopp. Mais ça vous arrange de jouer au fou. Vous disposez ainsi de la vie des gens. Vous vous donnez des allures de savant, de croyant. Mais vous n'êtes qu'un boucher, Marjolin. Un assassin. Vous êtes tous des psychopathes.

Kopp se souleva.

— Pas de circonstances atténuantes, pour vous et votre...

— Taisez-vous ! hurla Marjolin en claquant la porte.

Derrière la lucarne, le soleil illuminait les Drei Zinnen comme un O flamboyant.

69

Kopp eut peur de s'endormir. Le silence était maintenant absolu. Il sembla à Kopp que l'air de la chambre se chargeait d'un gaz douceâtre. Et il imagina à nouveau qu'ils allaient le tuer ainsi ou bien le droguer pour l'assassiner pendant son sommeil.

Il ne se laisserait pas égorger comme un mouton.

Il enveloppa son poing de son blouson, grimpa sur le lit et frappa de toutes ses forces, à plusieurs reprises, la vitre de la lucarne. Il s'arrêta entre chaque coup, craignant que ces ébranlements sourds n'attirent l'attention, mais personne ne vint, et à la fin la vitre s'émietta.

Un souffle glacé entra aussitôt dans la pièce, apportant la rumeur du torrent. Kopp se mit à grelotter durant quelques minutes mais ce fut presque joyeux. Ce tremblement était celui de la vie. Kopp avait remporté une victoire.

Il ne se laisserait pas égorger comme un enfant.

Il eut la nausée à cette pensée, à ce souvenir des enfants du viale Gabriele d'Annunzio, de celui que le gardien de la clinique Grandi avait chargé sur ses épaules.

Tout à coup il se persuada que Marjolin avait offert Cédric, le fils de Geneviève, en sacrifice expiatoire, pour prouver par cette offrande sa fidélité à *Ordo Mundi*, pour racheter sa faute.

Kopp commença alors à marcher dans la pièce, à la fois pour lutter contre le froid et contenir sa rage.

Six pas dans le sens de la longueur, quatre pour la largeur.

Il marcha ainsi, frappant ses mains l'une contre l'autre, parce que la nuit tombait et que les Drei Zinnen s'enflammaient, torches rouges dans le ciel déjà d'un bleu sombre, et que le froid devenait plus aigu.

Quand la pièce fut plongée dans l'obscurité, qu'il eut faim et soif, Kopp se mit à frapper la porte à coups redoublés. Il cria. Mais aucun bruit ne répondit. Il cessa, écouta le chant du torrent qui mêlait le grave et l'aigu comme dans un chœur.

Il n'allait pas mourir comme un rat.

Kopp se hissa, après avoir protégé ses mains, d'une traction, jusqu'à ce que ses yeux fussent à la hauteur de la lucarne. Mais il dut se persuader qu'il lui était impossible de se glisser entre les montants trop rapprochés. Il ne passerait pas. Il demeura quelques instants ainsi suspendu. L'esplanade autour de la construction ronde était déserte. La lumière des projecteurs accrochés à la paroi rocheuse rebondissait sur la sphère et sur les carlingues des trois hélicoptères.

Aucune vie.

Si Roberto et Alexander n'avaient pas été abattus, qu'attendaient-ils ?

Kopp se laissa retomber, se recroquevilla sur le lit. Froid, froid. Mais il ne tremblait plus. Il posa son front sur ses genoux, les bras serrant ses jambes. Il espéra qu'ils choisiraient cette nuit pour le tuer, qu'ils ouvriraient la porte avant qu'il ne soit engourdi, que le froid et le sommeil ne le désarment. Puis il ne bougea plus.

Tout à coup il sentit qu'un bras lui enveloppait les épaules, qu'un corps se collait contre son flanc, que la chaleur d'une vie pénétrait en lui. Il ne sut plus d'abord où il se trouvait. Il chercha les seins, les lèvres. Cela dura quelques secondes à peine et brusquement il s'écarta, se dressa, tenant Geneviève Thibaud par la taille, cependant qu'elle se laissait ainsi soulever tout en restant accrochée à ses épaules. Kopp fit un pas vers la porte. Geneviève s'agrippa à lui, le retint, le fit basculer sur le lit, disant d'une voix étouffée :

— Non, non, si vous sortez maintenant, ils vous tuent. Il faut attendre.

Kopp s'immobilisa et Geneviève se détendit un peu mais continua de le tenir, comme si elle craignait qu'il ne bondisse vers la porte, qu'il ne s'échappe.

— Qu'est-ce qui se passe ? chuchota-t-il.

Elle posa son front sur la poitrine de Kopp.

— Vous vous êtes enfuie, dit-il en haussant le ton. Vous nous avez menti. Marjolin, Sarde, vous vous êtes foutue de nous, de moi, d'abord.

Il se mit à la secouer au souvenir de Morgan, mort, des chevaux, morts, des coups portés à Laureen, de tout ce qu'il avait appris des actions d'*Ordo Mundi*.

— Laureen ? demanda-t-il en tenant Geneviève Thibaud à bout de bras.

— Ici, dit-elle, dans le même bâtiment. Mais elle est droguée.

Kopp lui serra les épaules avec violence, puis la secoua à nouveau. Il l'insulta.

— Vous allez m'expliquer, dit-il, parlant avec la gorge, les lèvres serrées, dans une sorte de hurlement rageur étouffé.

Geneviève devint comme une marionnette désarticulée, la tête allant d'une épaule à l'autre. Elle laissa retomber ses bras, le menton sur sa poitrine, ne cherchant même plus à retenir Kopp. Elle répéta :

— Si vous sortez maintenant, ils vous tuent. Il faut attendre.

— Je ne sors pas, dit-il de la même voix, tout en rejetant Geneviève loin de lui. Je ne partirai qu'après les avoir tués, moi. Mais expliquez-moi.

Il lui prit le cou, commença à le serrer. Elle ne se débattit pas, soulevant même le menton. Il la lâcha. Elle laissa retomber la tête sur sa poitrine, dans un tel mouvement d'abandon désespéré que Kopp murmura d'une voix changée :

— Je veux comprendre. Vous et moi...

Il s'interrompit.

— J'ai dissimulé des choses, dit-elle en redressant la tête. Mais avec vous...

Elle se colla contre Julius Kopp et il ne put s'empêcher de l'enlacer, puis d'ouvrir sa main large contre son dos, de presser ainsi Geneviève contre lui.

— Ils m'ont pris Cédric, murmura-t-elle.

Kopp la sépara de lui pour la regarder. La pièce était toujours plongée dans l'obscurité mais les Drei Zinnen reflétaient la lumière lunaire qui les faisait briller dans le ciel noir pointillé de myriades d'étoiles. Le visage de Geneviève, dans ce contraste entre les ombres denses et la faible clarté, apparut à

Julius Kopp creusé, comme si les traits s'étaient effondrés.

Kopp prit ce visage entre ses paumes, le souleva, s'approcha, l'embrassa.

— Marjolin ? demanda-t-il.

Geneviève secoua la tête. C'était bien la confirmation de ce que Julius Kopp avait imaginé. Marjolin avait offert son fils en sacrifice pour se faire pardonner ses erreurs, montrer qu'il restait fidèle, et pour conserver son pouvoir, son rang de Maître de la Voûte, continuer ainsi de siéger à ce qui devait être le directoire d'*Ordo Mundi*.

— Vous avez quitté la ferme, commença Kopp, là-bas vous étiez...

Il s'interrompit. Elle lui mit la main sur la bouche.

Qu'il ne l'accable pas, disait-elle. A quoi, à qui avait-elle obéi en rejoignant Marjolin ? Il était le père de Cédric. Elle n'imaginait pas qu'il pût le sacrifier. Elle avait eu peur pour Julius Kopp, pour tous ceux de l'Ampir, Morgan était mort, déjà. Elle voulait que cela cesse. Bien sûr, elle avait compris, depuis qu'elle avait connu Marjolin, durant ces sept années que Silvère Marjolin avait une activité clandestine, mais pourquoi pas ? Elle avait appris par bribes, année après année, ce qu'était *Ordo Mundi*, mais sans en connaître tous les détails, toutes les actions. Julius pouvait-il croire que si elle avait su comment ils se servaient des enfants, elle aurait rejoint Marjolin ? Elle avait cru qu'il faisait partie d'une organisation clandestine, peut-être la mafia, mais cela ne la dérangeait pas. Qu'est-ce que c'était que la loi ? La justice ? Mais maintenant, elle n'ignorait plus rien de ce qu'était cette secte. Ils lui avaient pris Cédric, Silvère Marjolin l'avait livré. Il avait sacrifié ce fils sans même hésiter.

— Ce sont des fous, Julius, ils sont fous, répéta-t-elle.

— Vous les connaissez tous, maintenant ? dit Kopp.

Elle fit oui, appuyant son front sur la poitrine de Julius Kopp. Et il commença à lui caresser les cheveux pendant qu'elle parlait.

Ils étaient fous, répéta-t-elle. La femme, Maria Carmen Revelsalta, l'effrayait le plus. Elle répétait qu'ils allaient bientôt dévoiler au monde leur pouvoir, qu'on allait reconnaître leur Ordre, que les Etats seraient contraints de s'incliner devant le Grand Maître des Ames.

Julius Kopp prit de nouveau le visage de Geneviève entre ses mains. Il voulait tout savoir de cet homme-là. Le *Magnus Animarum Magister*, n'est-ce pas ? L'avait-elle vu ?

Geneviève se colla contre Kopp. Elle parla encore plus bas. Maria Carmen Revelsalta avait été la maîtresse de cet homme. Il était le plus fou des fous. Mais on ne pouvait le regarder tant ses yeux avaient quelque chose de magnétique. Ils brillaient comme des pointes de diamant. Il avait une tête ronde, le crâne rasé comme un bonze. Il ne portait que cette robe de laine blanche et ne quittait jamais sa construction sphérique. Une folie, des ordinateurs, des statues, des écrans, des livres. « Il communique avec le monde entier. Parfois, chuchota Geneviève, je crois qu'il a vraiment des pouvoirs surnaturels. Il se prend pour Dieu. Ou pour son envoyé. Il décide de la vie et de la mort. »

Kopp la laissa parler sans l'interrompre. Il voyait peu à peu surgir la silhouette du *Magnus Animarum Magister*, un homme d'une soixantaine d'années, sans doute, qui semblait vivre dans un état second, célébrant son propre culte, entouré de miroirs ou d'écrans reproduisant son image, s'enfermant durant des jours pour élaborer de nouveaux systèmes de communication, un inventeur génial.

— John Woughman, dit Kopp quand Geneviève se tut.

Elle appuya plus lourdement son front. C'était une histoire horrible. Woughman était le père d'un enfant de cinq ans qui avait eu tout à coup des troubles respiratoires. Ses poumons s'étaient atrophiés, la plèvre s'était sclérosée. Sa seule chance de survie était une greffe des deux poumons. Il avait attendu un donneur, un enfant mort accidentellement. Mais quand on avait disposé des poumons, les chirurgiens de l'hôpital avaient pratiqué la greffe sur un autre enfant, une petite fille noire qui attendait depuis plus longtemps que le fils de John Woughman. Ils étaient persuadés que l'évolution de la maladie du fils de Woughman serait lente, qu'il survivrait le temps nécessaire à la découverte d'un nouveau donneur.

— Ils se sont trompés, dit Geneviève. L'enfant est mort. John Woughman est devenu fou. Il se venge, Julius, il a bâti toute sa religion à partir de là. La mort de son fils est un signe de Dieu pour lui montrer que le désordre règne. Ce deuil est la preuve qu'il a été choisi. Le fils a été sacrifié pour ouvrir les yeux du père. Le chaos règne sur le monde. Les meilleurs sont abandonnés, rejetés. Au fils de Woughman, on a préféré une petite fille noire. Inacceptable. Il veut donc rétablir l'*Ordo Mundi*. Il a organisé sa disparition après avoir placé sa fortune, qu'il gère de manière indirecte et qu'il fait fructifier. Il a créé la World Health Foundation, puis le John Woughman Institute, les centres d'initiation aux techniques et aux idées du futur, le Research Center. Il tient tous les fils d'ici. Il recrute des adeptes dans le monde entier. Il sacrifie des enfants. Il en sauve d'autres. J'ai découvert tout cela ici, Julius. Avant, je n'imaginais pas. Qui peut imaginer une telle toile d'araignée, la folie d'hommes intelligents, la puissance sans limites que donne l'argent, le désir de soumission des hommes ?

Elle s'accrocha aux épaules de Julius Kopp.

— Woughman est fou et il est normal. Ils ont tous deux faces, Silvère, Hans Reinich, Maria Carmen Revelsalta. Ce sont des monstres et des hommes. Ils ne sont pas différents de nous, et pourtant ils vivent dans un autre monde. Parfois je me demande s'ils y croient vraiment ou s'ils se persuadent parce qu'ils peuvent ainsi satisfaire tous leurs fantaisies, leurs désirs, leurs perversions. Woughman est un obsédé sexuel, Julius. Il croit envoûter les femmes. Il les choisit si jeunes. Elles arrivent, puis elles disparaissent. Elles ne sont même pas du pays. Ils paient. Ils louent. Ils organisent le transfert jusqu'ici. Les hélicoptères arrivent. Les femmes sont plus ou moins droguées. Il les utilise et puis elles repartent. Ou qui sait, pire...

Geneviève frissonna. Kopp pensa à la jeune serveuse du Dolomitenhoff.

— Vous ? commença-t-il.

— Moi, pas encore, bientôt, dit Geneviève en rejetant la tête en arrière. Je ne suis peut-être plus assez jeune, mais...

Kopp devina qu'elle fermait les yeux.

— Mais le Grand Maître des Ames veut toutes les femmes. Il veut les marquer. C'est un demi-Dieu, n'est-ce pas ?

— Non, dit Julius Kopp en serrant Geneviève contre lui. Non, répéta-t-il.

Il ne voulait pas, il ne fallait pas qu'elle lui cède.

Geneviève se dégagea. Il la sentit se raidir. Elle se leva, marcha dans la pièce. Lorsqu'elle passa dans le rayon de lumière, il retrouva un peu de sa silhouette altière. Mais il sembla à Kopp qu'elle s'était voûtée, tassée.

— Il faut me laisser faire, Julius, dit-elle. Il faut m'attendre ici.

Il s'approcha d'elle, lui prit les poignets, se colla contre son corps. Il lui expliqua qu'il avait l'expérience des situations difficiles. Il avait été emprisonné plusieurs fois, retenu comme otage. Il avait toujours réussi à s'échapper. Et puis il comptait sur Roberto et Alexander.

Elle retira ses poignets.

— Ils sont ici, dit-elle d'une voix sèche, eux aussi drogués, enchaînés. La fille du Dolomitenhoff les a livrés dès que vous avez quitté l'hôtel, dans la nuit. On vous a suivis depuis Annecy jusqu'à Brixen. Paul Sarde a envoyé votre rapport sur *Ordo Mundi*.

Kopp la secoua à nouveau, brutalement.

— Sarde, Sarde, c'est avec vous..., dit-il.

— J'étais seule dans ma boutique, il me rendait visite tous les jours. Il racontait des histoires, murmura-t-elle.

Elle retira les mains de Kopp de ses épaules, fermement.

— Il n'y a qu'une chose qui soit simple, dit-elle. Et que je dois faire seule.

— Pas de sacrifice, dit Kopp. Ça ne sert jamais à rien.

— Il a sacrifié Cédric, murmura-t-elle.

— Pas de sacrifice, répéta Kopp.

— On fait ce qu'on peut, dit Geneviève.

Elle ouvrit la porte.

— Ne sortez pas, Julius. Laissez-vous une chance. Moi.

— Combien de temps ?

— Jusqu'au matin.

Elle revint, l'embrassa légèrement sur les lèvres, puis partit.

Kopp bondit sur le lit. Il se hissa jusqu'à la lucarne.

Il vit Geneviève dans la lumière blanche de la lune qui traversait l'esplanade se dirigeant vers la construction sphérique que les projecteurs enveloppaient d'un halo bleuté.

Julius Kopp resta accroché à la lucarne, les avant-bras douloureux, le visage fouetté par le vent froid, regardant Geneviève. A quelques dizaines de mètres de la sphère, elle s'immobilisa. Une lumière vive parut jaillir du sol, et Geneviève s'enfonça dans ce cône lumineux. Une ouverture avait dû apparaître dans le sol, révélant une rampe d'accès qui conduisait en pente douce jusqu'à l'entrée souterraine de la sphère. Geneviève avança lentement. Kopp la vit s'engloutir progressivement. Il n'aperçut plus que le buste, puis seulement la tête. Il lui sembla qu'elle se tournait vers lui. Enfin elle s'effaça, corps enseveli, et le cône fut tranché net. L'esplanade redevint cette étendue blafarde sur laquelle se détachaient les carlingues des hélicoptères, masses sombres d'insectes gigantesques à l'affût.

Kopp lâcha prise et s'assit sur le lit.

Il demeura prostré plusieurs minutes. D'être ainsi hors jeu, contraint d'attendre, de dépendre de l'action de Geneviève, le désespérait. Il se leva d'un bond, décidé à sortir. Mais il donna un coup de pied dans la porte quand il se rendit compte que Geneviève l'avait à nouveau bloquée en partant.

Tout à coup la colère le saisit, la fureur même, et il martela cette porte qu'il aurait pu franchir il y avait quelques minutes. Il s'emporta contre lui-même, contre Geneviève Thibaud. Pourquoi, une fois de plus, l'avait-il écoutée ? Il pensa d'abord qu'elle n'avait parlé que pour se disculper, peut-être pour le tromper une fois de plus, lui faire croire que Roberto et Alexander étaient pris, mensonge pour le décourager, le convaincre de céder.

Elle n'avait pas eu un mot pour condamner Silvère Marjolin. Elle s'était contentée de dire : « Il a sacrifié Cédric. » Etrange mère qui prenait facilement son parti de la mort, ou de la disparition de son fils. Qu'avait-elle révélé ? La trahison de Paul Sarde ? Kopp la connaissait. L'identité du *Magnus Animarum Magister* ? Julius Kopp, sans formuler explicitement la réponse, était déjà parvenu à la conclusion qu'il devait s'agir de John Woughman, et c'était Kopp qui avait prononcé ce nom. D'elle-même, Geneviève Thibaud n'avait rien avoué. N'avait-elle pas, au contraire, paru excuser John Woughman en racontant cette tragédie personnelle qui était à l'origine de sa folie ? Un père rendu fou par la mort de son fils et édifiant sur cette tragédie personnelle sa religion, son Eglise, *Ordo Mundi*. Quant à son comportement à elle, qu'avait-elle expliqué clairement ? Elle était l'innocente, l'insouciante qui avait été séduite par le mystérieux Silvère Marjolin et qui avait écouté les histoires de Paul Sarde venu lui faire la cour assidûment dans la boutique de Barbizon, et auquel elle avait succombé par ennui.

Tout s'expliquait, en somme. Tout était banal, commun, et donc excusable. Quel but avait-elle poursuivi en s'introduisant ici ? Sans doute envoyée par Silvère Marjolin ou John Woughman ? Le préparer à capituler ? A devenir l'un des adeptes ou l'un des complices d'*Ordo Mundi* ?

Pour qui l'avait-elle pris, une fois de plus ? Pour un benêt qui se laisse manipuler parce qu'on pose le front contre sa poitrine, qu'on se blottit entre ses bras. Et à ces souvenirs, tout le corps de Julius Kopp fut ému. C'était un frémissement dans sa poitrine et son ventre, comme si une onde glacée l'avait pénétré, et il en eut le souffle coupé.

Brusquement, Kopp ne douta plus. Il sut, avec son corps, qu'elle ne lui avait pas menti, qu'elle voulait vaincre seule, qu'elle allait se sacrifier, qu'elle était déterminée, capable de contenir les manifestations de son désespoir. Mais sa silhouette tassée, son visage effondré ne trompaient pas.

Elle allait agir, pour lui, pour son fils Cédric.

Kopp retourna vers la porte, tirant sur elle, glissant dans l'obscurité sa main à plat sur les charnières, essayant de découvrir le moyen de la forcer. Non plus parce qu'il croyait que Geneviève s'était jouée de lui, mais parce qu'il voulait l'aider, qu'il était maintenant persuadé qu'elle était en danger, qu'elle s'apprêtait à donner sa vie.

Il se souvint de ce mot, « sacrifice », qu'elle avait employé plusieurs fois.

Kopp devait sortir. Il recommença à marteler la porte.

A cet instant, la pièce fut vivement éclairée et le bruit des moteurs d'hélicoptère qui démarraient enveloppa Julius Kopp. Il se précipita vers la lucarne, s'accrocha, se hissa.

Les trois hélicoptères avaient allumé leurs projecteurs et leurs hélices tournaient. Une dizaine d'hommes, sans doute des techniciens de la secte, Bergers ou Ordonnateurs, couraient en tous sens sur l'esplanade comme des fourmis affolées, surprises par ces monstres démesurés et destructeurs dont le souffle soulevait une poussière grise qui voilait peu à peu la lumière.

Ces silhouettes furent rapidement avalées, comme aspirées par ces ventres métalliques, et les trois hélicoptères, en quelques secondes, décollèrent, éclairant les parois rocheuses de leurs projecteurs.

Puis la nuit, puis le silence.

Julius Kopp fut si surpris par la première explosion qu'il lâcha le rebord de la lucarne et tomba lourdement sur le lit, heurtant avec la nuque l'un des montants du lit. Il crut entendre une seconde détonation, mais c'était peut-être la douleur qui envahissait toute sa tête. Il lutta contre l'évanouissement, eut l'impression que le grondement s'éloignait, roulait dans la vallée, puis revenait.

A cet instant, Kopp perdit conscience.

Quand il ouvrit les yeux, la pièce était éclairée par une lumière jaune et rouge qui colorait l'aube. Kopp tourna difficilement la tête, aperçut les Drei Zinnen qui s'arrachaient à la nuit et commençaient à briller sur un fond de ciel encore bleu sombre.

Puis Kopp réalisa qu'il était recouvert de gravats, que sa bouche était pleine de poussière. Le lit était éloigné de la cloison, comme s'il avait été projeté vers le centre de la pièce.

Kopp se leva et découvrit les lézardes dans les murs. Il marcha sur des morceaux de plâtre. Le plafond était crevé. Il se précipita vers la porte. Elle était faussée mais résista. Il arracha l'un des pieds du lit, s'en servit comme d'un levier et réussit enfin à faire sortir la porte de ses gonds. Il n'eut plus qu'à tirer, et lorsqu'il se trouva devant l'issue libérée, il resta quelques minutes interdit.

Là où devait exister un mur extérieur, il ne vit qu'un amoncellement de matériaux. Le reste de la construction n'était plus qu'un amas de décombres. Le bâtiment qui se trouvait à flanc de montagne brûlait. Les flammes s'élevaient malgré le vent de l'aube. Elles éclairaient la construction éventrée. Des appareils avaient été projetés jusque sur l'esplanade. Les antennes, les paraboles, le radar n'étaient plus que des tiges enchevêtrées comme de longues pattes arrachées, brisées, sur un corps ouvert. Des ordinateurs, des consoles, des brassées de câbles emmêlés apparaissaient quand des flammes surgissaient tout à coup des gravats. On avait dû placer les explosifs dans ces salles afin de détruire les installations.

Kopp franchit les gravats et vit alors la sphère. Elle était comme une carapace éclatée. Les tubulures qui constituaient la charpente métallique étaient tordues, pliées, nouées. Le sol de l'esplanade était crevassé, dévoilant la rampe d'accès au bâtiment. Des plaques qui recouvraient le passage avaient été soulevées par l'explosion.

Kopp s'immobilisa. Il éprouva un sentiment d'échec et de désespoir si fort, qu'il eut la tentation de s'asseoir sur le sol et de demeurer là prostré. C'était autour de lui le spectacle de la mort. Le désir d'ordre aboutissait à ce chaos, à ce champ de ruines sous lesquelles devaient être ensevelis les corps de Geneviève, de Laureen, de Roberto, d'Alexander, de combien d'autres ? Et peut-être les hommes qu'il avait vus s'enfuir en hélicoptères étaient-ils précisément les Maîtres d'*Ordo Mundi*, les Reinich, les Marjolin, les Carmen Revelsalta entourant le *Magnus Animarum Magister,* John Woughman.

La destruction n'était qu'un moyen pour arrêter les recherches, recommencer sous d'autres noms, d'autres visages, la même entreprise folle.

Kopp commença à parcourir les ruines du bâtiment dans lequel il était enfermé.

Il poussa ce qui demeurait des portes. Elles donnaient sur des pièces identiques à celle dans laquelle il avait passé il ne savait combien d'heures. Car on l'avait sûrement drogué. Des pans de murs couvraient les lits. Les cloisons s'étaient rabattues comme des cartes qui tombent, ensevelissant sans doute des corps. Il ne trouva aucune trace de Laureen, de Roberto ni d'Alexander.

Kopp estima qu'il devait d'avoir survécu au fait qu'il se trouvait dans la pièce la plus éloignée de ce qui avait été le centre du bâtiment. Cet angle de la construction se dressait encore en partie, le toit demeurant en place.

Kopp appela. Dans le silence, sa voix lui revint amplifiée et déformée par l'écho, se superposant aux cris qu'il continua de lancer durant plusieurs minutes, sons sans forme, succédant aux noms de ceux qu'il cherchait, Laureen, Roberto, Alexander, Geneviève.

Silence, et tout à coup, dans l'aube, des cris violents, aigus, ceux des oiseaux que Kopp vit tournoyer haut, autour des Drei Zinnen déjà dans le soleil.

Kopp se dirigea alors vers la construction sphérique.

Elle était moins grande qu'il ne l'avait cru en la découvrant de la lucarne dans la pièce où on l'avait emprisonné.

La rampe d'accès était encombrée, mais il put pénétrer sous les poutrelles car les parois avaient éclaté.

C'était une structure préfabriquée, qu'il avait suffi d'assembler sur ce promontoire sans doute en transportant les panneaux métalliques et les poutrelles par hélicoptère. Les cloisons intérieures étaient toutes abattues mais Kopp reconstitua les différentes parties qui avaient dû constituer ce bâtiment sans fenêtres comme un globe fermé.

Il y avait des petites pièces d'habitation, puis des salles techniques dont les appareils, ordinateurs, téléviseurs, machines qu'il ne put identifier, gisaient sur le sol, parmi des dizaines de disquettes, de cassettes vidéo. Mais les hommes, en s'enfuyant, avaient dû emporter l'essentiel de la mémoire d'*Ordo Mundi*, car des armoires métalliques renversées béaient, vides, brisées. Kopp reconnut, sous les débris, des marches qui paraissaient conduire à une pièce ronde placée au centre de la sphère. Il distingua une colonne centrale, et bien qu'elle fût à demi ployée, il comprit qu'elle était l'axe de la sphère et qu'elle représentait un M sur lequel était posé un O, le M servant en quelque sorte de pied, le O soutenant le toit de la sphère.

Les panneaux qui composaient ce toit avaient été soufflés par l'explosion. Certains avaient dû être projetés loin, sur l'esplanade, et sans doute aussi dans la vallée. Mais d'autres étaient retombés sur le plancher, le couvrant en partie.

L'explosion avait désarticulé les meubles, mais Kopp repéra des sièges, et notamment un fauteuil au dossier haut en métal doré, peut-être le trône du *Magnus Animarum Magister*. Kopp avança lentement sur des panneaux en équilibre, évitant les câbles, les tuyauteries.

Le jour s'était levé. Mais le soleil était encore caché par les sommets de l'est. Il éclairait cependant le ciel, d'un bleu vif. Les Drei Zinnen étaient des pointes de diamant, qu'on ne pouvait regarder tant la lumière que ces trois pics reflétaient était vive.

C'est alors que Julius Kopp aperçut le premier corps.

Sous un panneau sur lequel il s'apprêtait à marcher, il vit une forme couverte de poussière. Il s'agenouilla. Il distingua le flanc, l'épaule, la nuque. Il s'agissait d'un homme. Il déplaça le panneau. L'homme était couché, la face contre le sol, les bras étaient tendus au-dessus de la tête, et Kopp, en les suivant du regard, vit que les mains étaient liées à d'autres mains. Il souleva un second panneau et découvrit deux autres corps, dont les doigts étaient aussi noués.

Fébrilement, Kopp dégagea le sol de cette pièce centrale et il put ainsi voir les quatre corps qui, revêtus de leurs tuniques monastiques blanches, composaient une sorte de M. Au centre, se trouvait celui de Silvère Marjolin, que Kopp reconnut aussitôt. Il donnait la main à un homme qui devait être, d'après la description qu'en avait fait Alexander, Hans Reinich. Les cadavres de Maria Carmen Revelsalta et de la jeune serveuse du Dolomitenhoff formaient les deux parties supérieures du M.

La manière dont ils étaient assemblés, se tenant l'un l'autre par les mains, paraissait indiquer qu'ils s'étaient délibérément et librement allongés sur le sol dans cette position, peut-être après s'être empoisonnés. A moins que cette apparence de suicide collectif n'ait été qu'une mise en scène pour tromper les enquêteurs et qu'il ne se soit agi en réalité, pour le *Magnus Animarum Magister*, que de liquidation des complices identifiés en qui il n'avait plus confiance.

Kopp resta immobile entre ces morts. Puis, levant la tête vers les Drei Zinnen, il aperçut, sur ce qui avait dû être une estrade, une sorte de chaire, deux autres corps. Il reconnut aussitôt le jean noir de Geneviève Thibaud.

Kopp s'approcha lentement. La mort avait-elle surpris Geneviève Thibaud dans cette position, ou bien le souffle de l'explosion avait-il fait basculer le corps ? Elle enlaçait le corps d'un homme dont la tête avait été comme crevée par un coup de feu donné à bout portant.

L'arme était encore dans la main de Geneviève.

C'était cela, qu'elle avait déclaré être la seule à pouvoir faire.

On pouvait s'imaginer qu'elle s'était avancée vers John Woughman, paraissant disposée à s'offrir à lui. Elle l'avait tuée alors. Des gardes du corps de John Woughman avaient dû l'abattre à ce moment-là. Découvrant la mort du *Magnus Animarum Magister*, les Maîtres de la Voûte, Marjolin, Reinich, Revelsalta et la pauvre malheureuse serveuse du Dolomitenhoff avaient décidé de ne pas survivre au Grand Maître des Ames, et s'étaient suicidés, dessinant sur le sol, avec leurs corps, la lettre M, de *Mundi*. Ils avaient, en même temps qu'ils se suicidaient, fait sauter le bunker. Les adeptes subalternes de la secte s'étaient enfuis en hélicoptère.

Kopp marcha en faisant crisser les gravats sous ses pas. Il s'assit à quelques dizaines de mètres de la sphère. La poutre centrale, bien que pliée, continuait de figurer clairement ce symbole de la secte *Ordo Mundi*.

Il faudrait, avant de reconstituer la scène finale, identifier avec précision le corps de John

Woughman. Et peut-être serait-ce difficile, et ne parviendrait-on jamais à une certitude. John Woughman avait peut-être fui avec les hommes qui s'étaient embarqués dans les trois hélicoptères, après avoir préparé les destructions de ces installations.

Ou peut-être pas. Peut-être le sacrifice de Geneviève Thibaud avait-il réellement détruit le cœur d'*Ordo Mundi*, et la secte, sans *Magnus Animarum Magister*, sans Maîtres de la Voûte, allait-elle peu à peu se décomposer. Les enquêtes qui se déclencheraient ici et là, à l'initiative de Graham Galley sûrement, achèveraient de la démanteler, et les institutions de la nébuleuse John Woughman seraient à leur tour dissoutes. Des malversations, des dissimulations, des trafics seraient sûrement mis au jour comme cela arrivait à tous les empires qui s'effondraient.

Des journalistes enquêteraient, mettraient en lumière les trafics d'organes et d'enfants. On tracerait le portrait de ces monstres, Reinich, Carmen Revelsalta, Marjolin, John Woughman. On multiplierait les reportages sur les cliniques de Hong-Kong, le sort des condamnés chinois exécutés en fonction des commandes d'organes. On enverrait des équipes filmer la maternité d'Ukraine, ou bien la clinique Grandi, viale Gabriele d'Annunzio. On essaierait de mettre au point une législation internationale pour interdire ce trafic. On analyserait les principes et les buts d'*Ordo Mundi*. On écrirait des livres sur la prolifération des sectes, la cause de ce besoin d'ordre et de foi, de cette étrange combinaison dans les mêmes esprits de la capacité scientifique et du désir de soumission, de la maîtrise des techniques et d'une sorte de foi primitive. Et même si certains — peut-être Marjolin — jouaient un rôle pour mieux exploiter la naïveté et le besoin de croire des Corps Fidèles, les dépouiller de leurs biens, les soumettre à leur pouvoir et atteindre ainsi une puissance occulte qui permettait de satisfaire tous les désirs, toutes les folies, la plupart des adeptes étaient persuadés qu'*Ordo Mundi*, le *Magnus Animarum Magister* interprétaient bien l'Ordre divin.

Et Marjolin lui-même était l'un de ces fanatiques, capable de sacrifier son fils à ce qu'il imaginait être l'*Ordo Mundi*.

Kopp se leva.

Des fumées montaient encore du bâtiment aux antennes, mais la construction sphérique et le bâtiment où Kopp avait été enfermé semblaient déjà appartenir à la montagne, à l'ordre minéral du monde. Le soleil recouvrait les panneaux et les gravats, comme les rochers, d'une couche de lumière qui fondait dans un grand tout éblouissant les parois, les éboulis, les falaises et les débris.

On parlerait encore de ce lieu durant quelques semaines. On se souviendrait de ce qu'il avait représenté, des corps qu'on y avait retrouvés, peut-être quelques mois de plus, puis tout serait englouti, deviendrait à son tour matière et oubli.

Etait-ce cela, l'ordre ? Etait-ce cela, le chaos ?

Julius Kopp commença à descendre vers la vallée.

Il se souvint du regard de Geneviève Thibaud, de la chaleur de son corps quand elle s'était collée à lui. Il se souvint, et l'émotion le submergea.

Il marcha tête baissée, ne regardant plus que les Drei Zinnen, ne voyant même pas la barrière qu'il franchissait.

Il se souvint de Laureen et de la douceur de sa peau. Il pensa à Roberto et à Alexander. Peut-être, puisqu'il n'avait pas découvert leurs corps étaient-ils encore vivants, embarqués dans les hélicoptères par les hommes de la secte. Il fut étonné de murmurer, comme s'il priait. Il pensa à cette fille, assise derrière un buisson, viale Gabriele d'Annunzio, à Rome. Il se souvint des enfants.

C'était cela, l'ordre humain : l'amour, les sentiments, l'émotion, le souvenir. Et tant que l'ordre du monde serait éloigné de cet ordre humain, alors la folie resurgirait, et pour la contenir, pour sauver ce qui pouvait l'être contre les Sectes, les Barbares, les Fanatiques, les Tueurs, il faudrait, comme avait dit et fait Geneviève, savoir trouver en soi la force du Sacrifice.

Le cri de douleur et d'amour, le cri comme un serment que Kopp lança fut couvert par la rumeur du torrent, mais l'écho déformé se prolongea dans la vallée, et fit se lever quelques têtes.

Composition réalisée par JOUVE

IMPRIMÉ EN FRANCE PAR BRODARD ET TAUPIN
Usine de La Flèche (Sarthe)
LIBRAIRIE GÉNÉRALE FRANÇAISE - 43, quai de Grenelle - 75015 Paris.
ISBN : 2 - 253 - 14362 - 6